21世纪高职高专规划教材

（建筑工程专业）

建设工程监理

第 2 版

主　编　李清立

副主编　李文利　唐永忠

参　编　李丕瑾　谢瀚华

主　审　刘伊生

机械工业出版社

本书在理论与实践相结合的基础上，全面系统地阐述了建设工程监理的基本理论和方法。主要内容包括：建设工程监理概述、建设工程监理单位、监理工程师、建设工程监理规划、建设工程监理组织、建设工程监理目标控制、建设工程监理的组织协调、建设工程监理法规和建设工程监理案例等内容。

　　本书体裁新颖，内容丰富，适合作为高职院校、工程管理、土木工程等相关专业的教材使用，也可作为工程咨询人员、工程监理人员、工程管理人员和工程技术人员的培训用书。

图书在版编目（CIP）数据

建设工程监理/李清立主编. —2 版. —北京：机械工业出版社，2011.9

21 世纪高职高专规划教材. 建筑工程专业

ISBN 978-7-111-35798-8

Ⅰ.①建…　Ⅱ.①李…　Ⅲ.①建筑工程-监理工作-高等职业教育-教材　Ⅳ.①TU712

中国版本图书馆 CIP 数据核字（2011）第 182329 号

机械工业出版社（北京市百万庄大街 22 号　邮政编码 100037）
策划编辑：边　萌　责任编辑：边　萌　宋林静
版式设计：霍永明　责任校对：薛　娜
封面设计：马精明　责任印制：杨　曦
北京中兴印刷有限公司印刷
2011 年 9 月第 2 版第 1 次印刷
148mm×210mm · 13.5 印张 · 397 千字
0 001—3 000 册
标准书号：ISBN 978-7-111-35798-8
定价：33.00 元

21世纪高职高专规划教材
编 委 会 名 单

编委会主任 王文斌

编委会副主任 （按姓氏笔画为序）

王建明	王明耀	王胜利	王寅仓
王锡铭	刘 义	刘晶磷	刘锡奇
杜建根	李向东	李兴旺	李居参
李麟书	杨国祥	余党军	张建华
茆有柏	赵居礼	秦建华	唐汝元
谈向群	符宁平	蒋国良	薛世山

编委会委员 （按姓氏笔画为序，黑体字为常务编委）

王若明	**田建敏**	成运花	曲昭仲
朱 强	**刘 莹**	刘学应	孙 刚
许 展	**严安云**	**李学锋**	李法春
李超群	**杨 飒**	**杨群祥**	杨翠明
宋岳英	何志祥	何宝文	佘元冠
沈国良	张 波	**张 锋**	张福臣
陈月波	**陈向平**	陈江伟	武友德
郑晓峰	林 钢	周国良	赵建武
赵红英	祝士明	**俞庆生**	倪依纯
徐铮颖	韩学军	崔 平	崔景茂
焦 斌	**戴建坤**		

总 策 划 余茂祚

前　言

我国的建设监理制度自 1988 年建立以来，在工程建设领域发挥了重要作用，取得了显著成效，赢得了社会的广泛认同。

在《中华人民共和国建筑法》（以下简称《建筑法》）中明确提出，国家推行建设工程监理制度，在法律上确立了建设工程监理在建设领域的地位，《建设工程质量管理条例》、《建设工程安全生产管理条例》和《建设工程监理规范》，进一步明确了建设工程监理在质量管理和安全生产管理方面的法律责任、权利和义务，规范了建设工程监理工作的操作实施。

建设工程监理制度的推行，对控制工程质量、投资、进度发挥了重要作用，取得了明显效果，促进了我国工程建设管理水平的提高。工程监理制度的推行，加快了我国工程建设组织实施方式向社会化和专业化方向转变的步伐，建立了工程建设各方主体之间相互协作、相互制约、相互促进的工程建设管理运行机制，促进了我国工程建设管理体制的进一步完善。

《建设工程监理　第 2 版》一书力图以监理工程师掌握建设工程监理的理论、方法、程序、手段和措施等知识并在监理工作中能够熟练应用为宗旨，通过工程监理理论的系统介绍，以提高工程管理人员分析问题和解决问题的能力。书中内容分 9 章编排：第 1 章为"建设工程监理概述"，第 2 章为"建设工程监理单位"，第 3 章为"监理工程师"，第 4 章为"建设工程监理规划"，第 5 章为"建设工程监理组织"，第 6 章为"建设工程监理目标控制"，第 7 章为"建设工程监理的组织协调"，第 8 章为"建设工程监理相关法规"，第 9 章为"建设工程监理案例"。

本书以建设工程监理理论和工程管理实践密切结合为特色，适合作为高职院校、工程管理专业、土木工程专业的教材，也可作为工程咨询人员、工程监理人员、工程管理人员和工程技术人员的工作参考书。

　　本书在编著过程中，得到了兄弟院校和工程监理单位的大力帮助，在此一并表示衷心的感谢。

　　由于作者水平有限，书中难免存在不妥或谬误之处，恳请读者批评指正。

作　者

目　　录

前言

第1章　建设工程监理概述 …………………………………… 1

  1.1　我国建设工程监理的历史及发展现状 …………………… 1

  1.2　建设工程监理的概念 ……………………………………… 2

  1.3　建设工程监理的任务和目的 ……………………………… 6

  1.4　建设工程监理的性质 ……………………………………… 10

  1.5　建设工程监理的方法 ……………………………………… 17

  1.6　实施建设工程监理的条件 ………………………………… 25

  1.7　我国新型工程建设管理体制的基本格局 ………………… 32

  1.8　建设程序及其与建设工程监理的关系 …………………… 34

  1.9　建立和实施建设监理制的意义 …………………………… 43

  思考题 ……………………………………………………………… 46

第2章　建设工程监理单位 …………………………………… 47

  2.1　概述 ………………………………………………………… 47

  2.2　建设工程监理单位的类别 ………………………………… 49

  2.3　建设工程监理单位的设立 ………………………………… 63

  2.4　监理单位与工程建设其他各方的关系 …………………… 65

  2.5　建设工程监理单位的经营准则 …………………………… 68

  2.6　建设工程监理单位的经营内容 …………………………… 70

  2.7　监理任务承揽 ……………………………………………… 97

  2.8　监理单位的选择 …………………………………………… 108

  思考题 ……………………………………………………………… 112

第3章　监理工程师 …………………………………………… 113

  3.1　监理工程师的素质与职责 ………………………………… 113

3.2 监理工程师的培养 ·············· 121

3.3 监理工程师资格考试和注册 ·············· 123

3.4 监理工程师的职业道德与工作纪律 ·············· 127

思考题·············· 128

第4章 建设工程监理规划·············· 129

4.1 建设工程监理计划体系文件的构成 ·············· 129

4.2 建设工程监理规划的作用 ·············· 162

4.3 建设工程监理规划编写的要求 ·············· 164

4.4 建设工程监理规划编写的依据 ·············· 168

4.5 建设工程监理规划的内容 ·············· 170

思考题·············· 188

第5章 建设工程监理组织·············· 189

5.1 概述 ·············· 189

5.2 建设工程监理模式的选择 ·············· 196

5.3 实施建设工程监理的程序 ·············· 207

5.4 建设工程监理实施原则 ·············· 210

5.5 建设工程监理组织的步骤 ·············· 213

5.6 建设工程监理的组织形式 ·············· 216

5.7 建设工程监理组织的人员配备及人数的确定 ·············· 219

思考题·············· 224

第6章 建设工程监理目标控制·············· 225

6.1 概述 ·············· 225

6.2 目标控制 ·············· 239

6.3 建设工程监理的三大目标控制 ·············· 242

6.4 工程设计与施工阶段的特点 ·············· 254

6.5 完成工程建设项目各阶段目标控制的任务 ·············· 257

思考题·············· 261

第7章　建设工程监理的组织协调 ······ 263

7.1　协调的含义与作用 ······ 263
7.2　项目监理工作中的组织协调 ······ 264
7.3　组织协调在项目监理工作中的地位 ······ 268
7.4　建设工程监理协调的方法 ······ 273
7.5　监理组织的内部协调 ······ 286
7.6　监理组织与工程建设其他组织之间的协调 ······ 291
7.7　监理组织对工程建设各方利益关系的协调 ······ 306
思考题 ······ 316

第8章　建设工程监理相关法规 ······ 317

8.1　概述 ······ 317
8.2　建筑法的部分内容 ······ 319
8.3　建设工程质量管理条例 ······ 337
8.4　建设工程安全生产管理条例 ······ 341
8.5　关于落实建设工程安全生产监理责任的若干意见 ······ 345
8.6　建筑业各类合同法规 ······ 348
思考题 ······ 375

第9章　建设工程监理案例 ······ 376

9.1　实施监理的工程实例之一——长江三峡工程 ······ 376
9.2　实施监理的工程实例之二——茂名30万吨乙烯工程 ······ 383
9.3　质量控制实例——上海金茂大厦工程 ······ 385
9.4　黄河小浪底工程监理工作程序和制度 ······ 391

附录 ······ 401

附录A　FIDIC道德准则 ······ 401
附录B　施工阶段监理工作表格 ······ 403

参考文献 ······ 421

第1章　建设工程监理概述

1.1　我国建设工程监理的历史及发展现状

1.1.1　建设工程监理在我国的形成

建设工程监理简称工程监理（也称为建设监理），是市场经济体制条件下工程建设市场发展到一定阶段的必然产物，早在16世纪就已有了雏形，至今已经有400多年的历史。在市场经济体制比较完善的国家，建设工程监理已经成为工程建设市场不可或缺的组成部分。

1982年，鲁布革水电站引水工程由于使用了世界银行的贷款，而世界银行按照国际惯例要求实行建设工程监理，因此在建设过程中首次在中国内陆地区设置了建设工程监理机构，实施了建设工程监理。事实证明，鲁布革水电站引水工程引进建设工程监理产生了明显的经济效益。这在我国工程建设界引起了巨大轰动。此后，在京津塘高速公路工程实施建设工程监理，在工程质量方面取得了突出成绩，赢得了国内外的一致好评。这些工程建设项目实施建设工程监理的经验，使建设工程监理逐步为我国工程建设界所了解。

1988年7月，原建设部颁发了《关于开展建设监理工作的通知》（以下简称为《通知》）。《通知》指出，实施建设监理制度是一项重大改革，其目的是为了提高我国的投资效益和建设水平，确保国家建设计划和工程合同的有效实施，并逐步建立起工程建设领域的社会主义商品经济新秩序。《通知》的颁布，标志着我国工程建设领域的改革进入一个新的阶段，即体现了"参照国际惯例，结合中国国情，建立具有中国特色的建设监理制"的特点。

从此，建设监理制作为一项工程建设领域的重要制度开始在我国推行。20多年来，这项改革措施的实施，对于提高我国的建设水平和投资效益，促进我国工程建设项目管理体制与国际惯例接轨起到了重要作用。

1.1.2　建设工程监理单位市场地位的确立

1992 年 10 月 25 日，中国共产党第十四次全国代表大会在北京召开。在这次具有历史意义的会议上，党中央明确提出了我国经济体制改革的目标是建立社会主义市场经济体制。1995 年 12 月 15 日，原建设部和原国家计委联合制定、颁发了《建设工程监理规定》（以下简称为《规定》）。这份《规定》在第五章的第十八条款中，正式确认了建设工程监理单位是我国工程建设市场的主体之一。这标志着建设工程监理单位市场地位的确立。

1.1.3　我国建设工程监理行业的发展状况

从《通知》颁布到现在，虽然只有 20 多年的历史，但是建设工程监理这一我国工程建设领域的新事物，在我国已经取得了丰硕成果。建设工程监理已经为广大工程建设者所认识和接受，并得到了各界的大力支持。在全国范围内，几乎所有的大中型工程建设项目均实施了建设工程监理，培养了数以十万计的监理工程师，数千家建设工程监理公司成立并开展各种建设工程监理业务。

我国建设工程监理的工作已经走过了试点阶段、稳步发展阶段和全面推行阶段。目前，我国建设工程监理开始在制度化、规范化和科学化等方面迈上新的台阶。

1.2　建设工程监理的概念

1.2.1　建设工程监理的定义

建设工程监理是指具有相应资质的建设工程监理单位，在接受工程项目业主的委托和授权之后，根据国家批准的工程项目建设文件、有关工程建设的法律、法规和建设工程监理合同以及其他工程建设合同，代表项目业主对承包单位的建设行为监督管理的专业化服务活动。

1.2.2　建设工程监理概念的要点

建设工程监理的概念包括以下要点。

1. 建设工程监理的行为主体

建设工程监理的行为主体是具有相应资质条件的建设工程监理单位。

（1）只有建设工程监理单位的监督管理活动才能被称为建设工程监理 《建筑法》明确规定，实行监理的建设工程由建设单位委托具有相应资质条件的工程监理企业实施监理。建设工程监理只能由具有相应资质的工程监理企业来开展，建设工程监理的行为主体是工程监理企业。这是我国建设工程监理制度的一项重要规定。

建设工程监理单位是以"第三方"的身份开展建设工程监理活动的；监理工程师是以监理单位的名义从事建设工程监理工作的。非建设工程监理单位所进行的监督管理活动不能称为建设工程监理。

例如，政府建设行政主管部门对工程项目建设行为所实施的监督管理活动不属于建设工程监理范畴；不具备建设工程监理单位资格的其他单位对工程项目建设所进行的管理、工程总承包单位对分包单位进行的管理等都不属于建设工程监理范畴。

（2）项目业主自行监督管理工程项目建设的活动不能被称为建设工程监理 建设工程监理作为一项工程建设管理制度，构建了三方主体之间的相互制约机制，缺少制约机制中的相关主体就不具备建设工程监理的构成要件，项目业主自行监督管理工程项目建设的活动就不能被称为"建设工程监理"。之所以强调建设工程监理的服务性和专业化特点，是因为建设工程监理实质上体现的是项目业主利用社会最专业的工程建设管理人员进行监督管理并形成制约，只有这样才能从根本上提高工程建设项目管理的水平。而要想实现科学管理，就必须跳出项目业主自行管理的狭隘圈子。历史的经验早已证明，就工程项目建设的整体而言，项目业主对工程建设项目自行监督管理的局限性对于提高工程建设项目投资的经济效益和建设水平是无益的。

（3）建设工程监理单位的业务范围 建设工程监理单位可以为工程建设项目的业主提供众多工程建设方面的管理服务。按照项目业主的需求，建设工程监理单位可以分别在项目决策、工程设计、施工招标、施工和保修等不同阶段提供监理和相关服务。按照国际咨询工程师联合会的《IGRA1980PM》，建设工程监理单位可以在工程技术、采购、技术监督、技术检查、施工管理以及代办服务等 6 个方面提供30 多项不同内容的服务。

（4）建设工程监理单位的主体性质 建设工程监理单位是工程

建设项目监督管理服务的主体，而不是工程建设项目管理的主体（工程建设项目的管理主体始终是工程项目的业主），也不是设计项目或施工项目的管理主体和服务主体（设计项目或施工项目的管理主体是设计单位或施工单位）。

2. 建设工程监理的客体

《通知》指出，建设工程监理"其对象，包括新建、改建和扩建的各种工程项目"。这就是说，建设工程监理的客体是工程项目建设。建设工程监理活动是围绕工程项目建设来进行的，工程项目的建设是一种社会生产行为，也有着相应的行为主体。这些工程项目建设生产的行为主体必然也是建设工程监理的客体。在工程项目的建设生产过程中，直接的工程项目建设生产行为主体是提供建设产品的承建商，包括设计单位、施工单位、材料供应单位和设备供应单位等。因此，建设工程监理的客体既包括工程项目建设实体，也包括工程项目建设生产中的设计单位、施工单位、材料供应单位和设备供应单位等承建商。

3. 建设工程监理的依据

建设工程监理必须严格按照国家有关法律、法规和其他有关标准来进行，特别是其中的强制性条文。建设工程监理的依据主要概括为三部分。

第一，有关工程建设各个方面的法律、法规，包括各级立法机关和政府建设行政主管部门颁发的有关法律、法规，工程建设方面的现行规范、标准和规程等。

第二，国家批准的工程项目建设文件，包括政府建设行政主管部门批准（核准或备案）的工程建设项目可行性研究报告、规划、计划和设计文件。

第三，建设工程委托监理合同和其他工程建设合同，包括依法签订的建设工程委托监理合同、工程勘察合同、工程设计合同、工程施工合同、材料和设备供应合同等。

应当特别说明的是，各类建设工程合同（特别是建设工程委托监理合同）是建设工程监理最直接的依据。

4. 建设工程监理所需要的条件

任何工程建设市场都必然有买方和卖方，即甲方和乙方。甲方就是工程建设项目的业主，乙方就是工程建设项目的承建商。所谓第三方，就是指工程建设市场甲乙双方之外的服务方。由于建设工程监理单位既不是项目业主，也不是工程项目建设生产的承建商，所以，建设工程监理单位属于工程建设市场相对于建筑产品买方和卖方的第三方。

（1）建设工程监理单位第三方地位的形成　在市场关系中，如果建筑产品生产和交易简单，工程项目业主没有建设工程管理服务的需求，只有供需两方，并不需要第三方参与。随着工程建设项目的复杂程度越来越高，工程项目业主已无法自行对工程建设项目进行有效的监督管理，他们不得不请具有工程建设管理专门知识和经验的专业人士来协助。市场的需求，使建设工程监理单位逐步形成并最终成为为工程项目业主提供管理服务且独立于甲方和乙方之外的第三方。

（2）接受工程项目业主委托和授权是建设监理制的内在规定　建设工程监理在接受工程项目业主的委托和授权之后进行服务，是由建设工程监理的特点决定的，是工程建设市场高度发展的必然结果，也是建设监理制的内在规定。建设工程监理的产生源于工程建设市场高度发展所形成的社会需求，始于工程项目业主的委托和授权。而建设工程监理发展成为一种制度，是根据社会的客观实际而作出的规定。

通过项目业主的委托和授权来实施建设工程监理是建设工程监理与政府建设行政主管部门对工程建设项目所进行的行政性监督管理的重要区别。这种方式也决定了在实施建设工程监理的工程建设项目中，项目业主与建设工程监理单位的关系是委托与被委托的关系、授权与被授权的关系；这就决定了他们的关系是合同关系，是需求与供给的关系，是一种委托与服务的关系。

这种委托与授权方式说明，在实施建设工程监理的过程中，建设工程监理单位及其监理工程师的权力主要是由作为工程建设项目管理主体的项目业主通过授权而转移过来的。

在工程项目建设过程中，项目业主始终是以工程建设项目管理主体的身份掌握着工程项目建设的决策权，并承担着工程建设的主要风险。这一点是建设工程监理单位及其监理工程师必须清楚的。

5. 建设工程监理的微观性质

工程建设活动对于国民经济的发展和人民生活水平的提高都具有极为重要的影响。因此在任何国家，政府建设行政主管部门都必然要对工程建设活动实施一定的监督管理。但是政府建设行政主管部门的监督管理是一种宏观性质的监督管理活动，而建设工程监理的监督管理是一种微观性质的监督管理，二者有着本质上的区别。

建设工程监理活动是针对某一个具体的工程建设项目展开的。工程项目业主委托建设工程监理的目的就是期望建设工程监理单位能够协助其实现工程建设项目的投资目的。它是紧紧围绕着工程项目建设的各项投资活动和生产活动所进行的监督管理。它注重具体工程建设项目的实际利益。

6. 现阶段建设工程监理重点在施工阶段

建设工程监理单位可以为工程项目业主在工程项目建设的设计阶段（含设计准备过程）、招标阶段、施工阶段以及竣工验收和保修阶段提供监督管理服务。

目前，建设工程监理主要在项目施工阶段实施，我国法律、法规规定的监理范围主要在施工阶段。建设工程监理的目的是协助项目业主在预定的投资、进度和质量目标内建成工程建设项目，它的主要内容是进行投资控制、进度控制、质量控制、合同管理、信息管理以及组织协调，而所有这些活动在施工阶段体现得更为具体。

1.3 建设工程监理的任务和目的

由于建设工程监理可以服务的内容种类繁多，在工程建设项目的监理过程中，建设工程监理单位及其监理工程师经常要面对千头万绪的工作。要想使工作顺利完成，建设工程监理单位及其监理工程师应当把握住建设工程监理的关键，使建设工程监理工作能够系统地、按部就班地在一个总体思想的指导下进行。为了做到这一点，建设工程监理单位及其监理工程师必须确立一个明确的建设工程监理指导思想。建设工程监理的指导思想包括三个重要问题：建设工程监理的中心任务是什么？建设工程监理的目的是什么？建设工程监理的责任是什么?

1.3.1　建设工程监理的中心任务

1. 中心任务

建设工程监理的中心任务就是对工程建设项目的目标实施有效的协调控制,具体来说,就是对经过科学规划所确定的工程建设项目的三大目标(即投资目标、进度目标和质量目标)实施有效的协调控制。

2. 中心任务形成的原因

之所以将三大目标的协调控制视为建设工程监理的中心任务,是因为这三大工程建设项目控制目标构成了既相互关联又相互制约的建设工程监理控制的目标系统。任何工程建设项目都要实现它的功能要求、使用需要和其他有关的质量标准,这是投资建设一项工程建设项目最基本的要求。

然而,任何工程建设项目都是在一定的投资额度内和一定的投资限制下实现的。而且任何工程建设项目的实现都要受到时间的限制,都有明确的工程建设项目进度和工期要求。因此,完成一项工程建设项目并不难,而要使它能够在规定的质量要求下,按照预定的投资额度和工期要求完成则是非常困难的,仅凭项目业主自身的经验和管理水平几乎是不可能完成的,只有借助专业的建设工程监理单位才有可能实现。对三大目标控制的困难,正是对建设工程监理产生需求的根本原因,建设工程监理正是为解决三大目标控制而产生和发展起来的。建设工程监理是一种提供脑力劳动服务或智力服务的行业。由于建设工程监理行业的存在,使工程建设项目的经济效益更高、建设速度更快、工程质量更好。它能够使粗放型的工程管理转变为科学的工程建设项目管理。因此,工程建设三大目标的协调控制成为建设工程监理的中心任务。

1.3.2　建设工程监理的目的

1. 建设工程监理的目的就是"力求"实现工程建设项目目标

由于建设工程监理具有委托性,所以建设工程监理单位可以根据项目业主的意愿并结合自身的情况来协商工程建设项目监理的范围和业务的内容,既可以承担全过程建设工程监理,也可以仅承担阶段性建设工程监理，甚至还可以只承担某专项建设工程监理。

因此，具体到某个建设工程监理单位所承担的建设工程监理活动要达到什么目的，由于它们的服务范围和内容的差异，也会有所不同。

但是，从建设监理制的角度来看，就整个建设工程监理而言，它应当起到的作用和要达到的目的却是十分明确的，就是通过监理工程师谨慎而勤奋的工作，"力求"在预定的投资、进度和质量目标内实现工程建设项目。全过程的建设工程监理要"力求"全面实现工程建设项目的总目标，阶段性建设工程监理要"力求"实现本阶段工程建设项目的目标，专业性建设工程监理要"力求"实现本专业的目标。

2. 建设工程监理单位并不能直接实现工程建设项目目标

在预定的投资、工期和质量目标内实现工程建设项目是参与工程项目建设各方共同的任务。之所以说建设工程监理所要达到的目的是"力求"实现工程建设项目目标，是因为建设工程监理单位并不能直接实现工程建设项目目标。

在市场经济条件下，直接完成工程建设项目目标的是设计单位、施工单位、材料与设备供应单位等工程建设项目承包单位，而不是建设工程监理单位。在工程项目建设过程中，任何承包单位作为建筑产品的卖方，都应当根据他们与建设产品的买主，即工程建设项目的业主所签订的工程承包合同的要求，在规定的时间、费用和质量要求下完成合同约定的工程勘察、设计、施工和供应的承包任务。否则，将承担合同中规定的责任。他们与项目业主的关系，是承发包的关系，他们要承担承包风险。也就是说，谁设计谁负责，谁施工谁负责，谁供应材料和设备谁负责。项目业主和工程承包单位对他们的合同义务必须保证完成。而作为工程承包合同甲乙两方之外的第三方，建设工程监理单位并没有承担双方义务的义务。

另外，建设工程监理单位及其监理工程师"将不是，也不能成为任何承包商的工程的承保人或保证人"。他们不直接进行设计，不直接进行施工，也不直接进行材料、设备的采购、供应。因此，建设工程监理单位并不能像设计单位、施工单位、材料与设备供应单位等直接的工程建设项目承包商那样直接实现工程建设项目目标。

1.3.3 建设工程监理单位及其监理工程师的责任

由于建设工程监理单位及其监理工程师的责任具有特殊性，所以合理界定建设工程监理单位及其监理工程师的责任是很有必要的。这包括三项工作：明确建设工程监理单位及其监理工程师的合理责任；明确其不该承担的责任；指出其不应承担的责任。

在工程项目建设过程中，作为第三方的建设工程监理方的合理责任就是"力求"通过目标规划、动态规划、组织协调、合同管理和信息管理等手段，与项目业主和各个承建单位一起共同实现这一任务。由于建设工程监理是一种技术服务性的活动，在工程项目建设的监理过程中，建设工程监理单位及其监理工程师只承担所提供的技术服务的相应责任，即只承担整个工程建设项目过程中的建设工程监理责任，也就是在建设工程监理合同中确定的职权范围内的责任。

一个在工程建设市场上能够生存、发展的建设工程监理单位，虽然不能保证工程建设项目一定能在预定的目标内实现，但在政府建设行政主管部门和建设工程监理行业组织的规范下，出于职业道德的良知，基于对社会信誉和经济利益方面的考虑，会竭尽全力为在预定的投资、进度和质量范围内实现工程建设项目目标而努力。

在实现工程建设项目的过程中，外部环境隐藏着各种各样的风险，会带来各种各样的干扰，而这些风险和干扰并非都是监理工程师所能完全驾驭的。他们所能做的只是力争减少或避免这些风险和干扰所造成的消极影响。所以，在工程建设项目的建设过程中，对于提供建设工程监理服务的监理工程师来说，并不承担其专业以外的任何风险责任。

在监理工程师所应承担的责任方面，监理工程师应当认真听取国际咨询工程师联合会的告诫：监理工程师如果超出职权范围的严格限制而涉足其专业以外的领域，就使他自己不可避免地要为过失承担难以防范的责任，或许还有合同责任；更不应该试图对其不具备资格的事项提出咨询意见，这样做对业主与项目经理都有好处。

1.4 建设工程监理的性质

建设工程监理是一种特殊的工程建设服务活动，与其他工程建设活动有着明显的区别和差异。这使得建设工程监理与其他工程建设活动之间产生了一条明显的界线。正是由于这个原因，建设工程监理在我国工程建设市场上已经成为一种新兴的独立行业。

1.4.1 建设工程监理的基本性质

与其他工程建设活动相比，建设工程监理具有以下四条基本性质。

1. 服务性

（1）服务性是建设工程监理最基本的性质　建设工程监理活动既不同于项目业主的直接投资活动，也不同于工程承建商的直接生产活动。它既不是工程承包活动，也不是工程发包活动。它不需要投入大量的资金、材料、设备和劳动力。建设工程监理单位既不向项目业主承包工程造价，也不参与承包单位的赢利分成。建设工程监理单位既不需要拥有大量的机具、设备和劳务力量，一般也不需要拥有雄厚的注册资金。它只是在工程项目建设过程中，利用自己在工程建设方面的知识、技能和经验为客户（即项目业主）提供高水平的工程监督管理服务，以满足项目业主对工程建设项目管理的需要。它所获得的报酬，是技术服务性的报酬，是脑力劳动的报酬。这里需要明确指出的是，建设工程监理是建设工程监理单位接受项目业主的委托而开展的技术服务性活动。因此，建设工程监理的直接服务对象是客户，是委托方，也就是项目业主。这种服务性的活动是按照建设工程监理合同来进行的，是受法律约束和保护的。

（2）服务的分类　"服务"在这里并不是一个笼统的概念。在建设工程监理合同中，已经明确地对建设工程监理单位及其监理工程师所能够提供的各种服务工作进行了必要的分类和界定，即建设工程监理单位及其监理工程师可以为项目业主提供三种不同性质的监理服务：正常服务（工作）、附加服务（工作）和额外服务（工作）。正常服务（工作）是任何建设工程监理单位及其监理工程师在正常条件下都应该提供的，项目业主只要聘请建设工程监理就会自动获得这些服务。附加服务（工作）是为了更好地完成建设工程监理工作，根据具体工程建设项目的特点所补充的，一般双方应当协商确定附加服务（工作）的内容及其责任。额外服务（工作）并不是必需的服务，而是应项目业主的特殊要求而提供的。建设工程监理单位及其监理工程师如果认为不合适，有权拒绝提供额外服务（工作）。

（3）建设工程监理单位没有义务为被建设工程监理方服务　建设工程监理单位要不要为被建设工程监理方提供服务呢？在市场经济条件下，建设工程监理单位没有任何合同责任和义务为他们提供直接的服务。当然，在顺利实现工程建设项目的总目标这一点上，建设工程监理单位及其监理工程师与各个工程建设项目承建商的直接利益是一致的，双方还是需要共同实现工程目标的。从这个意义上来说，工程建设项目承建商中有许多工作需要建设工程监理单位及其监理工程师进行协调、指导和纠正，以便使工程建设项目能够顺利进行。

（4）服务性对建设工程监理的界定　正是由于服务性，才使得建设工程监理成为工程建设市场上一个新兴的行业。这是因为，建设工程监理的服务性，既使它与政府建设行政主管部门对工程建设进行的行政性宏观监督管理区别开来，又使它与承建商在工程项目建设中的直接生产活动区别开来。

2. 独立性

从事建设工程监理活动的建设工程监理单位是直接参与工程项目建设的"三方当事人"之一。它与项目业主、工程承包商之间的关系是平等的、横向的。在工程项目建设中，建设工程监理单位是独立的一方。

（1）独立性的含义　我国的有关法规明确指出，建设工程监理单位应该按照独立、自主的原则开展建设工程监理工作。国际咨询工程师联合会在其出版物《项目业主与咨询工程师标准协议书条件》中明确指出，建设工程监理单位是"作为一个独立的专业公司受聘于与项目业主去履行服务的一方"，应当"根据合同进行工作"，其监理工程师应当"作为一名独立的专业人员进行工作"。同时，国际咨询工程师联合会要求其会员"相对于承包商、制造商、供应商，必须保持其行为的绝对独立性，不得从他们那里接受任何形式的好处，而使他的决定的公正性受到影响或不利于他行使委托人赋予他的职责"，"不得与任何可能妨碍他作为一个独立的咨询工程师工作的商业行为有关"，"咨询工程师仅为委托人的合法利益行使其职责，他必须以绝对发忠诚履行自己的义务并且忠诚于社会的最高利益以及维护职业荣誉和名声"。因此，建设工程监理单位及其监理工程师在履行建设工程监理合同义务和开展建设工程监理活动的过程中，应根据自己的判断，独立开展工作。建设工程监理单位既要认真、勤奋、竭诚地为委托方服务，协助项目业主实现预定目标，也要按照公正、独立、自主的原则开展建设工程监理工作。

（2）建设工程监理的独立性是由其行业性质决定的　建设工程监理的独立性与建设工程监理单位是工程建设市场上的独立主体分不开的，与其独立的行业性质分不开。建设工程监理单位是具有独立性、社会化、专业化特点的技术服务单位。他们专门为项目业主提供工程技术服务。他们所运用的思想、理论、方法、手段及开展工作的内容都与工程建设领域其他行业有所不同。同时，由于其在工程建设中的特殊性质以及因此而构成的与其他建设行为主体之间的特殊关系，使其与设计、施工、材料和设备供应等行业有着明显的界线。为了保证建设工程管理行业的独立性，从事这一行业的建设工程监理单位及其监理工程师必须与某些行业或单位断绝人事上的依附关系以及经济上的隶属或经营关系，也不能从事某些行业的工作。只有这样，才能确保建设工程监理单位及其监理工程师在进行建设工程监理时，不受被建设工程管理者的影响。建设工程监理的这种独立性是建设监理制的要求，是由建设工程监理单位在工程项目建设中的第三方地位所决定的，是由其所承担的建设工程监理的基本任务所决定的。因此，独立性是建设工程监理单位开展建设工程监理工作的重要原则。

3. 公正性

在工程项目建设中，建设工程监理单位及其监理工程师应当担任什么角色和如何担任这些角色是从事建设工程监理工作的人们应当认真对待的两个重要问题。公正性就是解决这些问题的基本原则。

（1）公正性的含义　在工程建设过程中，建设工程监理单位及其监理工程师一方面应当作为能够严格履行建设工程监理合同各项义务，能够竭诚为客户服务的"服务方"，另一方面，应当成为"公正的第三方"，也就是在提供建设工程监理服务的过程中，建设工程监理单位及其监理工程师应当排除各种干扰，以公正的态度对待委托方和被建设工程监理方，特别是当项目业主和被监理方发生利益冲突或矛盾时能够以事实为依据，以有关法律、法规和双方所签订的工程建设合同为准绳，站在第三方的立场上公正地加以解决和处理，做到"公正地证明、决定或行使自己的处理权"。

（2）公正性是建设监理制对建设工程监理进行约束的必要条件　对建设工程监理和建设工程监理单位公正性的要求，首先是因为公正性是建设监理制对建设工程监理进行约束的必要条件。

这是因为，实施建设监理制的基本宗旨是建立适合社会主义市场经济的工程建设新秩序，为开展工程项目建设创造安定、协调的环境，为投资者和承包商提供公平竞争的条件。建设监理制的实施，使建设工程监理单位及其监理工程师在工程项目建设中具有重要地位。一方面，使项目业主可以摆脱具体工程建设项目管理的困扰；另一方面，由于得到专业化的建设工程监理单位的大力支持，使项目业主与工程承包商在业务能力上达到一种平衡。为了保持这种状态，首当其冲的是要对建设工程监理单位及其监理工程师制定必要的约束条件。公正性要求就是必要的约束条件之一。

（3）公正性是建设工程监理工作正常和顺利开展的基本条件　建设工程监理单位及其监理工程师进行目标规划、动态控制、组织协调、合同管理和信息管理等工作都是为了力争在预定目标内实现工程项目建设任务这个总目标。但是，仅仅依靠建设工程监理单位而没有设计、施工、材料和设备供应单位的积极配合是不能完成这个任务的。建设工程监理工作成败的关键很大程度上取决于建设工程监理单位及其监理工程师能否与承建单位以及业主进行良好的合作、相互支持、相互配合。毫无疑问，这一切都需要建设工程监理将具有公正性作为基础。

（4）建设工程监理的公正性是各个工程建设项目承建商的共同要求　由于建设监理制赋予建设工程监理单位及其监理工程师在工程项目建设中具有监督管理的权力，被监理方必须接受建设工程监理方的监督管理。所以，他们迫切要求建设工程监理单位及其监理工程师能够办事公道，公正地开展建设工程监理活动。

因此，公正性是建设工程监理行业的基本要求，是社会公认的职业准则，也是建设工程监理单位及其监理工程师的职业道德准则。我国建设监理制把"公正"作为从事建设工程监理活动应当遵循的重要准则。

4. 科学性

我国《建设工程监理规定》指出：建设工程监理是一种高智能的技术服务，要求从事建设工程监理活动应当遵循科学准则。

（1）科学性的含义　所谓科学性，就是建设工程监理单位及其监理工程师在进行建设工程监理工作中，必须运用各种科学的知识和方法，不断提高自己解决建设工程监理过程中所出现的各种问题的能力。

（2）建设工程监理的科学性是由其任务所决定的　建设工程监理单位及其监理工程师以协助工程项目业主实现其投资目的为己任，力求在预定的投资目标、进度目标和质量目标内实现工程建设项目。而当今工程规模日趋庞大，功能、标准越来越高，新技术、新工艺和新材料不断涌现，参加组织和建设的单位越来越多，市场竞争日益激烈，风险日渐增加。所以，建设工程监理单位及其监理工程师只有不断地采用新的思想、理论、方法和手段，才能更好地驾驭工程项目建设。

（3）建设工程监理的科学性是由被监理单位的社会化、专业化特点决定的　承担工程建设项目设计、施工、材料和设备供应的单位，也都是社会化、专业化的单位。在技术、管理方面已经达到了一定水平。这就要求建设工程监理单位及其监理工程师应当具有更高的素质和水平。唯有如此，建设工程监理单位及其监理工程师才能对设计单位、施工单位、材料和设备供应单位实施有效的监督管理。所以，建设工程监理单位应当按照高智能、智力密集型原则组建，监理工程师应当具有较高的水平。

（4）建设工程监理的科学性是由其技术服务性决定的　建设工程监理单位及其监理工程师是专门通过对科学知识的应用来实现其价

值的。因此，这要求建设工程监理单位及其监理工程师在开展监理服务时能够及时提供科学含量高的服务，以创造更大的价值。

(5) 建设工程监理的科学性是由工程建设项目所处的外部环境所决定的　工程建设项目总是处于动态的外部环境包围之中，时时刻刻都有被干扰的可能。因此，建设工程监理单位及其监理工程师要适应千变万化的工程建设项目外部环境，要抵御外部干扰。这就要求监理工程师既要有丰富的工程实践经验，又要具有较强的应变能力，要进行创造性的工作。

(6) 监理的科学性是由其维护社会公共利益和国家利益的特殊使命决定的　在开展建设工程监理活动的过程中，建设工程监理单位及其监理工程师要把维护社会最高利益当做自己的天职。这是因为，工程项目建设牵扯到国计民生，维系着人民的生命和财产的安全，涉及公众利益。因此，建设工程监理单位及其监理工程师需要以科学的态度、用科学的方法来完成这项工作。

(7) 建设工程监理单位达到科学性的条件　按照建设工程监理科学性要求，建设工程监理单位应该具备下述条件。

1) 应当有一支数量足够、业务素质合格、工作经验丰富的监理工程师队伍。只有首先拥有了高素质的监理工程师队伍，科学性才有实现的条件。

2) 要掌握先进的建设工程监理理论、方法，并在工作中积累足够的技术、经济资料和数据。随着工程建设项目技术水平的不断提高，建设工程监理理论和方法也在不断创新。只有及时掌握先进的建设工程监理理论和方法，才能使建设工程监理单位及其监理工程师的科学性不断提高，才能在建设工程监理市场的竞争中凭借先进的技术立于不败之地。要想达到科学性，既要善于掌握新理论和新方法，又要善于总结自身的工作经验。只有这样，才能真正做到不断进步。

3) 要拥有现代化的建设工程监理手段，特别是要配备电子计算机辅助建设工程监理的软件和硬件。现代化的手段是达到科学化的物质基础，没有现代化的手段是不可能做到科学化的。在现代化的手段中，使用电子计算机是至关重要的。使用各种电子计算机辅助建设工程监理的软件和硬件，将会极大地提高建设工程监理的水平。

4）要有一套科学的管理制度。多年的经验已经证明，没有科学的管理制度，即使人员素质再高、方法和理论再先进，也是不可能真正发挥出应有的作用的。因此，要想真正在建设工程监理中体现出科学性，必须建立科学的管理制度。

1.4.2 建设工程监理与政府工程质量监督的区别

建设工程监理与政府工程质量监督都属于工程建设领域的监督管理活动，但是两者是不同的，在性质、执行者、工作性质、工作范围、工作依据、工作深度与广度、工作权限以及工作方法和手段等多方面都存在着明显的差异。

1. 性质上的区别

建设工程监理是一种社会的、民间的行为，是发生在工程建设项目组织系统范围之内的平等经济主体之间的横向监督管理，是一种微观性质的、委托性的服务活动。而政府的工程质量监督则是一种行政行为，是工程建设项目组织系统各经济主体之外的监督管理主体对工程建设项目系统内的各工程建设的主体进行的一种纵向的监督管理行为，是一种宏观性质的、强制性的政府监督行为。

2. 执行者的区别

建设工程监理的实施者是社会化、专业化的建设工程监理单位及其监理工程师，而政府工程质量监督的执行者则是政府建设行政主管部门中的专业执行机构——工程质量监督机构。

3. 工作性质的区别

建设工程监理是建设工程监理单位在接受项目业主的委托和授权之后为项目业主提供的一种高智力的工程技术服务，而政府工程质量监督则是政府的工程质量监督机构代表政府所行使的对工程质量的监督职能。

4. 工作范围的区别

建设工程监理的工作范围伸缩性较大。项目业主委托的范围大小而变化。如果是全过程、全方位的建设工程监理，则其工作范围远远大于政府工程质量监督的范围。此时，建设工程监理包括整个工程建设项目的目标规划、动态控制、组织协调、合同管理和信息管理等一系列活动。而政府工程质量监督则只限于施工阶段的工程质量监督，并且工作范围变化较小，相对稳定。

5. 工作依据的区别

政府工程质量监督以国家、地方颁发的有关法律和工程质量条例、规定、规范等法规作为基本依据，维护法规的严肃性。而建设工程监理不仅要以法律、法规为依据；还要以工程建设合同为依据；不仅要维护法律、法规的严肃性，还要维护合同的严肃性。

6. 工作深度和广度的区别

建设工程监理所进行的质量控制包括对工程建设项目质量目标的详细规划，实施一系列主动控制措施，在控制过程中既要做到全面控制又要做到事前、事中、事后控制，需要持续在整个工程建设项目过程中。而政府工程质量监督则主要在工程建设项目的施工阶段，对工程质量进行阶段性的监督、检查和确认。

7. 工作权限的区别

两者具有不同的工作权限。例如，政府工程质量监督拥有最终确认工程质量等级的权力，而目前情况下建设工程监理则无权进行这项工作。

8. 工作方法和手段的区别

建设工程监理主要采取组织管理的方法，从多方面采取措施进行工程建设项目质量控制。而政府工程质量监督则更侧重于采取行政管理的方法和手段。

1.5 建设工程监理的方法

建设工程监理有着丰富的工作方法，这些工作方法相互联系、相互支持、共同运行，构成了建设工程监理一个完整的工作方法大系统。这个大系统包括5种基本方法，即目标规划、动态控制、组织协调、信息管理和合同管理。

1.5.1 目标规划

1. 目标规划的定义

所谓目标规划，就是以实现项目目标为目的的规划和计划工作。它是围绕工程建设项目投资目标、进度目标和质量目标进行研究确定、分解综合、风险分析、安排计划和制定措施等项工作的集合。

2. 目标规划的作用

目标规划是工程建设项目目标控制的基础和前提，只有做好目标规划的各项工作，才能有效实施目标控制。目标规划得越好，工程建设项目目标控制的基础就越牢，目标控制的前提条件也就越充分。

3. 目标规划的形成

目标规划的形成是一个由粗到细、不断深化的过程，是随着工程的进程，滚动式、分阶段地根据可能获得的各种工程信息对前一个阶段的规划进行必要的细化、补充、修改和完善的过程。

4. 目标规划工作的内容

（1）确定控制目标　这是指正确确定投资、进度和质量这三大控制目标，也可以指对已经初步确定的控制目标进行科学论证。

（2）实行目标分解　这是指按照目标控制的需要将三大目标进行分解，使每个目标都形成一个既能分解又能综合的、满足控制要求的目标划分系统，以便实施控制。

（3）编制实施计划　这是指将工程建设项目实施的过程、目标和活动编成计划，用动态的计划系统来协调和规范工程建设项目的实施，为实现预期目标构筑一座桥梁，使工程建设项目协调有序地达到预期目标。

（4）进行风险分析和管理　编制实施计划之后，还需要对计划目标的实现进行风险分析和管理，以便采取具有针对性的措施实施主动控制。

（5）制定措施　做好目标规划工作的最后一步，就是制定各工程建设项目目标的综合控制措施，力保工程建设项目目标的实现。

1.5.2　动态控制

动态控制是开展建设工程监理活动时所采用的基本方法。动态控制工作贯穿于工程建设项目的整个建设工程监理过程中。

1. 动态控制的定义

所谓动态控制，就是建设工程监理单位及其监理工程师在完成工程建设项目的过程中，通过对过程、目标和活动的跟踪，全面、及时、准确地掌握工程建设信息，将实际目标值和工程建设状况与计划目标和状况进行对比，如果偏离了计划和标准的要求，则采取措施加以纠正，以便使计划总目标实现。动态控制是一个不断循环的过程，直到工程建设项目建成交付使用。

2. 动态控制的意义

工程在不同的空间里展开，控制就需要针对不同的空间来实施。工程建设项目的实施分成不同的阶段，控制也就分成不同阶段的控制。工程建设项目的实现总要受到外部环境和内部因素的种种干扰，因此，必须采取应变性的控制措施。计划的不变是相对的，计划总是在调整中运行。而一旦计划改变了，控制也就要随之改变。控制只有不断地适应计划的变化，才能达到有效控制。建设工程监理单位及其监理工程师只有通过动态控制方式，才能在不断的变化中把握住工程建设项目的脉搏，才能真正做好目标控制工作。

3. 动态控制的过程

动态控制，顾名思义，就是实施一个动态的过程控制。建设工程监理过程中的控制是在目标规划基础上针对各级分目标实施的控制，以期达到计划总目标的实现。动态控制过程也是建立在事先安排的计划基础上的。但是动态控制并不是简单计划的附属物，它在实施计划的过程中，既要确保计划的有效实现，也是对原有计划的检验，一旦发现原有计划并不符合工程建设的实际情况，动态控制就会将改变了的信息反馈给计划的制订者，以便供其进行计划修改。在计划修改之后，控制也随之进行必要的修改。在控制修改之后，仍然既要保证新计划的有效实现，又要对新计划进行经验。这个过程是一个在不断的反复中进行完善的过程。因而，称之为动态控制。

1.5.3 组织协调

组织协调是通过组织手段协同、调和所有的力量，团结一致以实现共同的目标。在实现工程建设项目的过程中，监理工程师要不断进行组织协调，这是实现工程建设项目目标不可缺少的方法和手段。

1. 组织协调的作用

组织协调与目标控制是密不可分的。组织协调的目的就是为了实现工程建设项目的预定目标。在建设工程监理过程中，当设计概算超过投资估算时，建设工程监理单位及其监理工程师要与设计单位进行协调，使设计与投资限额之间达成妥协，既要满足项目业主对工程建设项目的功能和使用要求，又要力求工程费用不超过限定的投资额度；当施工进度影响到工程建设项目完成时间时，建设工程监理单位及其监理工程师就要与施工单位进行协调，或改变物资投入，或修改施工计划，或调整工期目标，直到制定出一个较理想解决问题的方案为止；当发现承包单位的管理人员不称职，给工程质量造成影响时，监理工程师要与承包单位协调，更换相关人员，确保工程质量。

2. 组织协调的内容

组织协调包括以下两部分内容。

（1）项目监理组织内部人与人、机构与机构之间的协调　这项内容包括项目监理组织的总监理与各专业监理工程师之间的协调、各专业监理工程师之间的协调、各专业监理工程师与各监理员之间的协调、各监理员之间的协调、纵向监理部门之间的协调；横向监理部门之间的协调以及纵向监理部门与横向监理部门之间的协调等。

（2）项目监理组织与其他工程建设相关组织之间的协调　这项内容包括项目监理组织与项目业主、设计单位、施工单位、材料和设备供应单位之间的协调，项目监理组织与政府建设行政主管部门、咨询单位、工程毗邻单位之间的协调。协调的问题集中在他们的结合部上，组织协调就是在这些结合部上做好调和、联合和联结的工作，以使各方面在实现工程建设项目的总体目标上做到步调一致，达到运行一体化。

3. 组织协调的方法

为了开展好建设工程监理工作，要求项目监理组织内的所有监理人员都能主动地在自己负责的范围内进行协调，并采用科学有效的方法。为了搞好组织协调工作，需要对经常性事项的协调加以程序化，事先确定协调内容、协调方式和具体的协调流程；需要经常通过建设工程监理组织系统和工程建设项目组织系统，利用权责系统，采用指令性命令等方式进行协调；需要设置专门机构和专业人员进行协调；需要召开各种会议进行协调。只有这样，工程建设项目系统内各子系统、各专业、各工种、各项资源以及时间、空间等方面才能事先有机地配合，使工程建设项目成为一体化运行的整体。

1.5.4 信息管理

1. 信息管理的含义

建设工程监理活动离不开各种工程信息。在实施建设工程监理的过程中，建设工程监理单位及其监理工程师对所需要的工程建设信息进行搜集、整理、处理、存储、传递和应用等一系列工作，这些工作被称为信息管理。

2. 信息是控制的基础

为了有效地进行控制，全面、准确、及时地获取工程信息是十分重要的。工程建设中的控制与多方面的因素发生联系，如设计变更、设计改变、进度报告、费用报告和变更通知等都是通过信息传递将它们与控制部门联系起来的。建设工程监理的控制部门必须随时掌握工程建设项目实施过程中的反馈信息，以便在必要时采取纠正措施。例如，当材料供应推迟，设备或管理费用增加，承包单位不能满足规定的工期要求时，都有可能修改工程计划。而修改的工作计划又以变更通知的形式传递给有关方，然后对相关因素采取措施，才能起到控制的作用。可见，控制把工程建设项目的各个要素联系起来，每个要素必须通过适当的信息流通渠道才能与控制功能发生联系。

3. 信息的需求取决于实际需要

工程建设项目监理组织的各部门为完成各项建设工程监理任务需要哪些信息，完全取决于这些部门实际工作的需要。因此，对信息的要求是与各部门建设工程监理任务和工作直接相联系的。不同的工程建设项目，所需要的信息也有所不同。例如，当采用不同承发包模式或不同的合同方式时，建设工程监理需要的信息也有所不同。对于固定总价合同，进度款和变更通知是主要的；对于成本加酬金合同，人力、设备、材料、管理费用和变更通知等方面的信息是主要的；对于固定单价合同，完成工程量方面的信息是主要的。

4. 信息管理的重要性

信息管理对建设工程监理是十分重要的。建设工程监理单位及其监理工程师在开展建设工程监理工作中要不断地预测或发现问题，要不断地进行规划、决策、执行和检查。而做好任何一项工作都离不开相应的信息。规划需要规划信息，决策需要决策信息，执行需要执行信息，检查需要检查信息。监理工程师在建设工程监理过程中主要的任务是进行目标控制，而控制的基础是信息。任何控制只有在信息的支持下才能有效地进行。如果建设工程监理控制部门能够确信自己可以获得足够的信息支持，那么这个控制部门就会对控制工作充满信心，同时也会取得上级部门的信任。如果在制订计划时能够保证足够的信息支持，那么控制部门和其他管理部门就会对实现计划具有信心，就能够致力于目标控制和其他各项工作。

5. 信息管理需要人与计算机的有效配合

由于建设工程监理过程中需要的信息数量巨大，而且这些数量巨大的工程信息又常常有着时间上的紧迫要求。因此，做好这些信息的搜集、加工、处理和传递工作是一项艰巨的任务。选派专门的人员，组建专门的机构来从事这项工作是十分必要的。同时，还必须通过现代化的计算机辅助系统来做好这项工作。信息的搜集工作要由人来完成，信息的及时性需要有关人员对信息管理持主动积极的态度。要想使信息准确，就必须要求管理人员认真对待。这就要求监理工程师能够事先了解存在的问题并对工程状况事先进行预测。只有熟悉工程建设项目的实际情况，才能对来自各方面的信息进行分析、判断，去伪存真，掌握可用的信息。对众多的费用、时间和质量等方面的信息必须进行分析、处理、分类和归纳等工作，否则面对一大堆资料和数据就难以分析。在这方面，计算机是最好的助手。计算机可以利用信息编码，很快地对各种数据进行分类、汇总，并进行对比，输出所需要的各种报表。

6. 建设工程监理单位及其监理工程师信息管理的基础工作

建设工程监理单位及其监理工程师要想做好信息管理工作，一个重要的基础条件就是需要建立一个科学而高效的报告系统，通过这个报告系统来传递经过核实的、准确、及时、完整的工程信息。建立这个报告系统，需要设计一个以建设工程监理为中心的工程项目建设的信息流结构，确定信息目录编码，建立信息管理制度以及会议制度。

1.5.5 合同管理

合同管理直接关系着工程项目建设的投资、进度和质量三大控制目标，是建设工程监理方法系统中不可缺少的组成部分。

1. 合同管理的含义

建设工程监理单位及其监理工程师在建设工程监理过程中的合同管理是指根据建设工程监理合同的要求对工程承包合同的签订、履行、变更和解除进行监督和检查，对合同双方的争议进行调解和处理，以保证合同的依法签订和全面履行。

2. 合同管理的重要性

合同管理对于建设工程监理单位完成建设工程监理任务是非常重要的。根据国外建设工程监理的经验，合同管理产生的经济效益往往大于技术优化所产生的经济效益。一项工程合同，应当对参与工程建设项目的各方行为起到控制作用，同时具体指导一项工程如何操作完成。所以，从这个意义上来说，合同管理起着整个工程建设项目实施的作用。例如，按照 FIDIC《土木工程施工合同条件》实施的工程，在其第 72 条 194 条款中，详细地列出了在工程建设项目实施过程中所遇到的各种问题，并规定了合同各方在遇到这些问题时的权利和义务，同时还规定了监理工程师在处理各种问题时的权限和职责。在工程实施过程中经常发生的有关设备、材料、开工、停工、延误、变更、风险、索赔、支付、争议和违约等问题以及财务管理、工程进度管理和工程质量管理等方面的工作，这个合同条件都涉及了。

3. 合同管理的各种具体工作

监理工程师在合同管理中应当着重于以下几方面的工作。

（1）合同分析　合同分析是对合同各类条款进行分门别类地认真研究和解释，并找出合同管理的缺陷和弱点，以发现和提出需要解决的问题。同时更为重要的是，对引起合同变化的事件进行分析研究，以便采取相应措施。

合同分析对于促进合同各方履行义务和正确行使合同赋予的权力，对于监督工程的实施、对于解决合同争议、对于预防索赔和处理索赔等项工作都是必要的。

（2）建立合同目录、编码和档案　合同目录和编码是采用图表方式进行合同管理的有效工具，它为合同管理自动化提供了方便条件，使计算机辅助合同管理成为可能。合同档案的建立可以把合同条款分门别类地加以存放，为查询、检索合同条款以及分解和综合合同条款提供了方便。合同资料的管理应当起到为合同管理提供整体性服务的作用。它不仅要起到存放和查找方便的作用，还应当进行高层次的服务。例如，采用科学的方式将有关的合同程序和数据指示出来。

（3）合同履行的监督、检查　通过检查发现合同执行中存在的问题，并根据法律、法规和合同的规定加以解决，以提高合同的履约率，使工程建设项目能够顺利进行。合同监督还包括对经常性的合同条款进行解释，以促进承包方能够严格地按照工程要求来实现工程进度、工程质量和费用要求。按合同的有关条款做出工作流程图、质量检查表和协调关系图等，可以有效地进行合同监督。

合同监督需要经常检查合同双方往来的文件、信函、记录和项目业主指示等，以确认它们是否符合合同的要求和对合同的影响，以便采取相应对策。对通过合同监督、检查所获得的信息进行统计分析，以发现费用金额、履约率、违约原因、纠纷数量和变更情况等方面的情况，向有关建设工程监理部门提供情况，为目标控制和信息管理服务。

（4）索赔　索赔既是合同管理中的重要工作，又是关系到合同双方切身利益的问题，同时牵扯建设工程监理单位的目标控制工作，是参与工程项目建设的各方都关注的事情。

建设工程监理单位应当首先协助项目业主制定并采取防止索赔的措施，以便最大限度地减少无理索赔的数量和索赔影响量。其次要处理索赔事件。对于索赔，监理工程师应当以公正的态度对待，同时按照事先规定的索赔程序做好索赔工作。

4. 做好合同管理的关键

做好合同管理的关键包括以下几方面。

（1）参加合同制定和谈判　这对了解签订合同的双方和合同内容都有好处。它为今后的合同管理奠定了良好的基础，是掌握合同管理第一手资料的最好方法。

（2）认真弄清每个合同的各项内容　只有这样才能进行合同管理，才能管理好每个合同。

（3）少用或不用口头协议、"君子协定"　这样能够防止引起合同争执。

（4）监理单位应当努力履行自己的职责　这要求监理单位应该恰当地使用自己的权力，当好"公正的第三方"。这种率先垂范严格按合同办事的精神对于做好合同管理工作是必不可少的。它可以促进合同双方当事人履行各自的义务和恰当地行使各自的权力。

（5）委任既有应变能力又能坚持合同原则的监理工程师担任合同管理工作　在合同管理中，会出现各种极为复杂的问题，需要监理工程师迅速而恰当地解决，这就需要监理工程师既有应变能力又能坚持合同原则，从而解决各种复杂问题。

（6）全面、细致、准确、具体地拟订各种工程文件、记录、指示、报告、信件　这些资料是合同管理，特别是索赔的基本依据。

（7）在拟订合同文件时应当写清细节、力求达到可操作的程度　这样可以防止日后双方在细节上纠缠不清。

（8）特别注意工程变更对合同的影响　应当对每一份变更进行可行性分析，防止由此而引起的索赔。

（9）拟订合同条款时，用词应当做到清楚明白，避免含糊不清、词不达意　这既有利于合同的执行，又有利于建设工程监理单位实施合同管理。

（10）合同谈判中注意风险合理转移

1.6　实施建设工程监理的条件

实施建设工程监理需要相对严格的条件，只有这些条件基本具备了，建设工程监理的实施才能顺利展开。

1.6.1　社会主义市场经济体制

纵观国外先进国家建设工程监理产生和发展的历史背景，可以得出这样一个结论：建设工程监理只能是市场经济的产物，而且只能伴随着市场经济的发展而发展。因此，市场经济是建设工程监理存在和发展的最基本的条件。

1. 市场经济条件下建设工程监理产生的原因

市场经济的一个突出特点就是存在着激烈的市场竞争。当某个投资者看到某个领域有利可图时，就要投资建设一个生产工程建设项目。这时，投资者往往面临着众多竞争对手，既包括现有的，又包括潜在的。投资者要想获得预期的经济利益，就必须抢在竞争对手前面将工程建成，而且应该确保工程建设项目的建设费用低于竞争对手，建成的工程建设项目在质量上高于竞争对手。因此，项目业主要在时间上竞争，在工程费用上竞争，在工程质量上竞争，要更快、更好、更省地完成自己的工程建设项目。只有这样，才能占领市场、获得最佳的投资效果，才能在激烈的市场竞争中立于不败之地。

然而，投资者往往并不熟悉工程项目建设管理，同时从经济上考虑，一般也不愿意长期雇佣专门的工程建设项目管理人员。这样，广大投资者希望能够从社会上得到支持，以解决他们的这一需要。因此，正是由于广大工程建设项目投资者的普遍需求才产生了专门从事建设工程监理的行业。

作为国民经济宏观管理者的政府，它的一个基本任务是发展经济，而发展经济需要为投资者提供一个良好的投资环境、满足广大投资者的正当要求，而这又需要采取有效措施以确保工程建设质量，提高工程建设水平，充分发挥投资效益，建立和维护市场经济秩序。要做到这一点，需要建立一种工程建设方面的制度来保证，这种制度正是建设监理制。因此，作为一项重要的制度，建设监理制在市场经济条件下、在政府宏观经济政策的指导下出现了。

2. 市场经济条件下建设监理制的发展

在市场经济条件下，投资者作为未来建成工程建设项目的所有者，集工程建设项目的责、权、利于一身。谁投资，谁负责；谁决策，谁承担风险。项目业主作为工程建设项目管理的主体，拥有对工程项目建设进行监督管理的权力。但是随着工程建设项目的复杂程度越来越高，对工程建设项目进行监督管理越来越成为一项专业性极强的工作。为了更好地行使这项权力，投资者需要委托社会化、专业化的建设工程监理单位及其监理工程师为其提供工程建设项目的监督管理服务，使建设工程监理单位及其监理工程师能以工程建设项目管理服务主体的身份参与工程项目建设。在工程建设项目实施过程中，使得建设工程监理单位及其监理工程师在工程项目建设中具有举足轻重的地位。

为了完成建设监理制赋予的使命，实现建设工程监理的目的和任务，也为了在社会上赢得信誉，建设工程监理单位及其监理工程师必然努力地探索工程项目建设规律，完善建设工程监理的理论、方法和手段，力求使之达到更先进、更科学的程度。建设工程监理正是在这种条件下得以发展的。

3. 工程建设项目的特点也决定了建设工程监理是工程建设管理不可缺少的一部分

在市场经济体制条件下，工程建设项目与一般的产品一样，也是一种可以买卖的商品。工程建设项目的投资者就是其买主，而工程建设项目的承建商则是其卖主。然而，与一般工业产品不同，工程建设项目由于其投资巨大、结构复杂，而且又存在着不可移动的特点，因此不可能采用"货比三家"的简单方式来确认质量的好坏和价格的高低。而且，工程建设项目的筹划、决策、准备和建设过程漫长，期间要受到各种内部和外部相关因素的影响。这样，项目业主只能在事先就与工程的承建单位确定好买卖关系，在事先就预定好工程造价、工期和工程质量，然后才能进行生产。因此，对于项目业主来说，能否按时、按质、按量并按预定的费用最后得到工程建设产品必然是一个相当长的过程。鉴于此，工程建设项目的业主必须在整个工程项目建设的全过程中实施对质量、进度和投资的控制，才有可能获得自己理想的工程建设产品。很显然，没有社会化、专业化的建设工程监理单位的协助，仅凭项目业主自己是很难达到这一目标的。

在市场经济条件下进行工程建设，工程建设项目质量、工期和投资目标的要求，在合同中都有十分明确的规定。这种利用合同事先明确权利、义务和责任的方式，虽然在制度上确保了项目业主的合法权利，但也使项目业主监督管理的难度加大。由于建设工程监理单位及其监理工程师不仅十分熟悉工程建设管理中的各种情况，而且十分熟悉工程建设合同中的各种情况。项目业主要想保证能够有效地控制工程建设，最好的办法就是委托建设工程监理单位为其提供工程建设的监督管理服务。因此，工程建设项目的特点也决定了建设工程监理必然是工程建设管理不可缺少的一部分。

4. 计划经济体制不可能产生对建设工程监理的社会需要

回顾我国在改革开放之前，在计划经济条件下近40年工程建设的历史，项目业主、设计单位、施工单位以及材料和设备单位的工程建设任务，基本上都是由中央政府按照"条、块"两大系统下达的。由于缺少竞争条件，因而没有对建设工程监理的基本需求，也就无法产生建设工程监理行业和建设监理制。

在计划经济体制中，要求工程建设的各方自觉地完成各自的任务，对分担的任务实行各负其责。在特定的条件下、特定的环境中，这种方式也曾创造过奇迹。但是，特定的环境和特定的条件并不是普遍存在的。因此，在计划经济体制条件下，在相当时期内和多数情况下必然造成主观上人人负责，而实际上往往形成人人不负责的局面。

市场经济抓住了经济发展的内在规律，建设工程监理应运而生，并得到生存和发展。建设工程监理只有在市场经济条件下才能生根、开花和结果，也只能伴随着市场经济的发展和完善而发展和完善。

1.6.2 良好的法制环境

完善的市场经济体制必然同时伴随着良好的法制环境。在市场经济条件下，社会成员之间形成了各种各样的经济利益关系。维护这些经济利益关系的稳定与合理，是市场经济正常运行的最基本条件。而维护经济利益关系最有效的手段就是法制，因此市场经济必然要求一种法制环境。在这种法制环境中，人们必须遵守已经制定的法律和法规，对那些违反法律和法规的人必须追究其相应的责任。

1. 工程建设活动需要良好的法制环境

工程建设活动涉及人们的生命和财产安全，而且涉及环境保护、土地利用和城市规划等诸多公众利益。如果不确定一套科学而有效的规则和标准，那么工程建设不仅不能造福于民，反而会危害自己、危害他人，会给社会生产和公众生活造成不良影响。因此，政府建设行政主管部门在工程建设领域最重要的工作就是立法和执法，使得工程建设活动有据可循、有法可依，使违纪、违法者得以纠正和制裁。只有这样，才能有效地规范工程建设行为，在法律面前人人平等。只有执法者依法办事，建设者遵法守法，大家在一个统一的行为准则的规范下才能将事情办好。

2. 建设工程监理的存在和发展离不开法制环境

先进国家的建设工程监理经验中最重要的一条，就是由国家立法部门制定完善的建设工程监理法律体系，并由法律确定执行机关来执行，用高层次的法律去规范工程建设行为，才能收到理想的效果。可喜的是，目前我国有关的立法机构已经开始全面立法，建设工程监理法律体系正在建立，一个法制的环境正在形成。建设工程监理必将在一个良好的法制环境中得到生存和发展。

建设工程监理的存在和发展是离不开法制环境的。

（1）作为建设工程监理直接依据的各种工程合同正是一种法律行为和法律关系 这些工程建设合同具有法律的约束力，并受到法律的保护。正是这种法律的效力才有力地促进了签订工程建设合同的各方严格遵守并认真履行所签订的工程建设合同。如果没有约束和保护合同的法律，这些工程建设合同就只能是一纸空文。

建设工程监理单位及其监理工程师在建设工程监理过程中的一项重要工作，就是管理好项目业主与各工程承建商之间签订的这些工程建设合同，并根据其与项目业主所签订的建设工程监理合同来行使其权利、履行其义务。在市场经济条件下，只有建立在法律和人们的法律意识之上的各种工程建设合同，才能促使设计者拿出符合工程建设项目要求的设计方案，才能促使施工者建成符合要求的工程建设项目，才能促使材料和设备的生产者和供应者提供符合工程建设项目要求的建筑材料和工程设备。

（2）监理工程师调解各方经济利益的依据只能是工程建设方面的有关法律 在市场经济条件下，工程建设领域要想与其他行业一样引进市场竞争机制，就必须实施工程招标投标制。在工程招标投标过程中，商务利益必然会成为招标与投标的当事双方注目的焦点。

由于在工程建设项目实施的每一个阶段都可能实施招标与投标，因此，在整个工程建设过程中，工程建设各方都必然存在着商务利益的矛盾和争端。这些矛盾和争端如果不能有效调解，必然影响工程建设项目的正常建设。因此，工程建设需要建立一个约束协调机制，也就是需要在工程建设项目过程中存在一个公正的第三方以便进行必要的协调和约束。这个公正的第三方就是建设工程监理单位及其监理工程师。建设工程监理单位及其监理工程师对工程建设中各方商务利益进行协调和约束的依据，是工程建设相关的法律、法规以及合同各方的法律意识。

（3）确保工程建设合同的有效履行为建设工程监理提供了重要机遇 建立在工程建设相关法律基础上的工程建设合同，虽然为工程项目业主确保工程建设项目按照预定的投资目标、工期目标和质量目标完成提供了法律保障，但是合同的审查、谈判、签订和监督却是一项十分复杂的工作，需要具有专业的知识和丰富的经验，项目业主往往并不具备这种能力。因此，项目业主需要在履行合同时得到可靠的支持，为其提供社会化、专业化的合同监督管理服务。建设工程监理单位及其监理工程师由于既有着丰富的工程建设知识和技能，又有着专业的工程建设合同知识和技能，理所当然地成为项目业主最重要的协助者。这样，项目业主需要工程建设合同有效履行，就为建设工程监理提供了重要机遇。

综上所述，法制环境和市场经济是使建设工程监理能够形成和发展的两个基本条件。没有法律和法规作为坚强的后盾，没有良好的法制环境作为基本的运行环境，建设工程监理就难以有效实施。

1.6.3 配套机制

目前，我国尚处于向市场经济的转轨过程中，法制环境也尚未完全建立。但是不可能等到以上两个条件完全成熟之后，才在我国全面推行和实施建设监理制。在这种条件下，为了尽快使建设监理制在我国迅速推行和实施，就需要主动采取一些措施，通过迅速建立各种与之配套的相关机制，为建设监理制铺平道路。

1. 需要建立建设工程监理的需求机制

建设工程监理是为了满足社会需要而产生的，并在满足社会需要的过程中发展的。没有投资者对建设工程监理的需要，就没有建设工程监理市场，也就没有建设工程监理的存在和发展。长期以来，我国的项目业主只是作为执行国家投资计划的执行人，在计划经济环境的影响下，其责、权、利分离，因而根本没有对建设工程监理的需要。而在向社会主义市场经济转变的过程中，已经实行了工程建设项目的法人负责制，这就从根本上改变了这种状况。项目业主集责、权、利于一身，他们往往既是投资者，又是投资的使用者和偿还者。这样，他们必然会为在预计的投资目标、进度目标和质量目标内建成工程建设项目而竭尽全力，也就必然产生一种对社会支持的强烈需求，需要具有独立性、社会化和专业化的建设工程监理单位及其监理工程师提供专业化、高水平的技术服务。

2. 应当进一步完善竞争机制

为了真正搞活工程建设市场，我国将更广泛地利用工程招标投标制。这不仅要在施工阶段利用招标方式选择工程施工单位，还要在设计阶段利用设计竞赛或设计招标选择优质的设计单位，更要使竞争择优真正建立在公开、公平、公正的原则之上。只有选择了社会信誉好、技术水平高、管理能力强的设计、施工、供应单位承担工程建设任务，才能使工程建设项目目标全面实现。而选择设计单位、施工单位和材料、设备供应单位，却又是一项需要较高水平的工作，仅凭项目业主自身的能力和经验是难以做好这项工作的，这就需要委托具有独立性、社会化、专业化的建设工程监理单位及其监理工程师为其服务。因此，只有进一步完善工程建设市场的竞争机制，才能真正使建设工程监理得到社会的认可。

3. 应当进一步完善科学决策机制

由于长期的计划经济影响，在许多工程建设项目的决策过程中，仍然存在着由政府部门某些领导仅凭主观意愿进行工程建设项目投资决策的不良倾向，这已经给我国的工程建设造成十分巨大的经济损失，也给人民生命财产造成了巨大伤害。要避免这种现象的泛滥，特别要在工程建设项目决策阶段大力强化可行性研究工作，把工程建设项目咨询评估制加以完善。这对避免工程建设项目决策失误，力求决策优化起到举足轻重的作用。如果没有一个正确的投资决策，没有一个深思熟虑的建设方案，没有明确的工程建设项目投资、进度和质量总控制目标，建设工程监理就难以在工程建设项目实施过程中发挥作用。因此，建立和完善科学决策机制，实施工程建设项目咨询评估制，是推行和实施建设监理制不可缺少的重要条件。

如果能够在工程建设项目市场全面建立与建设监理制相配套的需求机制、工程竞争择优机制、工程建设项目科学决策机制，我国的建设监理制就能更有效地发挥其在提高我国工程建设水平上的作用。因此，相应的配套机制为全面推行和实施建设监理制建立了坚实的基础条件。

1.7 我国新型工程建设管理体制的基本格局

实施建设监理制的重要目的之一是改革我国传统的工程（工程建设项目）建设管理体制。同时，建设监理制的实施也意味着一个新的工程（工程建设项目）建设管理体制在我国的出现。

1.7.1 新体制的组织格局

新的工程建设管理体制就是在政府建设行政主管部门的监督管理之下，由工程建设项目法人（项目业主）、承建商、建设工程监理单位直接参加的"三方"管理体制。这种管理体制的建立，使我国的工程项目建设管理体制与国际惯例实施了接轨。

建设监理制实施以后，我国工程项目建设管理体制的组织格局如图 1-1 所示。

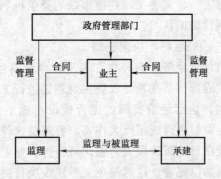

图 1-1 新型工程建设项目管理组织格局

这种由"三方"构成的工程建设管理体制是目前工程项目建设的国际惯例，是国外绝大多数国家公认的工程项目建设的重要原则，被誉为"合理使用资金和满足物质文明需要的关键"。

1.7.2 新体制所带来的重要变化

这种新体制所带来的变化主要体现在以下两个方面。

（1）新体制既有利于加强工程项目建设的宏观监督管理，又有利于加强工程项目建设的微观管理 在传统的工程项目建设管理体制中，政府建设行政主管部门直接管理工程建设项目的建设全过程，这使得政府建设行政主管部门既要抓工程建设项目的宏观监督，又要抓工程建设项目的微观管理。这种不切合实际的做法，是造成我国工程建设投资效益低下的根本原因。

新体制将工程项目建设中的微观管理工作转移给独立性、社会化、专业化的建设工程监理单位，并形成了专门的行业，从而在工程建设项目的建设中真正实现了政企分开。新体制加强了政府建设行政主管部门对工程项目建设的宏观监督管理，使得政府建设行政主管部门能够集中精力去做好工程项目建设中的立法和执法工作，能够专心做好工程项目建设中的宏观调控，能够真正尽到"规划、监督、协调、服务"的职能。

这种新体制也加强了对工程建设项目的微观监督管理，使得工程项目建设的全过程在独立性、社会化、专业化的建设工程监理单位及其监理工程师的参与下得以科学地监督管理，为提高工程建设水平和投资效益奠定了基础。

新型工程项目建设管理体制将政府建设行政主管部门摆在宏观监督管理的位置，对工程建设项目法人（项目业主）、承建商和监理单位实施纵向的、强制性的宏观监督管理，可以使他们的工程项目建设行为更加规范化。同时，在直接参加工程项目建设的监理单位与承建商之间又存在着横向的、委托性的微观监督管理。这种政府与民间相结合的、强制与委托相结合的、宏观与微观相结合的工程建设项目监督管理，必然会对我国的工程建设起到巨大的有利作用。

（2）新体制通过三种关系将参与建设的三方紧密地联系成一个完整的工程建设项目组织系统　这种工程项目建设管理体制所带来的另一大变化就是，它将参与工程项目建设的三方通过三种关系紧密地联系起来，形成既有利于相互协调又有利于相互约束的组织系统，为实现工程建设项目总目标奠定了组织基础。产生这种变化的原因主要是在工程建设项目管理组织中增加了新的一方，即"第三方"——建设工程监理单位，从而使整个工程建设项目管理的组织系统得以健全。

按照这种新型的工程建设管理体制的运行原则，充分利用市场竞争机制，项目业主能够择优选择承建商，并通过签订工程承包合同在承建商与工程建设项目法人（项目业主）之间建立承发包关系；同时，通过建设工程监理合同，在工程建设项目法人（项目业主）与建设工程监理单位之间建立委托服务关系；利用协调约束机制，根据建设监理制的规定以及工程承发包合同和建设工程监理合同的进一步明确，在建设工程监理单位与承建商之间建立建设工程监理与被建设工程监理关系。这样，工程建设项目法人（项目业主）、承建商、建设工程监理单位通过三种关系紧密联系起来，形成一个完整的工程建设项目组织系统。这个组织系统在三种关系的协调下统一运行，产生了巨大的组织效应，为顺利完成工程建设项目发挥了不可估量的作用。

正是由于建设监理制在工程项目建设管理体制方面的这种改革，使我国工程建设发生了深刻的变化，为提高我国建设水平和投资效益产生了促进作用。

1.8 建设程序及其与建设工程监理的关系

所有工程建设项目都具有单件性和一次性的特点，但是它们依然有着共同的规律、有着自己的寿命阶段和周期。因此，虽然工程建设项目千差万别，但是它们都应该遵循科学的建设程序。所谓工程项目建设程序，是指一项工程从设想、提出到决策，经过设计、施工直到投产使用的整个过程中应当遵循的内在规律和组织制度。

严格遵守工程项目建设的内在规律和组织制度，是每一位建设工作者的职责，更是监理工程师的重要职责。

建设监理制的基本内容之一就是明确科学的工程项目建设程序，并在工程建设中监督实施这个科学的建设程序。

1.8.1 我国工程项目建设程序

1. 我国工程项目建设程序形成的历程

我国工程项目建设程序是随着我国社会主义建设的进行，随着人们对建设工作的认识的日益深化而逐步建立、发展起来的，并将随着我国经济体制改革的深入进一步完善。

新中国建立以后，随着恢复经济和开展建设工作，建设程序的制定也随之开始。1952 年出台了第一个有关工程项目建设程序的全国性文件，对基本建设的大致阶段作出了规定。之后又对加强规划和设计等工作作出了进一步的规定。

改革开放以来，改革和完善建设程序的步骤加快。1978 年有关部门明确规定，一个工程建设项目从计划建设到建成投产必须经过以下阶段：编制计划任务书，选定建设地点；经批准后，进行勘察设计；初步设计，经批准列入国家年度计划后，组织施工；工程按设计建成，进行验收，交付使用。1979 年决定建立工程建设项目开工报告制度。1981 年对利用外资、引进技术工程建设项目提出要编制工程建设项目建议书和可行性研究报告的要求。1983 年作出规定，国内工程建设项目也要试行工程建设项目建议书和可行性研究报告的做法。1984 年确定，所有工程建设项目都实行工程建设项目建议书和可行性研究报告制度，利用外资、引进技术项目以可行性研究报告代替设计任务书。1991 年进一步规定，国内投资工程项目的设计任务书和利用外资工程建设项目的可行性研究报告统一称为可行性研究报告，取消设计任务书的名称。

在工程建设领域实现"两个根本性转变"的今天，工程项目建设程序面临着更深刻的变革，工程建设项目法人（项目业主）负责制、建设监理制、工程招标投标制、工程建设项目咨询评估制将进一步融合为一体。一个科学的、完善的建设程序在实施建设监理制的过程中逐步确定，并呈现在广大建设者面前。

2. 目前我国工程项目建设程序

目前我国工程项目建设程序如图 1-2 所示。

按我国目前的建设程序，大中型工程建设项目的建设过程大体上分为两大阶段。

（1）工程建设项目决策阶段　工程建设项目决策阶段的工作主要是编制工程建设项目建议书、进行可行性研究和编制可行性研究报告。

1）项目建议书。项目建议书是拟建项目单位向国家提出要求建设某一项目的建议文件，是对工程项目建设的轮廓设想。项目建议书的主要作用是推荐一个拟建项目，论述其建设的必要性、建设条件的可行性和获利的可能性，供国家决策机构选择并确定是否进行下一步

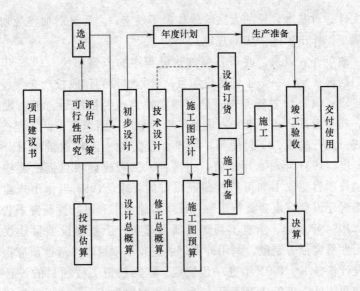

图 1-2   目前我国工程项目建设程序

工作。

项目建议书的内容视项目的不同有繁有简，但一般应包括以下几方面的内容。

① 项目提出的必要性和依据。

② 产品方案、拟建规模和建设地点的初步设想。

③ 资源情况、建设条件、协作关系和设备引进国别、厂商的初步分析。

④ 投资估算、资金筹措及还贷方案设想。

⑤ 项目进度安排。

⑥ 经济效益和社会效益的初步估计。

⑦ 环境影响的初步评价

对于政府投资项目，项目建议书按要求编制完成后，应根据建设规模和限额划分分别报送有关部门审批。项目建议书批准后，可以进行详细的可行性研究报告的编制，但并不表明项目非上不可，批准项目建议书并不是项目的最终决策。

根据《国务院关于投融资体制改革的决定》（国发〔2004〕20

号），对于企业不使用政府资金投资建设的项目，政府不再进行投资决策性质的审批，项目实行核准制或登记备案制，企业不需要编制项目建议书而可直接编制项目可行性研究报告。

2）可行性研究。可行性研究是指在项目决策之前，通过调查、研究、分析与项目有关的工程、技术、经济等方面的条件和情况，对可能的多种方案进行比较论证，同时对项目建成后的经济效益进行预测和评价的一种投资决策方法和科学分析活动。

① 作用。可行性研究的主要作用是为建设项目投资决策提供依据，同时也为建设项目设计、银行贷款、申请开工建设、建设项目实施、项目评估、科学实验和设备制造等提供依据。

② 内容。可行性研究是从项目建设和生产经营全过程分析项目的可行性，应完成以下工作内容：市场研究，以解决项目建设的必要性问题；工艺技术方案的研究，以解决项目建设的技术可行性问题；财务和经济分析，以解决项目建设的经济合理性问题。

凡经可行性研究未通过的项目，不得进行下一步工作。

3）项目投资决策审批制度。根据《国务院关于投资体制改革的决定》，政府投资项目和非政府投资项目分别实行审批制、核准制或备案制。

① 政府投资项目。对于采用直接投资和资本金注入方式的政府投资项目，政府需要从投资决策的角度审批项目建议书和可行性研究报告，除特殊情况外不再审批开工报告，同时还要严格审批其初步设计和概算；对于采用投资补助、转贷和贷款贴息方式的政府投资项目，则只审批资金申请报告。

政府投资项目一般都要经过符合资质要求的咨询中介机构的评估论证，特别重大的项目还应实行专家评议制度。国家将逐步实行政府投资项目公示制度，以广泛听取各方面的意见和建议。

② 非政府投资项目。对于企业不使用政府资金投资建设的项目，一律不再实行审批制，区别不同情况实行核准制或登记备案制。

其一，核准制。企业投资建设《政府核准的投资项目目录》（以下简称《目录》）中的项目时，只需向政府提交项目申请报告，不再经过批准项目建议书、可行性研究报告和开工报告的程序。政府对企业提交的项目申请报告，主要从维护经济安全、合理开发利用资源、保护生态环境、优化重大布局、保障公共利益、防止出现垄断等方面进行核准。对于外商投资项目，政府还要从市场准入、资本项目管理等方面进行核准。

其二，备案制。对于《目录》以外的企业投资项目，实行备案制，除国家另有规定外，由企业按照属地原则向地方政府投资主管部门备案。备案制的具体实施办法由省级人民政府自行制定。国务院投资主管部门要对备案工作加强指导和监督，防止以备案的名义变相审批。

为扩大大型企业集团的投资决策权，对于基本建立现代企业制度的特大型企业集团，投资建设《目录》中的项目，可以按项目单独申报核准，也可编制中长期发展建设规划，规划经国务院或国务院投资主管部门批准后，规划中属于《目录》中的项目不再另行申报核准，只需办理备案手续。企业集团要及时向国务院有关部门报告规划执行和项目建设情况。

（2）工程建设项目实施阶段　立项后，工程建设项目就进入实施阶段。工程建设项目实施阶段的主要工作包括设计、建设准备、施工安装、动工前准备和竣工验收等阶段性工作。

1）工程建设项目设计。设计工作开始前，工程建设项目法人（项目业主）按建设监理制的要求委托建设工程监理。在建设工程监理单位的协助下，根据可行性研究报告，做好勘察和调查研究工作，落实外部建设条件，组织开展设计方案竞赛或设计招标，确定设计方案和设计单位。

对一般工程建设项目，设计按初步设计和施工图设计两个阶段进行。有特殊要求的工程建设项目可在初步设计之后增加技术设计阶段。

初步设计是根据批准的可行性研究报告和设计基础资料，对工程建设项目进行系统研究、概略计算和估算，作出总体安排。它的目的是在指定的时间、空间限制条件下，在投资控制额度内和质量要求下，作出技术上可行、经济上合理的设计和规定，并编制工程建设项目总概算。

在初步设计的基础上进行施工图设计，使工程设计达到施工安装的要求，并编制施工图预算。

2）建设准备。工程建设项目施工前必须做好建设准备工作。其中包括征地、拆迁、平整场地、通水、通路以及组织设备、材料订货，组织施工招标，选择施工单位，报批开工报告等项工作。

施工前各项施工准备由施工单位根据施工工程建设项目管理的要求做好。属于项目业主方的施工准备工作（如提供合格的施工现场、设备和材料等）也应根据施工要求准备好。

3）施工和动工前准备。按设计进行施工安装，建成工程实体。与此同时，工程建设项目法人（项目业主）在建设工程监理单位及其监理工程师的协助下做好工程建设项目建成使用的一系列准备工作，如人员培训、组织准备、技术准备和物资准备等。

4）竣工验收。竣工验收是工程项目建设全过程的最后一个程序，它是全面考核工程项目建设成果、检验建成工程项目是否合乎设计要求和工程质量的重要环节，也是实施建设过程事后控制的重要步骤。同时，竣工验收是投资成果转入生产或使用的标志，也是确认工程建设项目能否动用的关键步骤。竣工验收对促进工程建设项目及时投产、发挥投资效果、总结建设过程中的经验和教训，都有十分重要的作用。申请竣工验收需要做好整理工程建设技术资料、绘制工程建设项目竣工图样、编制工程建设项目决算等准备工作。

简单、小型的工程建设项目可以一次性进行全部工程建设项目的竣工验收。对于大中型工程建设项目，则需要在竣工验收之前，由工程建设项目法人（项目业主）组织施工、设计及使用等有关单位进行初步验收。初验前由施工单位按照国家规定，整理好文件、技术资料，向工程建设项目法人（项目业主）提出竣工报告。工程建设项目法人（项目业主）接到报告后，应及时组织初验。

对大中型工程建设项目应当经过初验，然后再进行最终的竣工验收。

整个工程建设项目全部完成，经过各单项工程的验收，符合设计要求，并且具备工程建设项目竣工图、工程建设项目决算、汇总技术资料以及工程总结等必要文件资料，可以由工程建设项目主管部门或工程建设项目法人（项目业主）向负责验收的单位提出验收申请报告。工程建设项目验收合格即交付使用，同时按规定实施保修。

3. 新建设程序的变化

目前我国建设程序与计划经济体制下的建设程序相比，发生了不少的变化。例如，对建设过程各环节的审批权限和内容进行了大幅度的调整，对各环节工作的内容进行了调整，对各环节工作的深度进行了调整。其中最大、最重要的变化有如下三点。

（1）在工程建设项目决策阶段实施工程建设项目咨询评估制新的建设程序在工程建设项目决策阶段增加了工程建设项目建议书、可行性研究和评估等系列性工作。这是一项重要的改革，它使得工程建设项目投资的决策实现科学化、民主化有了制度保证。

随着市场经济体制的发展和完善、工程建设项目法人（项目业主）自行管理工程建设意识的淡化，在工程建设的前期阶段就委托建设工程监理的做法必然会普遍推行开来。也就是说，当工程建设项目法人（项目业主）有了投资工程项目建设的意向之后，就会委托建设工程监理单位替其寻求合适的咨询机构，并替其管理咨询合同的实施、评估咨询结果。

（2）在工程建设过程中实施了建设监理制 新建设程序使得工程建设领域出现了甲方（即项目业主）与乙方（即工程承建商）之外的"第三方"，从而使我国工程项目建设呈现了三足鼎立、既相互支持又相互制约的新格局。

（3）在工程建设过程中实施了工程招标投标制 工程招标投标制的引进，使我国工程建设领域实现了市场化。通过引进市场竞争机制，使我国的工程项目建设充满了活力。

以上建设程序的三大变化，使我国工程建设进一步顺应了市场经济的要求，并且与国际惯例基本接轨。

我国工程项目建设程序是在计划经济体制下产生的，又长期在计划经济体制下发展和运用，这使得计划经济体制的影响至今仍然存在。不过，经过30年的改革，社会主义市场经济体制的基本因素逐步渗透到我国的工程项目建设程序之中，为其增添了不少崭新的内容，这正是当前我国建设程序的显著特点。

1.8.2 建设程序与建设工程监理的关系

1. 建设程序为工程建设行为提出了规范化的要求

在工程项目建设过程中，参加建设的各方以及相应的政府建设行政主管部门应当做什么、应当怎样做、应当由谁做？依照什么顺序做？这一系列问题都可以从工程项目建设程序中找到答案。这是因为，工程项目建设程序是由国家制定的工程项目建设必须遵循的基本程序，是关于工程建设领域的重要法规。国家制定工程项目建设程序的一个重要目的，就是对工程项目建设行为进行监督管理，使之规范化。

由于国家实施建设监理制的目的之一是为了对工程项目建设行为进行监督管理，因此工程项目建设程序也就必然成为建设监理制的一个重要组成部分。

2. 工程项目建设程序为建设工程监理提出了具体的任务的服务内容

建设工程监理的基本任务是通过工程建设项目的一项项具体工作来实现的，而这些具体工作的服务内容都来自工程项目建设程序。

在工程建设项目的决策阶段，建设工程监理单位及其监理工程师可以提供哪些咨询服务呢？从工程项目建设程序中可以看到，避免决策失误、力争决策优化是建设工程监理单位咨询服务的主要任务。因此，在决策阶段，建设工程监理单位进行咨询服务的主要工作就是协助项目业主做好对拟建工程建设项目的可行性研究，做好对拟建工程建设项目的经济评价。

在工程建设项目的实施阶段，建设工程监理的目标是着重解决如何在明确的工程建设项目目标内来建成工程建设项目。这就决定了本阶段建设工程监理的基本任务是投资、进度和质量三大控制。因此，在工程建设项目实施阶段，建设工程监理单位及其监理工程师的服务工作包括：审查承建单位提出的施工组织设计、施工技术方案和施工进度方案，并提出改进意见；检查工程进度情况和工程质量情况；督促检查承建单位严格执行工程承包工程合同，并调解项目业主与承建单位之间的利益争议。

因此，建设工程监理单位及其监理工程师在工程项目建设各阶段具体应当开展的服务性工作，都可以在工程项目建设程序中找到。

3. 建设程序确立了监理单位在工程项目建设中的重要地位

目前，由于建设监理制在我国才刚刚起步，没有完全融入我国现行的建设程序之中。所以，关于建设工程监理单位在工程建设中的地位还没有在我国现行的工程项目建设程序中明确地反映出来。不过，随着建设监理制在全国的推行，这个问题最终必将被解决。

在国外，大多数工程项目建设程序都给予建设工程监理单位及其监理工程师以明确而重要的地位。在国外，工程项目建设程序中的每一个阶段都清楚地列出了建设工程监理单位及其监理工程师应做的工作以及他们的工作职责和拥有的基本权力。建设工程监理单位及其监理工程师作为建设监理制规定的工程项目建设的参与方，必须在工程项目建设程序上赋予他们进行建设工程监理的基本权力和责任。

4. 严格遵守，模范执行建设程序是每一位监理工程师的职业准则

工程项目建设程序是建设工程监理单位及其监理工程师进行建设工程监理的基本依据，因此，虽然严格按建设程序办事是所有工程建设人员都必须遵循的行为标准，但对监理工程师则应有更高的要求：他们作为肩负着规范建设行为使命的监督管理人员，更应当严格遵守，模范执行工程项目建设程序。监理工程师作为工程建设项目管理的专业人员，他们对于建设程序不是了解、熟悉的问题，而是必须熟练掌握和有效运用的问题。这是对所有建设工程监理人员基本素质的要求，也是建设工程监理职业准则的基本要求。

5. 严格执行我国现行建设程序是结合中国国情推行建设监理制的具体体现

推行建设监理制应当遵循的基本原则之一就是结合中国国情。如何做到结合中国国情？众说纷纭，但有一点是没有异议的，那就是按照我国现行工程项目建设程序的要求来开展建设工程监理活动，这在很大程度上体现了结合本国国情的原则。

任何国家，工程项目建设程序都要充分反映这个国家现行的工程建设的方针、政策、法律、法规，都要反映现行的工程项目建设的管理体制，都要反映这个国家实施工程建设的具体做法。而且，工程项

目建设程序总是随着时代的变化而变化，总是因社会环境和人们需求的改变而相应地调整和完善。这样的动态变化都是适应国情要求的。因此可以这样说，工程项目建设程序集中放映了其所适用时期的基本国情，按照其要求进行建设工程监理就能最大限度地体现结合国情的原则。

目前，我国正处于改革开放的新时期。一系列新的改革措施都在工程项目建设程序中体现出来，建设监理制、工程招标投标制和项目业主（法人）责任制等已经或多或少地在工程项目建设程序之中有所反映。政府建设行政主管部门正在逐步改变直接插手工程项目建设的做法，开始把主要精力转移到宏观监督管理方面。政府建设行政主管部门对工程建设的监督管理与建设工程监理的关系正在被理顺。相信一个符合中国国情，适应社会主义市场经济体制的工程项目建设程序会逐步建立起来，这将对建设监理制的实施起到更大的促进作用。

1.9 建立和实施建设监理制的意义

在我国建立和实施建设监理制具有以下几方面的意义。

1.9.1 满足社会主义市场经济中投资者对专业服务的社会需求

1. 外资工程建设项目实施建设工程监理的实践证明建设监理制的可行

建设监理制在我国的提出和推行，与我国的改革开放政策是密不可分的。自20世纪80年代以来，我国的改革开放已经在经济领域逐步展开。外资、中外合资、利用国外贷款的工程建设项目逐渐多了起来。这些工程建设项目在管理方面的共同特点是通过实施工程招标来择优选择工程建设项目承建商，同时聘请建设工程监理单位及其监理工程师实施建设工程监理。这种按照国际通行做法，将工程项目建设的微观管理工作，由项目业主委托和授权给独立性、社会化、专业化的建设工程监理单位来承担的做法，产生了很好的效果。采用建设监理制进行工程项目建设，其好处是十分明显的。它使项目业主从他所不熟悉的工程建设项目管理的日常工作中解脱出来，专心致力于必须由他作出决策的事务。让专长于工程建设项目管理的监理工程师为其提供技术和管理服务，这些专业化的监理工程师有着丰富的知识和经验以胜任这些工作。

2. 目前我国需要建设监理制的大力推行

外资、中外合资、利用国外贷款的工程建设项目引进建设工程监理做法的成功，对国内投资工程建设项目起到示范作用。随着工程建设项目责任制的逐步落实，工程建设项目法人（项目业主）承担的投资风险越来越大，他们也越来越感到仅凭自身的能力和经验难以完全胜任工程建设项目的管理，因而产生了需要借助社会化的智力资源弥补自身不足的渴望。因此，在我国推行建设监理制已经具备了较为坚实的社会基础。

在"十一五"计划期间，我国工程建设项目规模越来越大、技术越来越复杂，由此带来了工程建设项目的实施时间延长、建设费用迅速增加以及工程质量方面的种种要求，使工程建设项目法人（项目业主）所承担的投资风险加大，他们迫切需要从社会上解决工程项目建设中所需要的技术服务等问题。建设工程监理的出现，正是解决这种社会需求的最好办法。因此，目前我国需要大力推行建设监理制，以满足广大工程建设项目法人（项目业主）对专业服务的社会需求。

1.9.2 有利于政府在工程建设中的职能转变

1. 中央明确提出政府要职能转变

我国的经济体制改革在 20 世纪 80 年代中期，特别是《中共中央关于经济体制改革的决定》发布后，明确提出了转变政府职能，实行政企分开，简政放权的改革思路；明确提出政府在经济领域的职能要转移到"规划、协调、监督、服务"上来；明确提出在进行各项管理制度改革的同时，应加强经济立法、加强经济管理和监督。

2. 建设监理制是工程建设领域实现政府职能转变的重要举措

由于工程建设领域曾长期实行计划经济体制下的管理体制，因此在工程建设领域，通过建立和实施建设监理制来具体贯彻我国经济体制改革的决策具有重要的现实意义。它是工程建设领域实现政企分开的一项必要措施，是政府职能转变后进行工程项目建设的重要补充和完善措施，是在工程建设领域加强法制和经济管理的重大措施。

1.9.3 有助于我国建筑市场的发展与完善

1. 建设监理制是建设市场的重要组成部分

我国经济体制改革的目标是建立社会主义市场经济体制。这样，在工程建设领域也需要建立市场机制。在工程建设领域，建立和实施建设监理制对于培育、发展和完善我国的建筑市场有着不可低估的意义。建设监理制的建立以及工程建设项目法人（项目业主）责任制的提出，再加上工程招标投标制的实施，使我国工程建设领域向市场经济体制过渡有了一套基本完整的措施。由于建设监理制的实施，我国工程建设管理体制开始形成以工程建设项目法人（项目业主）、建设工程监理单位和工程承建商直接参加的，在政府建设行政主管部门监督管理之下的新型管理体制，我国建筑市场的格局也开始发生结构性变化。以工程建设项目法人（项目业主）为主的工程建设项目发包体系，以工程设计、施工和设备材料供应单位为主的工程建设项目承包体系，以独立性、社会化、专业化的建设工程监理单位为主的技术服务体系的三元建筑市场体系正在形成。作为联结工程建设项目法人（项目业主）责任制、工程招标投标制和加强政府宏观管理的中间环节，建设监理制使它们联系起来，形成一个有机整体，对在工程建设领域发挥市场机制作用是有利的。

2. 建设监理制是落实其他改革措施的前提

如果没有建设监理制，其他改革措施就难以奏效。首先，如果没有建设监理制，就不会有独立性、社会化、专业化的建设工程监理单位及其监理工程师为工程建设项目法人提供高智能的技术服务，工程建设项目法人（项目业主）责任制就难以真正实行。其次，如果没有建设监理制，对工程建设项目管理和工程建设合同并不十分在行的工程建设项目法人（项目业主）就难以真正利用市场竞争择优机制公开、公正、公平地选定工程建设项目的各个承建商，工程招标投标制就难以有效规范地实施。最后，如果没有建设监理制，就不会有独立性、社会化、专业化的建设工程监理单位及其监理工程师为工程建设项目提供高水平的微观工程建设项目管理服务，工程建设水平和投资效益就不可能提高，政府建设行政主管部门也就不可能真正实现职能转变，转到行之有效的宏观监督管理上来。

思 考 题

1. 建设工程监理是一种什么样的工程建设活动？
2. 建设工程监理的中心任务是什么？
3. 建设工程监理的目的是什么？
4. 建设工程监理具有哪些性质？
5. 建设工程监理与政府质量监督的区别是什么？
6. 建设工程监理有哪些基本方法？
7. 我国实施建设工程监理需要哪些基本条件？
8. 我国实施建设工程监理的背景是什么？
9. 我国对建设工程监理作了哪些规定？
10. 我国新型工程建设管理体制是什么？
11. 我国目前的工程项目建设程序是什么？
12. 建设工程监理与工程项目建设程序的关系是什么？
13. 我国实施建设监理制的意义是什么？

第2章　建设工程监理单位

2.1　概述

2.1.1　监理单位的概念

监理单位是指取得监理资质证书，具有法人资格，主要从事建设工程监理工作的监理公司（咨询公司、项目管理公司）和监理事务所等。

我国的监理单位是推行建设工程监理制度后兴起的一种新企业，是建筑市场的三大主体之一。这种企业的主要责任是向项目法人提供高智能的技术服务（即监理服务），对工程建设的质量、进度和投资三大目标进行监督管理。实践证明，监理单位已在工程项目建设中发挥着巨大作用。在市场经济发达的资本主义国家，监理单位是建筑市场中完成交易活动必不可少的参与主体。

2.1.2　监理单位的地位

监理单位是建筑市场的三大主体之一。一个发育完善的市场，不仅要有具备法人资格的交易双方，而且要有协调交易双方、为交易双方提供交易服务的第三方。就建筑市场而言，业主和承建商是买卖的双方。承建商（包括工程建设的勘察、规划、设计、建筑构配件制造、施工等单位；就具体的交易活动来说，承建商可以是其中之一，也可能是指几个单位，甚至是指上述所有单位）以物的形式出卖自己的劳动，是卖方；业主以支付货币的形式购买承建商的产品，是买方。一般来说，建筑产品的买卖交易不是瞬间就可以完成的，往往经历较长的时间。交易的时间越长（或者说阶段性交易的次数越多），买卖双方产生矛盾的概率就越高，需要协调的问题就越多。况且，建筑市场中交易活动的专业技术性很强，没有相当高的专业技术水平，就难以圆满地完成建筑市场中的交易活动。监理单位正是介于业主和承建商之间的第三方，是为促进建筑市场中交易活动的顺利开展而服务的。

监理单位、承包商和业主之间的关系是平等的关系。作为法人，他们都是建筑市场的主体，只有社会分工的不同、经营性质的不同和业务范围的不同。没有主仆关系，也没有领导与被领导的关系。

监理单位和业主的关系是通过监理委托合同来建立的，两者是合同关系。在监理合同中，业主将其进行项目管理的一部分权力授予监理单位，因而双方又是一种委托与被委托、授权与被授权的关系。

监理单位与承包商的关系则不是建立在合同基础上的，而且他们之间根本就不应有任何合同关系及其他经济关系。在工程项目建设中，他们是监理与被监理的关系。这种关系的建立首先是建设监理制度赋予的，即只要是实行建设监理的项目，承包商就有义务接受监理，监理单位就有权进行监理。其次是在工程建设有关合同中加以确定的，施工合同和监理委托合同中都有监理方面的具体条款。监理单位与承包商的关系就是以建设监理制和有关合同为基础的监理与被监理的关系。

2.1.3 监理队伍的规模

监理工作本身要求监理人员必须是高智能、高素质，如果不是这样，实施建设监理工作就失去了意义。作为监理单位，不仅要具备工程施工的监理能力，而且应具备设计监理能力以及工程项目前期工程的咨询能力，以适应全过程监理和咨询的需要。作为监理单位，不仅要具备工程质量的控制能力，而且要具备进度和投资的控制能力；不仅会使用技术手段，而且要熟练地使用经济控制手段、合同控制手段和法规控制手段，以适应全方位监理的需要。为此，监理单位不仅要配备工程技术人才，而且要配备和培训经济管理和合同管理方面的人才。

在我国现有 6000 多家监理企业里，规模小的多，规模大的少；专业资质的多，综合资质的少。从监理人员素质来看，监理从业人员的大致情况是，知识结构不尽合理，很多工程技术人员缺乏经济、法律和管理方面的专业能力。监理企业应该进一步加强监理人员的培训工作。

监理咨询机构为了建立一支适应建设工程监理工作需要的、高素质的监理队伍，需要建立合理的监理工程师专业结构，控制监理工程师队伍规模，实行监理工程师注册制度，建立和维护监理工程师岗位的严肃性。

2.2　建设工程监理单位的类别

工程监理企业的资质等级标准和业务范围如下所述。

2.2.1　工程监理企业资质

工程监理企业资质是企业技术能力、管理水平、业务经验、经营规模和社会信誉等综合性实力指标。对工程监理企业进行资质管理的制度是我国政府实行市场准入控制的有效手段。

工程监理企业应当按照所拥有的注册资本、专业技术人员数量和工程监理业绩等资质条件申请资质，经审查合格，取得相应等级的资质证书后，才能在其资质等级许可的范围内从事工程监理活动。

工程监理企业的注册资本不仅是企业从事经营活动的基本条件，也是企业清偿债务的保证。工程监理企业所拥有的专业技术人员数量主要体现在注册监理工程师的数量方面，这反映了企业从事监理工作的工程范围和业务能力。工程监理业绩则反映了工程监理企业开展监理业务的经历和成效。

工程监理企业的资质按照等级分为综合资质、专业资质和事务所资质。其中，专业资质按照工程性质和技术特点划分为若干工程类别，综合资质、事务所资质不分级别。

专业资质分为甲级、乙级；其中，房屋建筑、水利水电、公路和市政公用专业资质可设立丙级。甲级、乙级和丙级，按照工程性质和技术特点分为 14 个专业工程类别，每个专业工程类别按照工程规模或技术复杂程度又分为 3 个等级。

2.2.2　工程监理企业的资质等级标准

1. 综合资质标准

（1）具有独立法人资格且注册资本不少于 600 万元。

（2）企业技术负责人应为注册监理工程师，并具有 15 年以上从事工程建设工作的经历或者具有工程类高级职称。

（3）具有 5 个以上工程类别的专业甲级工程监理资质。

（4）注册监理工程师不少于 60 人，注册造价工程师不少于 5 人，一级注册建造师、一级注册建筑师、一级注册结构工程师及其他勘察设计注册工程师累计不少于 15 人。

（5）企业具有完善的组织结构和质量管理体系，有健全的技术、档案等管理制度。

（6）企业具有必要的工程试验检测和测量放样等仪器设备。

（7）申请工程监理资质之日前两年内没有本规定第十八条禁止的行为。

（8）申请工程监理资质之日前两年内没有因本企业监理责任造成质量事故。

（9）申请工程监理资质之日前两年内没有因本企业监理责任发生三级以上工程建设重大安全事故或者发生两起以上四级工程建设安全事故。

2. 专业资质标准

（1）甲级

1）具有独立法人资格且注册资本不少于 300 万元。

2）企业技术负责人应为注册监理工程师，并具有 15 年以上从事工程建设工作的经历或者具有工程类高级职称。

3）注册监理工程师、注册造价工程师、一级注册建造师、一级注册建筑师、一级注册结构工程师及其他勘察设计注册工程师累计不少于 25 人；其中，相应专业注册监理工程师不少于"专业资质注册监理工程师人数配备表"（见表 2-1）中要求配备的人数，注册造价工程师不少于 2 人。

4）企业近 2 年内独立监理过 3 个以上相应专业的二级工程项目。

5）企业具有完善的组织结构和质量管理体系，有健全的技术、档案等管理制度。

6）企业具有必要的工程试验检测和测量放样等仪器设备。

7）申请工程监理资质之日前两年内没有本规定第十八条禁止的行为。

8）申请工程监理资质之日前两年内没有因本企业监理责任造成

质量事故。

9）申请工程监理资质之日前两年内没有因本企业监理责任发生三级以上工程建设重大安全事故或者发生两起以上四级工程建设安全事故。

（2）乙级

1）具有独立法人资格且注册资本不少于100万元。

2）企业技术负责人应为注册监理工程师，并具有10年以上从事工程建设工作的经历。

3）注册监理工程师、注册造价工程师、一级注册建造师、一级注册建筑师、一级注册结构工程师及其他勘察设计注册工程师累计不少于15人。其中，相应专业注册监理工程师不少于"专业资质注册监理工程师人数配备表"（见表2-1）中要求配备的人数，注册造价工程师不少于1人。

4）有较完善的组织结构和质量管理体系，有技术、档案等管理制度。

5）有必要的工程试验检测和测量放样等仪器设备。

6）申请工程监理资质之日前两年内没有本规定第十八条禁止的行为。

7）申请工程监理资质之日前两年内没有因本企业监理责任造成质量事故。

8）申请工程监理资质之日前两年内没有因本企业监理责任发生三级以上工程建设重大安全事故或者发生两起以上四级工程建设安全事故。

（3）丙级

1）具有独立法人资格且注册资本不少于50万元。

2）企业技术负责人应为注册监理工程师，并具有8年以上从事工程建设工作的经历。

3）相应专业的注册监理工程师不少于"专业资质注册监理工程师人数配备表"（见表2-1）中要求配备的人数。

4）有必要的质量管理体系和规章制度。

5）有必要的工程试验检测设备。

表 2-1　专业资质注册监理工程师人数配备表（单位：人）

序号	工程类别	甲级	乙级	丙级
1	房屋建筑工程	15	10	5
2	冶炼工程	15	10	
3	矿山工程	20	12	
4	化工石油工程	15	10	
5	水利水电工程	20	12	5
6	电力工程	15	10	
7	农林工程	15	10	
8	铁路工程	23	14	
9	公路工程	20	12	5
10	港口与航道工程	20	12	
11	航天航空工程	20	12	
12	通信工程	20	12	
13	市政公用工程	15	10	5
14	机械电子工程	15	10	

注：表中各专业资质注册监理工程师人数配备是指企业取得本专业工程类别注册的注册监理工程师人数。

3. 事务所资质标准

（1）取得合伙企业营业执照，具有书面合作协议书。

（2）合伙人中有 3 名以上注册监理工程师，合伙人均有 5 年以上从事建设工程监理的工作经历。

（3）有固定的工作场所。

（4）有必要的质量管理体系和规章制度。

（5）有必要的工程试验检测设备。

2.2.3　业务范围

1. 综合资质

可以承担所有专业工程类别建设工程项目的工程监理业务。

2. 专业资质

（1）专业甲级资质　可以承担相应专业工程类别建设工程项目的工程监理业务（见表 2-2）。

（2）专业乙级资质　可以承担相应专业工程类别二级以下（含二级）建设工程项目的工程监理业务（见表2-2）。

（3）专业丙级资质　可以承担相应专业工程类别三级建设工程项目的工程监理业务（见表2-2）。

3. 事务所资质

可以承担三级建设工程项目的工程监理业务，但国家规定必须实行监理的工程除外。

此外，各级工程监理企业都可以开展相应类别建设工程的项目管理、技术咨询等业务。

表2-2　专业工程类别和等级表

序号	工程类别		一级	二级	三级
一	房屋建筑工程	一般公共建筑	28层以上；36m跨度以上（轻钢结构除外）；单项工程建筑面积3万m^3以上	14~28层；24~36m跨度（轻钢结构除外）；单项工程建筑面积1万~3万m^2	14层以下；24m跨度以下（轻钢结构除外）；单项工程建筑面积1万m^2以下
		高耸构筑工程	高度120m以上	高度70~120m	高度70m以下
		住宅工程	小区建筑面积12万m^2以上；单项工程28层以上	建筑面积6万~12万m^2；单项工程14~28层	建筑面积6万m^2以下；单项工程14层以下
二	冶炼工程	钢铁冶炼、连铸工程	年产100万t以上；单座高炉炉容1250m^3以上；单座公称容量转炉100t以上；电炉50t以上；连铸年产100万t以上或板坯连铸单机1450mm以上	年产100万t以下；单座高炉炉容1250m^3以下；单座公称容量转炉100t以下；电炉50t以下；连铸年产100万t以下或板坯连铸单机1450mm以下	

（续）

序号	工程类别	一级	二级	三级
二 冶炼工程	轧钢工程	热轧年产 100 万 t 以上，装备连续、半连续轧机；冷轧带板年产 100 万 t 以上，冷轧线材年产 30 万 t 以上或装备连续、半连续轧机	热轧年产 100 万 t 以下，装备连续、半连续轧机；冷轧带板年产 100 万 t 以下，冷轧线材年产 30 万 t 以下或装备连续、半连续轧机	
	冶炼辅助工程	炼焦工程年产 50 万 t 以上或炭化室高度 4.3m 以上；单台烧结机 100m^2 以上；小时制氧 300m^3 以上	炼焦工程年产 50 万 t 以下或炭化室高度 4.3m 以下；单台烧结机 100m^2 以下；小时制氧 300m^3 以下	
	有色冶炼工程	有色冶炼年产 10 万 t 以上；有色金属加工年产 5 万 t 以上；氧化铝工程 40 万 t 以上	有色冶炼年产 10 万 t 以下；有色金属加工年产 5 万 t 以下；氧化铝工程 40 万 t 以下	
	建材工程	水泥日产 2000t 以上；浮化玻璃日熔量 400t 以上；池窑拉丝玻璃纤维、特种纤维、特种陶瓷生产线工程	水泥日产 2000t 以下；浮化玻璃日熔量 400t 以下；普通玻璃生产线；组合炉拉丝玻璃纤维；非金属材料、玻璃钢、耐火材料、建筑及卫生陶瓷厂工程	

（续）

序号	工程类别		一级	二级	三级
三	矿山工程	煤矿工程	年产120万t以上的井工矿工程；年产120万t以上的洗选煤工程；深度800m以上的立井井筒工程；年产400万t以上的露天矿山工程	年产120万t以下的井工矿工程；年产120万t以下的洗选煤工程；深度800m以下的立井井筒工程；年产400万t以下的露天矿山工程	
		冶金矿山工程	年产100万t以上的黑色矿山采选工程；年产100万t以上的有色砂矿采、选工程；年产60万t以上的有色脉矿采、选工程	年产100万t以下的黑色矿山采选工程；年产100万t以下的有色砂矿采、选工程；年产60万t以下的有色脉矿采、选工程	
		化工矿山工程	年产60万t以上的磷矿、硫铁矿工程	年产60万t以下的磷矿、硫铁矿工程	
		铀矿工程	年产10万t以上的铀矿；年产200t以上的铀选冶	年产10万t以下的铀矿；年产200t以下的铀选冶	
		建材类非金属矿工程	年产70万t以上的石灰石矿；年产30万t以上的石膏矿、石英砂岩矿	年产70万t以下的石灰石矿；年产30万t以下的石膏矿、石英砂岩矿	

（续）

序号	工程类别		一级	二级	三级
四	化工石油工程	油田工程	原油处理能力150万t/年以上、天然气处理能力150万m³/天以上、产能50万t以上及配套设施	原油处理能力150万t/年以下、天然气处理能力150万m³/天以下、产能50万t以下及配套设施	
		油气储运工程	压力容器8MPa以上；油气储罐10万m³/台以上；长输管道120km以上	压力容器8MPa以下；油气储罐10万m³/台以下；长输管道120km以下	
		炼油化工工程	原油处理能力在500万t/年以上的一次加工及相应二次加工装置和后加工装置	原油处理能力在500万t/年以下的一次加工及相应二次加工装置和后加工装置	
		基本原材料工程	年产30万t以上的乙烯工程；年产4万t以上的合成橡胶、合成树脂及塑料和化纤工程	年产30万t以下的乙烯工程；年产4万t以下的合成橡胶、合成树脂及塑料和化纤工程	
		化肥工程	年产20万t以上合成氨及相应后加工装置；年产24万t以上磷铵工程	年产20万t以下合成氨及相应后加工装置；年产24万t以下磷铵工程	
		酸碱工程	年产硫酸16万t以上；年产烧碱8万t以上；年产纯碱40万t以上	年产硫酸16万t以下；年产烧碱8万t以下；年产纯碱40万t以下	
		轮胎工程	年产30万套以上	年产30万套以下	

（续）

序号	工程类别		一级	二级	三级
四	化工石油工程	核化工及加工工程	年产1000t以上的铀转换化工工程;年产100t以上的铀浓缩工程;总投资10亿元以上的乏燃料后处理工程;年产200t以上的燃料元件加工工程;总投资5000万元以上的核技术及同位素应用工程	年产1000t以下的铀转换化工工程;年产100t以下的铀浓缩工程;总投资10亿元以下的乏燃料后处理工程;年产200t以下的燃料元件加工工程;总投资5000万元以下的核技术及同位素应用工程	
		医药及其他化工工程	总投资1亿元以上	总投资1亿元以下	
五	水利水电工程	水库工程	总库容1亿m³以上	总库容1千万~1亿m³	总库容1千万m³以下
		水力发电站工程	总装机容量300MW以上	总装机容量50~300MW	总装机容量50MW以下
		其他水利工程	引调水堤防等级1级;灌溉排涝流量5m³/s以上;河道整治面积30万亩以上;城市防洪城市人口50万人以上;围垦面积5万亩以上;水土保持综合治理面积1000km²以上	引调水堤防等级2、3级;灌溉排涝流量0.5~5m³/s;河道整治面积3万~30万亩;城市防洪城市人口20万~50万人;围垦面积0.5万~5万亩;水土保持综合治理面积100~1000km²	引调水堤防等级4、5级;灌溉排涝流量0.5m³/s以下;河道整治面积3万亩以下;城市防洪城市人口20万人以下;围垦面积0.5万亩以下;水土保持综合治理面积100km²以下
六	电力工程	火力发电站工程	单机容量30万kW以上	单机容量30万kW以下	
		输变电工程	330kV以上	330kV以下	
		核电工程	核电站;核反应堆工程		

序号	工程类别		一级	二级	三级
七	农林工程	林业局（场）总体工程	面积 35 万 km² 以上	面积 35 万 km² 以下	
		林产工业工程	总投资 5000 万元以上	总投资 5000 万元以下	
		农业综合开发工程	总投资 3000 万元以上	总投资 3000 万元以下	
		种植业工程	2 万亩以上或总投资 1500 万元以上	2 万亩以下或总投资 1500 万元以下	
		兽医/畜牧工程	总投资 1500 万元以上	总投资 1500 万元以下	
		渔业工程	渔港工程总投资 3000 万元以上；水产养殖等其他工程总投资 1500 万元以上	渔港工程总投资 3000 万元以下；水产养殖等其他工程总投资 1500 万元以下	
		设施农业工程	设施园艺工程 1km² 以上；农产品加工等其他工程总投资 1500 万元以上	设施园艺工程 1km² 以下；农产品加工等其他工程总投资 1500 万元以下	
		核设施退役及放射性三废处理处置工程	总投资 5000 万元以上	总投资 5000 万元以下	
八	铁路工程	铁路综合工程	新建、改建一级干线；单线铁路 40km 以上；双线 30km 以上及枢纽	单线铁路 40km 以下；双线 30km 以下；二级干线及站线；专用线、专用铁路	
		铁路桥梁工程	桥长 500m 以上	桥长 500m 以下	
		铁路隧道工程	单线 3000m 以上；双线 1500m 以上	单线 3000m 以下；双线 1500m 以下	

（续）

序号	工程类别		一级	二级	三级
八	铁路工程	铁路通信、信号、电力电气化工程	新建、改建铁路（含枢纽、配、变电所、分区亭）单双线 200km 及以上	新建、改建铁路（不含枢纽、配、变电所、分区亭）单双线 200km 及以下	
九	公路工程	公路工程	高速公路	高速公路路基工程及一级公路	一级公路路基工程及二级以下各级公路
		公路桥梁工程	独立大桥工程；特大桥总长 1000m 以上或单跨跨径 150m 以上	大桥、中桥桥梁总长 30～1000m 或单跨跨径 20～150m	小桥总长 30m 以下或单跨跨径 20m 下；涵洞工程
		公路隧道工程	隧道长度 1000m 以上	隧道长度 500～1000m	隧道长度 500m 以下
		其他工程	通信、监控、收费等机电工程，高速公路交通安全设施、环保工程和沿线附属设施	一级公路交通安全设施、环保工程和沿线附属设施	二级及以下公路交通安全设施、环保工程和沿线附属设施
十	港口与航道工程	港口工程	集装箱、件杂、多用途等沿海港口工程 20000t 级以上；散货、原油沿海港口工程 30000t 级以上；1000t 级以上内河港口工程	集装箱、件杂、多用途等沿海港口工程 20000t 级以下；散货、原油沿海港口工程 30000t 级以下；1000t 级以下内河港口工程	
		通航建筑与整治工程	1000t 级以上	1000t 级以下	
		航道工程	通航 30000t 级以上船舶沿海复杂航道；通航 1000t 级以上船舶的内河航运工程项目	通航 30000t 级以下船舶沿海航道；通航 1000t 级以下船舶的内河航运工程项目	

（续）

序号	工程类别		一级	二级	三级
十	港口与航道工程	修造船水工工程	10000t位以上的船坞工程；船体重量5000t位以上的船台、滑道工程	10000t位以下的船坞工程；船体重量5000t位以下的船台、滑道工程	
		防波堤、导流堤等水工工程	最大水深6m以上	最大水深6m以下	
		其他水运工程项目	建安工程费6000万元以上的沿海水运工程项目；建安工程费4000万元以上的内河水运工程项目	建安工程费6000万元以下的沿海水运工程项目；建安工程费4000万元以下的内河水运工程项目	
十一	航天航空工程	民用机场工程	飞行区指标为4E及以上及其配套工程	飞行区指标为4D及以下及其配套工程	
		航空飞行器	航空飞行器（综合）工程总投资1亿元以上；航空飞行器（单项）工程总投资3000万元以上	航空飞行器（综合）工程总投资1亿元以下；航空飞行器（单项）工程总投资3000万元以下	
		航天空间飞行器	工程总投资3000万元以上；面积3000m² 以上；跨度18m以上	工程总投资3000万元以下；面积3000m² 以下；跨度18m以下	
十二	通信工程	有线、无线传输通信工程，卫星、综合布线	省际通信、信息网络工程	省内通信、信息网络工程	
		邮政、电信、广播枢纽及交换工程	省会城市邮政、电信枢纽	地市级城市邮政、电信枢纽	

（续）

序号	工程类别		一级	二级	三级
十二	通信工程	发射台工程	总发射功率500kW以上短波或600kW以上中波发射台;高度200m以上广播电视发射塔	总发射功率500kW以下短波或600kW以下中波发射台;高度200m以下广播电视发射塔	
十三	市政公用工程	城市道路工程	城市快速路、主干路,城市互通式立交桥及单孔跨径100m以上桥梁;长度1000m以上的隧道工程	城市次干路工程,城市分离式立交桥及单孔跨径100m以下的桥梁;长度1000m以下的隧道工程	城市支路工程、过街天桥及地下通道工程
		给水排水工程	10万t/d以上的给水厂;5万t/d以上污水处理工程;3m³/s以上的给水、污水泵站;15m³/s以上的雨泵站;直径2.5m以上的给排水管道	2万~10万t/d的给水厂;1万~5万t/d污水处理工程;1~3m³/s的给水、污水泵站;5~15m³/s的雨泵站;直径1~2.5m的给水管道;直径1.5~2.5m的排水管道	2万t/d以下的给水厂;1万t/d以下污水处理工程;1m³/s以下的给水、污水泵站;5m³/s以下的雨泵站;直径1m以下的给水管道;直径1.5m以下的排水管道
		燃气热力工程	总储存容积1000m³以上液化气贮罐场(站);供气规模15万m³/d以上的燃气工程;中压以上的燃气管道、调压站;供热面积150万m²以上的热力工程	总储存容积1000m³以下的液化气贮罐场(站);供气规模15万m³/d以下的燃气工程;中压以下的燃气管道、调压站;供热面积50万~150万m²的热力工程	供热面积50万m²以下的热力工程

（续）

序号	工程类别		一级	二级	三级
十三	市政公用工程	垃圾处理工程	1200t/d 以上的垃圾焚烧和填埋工程	500～1200t/d 的垃圾焚烧及填埋工程	500t/d 以下的垃圾焚烧及填埋工程
		地铁轻轨工程	类地铁轻轨工程		
		风景园林工程	总投资 3000 万元以上	总投资 1000 万～3000 万元	总投资 1000 万元以下
十四	机电安装工程	机械工程	总投资 5000 万元以上	总投资 5000 万以下	
		电子工程	总投资 1 亿元以上；含有净化级别 6 级以上的工程	总投资 1 亿元以下；含有净化级别 6 级以下的工程	
		轻纺工程	总投资 5000 万元以上	总投资 5000 万元以下	
		兵器工程	建安工程费 3000 万元以上的坦克装甲车辆、炸药、弹箭工程；建安工程费 2000 万元以上的枪炮、光电工程；建安工程费 1000 万元以上的防化民爆工程	建安工程费 3000 万元以下的坦克装甲车辆、炸药、弹箭工程；建安工程费 2000 万元以下的枪炮、光电工程；建安工程费 1000 万元以下的防化民爆工程	
		船舶工程	船舶制造工程总投资 1 亿元以上；船舶科研、机械、修理工程总投资 5000 万元以上	船舶制造工程总投资 1 亿元以下；船舶科研、机械、修理工程总投资 5000 万元以下	
		其他工程	总投资 5000 万元以上	总投资 5000 万元以下	

注：1. 表中的"以上"含本数，"以下"不含本数。

2. 未列入本表中的其他专业工程，由国务院有关部门按照有关规定在相应的工程类别中划分等级。

3. 房屋建筑工程包括结合城市建设与民用建筑修建的附建人防工程。

4. 1 亩 = 666.6m²

2.3 建设工程监理单位的设立

工程监理企业申请资质，一般要到企业注册所在地的县级以上地方人民政府建设行政主管部门办理有关手续。新设立的工程监理企业申请资质，应当先到工商行政管理部门登记注册并取得企业法人营业执照后，才能到建设行政主管部门办理资质申请手续。

2.3.1 申请工程监理企业资质所需要提交的材料

1）工程监理企业资质申请表（一式三份）及相应电子文档。

2）企业法人、合伙企业营业执照。

3）企业章程或合伙人协议。

4）企业法定代表人、企业负责人和技术负责人的身份证明、工作简历及任命（聘用）文件。

5）工程监理企业资质申请表中所列注册监理工程师及其他注册执业人员的注册执业证书。

6）有关企业质量管理体系、技术和档案等管理制度的证明材料。

7）有关工程试验检测设备的证明材料。

2.3.2 工程监理企业资质审批程序

工程监理企业申请综合资质、专业甲级资质的，要向企业工商注册所在地的省、自治区、直辖市人民政府建设主管部门提出申请。省、自治区、直辖市人民政府建设主管部门自受理申请之日起 20 日内审查完毕，将审查意见和全部申请材料报国务院建设主管部门，其中涉及交通、水利和信息产业等专业工程监理资质的，商同级有关专业部门审核同意后，报国务院建设主管部门。国务院建设主管部门自受理申请材料之日起 20 日内作出决定，其中涉及铁道、交通、水利、信息产业和民航等专业工程监理资质的，由国务院有关部门初审，国务院建设主管部门根据初审意见审批。

工程监理企业申请专业乙级、丙级资质和事务所资质的，由企业所在地省、自治区、直辖市人民政府建设主管部门审批，其中申请交通、水利和通信等方面的工程监理企业资质的，征得同级有关部门初审同意后审批。

工程监理企业合并的，合并后存续或者新设立的工程监理企业可以承继合并前各方中较高的资质等级，但应当符合相应的资质等级条件。工程监理企业分立的，分立后企业的资质等级，根据实际达到的资质条件，按照本规定的审批程序核定。

2.3.3　工程监理企业的资质管理

为了加强对工程监理企业的资质管理，保障其依法经营业务，促进建设工程监理事业的健康发展，国家建设行政主管部门对工程监理企业资质管理工作制定了相应的管理规定。

1. 工程监理企业资质管理机构及其职责

根据我国现阶段管理体制，我国工程监理企业的资质管理确定的原则是"分级管理，统分结合"，按中央和地方两个层次进行管理。

国务院建设行政主管部门负责全国工程监理企业资质的归口管理工作。涉及铁道、交通、水利、信息产业和民航等专业工程监理资质的，由国务院铁道、交通、水利、信息产业和民航等有关部门配合国务院建设行政主管部门实施资质管理工作。

省、自治区、直辖市人民政府建设行政主管部门负责本行政区域内工程监理企业资质的归口管理，省、自治区、直辖市人民政府交通、水利和通信等有关部门配合同级建设行政主管部门实施相关资质类别工程监理企业资质的管理。

2. 资质审批实行公示公告制度

资质初审工作完成后，初审结果先在中国工程建设信息网上公示。经公示后，对于工程监理企业符合资质标准的，予以审批，并将审批结果在中国工程建设信息网上公告。实行这一制度的目的是提高资质审批工作的透明度，便于社会监督，从而增强其公正性。

3. 违规处理

工程监理企业必须依法开展监理业务，全面履行委托监理合同约定的责任和义务。但出现违规现象时，建设行政主管部门将根据情节给予必要的处罚。违规现象主要有以下几方面。

1）以欺骗手段取得工程监理企业资质证书。

2）超越本企业资质等级承揽监理业务。

3）未取得工程监理企业资质证书而承揽监理业务。

4）转让监理业务。转让监理业务是指监理企业不履行委托监理合同约定的责任和义务，将所承担的监理业务全部转给其他监理企业，或者将其肢解以后分别转给其他监理企业的行为。国家有关法律法规明令禁止转让监理业务的行为。

5）挂靠监理业务。挂靠监理业务是指监理企业允许其他单位或者个人以本企业名义承揽监理业务。这种行为也是国家有关法律法规明令禁止的。

6）与建设单位或者施工单位串通，弄虚作假、降低工程质量。

7）将不合格的建设工程、建筑材料、建筑构配件和设备按照合格签字。

8）工程监理企业与被监理工程的施工承包单位以及建筑材料、建筑构配件和设备供应单位有隶属关系或者其他利害关系，并承担该项建设工程的监理业务。

2.4 监理单位与工程建设其他各方的关系

2.4.1 业主与监理单位的关系

业主与监理单位这两类法人之间是一种平等的关系，是一种委托与被委托、授权与被授权的关系，更是相互依存、相互促进、共兴共荣的紧密关系。

1. 业主与监理单位之间是平等的关系

业主和监理单位都是建筑市场中的主体，不分主次，自然应当是平等的。这种平等的关系主要体现在，他们在经济社会中的地位和工作关系两个方面。第一，他们都是市场经济中独立的企业法人。不同行业的企业法人，只有经营的性质不同、业务范围不同，而没有主仆之别。即使是同一行业，各独立的企业法人之间（子公司除外），也只有大小之别、经营种类的不同，不存在从属关系。第二，他们都是建筑市场中的主体，都是因为工程建设而走到一起的。业主为了更好地搞好自己担负的工程项目建设，而委托监理单位替自己负责一些具体的事项。业主与监理单位之间是一种委托与被委托的关系。业主可以委托甲监理单位，也可以委托乙监理单位；同样，监理单位可以接受委托，也可以不接受委托。委托与被委托的关系建立后，双方只是按照约定的条款，各尽各的义务、各行各的权力、各得各的利益。所以，二者在工作关系上仅维系在委托与被委托的水准上。监理单位仅按照委托的要求开展工作，对业主负责，并不受业主的领导。业主对监理单位的人力、财力和物力等方面没有任何支配权、管理权。如果二者之间的委托与被委托关系不成立，那么就不存在任何联系。

2. 业主与监理单位之间是一种授权与被授权关系

监理单位接受委托之后，业主就把一部分工程项目建设的管理权力授予监理单位，如工程建设的组织协调工作的主持权、设计质量和施工质量以及建筑材料与设备质量的确认权与否决权、工程量与工程价款支付的确认权与否决权、工程建设进度和建设工期的确认权与否决权以及围绕工程项目建设的各种建议权等。业主往往留有工程建设规模和建设标准的决定权、对承建商的选定权、与承建商订立合同的鉴认权以及工程竣工后或分阶段的验收权等。

监理单位根据业主的授权开展工作，在工程建设的具体实践活动中居于相当重要的地位，但是监理单位不是业主的代理人。按照《中华人民共和国民法通则》的规定，"代理人"的含义是："代理人在代理权限内，以被代理人的名义实施民事法律行为"，"被代理人对代理人的代理行为承担民事责任"。监理单位既不是以业主的名义开展监理活动，也不能让业主对自己的监理行为承担任何民事责任。显然，监理单位不是业主的代理人。

3. 业主与监理单位之间是合同关系

业主与监理单位之间的委托与被委托关系确立后，双方订立合同，即建设工程监理合同。合同一经双方签订，这宗交易就意味着成立。业主是买方，监理单位是卖方，即业主出钱购买监理单位的智力劳动。如果有一方不接受对方的要求，对方又不肯退让，或者有一方不按双方的约定履行自己的承诺，那么，这宗交易活动就不能成交。也就是说，双方都有自己经济利益的需求，监理单位不会无偿地为业主提供服务，业主也不会对监理单位施舍。双方的经济利益以及各自的职责和义务都体现在签订的监理合同中。但是，建设工程监理合同毕竟与其他经济合同不同，它是由监理单位在建筑市场中的特殊地位所决定的。众所周知，业主、监理单位和承建商是建筑市场二元结构的三大主体。业主发包工程建设业务，承建商承接工程建设业务。在这项交易活动中，业主向承建商购买建筑商品（或阶段性建筑产品）。买方总是想少花钱而买到好商品，卖方总想在销售商品中获得较高的利润。监理单位的责任则是既帮助业主购买到合适的建筑商品，又要维护承建商的合法权益。或者说，监理单位与业主签订的监理合同，不仅表明监理单位要为业主提供高智能的服务、维护业主的合法权益，而且也表明监理单位有责任维护承建商的合法权益。这在其他经济合同中是难以找到的条款。可见，监理单位在建筑市场的交易活动中处于建筑商品买卖双方之间，起着维系公平交易、等价交换的制衡作用。所以，不能把监理单位单纯地看成是业主利益的代表。

2.4.2 监理单位与承建商的关系

这里所说的承建商，不单是指施工企业，而是包括承接工程项目规划的规划单位、承接工程勘察的勘察单位、承接工程设计业务的设计单位、承接工程施工的施工单位以及承接工程设备、工程构件和配件的加工制造单位在内的大概念。也就是说，凡是承接工程建设业务的单位，相对于业主来说，都叫做承建商。

监理单位与承建商之间没有订立经济合同，但是，由于同处于建筑市场之中，所以，二者之间也有着多种紧密的关系。

1. 监理单位与承建商之间是平等关系

如前所述，承建商也是建筑市场的主体之一。没有承建商，也就没有建筑产品。没有了卖方，买方也就不存在。但是，像业主一样，承建商是建筑市场的重要主体，并不等于他应当凌驾于其他主体之上。既然都是建筑市场的主体，那么就应该是平等的。这种平等的关系，主要体现在都要为了完成工程建设任务而承担一定的责任。双方承担的具体责任虽然不同，但在性质上都属于"出卖产品"的一方，即相对于业主来说，二者的角色、地位是一样的。无论是监理单位还是承建商，都是在工程建设的法规、规章、规范和标准等条款的制约下开展工作的。二者之间不存在领导与被领导的关系。

2. 监理单位与承建商之间是监理与被监理的关系

虽然监理单位与承建商之间没有签订任何经济合同，但是，监理单位与业主签订了监理合同，承建商与业主签订了承发包建设合同。

监理单位依据业主的授权，就有了监督管理承建商履行工程建设承发包合同的权利和义务。承建商不再与业主直接交往，而转向与监理单位直接联系，并接受监理单位对自己进行工程建设活动的监督管理。

2.5 建设工程监理单位的经营准则

监理单位经营活动的基本准则可用 8 个字来概括，即"守法、诚信、公正、科学"。

2.5.1 守法

守法，这是任何一个具有民事行为能力的单位或个人最起码的行为准则。监理单位的守法，就是要依法经营。

（1）监理单位只能在核定的业务范围经营活动。核定的业务范围是指监理单位资质证书中填写的、经建设监理资质管理部门审查确认的经营范围。核定的业务范围有两层内容，一是监理业务的性质，二是监理业务的等级。核定的经营业务范围以外的任何业务，监理单位不得承接；否则，就是违法经营。

（2）监理单位不得伪造、涂改、出租、出借、转让、出卖资质等级证书。

（3）建设工程监理合同一经双方签订，即具有一定的法律约束力（无效合同除外），监理单位应按照合同的规定认真履行，不得无故或故意违背自己的承诺。

（4）监理单位离开原住所承接监理业务，要自觉遵守当地人民政府颁发的监理法规的有关规定，并要主动向监理工程所在地的省、自治区、直辖市建设行政主管部门备案登记，接受其指导和监督管理。

（5）遵守国家关于企业法人的其他法律、法规的规定，包括行政的、经济的和技术的法律、法规。

2.5.2 诚信

诚信就是忠诚老实、讲信用，是考核企业信誉的核心内容。监理单位向业主、向社会提供的是技术服务，是看不见、摸不着的无形产品。尽管它最终由建筑产品体现出来，但是，如果监理单位提供的技术服务有问题，就会造成不可挽回的损失。何况，技术服务水平的高低弹性很大。例如，对工程建设投资或质量的控制，都涉及工程建设的各个环节的各个方面。一个高水平的监理单位可以运用自己的高智能最大限度地把投资控制和质量控制搞好。也可以以低水准的要求，把工作做得勉强能交代过去，这就是不诚信，没有为业主提供与其监理水平相适应的技术服务；或者本来没有较高的监理能力，却在竞争承揽监理业务时，有意夸大自己的能力；或者借故不认真履行监理合同规定的义务和职责等，这些都是不讲诚信的行为。

监理单位以及每一个监理人员能否做到诚信，都会对自己和单位的声誉带来很大影响，甚至会影响到监理事业的发展。所以，诚信是监理单位经营活动基本准则的重要内容之一。

2.5.3 公正

公正主要是指监理单位在协调处理业主与承包商之间的矛盾和纠纷时，要站在公正的立场上，以合同约定和客观事实为依据，是谁的责任，就由谁承担；既要维护业主的权益，也不能损害承建商的合法权益。决不能因为监理单位是受业主的委托进行监理，就违背客观事实而偏袒业主。

2.5.4 科学

科学是指监理单位的监理活动要依据科学的方案，要运用科学的手段，要采取科学的方法。工程项目结束后，还要进行科学的总结。

科学的方案就是在实施监理前，要尽可能地把各种问题都列出来，并拟订解决办法，使各项监理活动都纳入计划管理的轨道。要集思广益，充分运用已有的经验和智慧，制定出切实可行、行之有效的监理方案，以指导监理活动顺利地进行。

科学的手段就是必须借助于先进的科学仪器才能做好监理工作，如已普遍使用的计算机，各种检测、试验仪器等。单凭人的感官直接进行监理，这是最原始的监理手段。

科学的方法主要体现在监理人员在掌握大量的、确凿的有关监理对象及其外部环境实际情况的基础上，适时、妥帖、高效地处理有关问题，要"用事实说话"、"用书面文字说话"、"用数据说话"，利用计算机辅助进行监理等。

2.6 建设工程监理单位的经营内容

监理单位接受业主的委托，为其提供服务。根据委托要求进行以下各阶段全过程或阶段性的监理工作。

2.6.1 工程建设决策阶段的监理服务

工程建设的决策监理不是监理单位替业主决策，而是受业主委托选择决策咨询单位，协助业主与决策咨询单位签订咨询合同，并监督合同的履行，对咨询意见进行评估。

1）协助业主编制项目建议书，并报有关部门审批。

2）协助业主选择咨询单位，委托其进行可行性研究，并协助签订咨询合同书。

3）监督管理咨询合同的实施。

4）协助业主审核咨询单位提交的可行性研究报告。

5）协助业主组织对可行性研究报告的评估，并报有关部门审批。

2.6.2 工程建设设计阶段的监理服务

1. 工程建设设计阶段监理的意义

在通过可行性研究并且确定了对某个工程项目立项和进行建设之后，设计阶段即成为具体的工程项目建设的起点和使项目开发目标具体化的第一步。这一阶段工作的好坏，对于整个工程项目目标的实现，无论从工程的质量，还是从造价或进度来说，都具有重大影响和举足轻重的决定性作用。

（1）设计对工程质量的影响 根据国外一项统计，在民用建筑中，由于设计原因所发生的工程质量事故所占比重高达40.1%，居于各种原因之首（见表2-3）。我国曾对建筑行业514项工程事故的原因进行统计分析，发现因设计原因造成的工程事故占40%。在某质量监督站对住宅建筑质量事故的统计中，发现因设计原因造成的工程事故占33%，居于首位。

此外，更为重要的是，设计阶段的失误所造成的质量问题，常常是施工阶段难以弥补的，甚至有可能会带来全局性或整体性的影响，从而影响到整个工程项目目标的实现。

表 2-3　工程事故原因统计

质量事故原因	设计责任	施工责任	材料原因	使用责任	其　他
所占百分比(％)	40.1	29.3	14.5	9.0	7.1

例如，我国黄河上的三门峡水利枢纽工程是由前苏联列宁格勒设计院设计的，尽管该工程大坝的施工质量极佳，但由于设计中对泥沙问题认识与考虑有误，使得工程竣工蓄水后，水库迅速淤满，虽然此后不得已又进行了大规模的改建，但已无法实现开发该工程项目原定的目标。此外，美国圣劳伦斯大坝由于设计中对地质情况估计错误，使大坝建成后难以蓄水使用。由此可见，加强设计阶段质量监控对整个工程质量控制有极为重要的意义。

(2) 设计对工程投资的影响　国外的一项统计资料表明，在设计阶段节约投资的可能性约为 88％，而施工中节约投资的可能性仅为 12％。俗话说：设计一方案，投资亿千万。经验表明，一项合理的设计有可能降低造价 5％~10％，甚至更高。可见在设计阶段进行投资控制的重要性。例如，烟台开发区某工程，业主方审查设计时，发觉工程基础部分费用所占比例过高，通过详细审核设计及咨询后，发现设计者的基础方案考虑欠妥、计算有误，经重新设计后，基础造价从 440 万元降至 160 万元，比原来减少了一半以上。

此外，由于我国传统的设计取费办法是按工程造价的百分率计取的，工程造价增高则设计费也随之增高，这就会影响到设计者考虑降低工程造价的积极性。显然，引进并加强对设计阶段的监理工作，有利于对工程投资的有效控制。

(3) 设计对工程进度的影响　工程项目的进度，不仅受施工进度的影响，而且受设计阶段工作的影响也很大，甚至设计阶段的工作会影响着整个工程的进度。一方面，设计进度特别是设计图样能否及时提供，直接关系到工程能否顺利进行；另一方面，设计质量也对工程进度有重要影响。

例如，我国某大型火电厂工程建设，规划容量为 240 万 kW，一期工程为两台 35 万 kW 燃煤机组，总设计由意大利某公司负责，引进设备由美、加、意三国的公司供货。设计者在设计中，采用了从美国引进的专利 N—90 网络自动控制系统，他们对此既无经验又没有很好地消化吸收，以致设计完成时间大大迟于合同规定的投产时间；加之调试阶段问题层出不穷，工期一再拖延，使投产发电推迟近 20 个月，少发电约 40 亿～50 亿 kW·h，间接影响产值近百亿元。

一项统计分析的资料表明，设计工作及物资供应工作对于工程项目进度的影响一般要比其他工作对进度的影响大得多。

综上所述，工程项目的设计阶段是项目的三大目标控制的关键性阶段。实施设计阶段的监理对工程的质量、投资和进度等控制有极重要的作用，业主方的建设项目监理应从项目的设计准备阶段就开始介入。

但是，我国当前的实际情况是：与施工阶段监理相比，设计阶段的监理无论从理论上还是实践上，都几乎是空白，尚无较成熟的规定和实际经验可循，还有待于人们的积极探索与实践。

2. 设计阶段的设计工作内容

设计阶段的基本工作内容概括起来包括勘测与设计（建筑设计、土建工程设计、工艺设计、设备选型与设计等）两个方面。其中以设计工作为中心，勘测工作则是围绕并适应设计工作的需要而进行的。根据我国目前的情况，勘测与设计工作任务可以是由业主委托或发包给一个具有勘测与设计综合实力的勘测设计单位总包，也可以分别将它们发包给勘测单位和设计单位。二者相比较，前一种方式便于勘测与设计工作紧密配合，业主方省去了麻烦的协调工作，但要求承包者具有承担勘测、设计综合任务的较强实力；后者则可能获得较低的价格。

3. 设计阶段监理工作业务与内容

原建设部在建设监理有关法规中规定了设计阶段的监理工作，概括起来主要有以下几方面内容：协助编制设计大纲；协助确定设计任务委托方式；协助选择设计商；协助合同商签；与设计单位共同选定在投资限额内的最佳方案；设计中的投资、质量、进度控制，设计付酬管理，合同管理；设计方案与政府有关部门规定的协调统一；设计方案审核与报批；设计文件的验收。

从工程项目监理的角度看，设计阶段又可划分为设计准备阶段和设计实施阶段。

（1）设计准备阶段的监理工作业务与内容 在项目立项后至初步设计具体实施前是设计的准备阶段。此阶段一般的监理工作与内容包括以下几方面。

1）根据项目建设的要求，确定设计原则，制定"设计要求"文件。"设计要求"文件应根据项目可行性报告以及项目评估报告编写，它应体现业主建设项目的意图，其深度应能满足设计招标或方案竞赛的要求。

"设计要求"文件内容可参照民用公共建筑项目的"设计要求"文件，其主要内容包括以下几方面。

① 编制的依据：包括批准的可行性报告、项目评估报告、选址报告；建筑场地的工程地质勘察报告等。

② 技术经济指标：包括建筑物的总面积及分部面积指标；投资限额及其分配；单位面积的造价控制等。

③ 有关城市规划方面的要求：如建筑范围，建筑高度、层数、建筑形式与环境要求；占地及绿化；防火；交通通道；采光、通风；环境保护；停车场库；各种管线布置要求等。

④ 有关建筑造型及立面构图要求。

⑤ 有关使用空间设计方面的要求：如平面、剖面形状及组成；尺度与空间感；序列、导向与围透等。

⑥ 平面布局的要求：如各组成部分的比例及使用功能要求；各使用部分的联系与分隔；交通布置与造型，防火、防烟与安全疏散；水、电等辅助用房设置等。

⑦ 建筑剖面要求：如标准层高；建筑地上、地下高度及其他特殊要求等。

⑧ 建筑装修的设计要求：如一般用房、重点公共用房或特殊用房的内装修等。

⑨ 有关结构设计的要求：如主体结构体系；地基基础设计；抗震；人防和特种结构；有关结构设计主要参数的确定等。

⑩ 设备设计要求：如有关燃气、给水及生活污水系统；供电系统；电信系统等。

⑪ 消防系统的设计要求。

2）组织设计招标或设计方案的竞赛；选择勘测、设计单位。根据工程性质和特点，选定设计招标方式（公开竞争性招标或邀请招标）或设计竞赛；组织对投标或应赛方案的评审；优选设计单位或设计方案。

3）编制"设计纲要"，拟定勘测，设计委托合同文件。工程项目的"设计纲要"是确定设计工程项目的质量目标与水平、反映业主意图以及编制设计文件的主要依据，也是项目设计的指导性文件和进行项目的质量、投资、进度控制的主要依据。其内容除在"设计要求"中所涉及的内容和在功能及质量要求方面作进一步详细规定外，还应具体提出有关造价或投资方面的规定以及对总工期、分部工期和设计进度的要求，并应作出相应的设计阶段监理计划，包括资金使用计划及设计各阶段进度计划与质量要求等。

总之，就工业建设项目而言，"设计纲要"一般包括以下内容：建设目的及根据；建设规模、产品方案和生产要点；生产方法与工艺原则；矿产资源、水文、地质和原材料、燃料、动力、供水、运输等协作配合条件；资源综合利用和三废治理要求；建设地区、地点及占地估算；防灾、抗灾要求；建设工期；投资控制额；经济效益与技术水平要求等。

我国过去在设计前一般不作投资额限制，而是根据设计情况作出概算，并依此确定所需投资，所以"设计纲要"内容较笼统和粗略。而国外的惯常做法是：在项目的可行性研究报告和评估报告完成后，并已经确定了投资限额的情况下，进行工程项目设计。因此，为了使设计在控制投资限额的情况下能满足和保证项目所需的功能要求和质量，需要通过"设计纲要"具体而详细地规定出设计项目的功能和使用要求、设计标准和主要的设计参数。所以，监理工程师应在充分了解业主的建设意图、认真分析项目的可行性报告和项目评估报告的基础上，编制出详细、具体的"设计纲要"。

4）与选中的勘测、设计单位进行谈判、签订勘测、设计合同。

5）落实有关外部条件，提供设计所需的基础资料。

设计所需的基础材料主要是有关供水、供电、供热、供气、通信和运输等方面的资料。

（2）设计实施阶段的监理工作与内容　设计实施阶段监理的核心任务是从设计方面进行项目的质量控制、投资控制和进度控制。在设计实施过程中，监理方要进行设计跟踪，配合设计进程进行抽查、中间审查、阶段审查和最终成果的全面审查。审查的内容主要包括：方案比较与论证；估价与投资；设计进度；设计文件的规范性、结构的合理性与可靠性、施工的可行性与合理性等。

阶段设计文件应先经设计单位自审，并经设计监理的审查后，送业主及有关主管部门审查。

1）设计过程中的监理任务。在设计过程中，设计监理应与设计单位密切配合做好以下各项工作。

① 配合设计单位开展技术经济分析，搞好设计方案的比较、选优，优化设计，把好设计方案关。为了实现对工程投资、质量和进度的控制，在设计阶段监理工程师事先应进行深入的调查研究，了解与掌握国内外同类工程的有关资料、数据，以便作为方案评价和比较、选择的依据。在初步设计和方案设计过程中，对于重大方案或主要设备的选定，都应要求并协助设计单位进行多方案的技术经济分析与比较。如有可能，还应协助设计单位应用价值工程及系统分析方法等现代技术优化设计方案。

② 配合设计进度，做好设计工作与外部有关部门（如消防、环境保护、防汛、防地震、供水、供电、供气和通信等）之间的协调工作。必要时，还需参与所在地区的公用设施统一建设协调工作。

③ 做好各设计单位之间的协调工作。当整个工程项目是分别委托给若干个设计单位进行设计时，做好他们之间的协调与配合工作是监理工程师的一项极其重要的任务。其中包括土建与安装、土建与设备、主体工程与专业工程、不同的专业工程之间等方面的设计配合与协调。设计之间的不协调或失控，常是导致工程质量、费用或进度发生问题的重要因素。

④ 参与主要设备、材料的选型，把好选型关。监理工程师要根据满足功能要求、经济合理和技术成熟可靠等原则，向设计者提供有关产品、厂家和价格等方面的信息，并参与选型工作，严把质量关。

⑤ 检查与控制设计进度。这项工作不但是保证各设计单位间在设计进度上彼此协调发展，为整个设计工作顺利进行创造条件的重要一环；而且对于保证整个工程项目按计划实施有重要意义。此外，它还是对设计者履行合同情况进行监督的一项重要内容。

2）做好设计成果的审查工作。监理工程师另一方面的重要工作就是对设计单位设计成果的审查。概括起来，主要有以下几方面的工作内容。

① 组织设计方案或重要设计问题的评审或咨询。对于一般的设计，通常监理工程师可自行审查。对于投资大、功能要求高、技术复杂的工程或设备系统，有时由于监理单位的专业、人员或技术经验的局限，最好组织专家评审或咨询设计方案，以便有效地把住设计的质量关。例如，某电力建设单位拟从一个已建成的水电站向某地架设一条 220kV 的高压输电线路。设计中升压站出线方向正好遇到一个属新华古滑坡地质构造的地段，所以有两种选线方案：从滑坡区通过，或是线路绕过滑坡区。设计单位确定采用"绕过"方案。在审查该设计方案时，建设单位组织了向该水电站的原设计单位咨询及向地理灾害研究所的滑坡专家咨询和现场诊断，了解到在该水电站建设时已考虑了滑坡因素，并采取了打设防沉井的措施，经几年的观测证实它起到了防滑作用；加之水电站已建成，该地区一般不再会出现放炮、修路、取土石等大规模破坏植被的情况，所以认为该地段基本上为稳定的。据此最后修改了原设计方案，节约投资达 15% 以上。

② 审查工程项目的费用估算。根据项目的功能与质量要求，审核其费用估算中的费用组成和计算方法的合理性，以便有效地控制项目的投资金额。

③ 审核施工图样。施工图样除应满足技术质量要求外，其深度还应满足施工条件的要求，并应对各专业图样间的错、漏、缺和相互不协调之处予以特别注意。例如，我国某科技情报所建筑工程设计中，建筑设计人员对采光设计采用的是茶色玻璃，而电气设计人员在设计照明自控系统时，计算室内照度是按无色玻璃采光制定的。由于事先未发现，以致建成投入使用后，照明回路开关频频跳闸，经检查才找出故障原因，不得已重新修改了设计，并进行返修，造成了不应

有的损失。

④ 审核主要设备及材料清单。根据所掌握的有关信息，对设计采用的设备材料提出意见。

如果业主聘用监理工程师实施全过程监理，则设计监理工程师在设计阶段的监理工作完成后，即可转入履行招标及施工监理工程师的有关工作。若设计监理工程师只承担设计阶段的监理，也可根据项目的需要和应业主要求，在施工阶段配合施工监理工程师参与有关处理设计变更、质量控制、处理工程质量事故和工程验收等。

（3）工程项目设计监理的依据　工程项目设计监理的主要依据有如下几项。

1）政府和有关主管部门关于工程建设方面的法律、法规、政策及有关规定。

2）经上级主管部门批准的可行性研究报告、项目评估报告以及设计纲要等文件。

3）有关的工程勘测与设计规范、规程、标准以及有关设计参数和定额、指标等。

4）具有法律效力的工程设计委托合同及有关附件。

5）反映项目建设过程中和建成使用阶段中有关的自然、技术、经济和社会协作等方面情况的协议、数据和资料。

2.6.3　工程建设施工招标阶段监理

工程建设实行招标投标是我国工程建设管理体制改革的一项重要措施。工程建设实行招标投标，有利于开展公平竞争，并推动建筑行业快速、稳步发展，有利于鼓励先进，鞭策后进，淘汰陈旧、低效的技术与管理办法，使建设工程得到科学有效的控制和管理，从而提高建设工程的经济效益。建设工程招标有以下几种类型：全过程招标，即从项目建议书开始，包括可行性研究、勘察设计、设备材料询价与采购、工程施工、生产准备、投料试车，直到竣工投产、交付使用，实行全面招标；勘察设计招标；材料、设备供应招标；工程施工招标。

我国建设工程招标工作一般由业主（建设单位）负责组织，或者由业主委托招标代理公司、工程监理单位代理组织。监理单位受业主委托参加工程项目的施工招标工作，作为具体参与的监理工程师必须熟悉施工招标的业务工作。工程项目的招标程序一般可分为准备阶段、招标阶段和评标、决标、签订合同阶段。此阶段的程序如下：

（1）协助确定任务委托方式。

（2）拟发招标通知。

（3）组织编制招标文件。

（4）组织编制标底。

（5）审核标底。

（6）领勘现场并解释标书。

（7）协助组织开标、评标，并提出决标建议。

（8）拟定施工合同，参与合同谈判与签订。

招标投标阶段监理工程师服务的要点是受业主单位的委托，组织工程招标工作。参与招标文件和标底的编制，参与评标、定标以及中标后承包合同的签订等工作，是监理工程师的一项重要业务。对于每位监理工程师来说，应该熟悉国际、国内工程建设招投标的有关工作程序和规定，这是保证提供高质量服务的前提条件之一。

1. 监理工程师在招投标阶段的服务内容

监理工程师在招投标阶段的服务主要有以下几方面。

（1）招标准备

1）选定招标方式。根据业主的意愿和工程总进度要求，建议业主采用合适的招标方式，如果业主没有与之有密切联系并取得足够信赖的承包商，则一般采用公开招标方式。公开招标由于要经过登广告、审查承包商资质等许多必要手续，一般适用于开工时间要求不是很急迫的工程项目。反之，如果工程有特殊要求，开工又很急迫，则可建议业主采取邀请招标或议标等方式。总之，监理工程师应做好业主的参谋。

2）编制和审核招标文件的内容，一般应协助业主编好以下内容。

① 招标办法。

② 投标表格。

③ 协议书（合同）条款，特别是一些特殊条款。

④ 投标单位资格审查方法及表格。

⑤ 工程量清单。

⑥ 图样的完备情况及差错。

⑦ 评标办法。

3）对承包商的资格进行审核，并向业主提出资格审核报告。

（2）招标

1）监理工程师协助业主召开标前会议，介绍招标工程的要求内容、合同重点条款以及发送招标文件等。

2）组织投标者勘察现场。处理投标者提出的各种质疑，监理工程师及时传递给业主或给予解答，重要合同条款的补遗或修改等。

3）监理工程师在回标以前，要根据工程量清单内容对有关材料价格、设备及安装价格以及工艺产品价格进行搜集，使得在评标过程中有足够的依据。

（3）评标

1）在规定的时间，监理工程师认证并参与开标过程，在有关开标文件上签字。

2）开标以后，在规定的时间内，监理工程与有关人员对投标报价进行分析，并将初步分析结果报告给业主。

3）分析比较所有投标报价情况，特别是对个别投标报价情况的分析以及提醒业主注意的一些问题。

（4）定标

1）监理工程师应将招标过程的全部情况整理出一份报告，提供给业主，使其在定标时清楚地回顾招标过程；同时，监理人员从专业立场列出所有投标承包商的优势与不足以及对工程项目将会预见的各种情况和困难，使得业主客观地选择最合适的承包商。

2）当业主已有定标意向后，监理工程师就要协助业主去准备正式合同文件。监理工程师的重点工作就是针对不同工程的特点审核合同的条款是否清楚明了、合同的责任是否有重复和遗漏，尽可能避免今后可能发生的争议和索赔。

3）定标后，监理工程师就要协助业主与承包商、分包商、指定分包商签订好合同。在合同没有签订前，任何条款均可与承包商协商和修改，但监理工程师必须使业主利益免受较大损害。

招投标服务是监理工程师一项专业化的工作，其工作的好坏直接影响着整个工程的质量、进度和投资以及施工阶段监理任务的完成。因此，监理工程师必须尽力掌握有关经济合同、法律、技术等方面的专业知识，提高自身的业务素质，为搞好这一工作打好基础。

2. 招标阶段的主要任务

建设监理单位受业主委托组织招标工作，监理的主要业务内容是：准备和发送招标文件，协助评审投标书，提出决标意见；协助业主与承建单位签订承包合同。从工程项目的三大目标来看，招标阶段监理的任务如下。

（1）投资控制

1）组织措施。

① 编制招标、评标、发包阶段投资控制详细工作流程图。

② 在项目监理班子中落实从投资控制角度参加招标、评标、合同谈判工作的人员，明确具体任务及各自的管理职能分工。

2）经济措施。

① 编制和审核标底（标底与投资计划值比较）。

② 审核招标文件中与投资控制有关的内容（如工程量清单）。

③ 作评标准备，参与评标。

3）技术措施。技术措施主要是指对投标文件中的主要技术方案作必要的技术经济论证。

4）合同措施。合同措施主要是指参与合同谈判，把握住合同价计算、合同价调整和付款方式等，注意合同条款的内容。

（2）质量控制

1）审核施工招标文件中的施工质量要求和设备招标文件中的质量要求。

2）评审各投标书质量部分的内容。

3）审核施工合同中的质量条款。

（3）进度控制　搞好与招标工作有关的各单位之间的关系，使招标工作按计划完成。

1）审核施工招标文件中的进度要求。

2）评审各投标书进度部分的有关内容。

3）审核施工合同中与进度有关的条款。

3. 监理工程师在施工招标阶段应注意的问题

监理单位受业主委托组织招标工作，对于参加招标工作的监理工程师来说，应该熟悉国际和国内工程建设招标投标的有关制度和工作程序，还应以高度的责任感为业主提供高质量的服务。监理工程师是业主的参谋，其意见能影响业主的决定。因此，监理工程师在整个招标过程中应把握好自己，注意处理好一系列问题，确保选择到适合工程项目的施工承包商，令业主满意。

（1）招标准备阶段应注意的问题 在这个阶段，监理工程师首先要为业主起草招标申请和招标通告。

在招标通告中，监理工程师要对拟建工程的概况作出简要说明，以便承包人能够据此判断自己是否有兴趣投标。有的通告还需说明"投标费用不予补偿"，而且业主不一定按价格最低的中标。在对承包商的投标资格进行预审阶段，监理工程师应该公正地行使自己的权力，客观地向业主提供预审意见。有些采取"邀请招标"或"议标"的工程，监理工程师可以利用自己所掌握的信息，向业主推荐合适的承包人。也许会出现由于监理工程师的忽视而使一些条件不错的承包人被排除在邀请名单之外。应该说，这也是难免的。监理工程师一定要清楚地了解自己的权力，只能向业主推荐承包人，而不能接受承包人。作出最终决定的，只能是业主本身。

（2）投标阶段应注意的问题 投标阶段是从招标通告的发布到截止收标书。这个阶段的时间是有限的，承包人可能没有足够的时间搜集资料，对所有与工程有关的问题或风险进行详细的研究。所以，为了保证工程进入实施阶段能够顺利进行，在允许的时间范围内，监理工程师应该将自己所掌握的有关工程的信息提供给承包人，供他们投标报价时参考。但是，监理工程师必须特别注意避免以下问题。

1）保证这些信息是正确的。

2）暗示自己提供的这些信息可以作为投标的依据。

3）解释这些信息或者作出可以左右承包人意见的推论。

另外，监理工程师应该组织安排好承包人对现场的勘察，解释承包人所提的有关工程的问题。如果有些问题是属于原招标文件中含糊不清的，监理工程师必须发出书面的补充通知。若是承包人询问的有关问题超出了职业道德的限制或违反了有关规则，监理工程师可以拒绝回答。在一些工程中，监理工程师本人对工程的了解也是很粗略的，所以也不可能对承包人作出详尽的解释。例如一段40km长的地铁工程，尽管监理工程师可以向承包人介绍他所掌握的该地区的地质情况和沿线勘探的测试情况，这些情况最多也不过是地下情况的粗略鉴定。承包人也可能在投标期间要对地下情况作更多的了解，所以监理工程师在与承包商商签承包合同时，应向业主建议，专门列出有关条款，把各种不同的地质情况都考虑进去，这样才能公平地维护各方的利益。

（3）开标阶段应注意的问题　开标是通过召开标会的形式当众公开进行的，由于监理工程师的意见能左右业主的决定，因此，投标人很可能会想方设法从监理工程师那里了解自己有无中标的可能此时，监理工程师必须严守秘密，不经业主同意不可透露有关信息，更不得为了个人的利益而对投标人作出某种暗示或许诺。同时，应正确处理投标中出现的错误；投标人在投标中会产生一些无意的错误，这些错误需要监理工程师在对所有标书进行比较以前首先解决。投标人常见的错误有如下几种。

1）由于工作疏忽造成无效标书。如未密封，未加盖单位和法人代表及其代理人的印章，寄达日期已超过规定时间，字迹涂改或辨认不清，未附投标保证书（金）或保证书的保证时间与规定不附等。

2）擅自改变标书格式，如有的投标人认为规定的格式难以表达自己的投标意图，不是用附补充说明的办法而是对标书格式进行了变动。

3）任意修改标书中所列工程量（或许标书中列的工程量确有错误），并以此为报价依据。

4）计算、抄写的失误，使单价、合计、分部合计、总标价出现错误等。

5）投标文件不全，如图样、技术规范、合同条件等不全、有遗失。

投标人的错误如果已使标书构成了无效标书，那只能是自食其果。但是，对于那些可采取措施进行补救的小错，监理工程师应及时用信函的办法通知投标人，让其更正错误。在国外，监理工程师往往采用预先订好改错的办法，使投标人意识到错误之后，明白自己该怎么做；监理工程师最应该注意的是项目所报的单价，再看看该项总计的计算是否有错误，发现对任何一页的小计或总计数值的计算错误后，都应通知投标人更正，以使每页或各分项报价与工程总价能一致起来。这样就能避免因为笔误而造成对投标人明显的不公平。

如果监理工程师发现投标人的错误是由招标文件本身有错所致，应当立即给所有的投标人发出一个通知改错，要求每个投标人都作出改正，或者说明这个问题的影响在投标中已经考虑。如果改错所涉及的数量无关紧要，就没有必要在投标阶段发出改错通知，因为所有投标者是按照同一标准进行的，只需要在决标时对中标投标人作出改正即可。监理工程师在处理改错的问题上一定要注意，只是通过信函的办法间接与投标人联系，尽量不与投标人进行直接的面谈。因为在这一阶段，各种关系都是很微妙的。

（4）评标阶段应注意的问题

1）应对所有标书进行综合评价。在评标阶段，监理工程师最重要的任务就是对所有标书进行综合评价，向业主推荐一个最好的标书和报价。投标人的报价，是评标的一个重要标准。监理工程师要特别注意每个标书报价所包含的内容是否相同。有的报价可能有一些保留或附加条件，这些条件可能与招标文件中的条款相信或是作了补充说明，有的标书可能有计算错误或是对招标文件的理解有误；有的情况下，投标人对工程的某些部分提出了自己选定的材料、规范和施工方法，或是作出了某种保证。此外，投标人提出的工期计划，也是评标时不容忽视的。监理工程师最好能把各项因素都逐项列出，进行分析，按比例打分进行排列优先次序。只有经过这样的比较，才能选出4个报价最低的投标书。这时监理工程师就可进一步通过报价依据——工程量清单，对不同承包人投标的同一部分（分部或分项工程）进行比较，以便看出同一分项工程，在不同投标人之间单价的高低。这样，监理工程师就能知道是否应该接受报价特别低的标书，或者接受这个标书是否会给工程某些部分带来问题。有时候，承包商在报价中可能采取在清单定价时，在某一些项目上赔钱，而在另一些项目上获取高利润的策略。这个策略是正常的，但监理工程师要注意某些低价工程对工程建设尤其是在保证工程质量方面可能带来的隐患。例如，某个投标人挖土方的要价很高，而在浇筑混凝土方面的价格很低。因为挖土方是先于浇筑混凝土进行的，承包人希望用这种办法在合同开始部分为自己获取高价补偿以得到资金，用于弥补开工阶段自己在资金上的大量投入。监理工程师应该考虑到，如果承包人在土方工程中发生困难，并没有获得预期的利润，接下去进行的工程可能就会受到影响。

2）向业主推荐合理报价。监理工程师对所有标书进行比较之后，对拟选择的投标人已有所了解。此时，他可以邀请一两家报价最低的投标人进行交谈，主要是讨论一些报价中的问题。通过交谈，监理工程师可以获得更详细的情况，如投标人对施工方法和进度计划的详细安排等。对于承包人所提的一些技术问题，监理工程师必须就其实质作出回答，这些答复必须在技术上是可行的、合理的，而不能够仅仅是希望。

这些工作做完之后，监理工程师应该考虑推荐哪个投标人。一旦监理工程师不推荐报价最低的投标人，他就必须向业主提出令人信服的理由。例如，监理工程师了解到确凿的信息（如银行提供的企业资信状况），得知承包商的经济状况已非常糟糕，难以顺利完成工程建设的任务，这就是拒绝其投标的理由。又如，某个承包人并不具备监理工程师所认为重要的施工经验，或者如果投标人流露出他企图转包工程或将其中最重要部分转包出去，这些情况也是拒绝接受标书的理由。监理工程师在推荐投标人时，一定要克服个人偏见，客观、公正地向业主推荐一个最适合的承包人。他的推荐应该是先有事实说明，再给客观评论，然后才是推荐结论。监理工程师只能根据自己的知识和经验提出自己的意见。

（5）签订合同时应特别注意的问题

1）保证金的问题。保证金是指承包人必须有另一方（可以是银行或保险公司）进行担保，该方愿意担保弥补由于承包商的违约而使建设单位（业主）蒙受的不多于担保款额的一定损失的费用。一般情况是，只要承包人在银行存入与保证金相等的款数，就可得到这种保证金。这笔存款未经银行同意不得转贷、兑现或作其他处理。通常担保金额相当于合同总价的10%。保证金做法是维护业主利益的一种方式，提不出保证金的承包商，其经营情况肯定不佳。所以，监理工程师在没有看见承包商的保证金之前，不应授权承包商开始施工。

2）工程承包合同开始日期的确定。任何工程承包合同都必须有一个合理的开始日期，这是甲、乙双方权利和义务开始的标志。许多合同规定，合同开始日期以后的14d内开始施工，这个时间对承包商来说似乎不合理，因为在国际招标竞争中，投标人中标的可能性仅有10%，即使是国内投标，承包商的中标可能性也是难测的。所以要求中标人在14d以内开始动工，肯定有许多困难；承包商充其量也只是能做到派几个人到工地，并在工地搭设一些临时工棚，以此办法来遵守"合同条款规定"，而几个星期后，他才能准备好，真正开始动工。我国的招标投标规定中，对工期开始一般是采用双方商定的方法。所以监理工程师应当尽可能为承包人安排适合的开工日期，以便他们能够组织好物力、人力、财力，安排好施工方案。

2.6.4 工程建设施工阶段监理

1. 施工阶段监理的意义

业主一旦与施工单位签订了承包合同，施工招标阶段的工作即全部结束，工程项目的建设进入施工阶段，合同双方应迅速积极地准备开工条件，以便工程项目能按合同规定的开始日期开工。监理工程师也应尽早参与，认真审核施工承包合同双方准备的开工条件，做好预控工作，为施工的顺利进行打下良好的基础。

施工阶段是建设项目建设过程中的重要阶段，所以施工阶段的监理也是工程项目监理最重要的部分。在我国目前推行的建设监理制度中，要求在施工阶段必须进行监理。在施工阶段，业主、承包商都在从不同的角度注视着工程项目的进展，并对施工承包合同的执行情况进行管理，以维护各自的利益。因而监理工程师在公平、科学、合理的原则下，作为独立的第三方，按合同规定对工程投资、质量、进度进行控制，对合同、信息进行有效管理，并协调各方关系，约束双方履行自己的义务，同时维护双方的合法权益，使工程项目顺利实施。

施工阶段是工程实体的形成阶段，项目的实际工期和进度取决于施工期的长短和进度。而工程能否在计划工期内完成，又可以影响到工程的投资和效益。所以，施工阶段的进度控制是整个项目进度控制的关键控制阶段。

施工阶段是资本转化的实质性阶段。在这一阶段，建设资金由货币形式转化为可供生产使用的固定资产，是货币支出最多的阶段，一般要占全部投资的90%左右。因此，该阶段投资控制的工作量很大。

施工阶段是由设计图样转化为实体工程的阶段，也是工程项目质量的实际形成阶段，最终项目质量主要取决于该阶段质量监督、控制工作的水准及严格程度。因此，必须加强对该阶段质量的控制，以保证工程项目的建设质量达到设计要求，满足业主的建设要求和使用目的。

进入施工阶段后，各项有关建设项目的合同开始执行，监理工程师按合同规定的要求对各方进行监督、协调和服务，并将以监理信息为基础，以各项合同为依据，协调各方关系，使工程建设各方在遵守国家法律、法规的基础上，按合同要求和计划进度，保质保量地完成各自的工作任务，使工程施工快速、安全、经济、高质地进行。

在施工阶段，监理工程师必须做好信息管理工作，为工程项目的合同管理、"三大控制"工作提供及时、准确、有效的依据。为了目标的顺利实现，监理工程师还必须加强协调，统一各方思想，以项目目标的大局为重，集中各方力量以达到预期目标。在施工阶段，监理的中心任务是"三大控制"，由于三个目标之间的关系是对立统一的关系，在监理的过程中，要防止片面性，做到三个目标一起抓，进度控制是项目施工过程中的中心环节，因为工程一旦开工，就必须尽可能在对项目总目标进行全面控制的前提下，力求在计划工期内完成项目建设；任何拖延工期的行为都将延误工程项目的正常运行，使投资效益难以发挥。另外，如果盲目地加快施工进度，势必会给工程项目带来质量隐患。质量控制是包括从投入原材料的质量控制开始，对施工单位及安装工艺过程的质量控制，直至建筑产品的质量检验为止的全过程的系统控制。为了保证工程项目质量目标的实现，施工阶段的质量控制是监理工作的核心内容。

施工阶段是大量资金投入的阶段，监理投资控制的重点应放在付款控制上，施工单位在满足质量标准（要求）和进度的前提下，监理工程师应及时做好计量审核、签订支付工作，保障施工单位能连续作业。另外，由于多种因素的影响，出现工程变更以及合同双方在合同条款理解上的分歧等，导致合同纠纷而引起的索赔是难免的。监理工程师应对此正确处理，以确保工程的实际投资不超过计划投资。

施工阶段的合同管理是"三大控制"实现的手段。合同是双方活动的最高行为准则，监理单位必须坚持一切以合同为依据，以有效避免双方责任的分歧，保证预期目标的实现，并维护双方当事人的正当权益。

施工阶段涉及的单位很多，有直接参与工程项目建设的，有上级主管部门的，还有某些社会团体的介入；而且，工程本身工程量大、工期长、工序多，因此这一阶段的协调工作量大而且重要。

2. 施工阶段监理的主要内容和方法

（1）主要内容　根据信息和城乡建设部有关文件和工程项目施工阶段的特点，施工阶段监理的内容包括：协助建设单位和承建单位编写开工报告；确认承包单位选择的分包单位；审查承建单位提出的施工组织设计、施工技术方案和施工进度计划，并提出改进意见；审查承建单位提出的材料和设备清单及其所列的规格和质量；督促、检查承建单位，严格执行工程承包合同和工程技术标准；调解建设单位与承建单位之间的争议；检查工程使用的材料、构件和设备的质量，检查安全防护设施；检查施工进度和施工质量，验收分部、分项工程，签署工程付款凭证；督促整理合同文件和技术档案资料；组织设计单位和施工单位进行工程竣工初步验收，提出竣工验收报告；审查工程结算。

（2）主要方法　为了顺利完成监理任务，达到建设项目的目的，需要有一套科学、规范的监理办法、监理导则及相应的表格。但目前尚无统一规定的办法和表格。因而，要求各监理单位根据自身特点，结合监理实践经验，制定一套适用的监理办法和表格，并逐步优化，最后整理出一套科学、完整、规范性强、适用性广的办法和表格。在此，仅对监理工作中的主要方法作一介绍，供各监理单位参考。

1）各级监理坚持记监理日志。在施工阶段，监理工程师进入施工现场，各级监理人员在不同的工作岗位上处理现场事务，要每天对所管理范围内的各种工作情况进行详细记录，即形成现场监理日志。监理日志是对施工阶段现场情况进行客观实际的记载，是监理工程师掌握的第一手原始资料，将成为解决合同纠纷、处理工程事故和工程结算等的最基本的依据。现场记录除包括文字记录外，必要时还应有适当的草图、计算公式和计算结果。

2）建立完善的工作协调会议制度。工程开工以后，设计单位、施工单位、业主单位和监理单位均进驻现场。由于各自的出发点不同，他们对工程技术问题、合同问题及工程进度、质量问题的处理和看法必定存在某些不同。所以，应及时通过一定的方式进行协调，统一认识、统一步伐。而工作协调会议是一种必不可少的方式，是施工过程中必须采取的方法。

协调会议包括各单位内部协调会、两个单位及多个单位之间的协调会。可根据施工进展情况定时和不定时召开。

3）建立定期及不定期工作报告制度。工作报告包括监理组织内部各级人员定期向上级提交的工作情况报告，如月报告、季度报告以及对某项工作总结或处理的不定期专项报告等，也包括监理工程师向业主单位定期提交的有关工程进度、工程质量及工程投资方面的季度报告、月报告和对某些专门问题的报告。这些报告应是施工现场的基本情况的归纳和总结，应反映项目进展状况及存在问题，并对某些情况的发展提出预测和采取行之有效的调控措施。

4）建立健全质量监督、保证体系以及相应的工作制度。首先，要求承包单位按合同规定建立健全内部质量保证体系，即落实质量检查机构和人员的配备，质量检查管理规章制度的制定；检测手段、仪器设备的配备。其次，要健全监理单位质量检查控制体系，落实专职质量监控组织的人员配备。要购置较先进的测试仪器，并建立一套从施工方案设计审查，施工中质量检测，到质量问题处理的工作制度。在执行工作制度以及处理质量问题中要按照事前确定的控制原则严格要求，加强现场控制，加大质量控制的制约力，不允许以任何理由降低工程质量。

5）利用动态控制法控制工程进度和投资。工程进度涉及建设单位和承建单位的直接经济利益。由于影响进度的因素复杂多变，因此在工程项目监理中，进度控制是一项重要而艰巨的任务。监理工程师控制进度是通过审查承建单位的组织设计文件及施工进度计划，检查督促其按计划进度施工，通过将实际进度与计划进度进行比较，对将来执行的计划进行必要的调整，即提出赶工及其他加快进度的方案措施，以确保工程进度在短期内赶上原计划进度。这样一种往复循环的控制程序即为动态控制法。

动态控制周期一般可确定一个施工周期、一个月等，可根据总施工期及目标分解工期和工程特点而定，以能调整计划为原则。

6）充分利用计量、支付权力，提高工程质量及控制投资。工程计量是建设单位向承建单位支付工程费用的基础工作，是监理工程师的一项主要任务，也是建设单位授予监理工程师的一项权力。因此，要求负责计量的监理工程师严格把好计量关，对不符合工程质量要求的工程量不予计量认可，对达到工程质量的部分应认真检查数据，力求准确无误。经双方认可后填报有关表格，在计量的基础上，承建单位向分管支付的监理工程师报送财务支付报表。监理工程师认真核对，逐一审查，对属实部分予以确认，对超报、弄虚作假等不实部分予以退回，严格按合同有关条款规定进行支付。

计量支付是监理工程师对建设项目投资控制的重要手段。要求监理人员及时准确地掌握工程进展情况和工程质量情况，获得审核付款的可靠依据。监理工程师应充分利用这一手段的功能控制好工程质量及工程费用；但一定要实事求是、严谨廉洁、公平合理地开展工作，树立良好的监理形象。

3. FIDIC 合同条件下的施工项目管理和监理

为了更好地适应招投标机制和推行监理制的需要，也为了有利于我国建设工程项目管理的规范化以及与国际惯例和国际市场接轨，在本章中论述施工阶段工程监理的某些问题时，将根据国际惯例（FIDIC）的有关规定来介绍。

（1）FIDIC 合同条件下施工项目管理和监理的特点　按照 FIDIC 合同条件等国际性惯常做法进行工程项目施工的管理或监理时，突出体现如下主要特点。

1）竞争性。为了鼓励竞争，防止垄断，使工程项目真正能够由有能力、有信誉、能胜任本工程施工任务的承包商承担，保证工程能经济、快速、高质地实现，一般由业主通过竞争性招标手段选择承包商。

2）以法律为准绳、以合同为依据。工程参与者在工程项目实施过程中，除了要遵守国家和政府部门颁布的有关法律、法规之外，一切建设行为及业务活动都要以当事各方共同签订的、具有法律效力的合同为依据。各方应按照合同规定履行自己的义务和行使自己的权利。在执行合同过程中，遇有纠纷、争端和问题时，无论采取何种解决方式，都要以合同规定的有关条款为依据。

3）以监理工程师为核心。按照国际惯例，业主一般不直接参与施工阶段的工程项目管理，也不直接与承包商发生业务联系，而是委托监理工程师并通过合同赋予其的职权，负责实施工程项目有关的管理任务。在工程施工过程中，凡涉及与该工程有关的事项，承包商均应严格遵守规定及监理工程师的指示。对于重要问题，应按合同规定经过监理工程师同意及批准后才能实施。

（2）工程监理的依据　工程建设的实施，从来就是一项属于执行法令规章的活动。FIDIC 合同条件的全部文件（辅助资料除外）是工程监理的主要依据之一。

FIDIC 合同条件的总体结构是由技术、经济和法律三部分构成的。例如，合同文件中的技术规范、设计图样资料属于技术范畴；工程量清单、投标书属于经济范畴；专用合同条件、通用合同条件以及合同协议书属于法律范畴，这些构成了一部法律性文件。在依据这些文件进行监理的过程中，应当注意以下的问题。

① 合同文件的连贯性。如上所述，FIDIC 合同条件是由技术、经济和法律三方面构成，但三者并不是截然分开的，也不是孤立存在的，而是科学地结合在一起，因此对于合同文件必须贯穿在一起阅读。因为它们之间既有相互制约的关系，又有相互保证的作用。例

如，合同清单中某一项已完的工程要得到付款，它必须受到其他文件的制约。根据合同条件有关条款的规定，清单中的项目必须达到合同规范中规定的标准才能予以支付。反之，根据合同条件的规定，承包商的任何工程活动若不能使监理工程师满意，监理工程师有权拒绝对承包商的付款。这就使清单的支付与保证合同条件的实施联系起来了。实际上，在按照 FIDIC 合同条件进行监理的过程中，监理工程师就是要充分利用合同文件之间的制约和保证作用，监督合同双方严格执行合同，使工程按合同条件进行。

合同文件的连贯性体现在另一方面的作用是修正文件之间的歧义和含糊不清的缺陷。根据 FIDIC 合同条件 5-2 款的规定，构成合同的几个文件应被认为是互相说明的，不能单独地、孤立地去执行其中的某个文件。特别是当文件之间出现歧义或含糊不清的时候，监理工程师应根据合同文件的优先次序对此作出解释或校正。

② 合同条件的唯一性。所谓合同条件的唯一性，就是说合同条件是承包商进行施工以及监理工程师进行监理的唯一依据，这是 FIDIC 合同条件的一条原则。也就是说，承包商应严格根据合同进行施工和竣工，以及改进和纠正缺陷，直至达到监理工程师满意的程度。这里所说的监理工程师满意，当然不是随个人"意愿"的满意，而是以合同文件为标准（包括上述的全部合同文件），达到合同文件规定的标准，监理工程师即满意；否则，监理工程师有权拒绝验收或否认承包商提出的有关事宜。

合同文件应当依据国家制定的有关法规编制，所以一般情况下合同文件，特别是有关技术标准与有关的法规应当是一致的。但由于有些工程项目的具体原因，可能会出现与有关的法规并不完全一致的情况，这时，合同的任何一方或合同双方以外的单位或个人，企图用有关的法规取代或修正合同中规定的内容（包括标准）都是违反合同的行为。这是因为合同中的各类文件是合同双方共同确认的，并带有一定的法律性。因此，对于合同文件作任何部分的修改，都必须经过双方商议一致并签订修改文件，在此以前，监理工程师必须也只能依据原合同文件进行监理，这是合同条件唯一性的另一方面的含义。

（3）监理工程师的指令　FIDIC 合同条件规定：在涉及或关系到

该项工程的任何事项上，无论这些事项在合同中写明与否，承包商都要严格遵守与执行监理工程师的指示。同时还明确指出：监理工程师的指令应当视为合同文件的一部分。例如，监理工程师发出的工程变更指令、对质量缺陷处理的指令等，它们与合同文件具有等同作用。承包商必须按照监理工程师的指令执行。所以监理工程师的指令与合同文件一样，是工程监理的依据。

FIDIC 合同条件还规定：承包商应当只从监理工程师处取得指示。因此，除监理工程师以外的任何人（包括业主）的任何指示都不能作为工程监理的依据。承包商应当而且有权拒绝接受监理工程师以外的任何方面的指示而改变工作状态或内容。概括起来，监理工程师指令的作用主要体现在以下几方面：①表示确认或同意；②表达否定或拒绝；③提出要求、意见，指导行动；④控制作用；⑤凭证作用。

正是因为监理工程师的指令在合同中具有如上所述的作用，所以监理工程师对所要发出的任何指令应当事先进行慎重和周密的考虑。除了充分考虑到法律上的要求和实际上的可行性外，还应考虑到经济上的合理性和技术上的可靠性。应尽力避免由于监理工程师发出指令的失误而给工程带来不利的影响和损失。

（4）工程监理的范围　施工前的准备阶段包括完成项目的设计及选择施工单位两项内容。设计阶段一般采取监理的方式，称之为设计监理。设计监理是协助业主对设计方案、工程造价、施工工艺和设计图样的深度与完善性进行管理。目前，我国对设计监理尚处于探索阶段。在选择施工单位或招标阶段，一般采取咨询服务的方式，包括编写标书的部分或全部文件，参加招标及评标工作。这些工作应以业主为主，咨询属于辅助性的服务。

对施工阶段一般均采用监理的形式进行管理，称之为工程监理。按照 FIDIC 合同条件签订的施工合同必须采取工程监理的方式进行项目的管理，因为合同条件规定了监理工程师对施工管理的各种权利和义务，确定了监理工程师在施工管理中的核心地位。

应当指出这里所说的 FIDIC 合同条件即 FIDIC 土木工程施工合同条件，只适用于施工阶段的管理。按照 FIDIC 合同条件的工程监理，是从施工开始至正式投入使用期间的缺陷责任期满为止的全过程进行监理,包括施工期的监理、颁发移交证书、缺陷责任期的监理以及颁发缺陷责任证书。

颁发缺陷责任证书后,便结束了业主与承包商的合同关系,进入了正式投入使用的阶段。在正式投入使用阶段,一般由业主组建管理部门进行管理,已不属于工程项目监理范畴。

(5) 工程监理的内容 在整个施工阶段工程监理的过程中,根据 FIDIC 合同条件的规定,工程监理的内容分成两大类,即质量监理与合同监理。质量监理分为施工过程中的质量管理(包括缺陷工程的处理及竣工检查和颁发移交证书)和缺陷责任期内的工程监理(包括颁发缺陷责任证书)两个阶段。

合同监理贯穿于施工期和缺陷责任期,主要包括财务管理与进度管理两部分。

财务管理通常包括:①工程计量与支付;②工程变更;③费用索赔;④价格调整。

进度管理包括:①施工进度控制;②工程延期批准。

以上所述内容,就是通常所说的监理工程师在工程监理过程中对工程质量、工程费用的工程进度进行监理的主要内容。

1) 质量监理。

① 施工中的质量监理。施工中的质量监理是监理工程师的一项经常性的管理工作。因此,监理工程师必须将主要精力花在对承包商的施工全过程进行监理。

施工中质量监理的任务是监督产品生产的全过程。目的是控制产品生产的每个环节,保证最终产品的质量达到合同标准。因此,在每项工程开始施工前,监理人员首先要对承包商的施工准备情况进行监理,包括对施工材料、设备及工艺进行检查、批准。不符合规范标准的材料不能使用,不符合要求的设备不能验收,没经过监理工程师批准的施工工艺不能采用。只有当承包商的施工准备工作达到了监理工程师满意的程度,才允许承包商开工。

在施工过程中,监理工程师在现场进行监理,监督承包商施工活动的每个细节,一经发现承包商的施工活动不符合合同或规范要求,监理工程师有权指令承包商进行改进，甚至停止施工。

施工完成以后，监理工程师要对产品进行检查验收。对于不合格的产品，承包商需按监理工程师的要求进行修补或返工。

② 竣工后的质量检验。当承包商完成全部工程或区段工程基本完工后，监理工程师应按照合同规定的标准，对已完成的工程进行竣工检验。虽然对已完成的工程在施工过程中进行了中间验收，但在竣工验收时仍要进行全面检验。不管中间验收时结论如何，对于在竣工检验中发现的任何质量缺陷，承包商都有责任进行修补，甚至返工。

竣工验收达到监理工程师满意后，则监理工程师应颁发移交证书。移交证书的颁发，标志着工程进入了缺陷责任期或保修期阶段。但是移交证书的颁发并不解除承包商对工程质量的任何责任，因为合同规定工程的质量还需要在运行状态下进行考核。

③ 缺陷责任期（保修期）满的质量检查。当工程的缺陷责任期（保修期）满后，监理工程师仍然要对工程质量进行一次检查，目的是检查工程在保修期间内，经过运行状态下考核后的质量和状态。承包商除了对正常的磨耗和不属于工程本身而导致的损坏不承担责任外，仍要对保修期间的工程质量负责。此时期的检查重点是竣工检验中的缺陷工程。

检验的结果达到监理工程师满意的程度后，监理工程师应当颁发缺陷责任证书。缺陷责任证书的颁发，表明业主方对工程最终的批准。

2）合同管理。

① 财务管理。

第一，计量支付。所谓计量支付，就是监理工程师按照合同规定的条件，对承包商已完成的工程进行计量，根据计量的结果和其他方面合同规定的应付给承包商的有关款项，由监理工程师出具证明向承包商支付款项。

计量支付是监理工程师的一项经常性的工作，工程计量随着工程的进展随时进行，向承包商支付款项一般是按合同规定每月支付一次，先由承包商提出付款申请，然后监理工程师编制中期付款证书。

另外在移交证书颁发后，监理工程师应编制竣工支付证书。在缺陷责任证书颁发后，监理工程师还应编制最终支付证书。

第二，工程变更。国际惯例中的工程变更具有广泛的含意，是指全部合同文件的任何部分的改变。不论是形式的、质量的变化，还是数量的变化，都称为工程变更。因此工程变更除包括设计图样的变更外，还包括合同条件、技术规范、施工顺序与时间的变化等。

按照 FIDIC 合同条件的规定，任何内容的变更均需经监理工程师发出变更指令，并确定工程变更的价格和条件。没有监理工程师的变更指令，承包商对合同的任何部分都不能进行更改。

第三，费用索赔。所谓费用索赔，就是承包商根据合同条件的有关规定，通过监理工程师向业主索取他应当得到的合同价以外的费用补偿。

承包商按照合同条件的规定得到的任何费用索赔，既不是承包商得到了意外的收入，也不是业主白白丢掉了钱。原因是业主在招标时，为了得到合理的报价，规定了一些风险或可能导致承包商增加费用的因素由业主承担，这样承包商投标时，可以不考虑由业主承担的风险对价格的影响而提出一个合理的造价，同时有利于在公平的条件下竞争。因此，按照国际惯例的方式进行承包的工程，发生费用索赔属于正常现象，监理工程师按照合同条件的规定，批准承包商的费用索赔也是监理工程师的职责。

第四，价格调整。价格调整也是国际竞争性招标的一项惯例。所谓价格调整，并不是对工程量清单中的单价进行调整，而是对工程中主要材料以及劳力、设备的价格，根据市场的变化情况，按照合同规定的方法进行调整，并据此对合同价进行增加或扣除相应的调整金额。因此合同价格在很大程度上受到市场物价浮动的影响，这也是按国际惯例制定承包合同的一个特点。

价格调整的方法一般有票据法和公式法两种形式。票据法就是按照承包商采购的票据价格与投标时的基本价格（提交标书截止日以前，28d 内价格）之差进行调整。公式法是按照国际惯例使用调价公式进行的价格调整。

采用哪种调价方法和对哪些材料或劳力、设备进行调价，合同文件中都有明确的规定。监理工程师可按照合同的有关规定，核实有关调价的数据，并计算调价的金额。

② 进度管理。监理工程师对工程进度管理的主要工作是：下达开工令；审查批准承包商的施工进度计划；监督承包商进度计划的实施；发布停工、复工令；批准工程延期等项工作。在上述工作中，监督承包商进度计划的实施和批准工程延期是监理工程师的一项经常性的工作。在中标通知书颁发日之后，监理工程师应按照合同规定的条件发出开工通知书。同时，审批承包商的施工进度计划。承包商的进度计划一经批准，应视其为合同文件的一部分，承包商须按进度计划安排施工。此外，它也是处理以后延期和索赔的依据之一。因此，开工后监督承包商进度计划的实施是监理工程师的经常性工作。一般情况下，至少每月要检查一次承包商对进度计划的执行情况。如果承包商本月施工进度拖后于计划进度，则监理工程师有权要求承包商修改施工计划，以便使其工程进度符合计划进度。如果经过一段时间（一般为 3 个月）后，承包商实际的工程进度仍然拖后于计划进度，则监理工程师应要求承包商提交一份修正的施工进度计划，表明为保证工程按期竣工而对原进度计划的修改。监理工程师在监督施工进度的同时，要分析施工拖后的原因。造成进度拖后的原因主要有两个方面：一是承包商自身的原因，如承包商安排的人力、设备不足，或采购原材料供应不及时，或分包商的进度拖后等都可能导致施工进度拖后。另一方面是承包商自身以外的原因，这些原因包括：额外或附加的工作；合同文件中提到的任何误期原因；异常恶劣的气候条件；由业主造成的任何延误、干扰或阻碍；除去承包商不履行合同或违约或由他负责的以外其他可能发生的特殊情况。

由于承包商自身的原因造成的进度拖后，称为工期延误（Period of Delay），由此而带来的任何损失由承包商自身负责。

由于承包商自身以外的原因造成的进度拖后，称为工程延期（Extension of Time），由于工程延期而给承包商带来的损失由业主负责（气候造成的延期除外）。

因此监理工程师应根据合同条件，确认造成进度拖后的原因是属于工期延误还是属于工程延期。如果造成进度拖后的原因属于工程延期，则监理工程师可按照 FIDIC 合同条件的第 44-2、44-3 款所规定的程序或按其他有关的合同条件，批准工程延期。

经监理工程师批准的工程延期，是合同工期的一部分。工程竣工的时间，为原合同工期加上监理工程师批准的工程延期的时间。

4. 我国施工阶段监理的重点

在我国监理实践中，监理单位的经营内容主要包括工程设计阶段监理和施工阶段监理，尤其以施工阶段监理为实施重点。

监理单位除承担建设工程监理方面的业务之外，还可以承担工程建设方面的咨询业务。属于工程建设方面的咨询业务有如下几种。

（1）工程建设投资风险分析。

（2）工程建设立项评估。

（3）编制工程建设项目可行性研究报告。

（4）编制工程施工招标标底。

（5）编制工程建设各种估算。

（6）各类建筑物（构筑物）的技术检测、质量鉴定。

（7）有关工程建设的其他专项技术咨询服务。

当然，对于一个监理单位来说，不可能什么都能干。工程建设业主往往把工程项目建设不同阶段的监理业务分别委托不同的监理单位承担，甚至把同一阶段的监理业务分别委托几个不同专业的监理单位监理。但是，作为一个行业，监理单位完全应该可以承担上述各项监理业务以及各项咨询业务。

2.7　监理任务承揽

作为企业的监理单位，必须承揽一定数量的监理任务才能在市场中生存和发展。对每一个监理单位而言，都必须有市场经营观念，面向市场求发展。2000 年 1 月 1 日开始施行的《中华人民共和国招标投标法》中第三条明确规定："在中华人民共和国境内进行下列工程建设项目包括项目的勘察、设计、施工、监理以及与工程有关的重要设备、材料等的采购，必须进行招标：

（1）大型基础设施、公用事业等关系社会公共利益、公众安全的项目。

（2）全部或者部分使用国有资金投资或者国家融资的项目。

（3）使用国际组织或者外国政府贷款、援助资金的项目。

前款所列项目的具体范围和规模标准，由国务院发展计划部门会同国务院有关部门制定，报国务院批准。"

由以上规定可以看出，今后监理单位承揽监理业务主要是靠投标方式获得。

2.7.1 建设工程监理费

工程建设是一个比较复杂且需花费较长时间才能完成的系统工程。要取得预期的、比较满意的效果，对工程建设的管理就要付出艰辛的劳动。建设监理是一种有偿的服务活动，而且是一种"高智能的有偿技术服务"。作为企业，监理单位要负担必要的支出，监理单位的经营活动应达到收支平衡，且略有节余。

1. 监理费的构成

监理费的构成是指监理单位在工程项目建设监理活动中所需要的全部成本，再加上应交纳的税金和合理的利润。各国政府通常都规定了咨询服务费用划分标准分类。一般咨询服务费用包括以下部分。

（1）直接成本 直接成本是指监理单位在完成某项具体监理业务中所发生的成本。主要包括：

1）监理人员和监理辅助人员的工资，包括津贴、附加工资和奖金等。

2）用于各类人员的其他专项开支，包括差旅费、补助费、书报费和医疗费等。

3）用于监理工作的计算机等办公设施的购置使用费和其他仪器、机械的租赁费等。

4）所需的其他外部服务支出。

（2）间接成本 间接成本有时称为日常管理费，包括全部业务经营开支和非工程项目监理的特定开支。一般包括：

1）管理人员、行政人员、后勤服务人员的工资，包括津贴、附加工资和奖金等。

2）经营业务费，包括为招揽监理业务而发生的广告费、宣传费、有关契约或合同的公证费和签证费等活动经费。

3）办公费，包括办公用具、用品购置费，通信、邮寄费、交通费、办公室及相关设施的使用（或租用）费、维修费以及会议费、差旅费等。

4）其他固定资产及常用工、器具和设备的使用费，垫支资金贷款利息。

5）业务培训费，图书、资料购置费等教育经费。

6）新技术开发、研制和试用费。

7）咨询费、专有技术使用费。

8）职工福利费、劳动保护费。

9）工会等职工组织活动经费。

10）其他行政活动经费，如职工文化活动经费等。

11）企业领导基金和其他营业外支出。

（3）税金　税金是指按照国家规定，监理单位应交纳的各种税金总额，如营业税、所得税等。监理单位属科技服务类，应享受一定的优惠政策。

（4）利润　利润是指监理单位收入扣除直接成本、间接成本和各种税金之后的余额。监理是一种高智能的技术服务，监理单位的利润应当高于社会平均利润。

2. 监理费的计算方法

（1）工程监理收费价格体系　我国建设工程监理与相关服务收费根据建设项目投资额的不同情况，分别实行政府指导价和市场调节价。

建设项目投资额 500 万元及以上的建设工程施工阶段的监理收费实行政府指导价，其基准价根据《建设工程监理与相关服务收费标准》计算，浮动幅度为上下 20%，发包人和监理人根据建设项目的实际情况在规定的浮动幅度内协商确定收费额。

建设项目投资额 500 万元以下的建设工程施工阶段的监理收费和其他阶段的监理与相关服务收费实行市场调节价，由发包人和监理人协商确定收费额。

工程监理与相关服务收费要体现优质优价的原则。在保证工程质量的前提下，由于监理企业提供的监理与相关服务节省投资、缩短工期、取得显著经济效益的，发包人可根据合同约定奖励监理单位。奖励标准应事先在委托监理合同中明确。

（2）建设工程监理与相关服务的主要工作内容

1）勘察阶段：协助业主编制勘察要求、选择勘察单位，核查勘察方案并监督实施和进行相应的控制，参与验收勘察成果。

2）设计阶段：协助业主编制设计要求、选择设计单位，组织评选设计方案，对各设计单位进行协调管理，监督合同履行，审查设计进度计划并监督实施，核查设计大纲和设计深度、使用技术规范的合理性，提出设计评估报告（包括各阶段设计的核查意见和优化建议），协助审核设计概算。

3）施工阶段：施工过程中的质量、进度和费用控制，安全生产监督管理、合同和信息等方面的协调管理。

4）设备采购监造阶段：协助业主编制设备采购方案和计划，参与设备采购的招标活动，协助业主签订设备制造合同，对设备的设计、零部件采购、生产和到货验收等过程实施监督、管理、控制和协调。

5）保修阶段：检查和记录工程质量缺陷，对缺陷原因进行调查分析并确定责任归属，审核修复方案，监督修复过程并验收，审核修复费用。

（3）工程监理与相关服务收费的计算办法　工程监理与相关服务收费包括两种类型：一是建设工程施工阶段的工程监理收费，二是勘察、设计、设备采购监造、保修等阶段的相关服务收费。两种收费的计算方法不同，现分述如下。

1）施工阶段工程监理收费计算办法。施工监理服务收费按照下列公式计算：

施工监理服务收费＝施工监理服务收费基准价×（1＋浮动幅度值）

施工监理服务收费基准价＝施工监理服务收费基价×专业调整系数×工程复杂程度调整系数×高程调整系数

施工监理服务收费基准价：按照本收费标准计算出的施工监理服务基准收费额，发包人与监理人根据项目的实际情况，在规定的浮动幅度范围内协商确定施工监理服务收费合同额。

施工监理服务收费基价：完成国家法律法规、行业规范规定的施工阶段监理服务内容的酬金。具体数额如表 2-4 所示。

表 2-4 施工监理服务收费基价表　（单位：万元）

序　号	计费额/元	收费基价/元
1	500	16.5
2	1000	30.1
3	3000	78.1
4	5000	120.8
5	8000	181.0
6	10000	218.6
7	20000	393.4
8	40000	708.2
9	60000	991.4
10	80000	1255.8
11	100000	1507.0
12	200000	2712.5
13	400000	4882.6
14	600000	6835.6
15	800000	8658.4
16	1000000	10390.1

如果计费额大于 100 亿元，则收费基价按计费额乘以 1.03% 的收费率进行计算；如果计费额处于两个数值之间的，则收费基价按直线内插法确定。

施工监理服务收费的计费额：施工监理服务收费以建设工程概算投资额分档定额计费方式收费，其计费额为工程概算中的建筑安装工程费、设备购置费和联合试运转费之和。对设备购置费和联合试运转费占工程概算投资额 40% 以上的工程项目，计费额包括建筑安装工程费全部计入计费额，设备购置费和联合试运转费按 40% 的比例计入；对设备购置费和联合试运转费占工程概算投资额 40% 以下的工程项目，其设备购置费和联合试运转费按实际比例计入计费额。

工程中有利用原有设备并进行安装调试服务的，以签订工程监理合同时同类设备的当期价格作为施工监理服务收费的计费额；工程中有缓配设备的，应扣除签订监理合同时同类设备的当期价格作为施工监理服务收费的计费额；工程中有引进设备的，按照购进设备的离岸价格折换成人民币作为施工监理服务收费的计费额。

施工监理服务收费以建筑安装工程费分档定额计费方式收费的，其计费额为工程概算中的建筑安装工程费。

作为施工监理服务收费计费额的建设工程概算投资额或建筑安装工程费均指每个监理合同中约定的工程项目范围的投资额。

施工监理服务收费专业调整系数：包括专业调整系数、工程复杂程度调整系数和高程调整系数。专业调整系数是对不同专业建设工程项目的施工监理工作复杂程度和工作量差异进行调整的系数，其数值可从表2-5中查找。

表2-5 施工监理服务收费专业调整系数表

序号	工 程 类 型	专业调整系数
1	矿山采选工程： 黑色、有色、黄金、化学、非金属及其他矿采选工程 选煤及其他煤炭工程 矿井工程、铀矿采选工程	0.9 1.0 1.1
2	加工冶炼工程： 冶炼工程 船舶水工工程 各类加工工程 核加工工程	0.9 1.0 1.0 1.2
3	石油化工工程： 石油工程 化工、石化、化纤、医药工程 核化工工程	0.9 1.0 1.2
4	水利电力工程： 风力发电、其他水利工程 火电工程、送变电工程 核电、水电、水库工程	0.9 1.0 1.2

（续）

序号	工程类型	专业调整系数
5	交通运输工程： 机场场道、助航灯光工程 铁路、公路、城市道路、轻轨及机场空管工程 水运、地铁、桥梁、隧道、索道工程	0.9 1.0 1.1
6	建筑市政工程： 邮政、电信、广电工艺工程 建筑、人防、市政工程 园林绿化工程	1.0 1.0 0.8
7	农业林业工程： 农业工程 林业工程	0.9 0.9

工程复杂程度调整系数：对同一专业不同建设工程项目的施工监理复杂程度和工作量差异进行调整的系数。工程复杂程度分为一般、较复杂和复杂3个等级，其调整系数分别为：一般（Ⅰ级）0.85；较复杂（Ⅱ级）1.0；复杂（Ⅲ级）1.15。工程复杂程度可在"工程复杂程度表"中查找确定。

高程调整系数：数值如下。

海拔高程为2001m以下的为1。

海拔高程为2001~2500m为1.1。

海拔高程为2501~3000m为1.2。

海拔高程为3001~3500m为1.3。

海拔高程为3501~4000m为1.4。

海拔高程为4001m以上的，高程调整系数由发包人和监理人协商确定。

发包人将施工监理服务中的某一部分工作单独发包给监理人，则按照其占施工监理服务工作量的比例计算施工监理服务收费，其中质量控制和安全生产监督管理服务收费不宜低于施工监理服务收费总额的70%。

2）勘察、设计、设备采购监造、保修等阶段的相关服务收费计算办法。在施工阶段以外的其他阶段，相关服务收费一般按相关服务工作所需的工日和如表2-6所示的标准计算收费额。需要说明的是，

表 2-6 所示的标准一般仅适用于提供短期相关服务的人工费用标准，对于服务期超过一年的服务工作，仍应参照前述按投资额百分比的计算办法确定服务费数额。

表 2-6　建设工程监理与相关服务人员人工日费用标准

建设工程监理与相关服务人员职级	工日费用标准/元
一、高级专家	1000 ~ 1200
二、高级专业技术职称的监理与相关服务人员	800 ~ 1000
三、中级专业技术职称的监理与相关服务人员	600 ~ 800
四、初级及以下专业技术职称监理与相关服务人员	300 ~ 600

2.7.2　建设工程监理委托合同

监理单位应按现行的《中华人民共和国合同法》的规定，同项目法人签订监理合同。主要内容包括监理工程对象、双方权利和义务，监理酬金、争议的解决方式等。这也是符合国际惯例的做法。监理合同一般应采用标准文本，目前较流行的标准文本为：原建设部和国家工商行政管理局于 2000 年 2 月发布的《建设工程委托监理合同（示范文本）》（GF-2000-002），原来的《建设工程监理合同》示范文本（GF-95-0202）已作废。该文本主要适用于国内工程，详见本书第 7 章。

另外，还有 FIDIC 1990 版的《业主/咨询工程师标准服务协议书》。该文本主要适用于世界银行贷款项目等涉外工程，国内已有单行本发行。

1. 建设监理委托合同的内容

监理合同的语言、形式和协议内容是丰富多彩的，不论哪个国家所签订的合同，其内容各有所差异，但是其基本的内容大同小异。监理合同一般包含以下内容：

（1）签约各方的认定　此条款主要说明建设单位和监理单位的名称、地址以及它们的实体性质，如所有制性质和隶属关系等。委托方的意图是否遵守国家法律，是否符合国家政策和计划要求，确保签订合同在法律上的有效性。

（2）合同的一般说明　当合同各方关系确定后，通常要进行必要的说明，以进一步叙述"标的"的内容等。

（3）监理单位履行的义务　此条款一般包含两个方面，一是受委托监理单位应尽的义务，二是对委托项目概况的描述。合同中均以法律语言来叙述承担的义务，对项目概况的描述是为了确定项目的内容，或便于规定出服务的一般范围。具体的内容主要是项目性质（如新建、扩建或技术改造）、投资来源（属国家投资或自筹）、工程地点、工期要求以及项目规模或生产能力。

（4）监理工程师提供的服务内容　此条款中对监理工程师准备提供的服务内容进行详细的说明，如业主只要监理工程师提供此阶段性的监理服务，这种说明可以比较简单，如果包括全过程监理，则其叙述要详细些。为了避免发生合同纠纷，除对合同中规定的服务内容进行详细说明外，对有些不属于监理工程师的服务内容，也有必要在合同中列出来。合同执行过程中，由于业主的要求或项目本身需要对合同规定的服务内容进行修改或增加其他服务内容，只要双方经过重新协商加以确定，也是允许的。

（5）业主的义务　业主应该偿付监理费。同时，业主还有责任为监理工程师有效地进行工作创造一定条件。

1）业主应提供项目建设所需的法律、资金和保险等服务。

2）业主应提供合同中规定的工作数据和资料。

3）业主应提供监理人员的现场办公用房。

4）业主应提供监理人员必要的交通工具、通信、检测和试验等有关设备。

5）对国际性项目，协助办理海关或签证手续。

6）业主应承诺可提供超出监理单位可以控制的、紧急情况下的费用补偿或其他帮助。

7）业主应当在限定的时间内审查和批复监理单位提出的任何与项目有关的报告书、计划和技术说明书以及其他信函文件。

8）如一个项目委托多个监理单位时，业主与几家监理单位的关系、业主的有关义务等，均应在与每一个监理单位的委托合同中明确写出。

（6）监理费用　合同中必须明确监理费用额度及其支付时间和

方式。在国际合同中，还需规定支付的币种。对于有关成本补偿、费用项目等，也要加以说明。

监理费计取办法有：按提供服务人员支付工资及管理费；按受监理工程造价的一定比费用包干；其他方法。

不论合同中商定采用哪种方法计算费用，都应明确支付的时间、次数、支付方式和条件等。常见的支付形式有：按实际发生额每月支付；按双方约定的计划明细表支付，可以按月或按规定天数支付；按实际完成的某项工作的比例支付；按工程进度支付等。

(7) 业主的权利　监理单位是受业主委托而进行建设项目管理，所以在合同中也要有明确保障业主实现意图的条款。一般有以下几项内容。

1) 进度要求：说明各部分工作完成的日期，或附有工作进度计划方案等。

2) 保险要求：为了保护业主利益，可以要求监理单位进行某种类型的保险，或者向业主提供类似的保障。

3) 承包分配权：在未经业主许可或批准的情况下，监理工程师不得把合同或合同的一部分包给别的公司。

4) 授权限制：监理工程师行使权力不得超过合同规定的范围。

5) 终止合同：当业主认为监理单位的工作不令人满意或项目合同遭到任意破坏时，业主有权终止合同。

6) 有权换人：监理单位必须提供足够胜任工作的工作人员，如果工作人员失职或不能令人满意，业主有权要求换人。

7) 提供资料：在监理工程师整个工作期间，必须做好完整的记录，并建立技术档案，以便随时可以提供清楚、详细的记录资料。

8) 报告业主：在工程建设各个阶段，监理单位要定期向业主报告各阶段的情况和月、季、年进度报告。

(8) 监理单位的权利　监理单位除取得应有的酬金和补偿，在合同中应有明确保护监理单位利益的条款，一般有如下内容。

1) 附加工作的补偿：凡因改变工作范围而委托的附加工作，应确定支付的附加费用标准。

2) 明确不为服务的内容：合同中有时必须明确服务的范围，不包括哪些内容及部分。

3）工作延期：合同中要明确规定，由于非人为的意外原因（即非监理工程师所能控制）或由于业主的行为造成工作延期，监理工程师应受到保护，根据情况予以工作延期等。

4）业主承担自己的过失：合同中应明确规定，由于业主未能按合同及时提供资料、信息或其他服务而造成了损失，应由业主负责。

5）业主的批复：由于业主工作拖拉，对监理工程师的报告、信函等要求批复的书面材料造成延期，由业主负责。

6）终止和结束：合同中任何授予业主终止合同权力的条款，都应同时包括由于监理工程师工作所投入的费用和终止合同所造成的损失，应给予合理补偿的条款。

（9）其他条款　一般合同中都附有其他款项以进一步确定双方权利和义务，如一旦发生修改合同、终止合同或紧急情况的处理程序。

在国际性的合同中，常常包括不可抗力的条款，如发生地震、动乱、战争等情况下不能履行合同的条款。

（10）签字　业主与监理单位都在合同中签了字，便证明他们都已承认双方达成的协议，合同具有了法律效力。由法人代表或经授权的代表签字。

2. 签订监理合同的注意事项

（1）要坚持按法定程序签署合同　监理合同签订时，建设单位应当将自己的授权执行人及其所授的权力以书面形式通知监理单位，监理单位也应将拟派往该项目工作的总监理工程师及其助手的情况告知建设单位。有必要时，双方可以聘请法律顾问，以便证实执行监理合同的各方都是适宜的。监理合同签署之后，建设单位应当将合同中给监理工程师的权限写入与承包商签订的合同中，至少在承包商动工之前要将监理工程师的有关权限书面通知承包单位，为监理工程师的工作创造条件。

（2）要重视替代性的信函　对一些小项目或另增加的内容，一般认为没有必要正式签订一份合同，这时监理单位一般采用信函来确认，以代替繁杂的合同文件。它可以帮助确认双方的关系以及双方对项目的有关理解和意图，包括建设单位提出的要求和承诺，也是监理单位承担责任、履行义务的书面证据。所以，对替代性的信函要予以充分重视。

（3）合同的变更　在工程建设中难免出现许多不可预见的事项，因而经常会出现要求修改或变更合同条件的情况。如包括改变工作服务范围、工作深度、工作进度、费用的支付或委托和被委托方各自承担的责任等。尤其是需要改变服务范围和费用问题时，监理单位应该坚持要求修改合同，口头或拟临时性交换函件等都是不可取的。可以采取几种方式对合同进行修改：正式文件、信件式协议或委托单；如变动内容过大，应重新制定一个新合同；不论采取什么方式，修改之处一定要便于执行，这是避免纠纷、节约时间和资金的需要。如果忽视这一点，仅仅是表面上通过的修改，就可能缺乏合法性和可行性，会造成某一方的损失。

（4）其他注意事项　监理合同在签署过程中双方都应认真负责，双方在执行过程中对各自的义务和权利应相互理解。因此，要注意以下几个方面。

1）要注意合同文字的简洁、清晰，每个措词都应该是经过双方充分讨论过的，以保证对工作范围、采取的工作方法，以及双方对相互间的权利和义务都能确切理解。

2）对于一项时间要求特别紧迫的任务，在委托方选择了监理单位之后，在签订合同之前，双方可以通过使用意图性信件进行交流，监理单位对意图性信件的用词要认真审查，尽量使对方容易理解和接受，否则，就有可能致使合同谈判失败或者遭受其他意外损失。

3）监理单位在合同事务中，要注意充分利用有效的法律服务。监理委托合同的法律性很强，监理单位必须配备有关方面的专家。这样在准备合同格式、检查其他人提供的合同文件及研究意图性信件时，才不至于出现失误。

2.8　监理单位的选择

2.8.1　监理单位的选择方式

按照市场经济体制的观念，业主把监理业务委托给哪个监理单位是业主的自由，监理单位愿意接受哪个业主的监理委托是监理单位的权力。

监理单位承揽监理业务的表现形式有两种：一是通过投标竞争取得监理业务；二是由业主直接委托取得监理业务。

通过投标竞争取得监理业务，是市场经济体制下比较普遍的形式。我国有关法规规定：业主一般通过招标投标的方式择优选择监理单位。这里使用"一般"二字有两层含义：一方面说明业主通过招标的方式选择监理单位，也就是监理单位通过投标竞争的形式取得监理业务是方向，是发展的大趋势，或者说是一种普遍的企业行为。另一方面也包含着在特定的条件下，业主可以不采用招标的形式而把监理业务直接委托给监理单位。在不宜公开招标的机密工程或没有投标竞争对手的情况下，或者是工程规模比较小、比较单一的监理业务，或者是对原监理单位的续用等情况下，业主都可以直接委托监理单位。无论是通过投标承揽监理业务还是由业主直接委托取得监理业务，都有一个共同的前提，即监理单位的资质能力和社会信誉要得到业主的认可。从这个意义上讲，在市场经济发展到一定程度，企业的信誉比较稳固的情况下，业主直接委托监理单位承担监理业务的做法会有所增加。

2.8.2　监理单位的选择要点

在选择监理单位时，主要应考虑以下问题。

1. 监理经验

监理经验主要包括对一般工程项目的实际经验和对特殊工程项目的经验。最有效的核验办法就是要求监理单位提供以往所承担工程项目一览表及其实际监理效果。

2. 专业技能

专业技能主要表现在各类技术、管理人员专业构成及等级构成上，具有的工作设施与手段以及工作经验等。

3. 工作人员

拟选择的监理建设单位是否有足够的可以胜任的工作人员。

4. 监理工作计划

拟选择的建设监理单位对于工程项目的组织和管理是否有具体的

切实有效的建议计划，对于在规定的工期和概算成本之内保证完成任务是否有详细完成任务的措施。

5. 理解能力

建设单位根据与各监理公司的面谈，来判断每个公司及其人员对于自己的要求是否能显示出良好的理解力。

6. 声誉

在科学、诚实、公正方面是否有良好的声誉。

7. 对项目所在地或所在国的了解

拟选择的建设监理单位对委托项目所在地或所在国家的条件和情况是否了解和熟悉，是否有该地区的工作经历等。

8. 专业名望

建设监理单位在专业方面的名望、地位，在以往服务的工程项目中的信誉等，都是建设单位应考虑的因素。

2.8.3 FIDIC《关于咨询工程师选择指南》介绍

选择一个合格的咨询工程师是非常重要的。业主及其他负责选择咨询工程师的人在进行选择时，首先要选择一个能够提供高效的工作规划与经济的咨询服务公司；其次，业主必须能肯定自己支付给咨询服务的酬金是合理的。国际顾问工程师联合会（FIDIC）有一种咨询工程师的选择方法，这种方法是基于对咨询工程师能力的评估之上的。

1. 选择咨询工程师的基本原则

（1）用招投标的方法选择咨询工程师是很困难的，甚至是不可能的。因为对咨询工程师的职业行为很难精确地加以规范说明，用竞争的原则公平地招标，则价格是重要因素，而不同的咨询工程师可能根据不同的价格预先计划提供不同水平的服务。

（2）监理费用不能太低。费用不足，将导致服务质量的降低及服务范围的减少，常常导致更高的施工成本、更高的材料费及更大的生命周期费用。成功的工程咨询服务取决于资历相应的咨询人员花费足够的工作时间。

（3）选择的方法应该着眼于发展委托方与被委托方之间的相互信任　在业主与咨询工程师之间相互完全信赖的情况下，项目才能达到的最好的结果，这是因为咨询工程师必须在所有的时间里都以委托人的最佳利益作为其作出决定和采取行动的出发点。

2. 基于能力的选择要点

FIDIC 认为，用于评判一个咨询工程师是否适合于承担某个特定项目最重要的标准是：技术的胜任能力；管理的能力；资源的可利用性；职业的独立性；取费构成的合理性；执业的诚实性。

（1）技术的胜任能力　如果一个咨询工程师在技术上是能够胜任的，他将有能力为业主提供一个经过教育和训练，具有实际经验和技术判断力的工作班子来承担此项目。

（2）管理的能力　要成功地实现一个项目，咨询工程师必须具有与项目的规模及类型相匹配的管理技能。他需要安排适当的人力资源、调整进度计划表并保证工作以最顺畅的方式进行规划。在项目执行的全过程中，咨询工程师要善于与承包商、供应商、贷款机构以及政府打交道。同时必须向业主方报告项目的进展，以使其能及时和准确地作出决定。

（3）资源的可利用性　当选择咨询工程师时，证实其公司是否具备足够的资金及人力资源来承担项目，使其达到必要的技术标准及达到时间、造价计划是非常重要的。这将依赖于其现有资源可供调配使用到什么程度以及他的工作期望。业主应对咨询工程师是否确实拥有足够的、具有相应水平的职员可供使用以及是否拥有足够的资金来承担该项目进行核实。如果有必要在其聘用合同期内更换任何现场人员，咨询工程师应立即安排具有同等经验的人员来替代。

（4）职业的独立性　当业主聘用一个身为 FIDIC 成员之一的咨询工程师时，他必定是确信该咨询工程师是赞成 FIDIC 的职业道德规范、职业身份、权限及职业独立性的。一个独立的咨询工程师与可能影响他职业判断的商业、制造业或承包活动不得有直接或间接的利益，他唯一的报酬是其业主支付给他的酬金。这样，他就能客观地完成所有的委派任务并且通过应用合理的技术与经济原理为业主提供获得最佳利益的服务。

咨询工程师应该在所有的专业事务中作为业主忠诚的顾问，并且在他可以自行决定的职权范围之内，他应公正地居于三方之间。

咨询工程师不能接受除酬金之外的任何商业佣金、回扣、津贴或间接支付或作其他考虑的费用。

（5）取费构成的合理性　咨询工程师需要得到足够的报酬以保证他们能投入专门的力量于各种细节、设计更变、材料及施工方法中，以提供高质量的服务。取费结构应该反映业主的需要及项目目标的需要。

（6）执业的诚实性　信任是业主与咨询工程师相互关系这台"机器"的润滑油。没有信任，这台"机器"将变得低效率、摩擦发热，直到最后静止不动。如果信任存在于业主与咨询工程师之间，并且双方都具有诚实性，那么项目就会运行得更加顺畅、结果就会更好，而且双方都会更愉快。信任这一特定的因素，是一些咨询工程师为什么被同一业主多次雇佣的原因。

在进行以上几点评价时，业主（委托人）应该通过下列方法搜集有关信息：获取由咨询工程师以建议形式写成的综合报告；与监理单位的高级人员交谈；向监理单位的过去的业主咨询；视察由监理单位完成的项目并访问用户。

思 考 题

1. 简述设立监理单位的基本条件和申报审批程序。
2. 监理单位的资质要素包括哪些内容？
3. 监理单位经营活动的基本准则是什么？
4. 试述监理单位与业主、承包商的关系。
5. 监理费是如何构成的？
6. 签订监理合同时应注意哪些方面的问题？

第3章　监理工程师

3.1　监理工程师的素质与职责

3.1.1　监理工程师的概念

监理工程师是指经考试取得中华人民共和国监理工程师资格证书，并经注册，取得中华人民共和国注册监理工程师注册执业证书和执业印章，从事工程监理及相关业务活动的专业技术人员。

监理工程师是一种岗位技术职务，建设工程监理的工作岗位与一般工程技术岗位不同，它不仅要解决工程设计与施工中的技术问题，而且要组织工程实施的协作，并管理工程合同，调解各方争议，控制工程进度、投资和质量等。因此，如果监理工程师转入其他工作岗位，则不应再称为监理工程师。监理工程师一经政府注册确定，即意味着具有相应岗位责任的签字权。

3.1.2　监理工程师的素质

为了适应监理工作岗位的需要，监理工程师应该比一般工程师具有更好的素质，在国际上被称为高智能人才，监理工程师在工程监理中处于核心地位。

监理工作对监理工程师的素质要求相当全面，一般应包括以下几方面。

（1）要有较高的学历和多学科专业知识　现代工程建设投资规模巨大，要求多功能兼备，应用科技门类复杂，组织工作十分浩繁，如果没有深厚的现代科技理论知识、经济管理理论知识和有关法律知识作基础，是不可能胜任其监理岗位工作的。在国外，监理工程师或咨询工程师，都具有大专以上学历，大部分具有硕士、博士学位。我国监理工程师也要求具有工程技术或工程经济专业大专以上（含大专）学历。这是保证监理工程师素质的重要基础，也是向国际水平靠近所需要的。

作为一名监理工程师至少要掌握一门专业技术知识，这是监理工程师所必须具备的全部理论知识的主要部分。同时，每个监理工程师除了掌握一门专业技术知识以外，还必须学习并掌握组织管理、经济和法律等方面的理论知识。

（2）要有丰富的工程建设实践经验　工程建设实践经验是指理论知识在工程建设上应用的经验。一般而言，监理工程的工作时间越长、次数越多，经验就越丰富。据研究表明一些工程建设中出现的失误，往往与监理工程师缺乏足够的经验有关。因此，世界各国都将工程建设实践经验放在重要地位。例如，英国咨询工程师协会规定，入会会员年龄必须在38岁以上，新加坡要求工程结构方面的监理工程师必须具有8年以上的工程结构设计经验，我国根据具体情况在监理工程师的注册制度中也作出了必要的规定。同时，考察监理工程师的实践经验，除了看其工程实践的时间长短以外，更应注重其实践的成果。如果只是具有较长时间的工程实践，而不善于将理论应用于实践，同样无法使监理工作的水平得到提高。

（3）要有良好的品德　监理工程师的良好品德主要表现在以下几个方面。

1）热爱祖国，热爱人民，热爱社会主义建设事业。潜心钻研、积极进取、努力工作。

2）具有科学的工作态度和综合分析问题的能力。处理问题时以事实和数据为依据，能在复杂现象中抓住本质，而不是"想当然"、"差不多"，草率行事。

3）廉洁奉公，为人正直，办事公道。对自己，不谋私利；对上级和业主，既能贯彻其正确的意图，又能坚持原则；对设计单位和承包单位，既要严格监理，又要热情服务；对有争议的问题的处理要合情合理，维护各方的正当权益。

4）具有开朗的性格，善于同业主、施工方、设计方等沟通及合作共事。

5）要有健康的体魄和充沛的精力。尽管建设工程监理是一种高智能型的技术服务，以脑力劳动为主，但是，在施工过程中往往是露天作业，监理工作现场性强、流动性大、工作条件差、任务繁忙，监理工程师必须身体健康、精力充沛，才能胜任工作。一般来讲，年满65周岁的监理工程师不再注册。

3.1.3 监理工程师的主要职权

监理工程师的职权是通过业主与承包商之间的合同来规定的，不必单独授予。FIDIC 合同条件通用条件的绝大部分条款都涉及监理工程师的职责，对监理工作具体应该怎样做规定得非常细致，其中一些主要职权如下所述。

1）向承包商发布信息和指令，如开工令、停工令等。

2）要求承包商制定详尽的工程进度计划，并予以审批，有权审查施工方案和用款计划。

3）接收并检验承包商报送的材料样品，批准或拒收材料承包商如果用了不合格的材料，有权下令将该部分工程拆除。

4）对工程的每道工序进行开工审批以及完工验收，上道工序不合格，下道工序不得开工。

5）监视工地，对重要工序要旁站监督。

6）批准分包合同。

7）解释合同中的歧义。

8）命令暂停施工。

9）警告承包商进度太慢。

10）证明承包商的违约行为。

11）决定计日工的使用。

12）批准或拒绝延期和费用赔款要求。

13）发布工程变更令。

14）确定变更工程和额外工程的价格。

15）核对承包商完成的工程量。

16）签发付款证书。

17）签发移交证书。

18）签发缺陷责任证书。

从上述职权内容看出，监理工程师作为受业主委托参与监督管理的第三方，他不属于业主和承包商的任何一方。为了完成委托的监理业务，监理工程师必须认真研究合同文件，掌握在具体项目中的职权范围。

3.1.4 监理工程师的职业守则

按照国际惯例，监理工程师（包括驻地监理工程师）在进行监理工作时，应遵守的职业守则主要内容如下所述。

1）按合同条件约定的职业道德办理，遵守当地政府的法律与法规。

2）必须履行监理合同协议书规定的义务，完成所承诺的全部任务。

3）主动积极、勤奋刻苦、虚心谨慎地工作。

4）不允许从事与监理项目的设计、施工材料和设备供应等业务的中间人的贸易活动。

5）不得泄漏所监理项目的商业机密。

6）只能从监理委托中接受酬金，不得接受与合同业务有关的其他非直接支付。

7）监理业务的分包或聘请专家协助监理时，应得到业主的同意。

8）监理工程师应成为业主的忠诚顾问，在处理业主和承包商的矛盾时，要依据法规和合同条款，公正、客观地促成问题的解决。

9）当需要发表与所监理项目有关的论文时，应经业主认可。否则，会被视为侵权。

监理工程师应严格遵守监理职业守则，出色地完成合同义务。如果不履行监理职业守则，按照国际惯例，业主有权书面通知监理工程师终止监理合同。通知发出后15天内，若监理工程师没有作出答复，业主即可认为终止合同生效。

3.1.5 监理工程师的岗位责任制

建立和健全监理工程师岗位责任制，是做好工程监理工作的重要保证。岗位责任制的建立可以根据监理机构设置状况或"三大控制"的分工状况而定。

1. 按监理机构的设置状况建立岗位责任制

（1）总监理工程师 总监理工程师是监理公司或监理事务所派往项目监理机构的全权负责人。总监理工程师主要负责制定各种监理程序和有关制度，对重大技术问题的决策；办理和批准监理工程师的报告及各类合同管理方面的文件。其具体工作职责主要有以下几点。

1）确定项目监理机构人员的分工和岗位职责。

2）主持编写项目监理规划、审批项目监理实施细则，并负责组织项目监理机构的日常工作。

3）审查分包单位的资质，并提出审核意见。

4）检查和监督监理人员的工作，根据工程项目的进展情况可进行监理人员调配，对不称职的监理人员应调换其工作。

5）主持监理工作会议，签发项目监理机构的文件和指令。

6）审定承包单位提交的开工报告、施工组织设计、技术方案和进度计划。

7）审核签署承包单位的申请、支付证书和竣工结算。

8）审查和处理工程变更。

9）主持或参与工程质量事故的调查。

10）调解建设单位与承包单位的合同争议、处理索赔。

11）组织编写并签发监理月报、监理工作阶段报告、专题报告和项目监理工作总结。

12）审核签认分部工程和单位工程的质量检验评定资料，审查承包单位的竣工申请，组织监理人员对验收的工程项目进行质量检查，参与工程项目的竣工验收。

13）主持整理工程项目的监理资料。

（2）总监理工程师代表　总监理工程师代表是经监理单位法定代表人同意，由总监理工程师书面授权，代表总监理工程师行使其部分职责和权力的项目监理机构中的监理工程师。总监理工程师代表应履行以下职责。

1）负责总监理工程师指定或交办的监理工作。

2）按总监理工程师的授权，行使总监理工程师的部分职责和权力。

总监理工程师不得将下列工作委托总监理工程师代表。

1）主持编写项目监理规划、审批项目监理实施细则。

2）签发工程开工/复工报审表、工程暂停令、工程款支付证书、工程竣工报验单。

工程开工/复工报审表应符合附表 B-1 的格式；工程暂停令应符合附表 B-12 的格式；工程款支付证书应符合附表 B-13 的格式；工程竣工报验单应符合附表 B-10 的格式。

3）审核签认竣工结算。

4）调解建设单位与承包单位的合同争议、处理索赔。

5）根据工程项目的进展情况进行监理人员的调配，调换不称职的监理人员。

（3）专业监理工程师　专业监理工程师是总监理工程师指令的具体执行者。专业监理工程师的主要工作是分别从各自的专业方面，察看工程承建单位是否按设计意图进行，是否按合同要求施工，并检查承建单位是否履行了合同规定的各项职责。

专业监理工程师还具有承上启下的作用。向上，他对总监理工程师负责，作为其助手，经常要报告工程的进展情况；向下，他又领导着检查员、监理员的工作。所以，专业监理工程师在施工现场的监理工作中，起着十分重要的作用。

在总监理工程师的委托或要求下，专业监理工程师可以承担以下全部或部分职责。

1）负责编制本专业的监理实施细则。

2）负责本专业监理工作的具体实施。

3）组织、指导、检查和监督本专业监理员的工作，当人员需要调整时，向总监理工程师提出建议。

4）审查承包单位提交涉及本专业的计划、方案、申请、变更，并向总监理工程师提出报告。

5）负责本专业分项工程验收及隐蔽工程验收。

6）定期向总监理工程师提交本专业监理工作实施情况报告，对重大问题及时向总监理工程师汇报和请示。

7）根据本专业监理工作实施情况做好监理日志。

8）负责本专业监理资料的收集、汇总及整理，参与编写监理月报。

9）核查进场材料、设备、构配件的原始凭证、检测报告等质量证明文件及其质量情况，根据实际情况认为有必要时对进场材料、设备、构配件进行平行检验，合格时予以签认。

10）负责本专业的工程计量工作，审核工程计量的数据和原始凭证。

（4）监理员　监理员是指经过监理业务培训，具有同类工程相关专业知识，从事具体监理工作的监理人员。作为专业监理工程师的助手，含检查员、监理员。他们的具体工作职责主要有如下几项。

1）在专业监理工程师的指导下开展现场监理工作。

2）检查承包单位投入工程项目的人力、材料、主要设备及其使用、运行状况，并做好检查记录。

3）复核或从施工现场直接获取工程计量的有关数据并签署原始凭证。

4）按设计图及有关标准，对承包单位的工艺过程或施工工序进行检查和记录，对加工制作及工序施工质量检查结果进行记录。

5）担任旁站工作，发现问题及时指出并向专业监理工程师报告。

6）做好监理日志和有关的监理记录。

担任监理员的人员要求具有一定的技术专长，并具有丰富的实践经验。优秀的监理员，对搞好工程监理工作起着极为重要的作用。他们可以及时发现并纠正工程承包人的错误，能够减轻专业监理工程师的工作负担。

2. 按"三大控制"的分工建立岗位责任制

（1）按质量控制建立岗位责任制　一般可分为三个阶段进行。

1）施工准备阶段。严格检查现场资料，对质量或规格不符合标准的材料不允许在现场存放，对数量不足的材料一定要求补足，对存放条件不当的材料一定要求改善，以免影响工程质量和进度；检查机械设备，对工艺达不到规定标准的设备不允许使用，对数量和生产能力不足的设备要求补充，以便保证工程进度和工程质量；审查承建单位的开工申请，对开工项目在人员、设备、材料及施工组织计划等方面达不到开工条件者不能批准开工。

2）施工阶段。检查承建单位质量保证体系，并发挥其作用；对承建单位各项工程活动进行监督，发现问题有权指令承包人进行纠正或停止施工。

3）验收阶段。审查承建单位利用保证体系建立的各项自检记录；按照规范标准，对产品的外观、内在质量及几何尺寸等方面进行检查，对产品合格者签发中间交工证书；批准工程的最后验收结果，颁发缺陷责任证书。

（2）按工程进度控制建立岗位责任制

1）下达开工令。在工程施工中标通知书颁发之日起，监理工程师按合同规定的日期发出开工通知书。

2）审批工程进度计划。在工程施工中标通知书颁发日之起，承建单位按规定日期向监理工程师提交工程进度计划，经监理工程师批准后，应视为合同文件的一部分。

3）监督和检查进度的实施。如果承建单位的工程施工进度跟不上被批准的进度计划，则应指示承包人采取措施使其进度赶上被批准的进度计划。

4）批准工期延长。如果承建单位的进度拖后是由于承建单位自身以外的原因，则监理工程师应根据合同条件批准工期延长，否则承建单位将受到停止付款或误期损害赔偿的制约。

（3）按投资控制建立岗位责任制

1）计量支付。对承包人已完成的工程进行计量，根据计量结果，出具证明，并向承包单位支付款项。

2）工程变更。国际惯例中的工程变更，除设计图样的变更外，还包括合同条款、技术规范、施工顺序与时间变化等工程变更。任何内容的工程变更指令，均须由监理工程师发出，并确定工程变更的价格和条件。

3）费用索赔。承建单位可根据合同条件的有关规定，通过监理工程师向建设单位索取他应当得到的合同价以外的费用。

4）价格调整。根据市场的变化情况，按合同规定的方法，对工程中主要材料以及劳动力、设备的价格进行调整。

3.2 监理工程师的培养

3.2.1 我国培训监理工程师的现状

目前，我国的监理工程师队伍主要由具有工程设计、施工和建设管理工作背景和经历的工程技术人员与工程经济人员构成。他们具备专业技术知识并经过法律、经济和管理等方面知识的培训。改革开放以前，我国对建设人才的培养不重视经济、管理和法律方面的教育，有关的技术专业也很少设置这些方面的课程，培养出来的工程技术人员明显缺乏这些方面的知识。同时，我国的工程建设任务主要是靠行政手段支配，建设单位和施工单位都没有严格的经济责任制，两者之间不是经济合同关系，工程项目建设不讲究经济管理，从而使工程技术人员工作的着眼点侧重于技术方面，忽略了经济与法律方面。为了适应建设工程监理工作的需要，监理人员要具有较高的学历、丰富的理论知识和实践经验以及良好的品德和强健的身体。在我国现行的教育体制下，任何一所高等学府都难以培养出这样的人才。因此，1989年开始我国建设行政主管部门决定以再教育的方式，在部分高校设置监理工程师培训班，对已参加和拟参加建设工程监理工作并具有中级以上职称的工程师、建筑师、会计师进行重点培训，主要从监理的角度学习有关工程建设的合同管理、质量控制、进度控制、投资控制以及计算机应用、经济、法律等方面的知识，使他们具备监理工程师的基本条件。

3.2.2 监理工程师的再教育

目前，科学技术的发展日新月异，对知识的更新要求越来越急迫。因此，对监理工程师的再教育问题也越来越突出。

1. 继续教育的目的

随着现代科学技术日新月异地发展，注册后的监理工程师不能一劳永逸地停留在原有的知识水平上，而要随着时代的进步不断更新知识、扩大其知识面，通过继续教育使注册监理工程师及时掌握与工程监理有关的政策、法律法规和标准规范，熟悉工程监理与工程项目管理的新理论、新方法，了解工程建设新技术、新材料、新设备及新工艺，适时更新业务知识，不断提高注册监理工程师的业务素质和执业水平，以适应开展工程监理业务需要。因此，注册监理工程师每年都要接受一定学时的继续教育。国际上一些国家，如美国、英国等，对执业人员的年度考核也有类似的要求。

2. 监理工程师再教育的内容

（1）专业技术知识　随着科学技术的进步，作为监理工程师应了解本专业新产生的应用科学理论知识和技能。

（2）管理知识　从一定意义上说，建设监理是一门管理科学，所以，监理工程师要及时地了解并掌握有关管理的新知识，包括新的管理思想、体制、方法和手段等。

（3）法规、标准等方面　我国正值改革的时代，各种法规、标准等都在不断建立和完善。监理工程师尤其要及时学习和掌握有关工程建设方面的法规、办法、标准和规程，并能熟练运用这些法规、标准。

3. 继续教育的学时

注册监理工程师在每一注册有效期（3年）内都应接受96学时的继续教育，其中必修课和选修课各为48学时。48学时的必修课每年可安排16学时。选修课48学时按注册专业安排学时，只注册一个专业的，每年接受该注册专业选修课16学时的继续教育；注册两个专业的，每年接受相应两个注册专业选修课各8学时的继续教育。

注册监理工程师申请变更注册专业时，在提出申请之前，应接受申请变更注册专业24学时选修课的继续教育。注册监理工程师申请跨省级行政区域变更执业单位时，在提出申请之前，还应接受新聘用单位所在地8学时选修课的继续教育。

注册监理工程师在公开发行的期刊上发表有关工程监理的学术论文，字数在3000以上的，每篇可充抵选修课4学时；从事注册监理工程师继续教育授课工作和考试命题工作的，每年每次可充抵选修课8学时。

4. 继续教育的方式

继续教育的方式有两种，即集中面授和网络教学。

3.3　监理工程师资格考试和注册

改革开放以来，我国开始逐步实行专业技术人员执业资格制度。自 1997 年起，我国举行监理工程师执业资格考试，并将此项工作纳入全国专业技术人员执业资格制度实施计划。若要获得注册监理工程师的资格，则必须参加侧重于建设工程监理理论和实践知识的全国统一考试。监理工程师考试合格后，获得中华人民共和国监理工程师执业资格证书，并经注册取得中华人民共和国监理工程师注册执业证书和执业印章。

3.3.1　实施监理工程师资格考试和注册制度的意义

监理工作是一项高智能的工作，需要监理队伍和监理人员具有较高的素质，实施监理工程师考试和注册制度是加强监理队伍建设的一项重要内容，具有重要的意义。第一，它可以保证监理工程师队伍的素质和水平。更重要的是，它可以促进广大监理工作人员努力钻研监理业务，向监理工程师的标准奋进。第二，它是政府建设主管部门加强监理工程师队伍管理的需要，也便于业主选聘工程项目监理班子。第三，它可以与国际惯例衔接起来，便于开展监理业务的国际交流和合作，逐步向国际监理水平靠近。第四，它有利于开拓国际监理市场。

3.3.2　监理工程师执业资格考试

（1）报考监理工程师的条件　为了保证监理工程师具备履行其职责的能力，根据对监理工程师业务素质和能力的要求，对参加监理工程师执业资格考试的报名条件也从两方面作出了限制：一是要具有一定的专业学历，二是要具有一定年限的工程建设实践经验。

（2）考试内容　由于监理工程师的业务主要是控制建设工程的质量、投资和进度，监督管理建设工程合同，协调工程建设各方关系，所以，监理工程师执业资格考试的科目包括"建设工程监理基本知识和相关法规"、"工程建设合同管理"、"工程建设质量、投资、进度控制"、"建设工程监理案例分析"4 科。

3.3.3　监理工程师注册

监理工程师是一种岗位职责。经注册的监理工程师具有相应的责任和权力，仅取得监理工程师资格证书而未取得监理工程师岗位职责的人员，则不具有这些责任和权力。这意味着，即使取得监理工程师资格，由于不在监理单位工作，或者暂时不能胜任监理工程师的工作，或者为了控制监理工程师队伍的规模和专业结构等原因，均可不给予注册。总之，实行监理工程册注册制度，是为了建立一支适应建设工程监理工作需要的、高素质的监理队伍，是为了维护监理工程师岗位的严肃性。

监理工程师的注册，根据注册内容的不同分为三种形式，即初始注册、延续注册和变更注册。按照我国有关法规规定，监理工程师依据其所学专业、工作经历和工程业绩，按专业注册，每人最多可以申请两个专业注册，并且只能在一家建设工程勘察、设计、施工、监理、招标代理和造价咨询等企业注册。

1. 初始注册

经考试合格，取得监理工程师执业资格证书的，可以申请监理工程师初始注册。

（1）条件　申请初始注册，应当具备以下条件。

1）经全国注册监理工程师资格统一考试合格，取得资格证书。

2）受聘于一个相关单位。

3）达到继续教育的要求。

（2）材料　申请监理工程师初始注册，一般要提供下列材料。

1）申请人的注册申请表。

2）申请人的资格证书和身份证复印件。

3）申请人与聘用单位签订的聘用劳动合同复印件及社会保险机构出具的参加社会保险的清单复印件。

4）学历或学位证书、职称证书复印件，与申请注册专业相关的工程技术、工程管理工作经历和工程业绩证明。

5）逾期初始注册的，应提交达到继续教育要求证明的复印件。

（3）程序　申请初始注册的程序如下所述。

1）申请人向聘用单位提出申请。

2）聘用单位同意后，连同上述材料由聘用企业向所在省、自治区、直辖市人民政府建设行政主管部门提出申请。

3）省、自治区、直辖市人民政府建设行政主管部门初审合格后，报国务院建设行政主管部门。

4）国务院建设行政主管部门对初审意见进行审核，对符合条件者准予注册，并颁发由国务院建设行政主管部门统一印制的注册监理工程师注册执业证书和执业印章。执业印章由监理工程师本人保管。

国务院建设行政主管部门对监理工程师初始注册随时受理审批，并实行公示、公告制度，对符合注册条件的进行网上公示，经公示未提出异议的予以批准确认。

2. 延续注册

监理工程师初始注册有效期为3年，注册有效期满要求继续执业的，需要办理延续注册。续期注册应提交下列材料。

1）申请人延续注册申请表。

2）申请人与聘用单位签订的聘用劳动合同复印件及社会保险机构出具的参加社会保险的清单复印件。

3）申请人注册有效期内达到继续教育要求的证明材料。

延续注册的有效期同样为3年，从准予延续注册之日起计算。国务院建设行政主管部门将向社会公告准予延续注册的人员名单。

3. 变更注册

监理工程师注册后，如果注册内容发生变更，如变更执业单位和注册专业等，应当向原注册管理机构办理变更注册。

变更注册需要提交下列材料。

1）申请人变更注册申请表。

2）申请人与新聘用单位签订的聘用劳动合同复印件及社会保险机构出具的参加社会保险的清单复印件。

3）申请人的工作调动证明（与原聘用单位解除聘用劳动合同或者聘用劳动合同到期的证明文件、退休人员的退休证明）。

4）在注册有效期内或有效期届满，变更注册专业的，应提供与申请注册专业相关的工程技术、工程管理工作经历和工程业绩证明以及满足相应专业继续教育要求的证明材料。

5）在注册有效期内，因所在聘用单位名称发生变更的，应提供聘用单位新名称的营业执照复印件。

4. 不予初始注册、延续注册或者变更注册的特殊情况

如果注册申请人有下列情形之一的，将不予初始注册、延续注册或者变更注册。

1）不具有完全民事行为能力。

2）刑事处罚尚未执行完毕或者因从事工程监理或者相关业务受到刑事处罚，自刑事处罚执行完毕之日起至申请注册之日止不满2年。

3）未达到监理工程师继续教育要求。

4）在两个或者两个以上单位申请注册。

5）以虚假的职称证书参加考试并取得资格证书。

6）年龄超过65周岁。

7）法律、法规规定不予注册的其他情形。

5. 注册证书和执业印章失效的情况

注册监理工程师如果有下列情形之一的，其注册证书和执业印章将自动失效。

1）聘用单位破产。

2）聘用单位被吊销营业执照。

3）聘用单位被吊销相应资质证书。

4）已与聘用单位解除劳动关系。

5）注册有效期满且未延续注册。

6）年龄超过65周岁。

7）死亡或者丧失行为能力。

8）其他导致注册失效的情形。

6. 注销注册

注册监理工程师如果有下列情形之一的，应当办理注销注册，交回注册证书和执业印章，注册管理机构将公告其注册证书和执业印章作废。

1）不具有完全民事行为能力。

2）申请注销注册。

3）注册证书和执业印章已失效。

4）依法被撤销注册。

5）依法被吊销注册证书。

6）受到刑事处罚。

7）法律、法规规定应当注销注册的其他情形。

3.4 监理工程师的职业道德与工作纪律

为了确保建设监理事业的健康发展，对监理工程师的职业道德和工作纪律都有严格的要求，在有关法规中也作出了具体规定。

3.4.1 监理工程师的职业道德和工作纪律

监理工程师职业道德和工作纪律的内容一般包括如下。

1）不允许以个人名义在任何报刊上登载承揽监理业务的广告。

2）不允许在政府部门和施工、材料设备生产和供应单位中兼职，不允许监理自己设计的工程项目，不承包业主的工程项目，不向施工单位供应材料和设备，也不允许既是工程监理者又充当与该工程设计、施工承包和材料设备有关业务的直接和间接中介人。

3）必须遵守国家的有关法律和当地政府的有关条例、规定和办法等。

4）必须履行建设工程监理委托合同中所承诺的义务和承担所约定的责任。

5）除收取监理委托合同中约定的监理酬金外，个人不得接受业主的额外津贴、施工单位的赢利分成或补贴等。

6）不允许泄漏自己所监理的工程项目需要保密的事项，在发表自己所监理工程项目的有关资料时，须取得业主的同意。

7）为自己所监理的工程项目聘请外单位咨询人员或监理辅助人员，须征得业主认可。

8）在处理各方面的争议时，应坚持公平和公正的立场。

9）必须坚持科学的态度，对自己提出的建议、判断负责，不唯业主和上级的意图是从。

3.4.2 FIDIC 道德准则

见附录 B。

思 考 题

1. 监理工程师需要具备什么素质？
2. 监理工程师具有什么职责？
3. 如何培养监理工程师？
4. 监理工程师应该具备什么职业道德和工作纪律？

第4章 建设工程监理规划

建设工程监理规划是建设工程监理单位在接受工程建设项目的业主委托后编制的、指导项目监理组织全面开展建设工程监理工作的纲领性文件。编制工程监理规划是工程建设项目实施建设工程监理的重要步骤，对做好建设工程监理工作有着极为重要的作用。

4.1 建设工程监理计划体系文件的构成

建设工程监理计划体系由相互联系密切的系列文件组成，包括建设工程监理大纲、建设工程监理规划和建设工程监理实施细则。它们共同构成了建设工程监理工作的计划体系文件。从编制时间来看，首先编制建设工程监理大纲，在建设工程监理大纲的基础上编制建设工程监理规划，在建设工程监理规划的基础上编制建设工程监理实施细则。

4.1.1 建设工程监理大纲

建设工程监理大纲又称建设工程监理方案，它是建设工程监理单位在工程建设项目的业主开始委托建设工程监理的过程中，特别是在项目业主进行建设工程监理的招标过程中，为承揽到业务而编写的监理方案性文件。

监理单位编制的建设工程监理大纲，其基本作用是使工程建设项目业主认可监理大纲中的监理方案，从而承揽到监理业务。如果顺利承揽到监理业务，则监理大纲也为项目监理组织今后开展建设工程监理工作制定了基本方案。其中，监理大纲是建设工程监理规划编制的直接依据。

建设工程监理单位的经营部门和技术部门（包括拟定的出任该项目总监理工程师的人选）应当根据项目业主所提供的项目信息，并结合自己为投标所初步掌握的工程建设项目资料，制定出拟采用的建设工程监理方案。

一般来说，建设工程监理方案应该包括如下内容：工程概况；监理依据；监理工作范围、目标和内容；项目监理组织机构及岗位职责；工程投资控制方案；工程进度控制方案；工程质量控制方案；安全生产管理的监理方案；合同管理方案；资料、信息管理方案；环境保护、绿色文明施工管理方案；业主与承包方的协调管理方案；监理工作制度；针对本工程特点实施监理的重点、难点分析与管理措施等。

不同项目的招标文件对监理大纲的内容有不同的要求，监理单位编制的监理大纲应当符合项目业主的监理招标文件的要求。例如，在某公路建设项目的工程监理招标文件中，要求监理单位投标时监理大纲按如下章节编制。

第一章　工程概况及编制依据

第一节　工程概况

第二节　编制依据

第二章　监理工作范围、总目标和内容

第一节　监理工作范围

第二节　监理工作的总目标

第三节　监理工作的内容

1. 施工准备阶段监理工作的内容

2. 施工实施阶段监理工作的内容

3. 缺陷责任期（保修）阶段监理工作的内容

第三章　监理组织

第一节　监理组织机构

第二节　监理人员岗位职责

第四章　工程投资与工程进度款支付控制方案

第一节　工程投资控制目标

第二节　工程进度款支付控制措施

1. 工程计量

2. 工程款支付

3. 清单外签证

第三节　工程投资控制措施

1. 组织措施

2. 技术措施

3. 经济措施

4. 合同措施

第五章　工程质量控制方案

第一节　工程质量控制目标

第二节　工程质量控制方法

1. 施工准备阶段质量控制方法

2. 施工阶段质量控制方法

3. 交工验收阶段质量控制方法

4. 缺陷责任期监理工作的内容

5. 质量事故的处理

6. 材料、成品的试验、检测工作的内容及方法

第三节　工程质量控制措施

1. 组织措施

2. 技术措施

3. 合同与经济措施

第四节　主要分项工程的质量控制

1. 路基、路槽质量控制

2. 结构物回填质量控制

3. 填隙碎石垫层质量控制

4. 水泥稳定碎石基层质量控制

5. 水泥混凝土路面质量控制

6. 粉体搅拌桩工程质量控制

7. 钢筋混凝土工程质量控制

8. 给、排水工程质量控制

9. 绿化工程质量控制

10. 人行道铺设质量控制

11. 路灯工程质量控制

12. 道路附属工程质量控制

13. 钻孔灌注桩基础工程质量控制

14. 预制空心板质量控制

15. 桥梁上部结构工程质量监理

第五节　难点监控

第六章　工程工期控制方案

第一节　工期控制目标

第二节　工期控制方法

1. 工程进度计划的审批与工程开工

2. 进度计划的检查

3. 进度计划的调整

4. 工程进度月报

第三节　工期控制措施

1. 组织措施

2. 技术措施

3. 合同措施

4. 经济措施

5. 信息管理措施

6. 其他配套措施

7. 进度拖延后的补救措施

第七章　安全生产管理的监理方案

第一节　安全生产管理目标

第二节　安全生产管理的监理方法

第三节　安全生产管理的监理措施

1. 组织措施

2. 技术措施

3. 合同措施

4. 经济措施

5. 信息管理措施

6. 其他配套措施

第八章　督促业主和施工单位履行合同、执行技术标准及协调各方关系方案

第一节　督促业主和施工单位履行合同的措施

第二节　执行技术标准的措施

第三节　协调各方关系的措施

第九章　监理工作流程方案

1. 施工阶段监理工作流程

2. 质量控制流程

3. 进度控制流程

4. 费用控制流程

5. 图样会审流程

6. 施工组织设计审批流程

7. 隐蔽工程质量控制流程

8. 材料验证工作流程

9. 标准试验工作流程

10. 抽样试验工作流程

11. 工艺试验工作流程

12. 验收试验工作流程

13. 质量事故处理流程

14. 工程变更监理工作流程

15. 工程延期监理工作流程

16. 费用索赔监理工作流程

17. 工程验收工作流程

18. 缺陷责任期工作流程

第十章　监理工作制度

1. 工地会议制度

2. 监理记录与报告制度

3. 设计交底与图样会审制度

4. 施工组织设计会审批制度

5. 材料、构配件及设备报验审查制度

6. 设计变更、洽商的管理制度

7. 隐蔽工程检查制度

8. 工程质量检验制度

9. 工程质量事故处理制度

10. 施工进度监督制度

11. 投资监督制度

12. 工程竣工验收制度

13. 施工备忘录签发制度

14. 工程款支付证书签审制度

15. 项目监理部内部工作制度

16. 主要监理工作分工及签字制度

第十一章　监理信息、资料管理及合同管理方案

第一节　监理信息、资料管理和归档办法

1. 信息管理目标

2. 信息管理流程图

3. 信息管理原则

4. 信息管理制度

5. 监理资料管理办法

6. 监理资料的基本内容

7. 监理资料的归档和移交办法

8. 信息管理措施

第二节　合同管理

1. 合同管理的工作内容

2. 合同管理的原则

3. 施工合同其他事项的管理

4. 建设单位受损失时的处理

5. 合同争议的处理

第十二章　合理化建议方案

1. 采取有效措施，保证工程质量

2. 建立激励机制，优化实施方案

3. 控制工程变更，节约建设投资

4. 强化风险管理，确保目标实现

第十三章　监理设备配置方案

第一节　主要检测设备、计量设备、仪器仪表

第二节　主要交通工具、通信工具、办公设备

第十四章　环境保护及文明施工方案

第一节　环境保护监理

第二节　文明施工监理

第十五章　监理表格

4.1.2　建设工程监理规划的含义

建设工程监理规划是建设工程监理单位接受工程建设项目的业主委托，在签订委托监理合同及收到设计文件后，由工程建设项目监理机构的总监理工程师主持，根据建设工程监理合同，在监理大纲的基础上，结合工程建设项目的具体情况编制的、指导整个项目监理机构开展建设工程监理工作的技术组织文件。

建设工程监理规划应针对项目的实际情况，明确项目监理机构的工作目标，确定具体的监理工作制度、程序、方法和措施，并应具有可操作性。

投标文件中监理大纲的编写部门（一般是监理单位的经营部门和技术部门）并不一定再继续编写该项目的监理规划。显然，在内容范围上，监理大纲是围绕着监理招标项目的内容和要求来编写的，而监理规划的内容应该以中标的监理标段和合同内容为依据编写。显然，监理规划的内容要比监理大纲的内容更有针对性、更全面。监理规划的编写主持人是总监理工程师，监理规划编制完成后必须经监理单位技术负责人审核批准，并应在召开第一次工地会议前报送建设单位。

4.1.3　建设工程监理实施细则

建设工程监理实施细则也称项目监理（工作）实施细则，或简称监理细则。监理实施细则是针对中型及以上的专业性较强的工程项目或危险性较大的分部分项工程，根据监理规划，由专业监理工程师编写，并经总监理工程师批准后实施的操作性文件。监理实施细则与建设工程监理规划的关系可以比作施工图与初步设计的关系。监理实施细则应符合监理规划的要求，并应结合工程项目的专业特点，重点是做到详细具体、具有可操作性。

1. 监理实施细则的编制程序

1）专业监理工程师根据已批准的监理规划、相关的标准、设计文件、技术资料和施工组织设计编制监理实施细则。

2）监理实施细则编制完成后应由总监理工程师批准。

3）经批准的监理实施细则才能付诸实施。

2. 监理实施细则应包括的主要内容

1）专业工程的特点。

2）监理工作的流程。

3）监理工作的控制要点及目标值。

4）监理工作的方法及措施。

监理实施细则应在相应工程施工开始前编制完成，在监理工作实施过程中，应根据实际情况进行补充、修改和完善。补充、修改和完善后的监理实施细则需按原审批程序审批。

下面通过某监理工程实例说明监理实施细则。

1 工程概况

略

2 专业工程特点

由于受马路及周边管线影响严重，在基础施工时采用井点降水及逐部位打钢板桩的措施。

3 监理工作依据

3.1 国家法律法规和地方相关法规

3.2 建设单位与施工单位签订的施工合同或协议

3.3 监理合同及监理规划

3.4 工程施工图样、技术说明及设计交底、会审纪要

3.5《建设工程监理规范》（GB 50319—2000）

3.6《建设工程施工质量验收统一标准》（GB 50300—2001）

3.7《混凝土结构工程施工质量验收规范》（GB 50204—2002）

3.8《地下工程防水技术规范》（GB 50108—2001）

3.9《地下防水工程质量验收规范》（GB 50208—2002）

3.10《建筑地基基础工程施工质量验收规范》（GB 50202—2002）

4 监理工作的流程

4.1 基础监理工作总流程（图 4-1）。

4.2 模板工程施工质量控制工作流程（图4-2）。

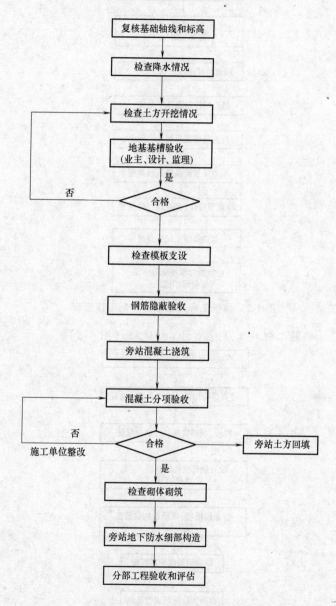

图4-1 基础监理工作总流程

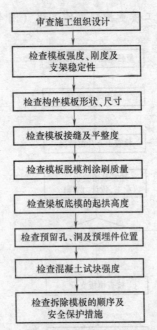

图 4-2　模板工程施工质量控制工作流程

4.3　钢筋工程施工质量控制工作流程（图 4-3）。

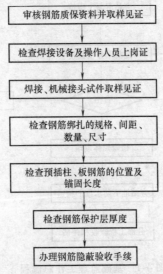

图 4-3　钢筋工程施工质量控制工作流程

4.4 混凝土工程施工质量控制工作流程（图4-4）。

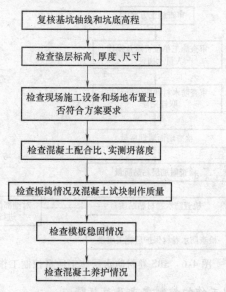

图4-4 混凝土工程施工质量控制工作流程

4.5 地下防水施工质量控制工作流程

4.5.1 水泥砂浆防水层施工质量控制工作流程（图4-5）。

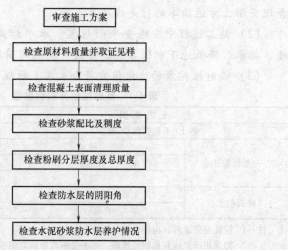

图4-5 水泥砂浆防水层施工质量控制工作流程

4.5.2 SBS 卷材防水层施工质量控制工作流程（图 4-6）。

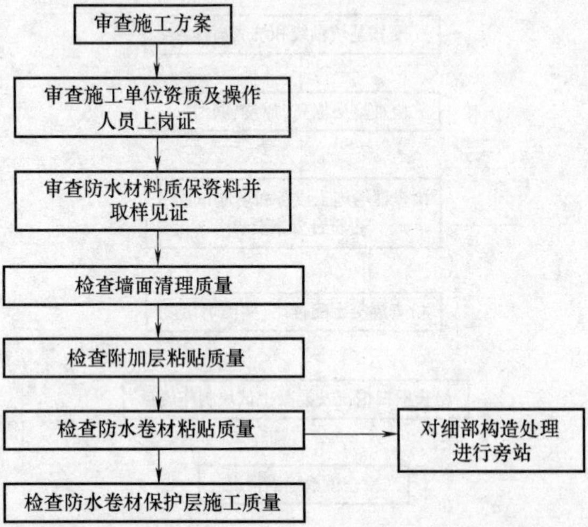

图 4-6 SBS 卷材防水层施工质量控制工作流程

5 监理工作的控制要点及目标值

5.1 土方工程

5.1.1 土方开挖

（1）土方开挖前应检查定位放线、排水和降低地下水位系统，合理安排土方运输车的行走线及弃土场。

（2）施工过程中应检查平面位置、水平标高、边坡坡度、压实度、排水、降低地下水位系统，并随时观测周围环境的变化。

（3）临时性挖方的边坡值应符合表 4-1 的规定。

表 4-1 临时性挖方的边坡值

土 的 类 别		边坡值（高:宽）
砂土（不包括细砂、粉砂）		1:1.25 ~ 1:1.50
一般性黏土	硬	1:0.75 ~ 1:1.00
	硬、塑	1:1.00 ~ 1:1.25
	软	1:1.50 或更缓
碎石类土	充填坚硬、硬塑黏性土	1:0.50 ~ 1:1.00
	充填砂土	1:1.00 ~ 1:1.50

注：1. 设计有要求时，应符合设计标准。
    2. 如采用降水或其他加固措施，可不受本表影响，但应计算复核。
    3. 开挖深度，对软土不应超过 4m，对硬土不应超过 8m。

（4）土方开挖工程的质量检验标准应符合表4-2的规定。

表4-2　土方开挖工程质量检验标准　　（单位：mm）

项目	序号	项目	允许偏差或允许值					检验方法
			柱基基坑基槽	挖方场地平整		管沟	地（路）面基层	
				人工	机械			
主控项目	1	标高	−50	±30	±50	−50	−50	水准仪
	2	长度、宽度（由设计中心线向两边量）	+200 −50	+300 −100	+500 −150	+100	—	经纬仪，用钢尺量
	3	边坡	设计要求					观察或用坡度尺检查
一般项目	1	表面平整度	20	20	50	20	20	用2m靠尺和楔形塞尺检查
	2	基底土性	设计要求					观察或土样分析

注：地（路）面基层的偏差只适用于直接在挖、填方上做地（路）面的基层。

5.1.2　土方回填

（1）土方回填前应清除基底的垃圾、树根等杂物，抽出坑穴积水和淤泥，验收基底标高。如果在耕植土或松土上填方，则应在基底压实后再进行。

（2）对填方土料应按设计要求验收后方可填入。

（3）填方施工过程中应检查排水措施，每层填筑厚度、含水量控制、压实程度。填筑厚度及压实变数应根据土质、压实系数及所用机具确定。如果无试验依据，则应符合表4-3的规定。

表4-3　填土施工时的分层厚度及压实遍数

压实机具	分层厚度/mm	每层压实遍数
平碾	250～300	6～8
振动压实机	250～350	3～4
柴油打夯机	200～250	3～4
人工打夯	<200	3～4

（4）填方施工技术后，应检查标高、边坡坡度、压实程度等，检验标准应符合表4-4的规定。

表 4-4　填土工程质量检验标准　　（单位：mm）

项目	序号	检查项目	允许偏差或允许值					检查方法
			桩基基坑基槽	场地平整		管沟	地（路）面基础层	
				人工	机械			
主控项目	1	标高	−50	±30	±50	−50	−50	水准仪
	2	分层压实系数	按设计要求					按规定方法
一般项目	1	回填土料	按设计要求					取样检查或直观鉴别
	2	分层厚度及含水量	按设计要求					水准仪或抽样检查
	3	表面平整度	20	20	30	20	20	用靠尺或水准仪

5.2　降排水工程

5.2.1　降排水施工前，应审查施工方案，重点审查降水方式是否合理，是否有雨、台风等特殊季节的应急措施。

5.2.2　降水与排水施工质量检验标准如表 4-5 所示。

表 4-5　降水与排水施工质量检验标准

序号	检查项目	允许值或允许偏差		检查方法
		单位	数值	
1	排水沟坡度	‰	1~2	目测:坑内不积水,沟内排水畅通
2	井管(点)垂直度	%	1	插管时目测
3	井管(点)间距(与设计相比)	%	≤150	用钢尺量
4	进管(点)插入深度(与设计相比)	mm	≤200	水准仪
5	过滤砂砾料填灌(与设计值相比)	mm	≤5	检查回填料用量
6	井点真空度:轻型井点　　　　喷射井点	kPa　　kPa	>60　　>93	真空度表　　真空度表
7	电渗井点阴阳极距离:轻型井点　　　　　　　　喷射井点	mm　　mm	80~100　　120~150	用钢尺量　　用钢尺量

5.3　模板工程

5.3.1　审查模板工程及施工组织设计。

5.3.2　施工前，监理工程师对施工单位有关人员进行质量、安全交底。

5.3.3 检查模板体系的强度、刚度和稳定性，保证可靠地承受施工过程中可能产生的各项荷载。

5.3.4 检查结构构件的形状、尺寸，应保证符合设计图样及规范要求。

5.3.5 检查预留孔洞及预埋件设置标高、平面位置，固定在模板上的预埋件、预留孔洞均不得遗漏，且应安装牢固，其偏差应符合规范要求。

预埋钢板中心线位置允许偏差：3mm。

预埋管、预留孔中心线位置允许偏差：3mm。

预留洞中心线位置允许偏差：10mm，预留洞尺寸允许偏差：(+10mm，0)。

插筋中心线位置允许偏差：5mm，插筋外露长度允许偏差：(+10mm，0)。

5.3.6 检查模板脱模剂涂刷质量。

5.3.7 检查梁、板底模的起拱高度。

5.3.8 检查混凝土试块强度，模板拆除顺序。

5.3.9 模板安装的偏差应符合规范要求。

轴线位置允许偏差：5mm。

底模上表面标高允许偏差：±5mm。

柱、墙、梁截面内部尺寸允许偏差：(+4mm，-5mm)。

层高垂直度（不大于5m）允许偏差：6mm。

相邻两板表面高低差允许偏差：2mm。

表面平整度允许偏差：5mm。

5.4 钢筋工程

5.4.1 审查钢筋原材质保资料，并取样见证。

5.4.2 检查钢筋的加工形状和几何尺寸，应符合以下要求。

（1）受力钢筋的弯钩和弯折应符合下列规定。

HPB235级钢筋末端应作180°弯钩，其弯弧内直径不应小于钢筋直径的2.5倍，弯钩的弯后平直部分长度不应小于钢筋直径的3倍。

当 HRB335级钢筋末端作135°弯钩时，其弯弧内直径不应小于钢筋直径的 4 倍，弯钩的弯后平直部分长度应符合设计要求。

钢筋作不大于 90°的弯折时，弯折处的弯弧内直径不应小于钢筋直径的 5 倍。

（2）箍筋的末端应作弯钩，弯钩形式应符合下列规定。

弯钩的弯弧内直径在满足上条要求的同时，不应小于受力钢筋直径。

弯钩的弯折角度应为 135°（有抗震要求）。

箍筋弯后平直部分长度不应小于箍筋直径的 10 倍（有抗震要求）。

（3）钢筋加工的形状、尺寸应符合设计要求，其偏差应符合规范要求。

受力钢筋顺长度方向全长的净尺寸允许偏差：±10mm。

弯起钢筋的弯折位置允许偏差：±20mm。

箍筋内净尺寸允许偏差：±5mm。

5.4.3 检查钢筋焊接、机械接头施工质量，并取样见证。

5.4.4 检查焊条、连接器的质保资料及焊工上岗证。

5.4.5 检查钢筋规格、间距、位置、数量和安装质量，钢筋安装位置的偏差应符合规范要求。

绑扎钢筋网长、宽允许偏差：±10mm；网眼尺寸允许偏差：±20mm。

受力钢筋间距允许偏差：±10mm；排距允许偏差：±5mm。

保护层厚度允许偏差：柱、梁为±5mm；板、墙为±3mm。

绑扎箍筋间距允许偏差：±20mm。

预埋件中心线位置允许偏差：5mm；水平高差允许偏差：（+3mm，0）。

5.4.6 检查墙、柱定位平面位置。

5.4.7 检查钢筋保护层垫块。

5.5 混凝土工程

5.5.1 审查混凝土供应商资质。

5.5.2 检查进场混凝土质保资料，并实测坍落度，质量指标必须符合要求。

5.5.3 基础垫层施工完成，标高、厚度必须符合设计要求。

5.5.4 检查混凝土运送设备是否符合要求，应保证满足施工需求。

5.5.5 检查混凝土振捣情况，并见证混凝土试块制作。

5.5.6 检查混凝土浇筑后的养护工作，保证混凝土强度的后期增长。

5.5.7 现浇混凝土结构的外观质量不应有严重缺陷。常见的外观质量缺陷如表 4-6 所示。

表 4-6　现浇结构常见外观质量缺陷及等级划分

名称	现　象	严　重　缺　陷	一　般　缺　陷
露筋	构件内钢筋未被混凝土包裹而外露	纵向受力钢筋有露筋	其他钢筋有少量露筋
蜂窝	混凝土表面缺少水泥砂浆而形成石子外露	构件主要受力部位有蜂窝	其他部位有少量蜂窝
孔洞	混凝土中孔穴深度和长度均超过保护层厚度	构件主要受力部位有孔洞	其他部位有少量孔洞
夹渣	混凝土中夹有杂物且深度超过保护层厚度	构件主要受力部位有夹渣	其他部位有少量夹渣
疏松	混凝土中局部不密实	构件主要受力部位有疏松	其他部位有少量疏松
裂缝	缝隙从混凝土表面延伸至混凝土内部	构件主要受力部位有影响结构性能或使用功能的裂缝	其他部位有少量不影响结构性能或使用功能的裂缝
联结部位缺陷	构件连接处混凝土缺陷及联结钢筋、联结松动	联结部位有影响结构传力性能的缺陷	联结部位有基本不影响结构传力性能的缺陷
外形缺陷	缺棱掉角、棱角不直、翘曲不平、飞边凸肋等	清水混凝土构件有影响使用功能和装饰效果的外形缺陷	其他混凝土构件有不影响使用功能的外形缺陷
外表缺陷	构件表面麻面、掉皮、起砂、外表沾污等	具有重要装饰效果的清水混凝土构件有外表缺陷	其他混凝土构件有不影响使用功能的外表缺陷

5.5.8 现浇结构不应有影响结构性能和使用功能的尺寸偏差。现浇结构允许尺寸偏差应符合表4-7的规定。

表4-7 现浇结构尺寸允许偏差和检验方法

项 目			允许偏差/mm	检验方法
轴线位置	基础		15	钢尺检查
	独立基础		10	
	墙、柱、梁		8	
	剪力墙		5	
垂直度	层高	≤5m	8	经纬仪或吊线、钢尺检查
		>5m	10	经纬仪或吊线、钢尺检查
	全高		$H/1000$ 且≤30	经纬仪、钢尺检查
标高	层高		±10	水准仪或拉线、钢尺检查
	全高		±30	
截面尺寸			+8，−5	钢尺检查
电梯井	井筒长、宽对定位中线		+25，0	钢尺检查
	井筒全高(H)垂直度		$H/1000$ 且≤30	经纬仪、钢尺检查
表面平整度			8	2m靠尺和塞尺检查
预埋设施中心线位置	预埋件		10	钢尺检查
	预埋螺栓		5	
	预埋管		5	
预留洞中心线位置			15	钢尺检查

注：检查轴线、中心线位置时，应沿纵、横两个方向量测，并取其中的较大值。

5.5.9 混凝土设备基础不应有影响结构性能和设备要求的尺寸偏差。混凝土设备基础尺寸允许偏差应符合表4-8的规定。

表4-8 混凝土设备基础尺寸允许偏差和检验方法

项 目	允许偏差/mm	检验方法
坐标位置	20	钢尺检查
不同平面的标高	0，−20	水准线仪或拉线、钢尺检查
平面外形尺寸	±20	钢尺检查
凸台上平面外形尺寸	0，−20	钢尺检查

（续）

项　　目		允许偏差/mm	检 验 方 法
凹穴尺寸		+20,0	钢尺检查
平面水平度	每米	5	水平尺、塞尺检查
平面水平度	全长	10	水准线仪或拉线、钢尺检查
垂直度	每米	5	经纬仪或吊线、钢尺检查
垂直度	全高	10	经纬仪或吊线、钢尺检查
预埋地脚螺栓	标高（顶部）	+20,0	水准线仪或拉线、钢尺检查
预埋地脚螺栓	中心距	±2	钢尺检查
预埋地脚螺栓孔	中心线位置	10	钢尺检查
预埋地脚螺栓孔	深度	+20,0	钢尺检查
预埋地脚螺栓孔	孔垂直度	10	吊线、钢尺检查
预埋活动地脚螺栓锚板	标高	+20,0	水准线仪或拉线、钢尺检查
预埋活动地脚螺栓锚板	中心线位置	5	钢尺检查
	带槽锚板平整度	5	钢尺、塞尺检查
	带螺纹孔锚板平整度	2	钢尺、塞尺检查

注：检查坐标、中心线位置时，应沿纵、横两个方向量测，并取其中的较大值。

5.5.10　对涉及混凝土结构安全的重要部位应进行结构实体检验，内容主要包括混凝土强度和钢筋保护层厚度。混凝土强度检验应以混凝土浇筑地点制备并与结构实体同条件养护的试件强度为依据，其试块留置、养护和强度代表值应符合有关规范的规定。

5.6　防水工程

5.6.1　审查防水施工方案。

5.6.2　审查防水施工单位资质及操作人员上岗证书。

5.6.3　审查防水剂和防水卷材的质保资料，并按要求取样见证。

5.6.4　检查基层清理质量及干燥程度。

5.6.5　检查防水卷材附加层及整体铺贴质量。

5.6.6　旁站检查防水卷材的细部构造处理。

5.6.7　检查保护层施工质量。

6 监理工作的方法和措施

6.1 地下混凝土结构工程质量监理工作方法和措施

施工阶段质量控制是工程项目全过程质量控制的关键环节，工程质量的优劣很大程度上取决于施工阶段的控制。工程质量控制管理，实际上是监理组织参加施工的各施工单位按合同标准进行建设，并对形成质量的诸因素进行检测、核验，对差异提出调整，并采取纠正措施的监督管理过程，这是监理的一项重要职责。

根据施工阶段工程实体质量形成过程的时间阶段划分，施工阶段的质量控制可分为事前控制、事中控制、事后控制 3 个阶段。

6.1.1 事前控制

（1）施工单位资质及施工人员素质审查

审查承担混凝土结构的施工单位及人员资质与条件要求是否相符合，经监理工程师审查认可后进场施工。

（2）施工组织设计或施工方案审查

要求施工单位在混凝土结构施工项目开工前报送详细的施工组织设计或施工技术方案。监理工程师应着重审查：主要技术组织措施是否具有针对性、是否安全有效；施工程序是否合理；混凝土结构形式、混凝土强度等级、钢筋联结方式、锚固搭接长度、重要部位的钢筋配置、施工缝后浇带的设置部位及要求等是否明确；模板及其支架是否根据工程结构形式、荷载大小、地基土类别、施工设备和材料供应等条件进行设计；模板及其支架是否具有足够的承载能力、刚度和稳定性，是否能可靠地承受浇筑混凝土的重量、侧压力以及施工荷载。施工组织设计或施工技术方案经监理审查批准后，应严格执行。

（3）对工程所需原材料、半成品、构配件和永久性设备的质量控制

监理工程师应对施工单位在采购主要施工材料、设备、构配件前提供的样品和有关订货厂家信息等资料进行审核，在确认符合质量控制要求后书面通报业主，在征得业主同意后方可由总监理工程师签署"工程材料/构配件/设备报审表"。材料、设备到货后应及时复核出厂合格证、有关设备的技术参数资料，并对材料进行见证取样复试。钢筋进场时，应检查产品合格证、出厂检验报告，并应按规定抽取试

件作力学性能检验，其质量必须符合有关标准的规定。对有抗震设防要求的框架结构，其纵向受力钢筋的强度应满足设计要求；当设计无具体要求时，对一、二级抗震等级，检测所得的强度实测值应符合下列规定：钢筋的抗拉强度实测值与屈服强度实测值的比值不应小于1.25；钢筋的屈服强度实测值与强度标准值的比值不应大于1.3。

（4）施工机械、设备的质量控制

对工程质量有重大影响的施工机械、设备，应审查其设备的选型是否恰当；审查提供的技术性能报告中所表明的机械性能是否满足质量要求和适合现场条件。凡不符合质量要求的不能使用。

（5）分包单位的资质审查

未经监理审查认可和经查不能保证施工质量的分包单位，不得进场施工；督促、检查各分包单位建立质量保证体系。

6.1.2 事中控制

（1）一般规定

1）监理应要求施工单位严格按照批准的混凝土主体结构施工组织设计（方案）组织施工。在施工过程中，当施工单位对已批准的施工组织设计进行调整、补充或变动时，应重新进行报审，经监理工程师审核同意后，再交施工单位执行。

2）监理应按质量计划目标要求，督促施工单位加强施工工艺管理，认真执行工艺标准和操作规程，以提高项目质量稳定性；加强工序控制，对隐蔽工程实行验收签证制，对关键部位进行旁站监理、中间检查和技术复核，防止质量隐患。检查施工单位是否严格按照现行国家施工规范和设计图样要求进行施工。监理工程师应经常深入现场检查施工质量，如发现有不按照规范和设计要求施工而影响工程质量时，应及时向施工单位负责人提出口头或书面整改通知，要求施工单位整改，并检查整改结果。

3）监理在接到隐蔽工程报验单后应及时派监理工程师做好验收工作（但应事先确保施工单位在提交隐蔽工程验收单前已认真做好自检工作）。在验收过程中如发现施工质量不符合设计要求，应以整改通知书的形式通知施工单位，待其整改后重新进行验收隐蔽工程，并经监理工程师签认隐蔽工程申请表。未经验收合格，施工单位严禁进行下一道工序施工。

4）组织现场质量协调会。及时分析、通报工程质量状况，并协调解决有关单位间对施工质量有交叉影响界面的问题，明确各自的职责，使项目建设的整体质量达到规范、设计和合同要求。

5）做好有关监理资料的原始记录整理工作，并对监理工作中的音像资料加强收集和管理，保证音像资料的正确性、完整性和说明性。本工程音像资料以照片为主，所反映的具体部位有：①设置监理旁站点的部位；②隐蔽工程验收；③新工艺、新技术、新材料、新设备的试验、首件样板以及重要施工过程；④施工过程中出现的严重质量问题及质量事故处理过程；⑤每周或每月的施工进度。音像资料的数量要求：对以上所规定的具体部位要求每出现一次，照片不少于1张，可根据实际需要增加。

（2）模板分项工程事中控制

1）模板及其支架拆除的顺序及采取的安全技术措施应严格按施工组织设计或施工技术方案执行，不允许擅自修改或变动。

2）模板安装和浇筑混凝土时，应派专人对模板及其支架进行观察和围护。发生异常情况时，应按施工技术方案及时进行处理。

3）模板安装时应满足下列要求。

模板的接缝不应漏浆；在浇筑混凝土前，木模板应浇水润湿，但模板内不应有积水。

模板与混凝土的接触面应清理干净并涂刷隔离剂，但不得采用影响结构性能或妨碍装饰工程施工的隔离剂；在模板上涂刷隔离剂时，不得沾污钢筋和混凝土接槎处。

4）检查梁、柱、板的尺寸、标高，并复核模板的垂直，水平度。

5）检查梁、板起拱高度，大于4m的梁、板起拱高度应控制在 $1/1000 \sim 3/1000$ 之间。

6）检查预留孔、洞、预留埋件的平面设置位置及标高，按照图样及规范进行认真复核，并与水、电安装图样对照，确保不遗漏。

7）检查墙板对穿螺杆止水片设置质量及限位钢筋的尺寸，止水片焊缝应饱满。

8）底模及其支架拆除时的混凝土强度应符合表4-9的要求。

表4-9　底模及其支架拆除时的混凝土强度

构件类型	构件跨度/m	达到设计的混凝土立方体抗压强度标准值的百分率(%)
板	≤2	≥50
	>2且≤8	≥75
	>8	≥100
梁、拱、壳	≤8	≥75
	>8	≥100
悬臂构件		≥100

浇筑混凝土前，模板内的杂物应清理干净。

9）侧模拆除时的混凝土强度应能保证混凝土表面及棱角不受损伤。

（3）钢筋分项工程事中控制

1）当钢筋的品种、级别或规格需作变更时，应办理设计变更文件审批事宜，不允许擅自修改或变动。

2）钢筋安装时，受力钢筋的品种、级别、规格和数量应符合设计要求；纵向受力钢筋的联结方式应符合设计要求；钢筋的接头宜设置在受力较小处；同一纵向受力钢筋不宜设置两个或两个以上接头；应按规定抽取钢筋焊接接头试件作力学性能检验，检验报告应符合有关规程的规定；应按规定对钢筋焊接接头的外观进行检查，其质量应符合有关规程的规定。

3）钢筋应平直、无损伤，表面不得有裂纹、油污、颗粒状或片状老锈。

4）当受力钢筋采用焊接接头时，设置在同一构件内的接头宜相互错开。同一联结区段内，纵向受力钢筋的接头面积百分率应符合下列规定：在受拉区不宜大于50%；接头不宜设置在有抗震设防要求的框架梁端、柱端的箍筋加密处。

5）同一构件中相邻纵向受力钢筋的绑扎搭接接头宜相互错开。同一联结区段内，纵向受力钢筋的接头面积百分率不宜大于50%。纵向受拉钢筋的最小锚固长度和最小搭接长度应满足施工图结构设计说明中的规定。

6) 检查钢筋闪光对焊的外观质量，焊接接头应无横向裂纹和烧伤、焊包均匀，焊接接头处弯折不大于 4°，钢筋轴线位移不大于 0.1d，且不大于 2mm。

7) 检查框架柱、剪力墙暗柱的纵向钢筋电渣压力焊接质量，焊接部位的焊包均匀，无裂纹和烧伤，焊接接头处的弯折应不大于 4°，钢筋轴线位移不大于 0.1d。

8) 检查直螺纹钢筋加工质量、直螺纹丝头牙形应饱满、无断牙、无秃牙缺陷，丝头牙形与牙形规的牙形要吻合，牙齿表面应光洁，丝扣数量应达到 11 丝。

9) 钢筋联结施工中检查接头丝扣应无完整丝扣外露，每 100 个接头作为一个检验批，每批抽检 3 个接头，并检查施工方是否做好了标志，防止混淆。按 500 个接头随机截取 3 个试件作单向拉伸试验。

10) 检查地下室框架柱、剪力墙暗柱、楼梯板钢筋插设位置和数量，钢筋锚入长度必须满足 40d 的要求。

11) 检查双层配筋的楼板、墙板，应按施工图样要求设置撑筋和拉筋。

12) 检查钢筋保护层厚度、位置，垫块应按梅花形设置，梁柱保护层为 25mm，墙、板保护层为 15mm。

13) 留孔、洞周边的补强钢筋应符合设计构造要求。

(4) 混凝土分项工程事中控制

1) 结构构件的混凝土强度应按现行国家标准《混凝土强度检验评定标准》GB/T 50107—2010 的规定分批检验评定。

2) 混凝土的冬期施工应符合现行国家标准《建筑工程冬期施工规程》JGJ/T 104—2011 和施工技术方案的规定。

3) 用于现浇楼板的混凝土的用水量不得大于 180kg/m³；楼板混凝土应采用硅酸盐水泥或普通硅酸盐水泥拌制，并控制掺合料的掺量，粉煤灰掺量不得超过水泥用量的 15%，矿粉掺量不得超过水泥用量的 20%；商品混凝土的坍落度必须严格控制，保证现场浇捣时的坍落度小于 180mm。

4) 结构混凝土的强度等级必须符合设计要求。用于检查结构构件混凝土强度等级的试件，应在混凝土的浇筑地点随机抽取。取样和试件留置应符合相关规定：每拌制 100 盘且不超过 100m³ 的同配比混凝土，取样不得少于一次；每一工作班拌制的同一配合比的混凝土不足 100 盘和 100m³ 时其取样次数不应少于一次；当一次连续浇筑超过 1000m³ 时，每 200m³ 取样不应少于一次；对房屋建筑，每一楼层、同一配合比的混凝土，取样不应少于一次；每次取样应至少留置一组标准养护试件，同条件养护时间的留置组数应根据实际需要确定。

5）混凝土运输、浇筑及间歇的全部时间不应超过混凝土的初凝时间。同一施工段的混凝土应连续浇筑，并应在底层混凝土初凝之前将上一层混凝土浇筑完毕。当底层混凝土初浇定后浇筑上一层混凝土时，应按施工技术方案中对施工缝的要求进行处理。

6）后浇带和施工缝的位置应在混凝土浇筑前按设计要求和施工技术方案确定。后浇带和施工缝的处理应按施工技术方案执行。

7）混凝土浇筑完毕后，应按施工技术方案及时采取有效的养护措施，并应符合下列规定：①应在浇筑完毕后的 12h 以内对混凝土加以覆盖并加湿养护；②混凝土浇水养护的时间不得小于 7d；当日平均气温低于 5℃ 时，不得浇水；③浇水次数应能保持混凝土处于湿润状态；④采用塑料布覆盖养护的混凝土，其敞露的全部表面应覆盖严密，并应保持塑料布内有凝结水；⑤混凝土强度达到 1.2N/mm² 前，不得在其上踩踏或安装模板及支架。

8）对有抗渗要求的混凝土结构，其混凝土试件应在浇筑地点随机取样，同一工程、同一配合比的混凝土，取样不应少于一次，留置组数可根据实际需要确定。对地下防水工程，按《地下防水工程施工质量验收规范》，连续浇筑 500m³ 应至少留置一组，每项工程不得少于 2 组。

9）浇筑过程中，旁站检查模板支架、钢筋、预埋件、墙柱插筋的情况，当发现变形和移位时，应及时督促施工方负责人采取措施整改。

10）浇筑施工过程进行旁站监理，混凝土振捣时插入点移动间距不应大于振捣器作用半径的 1.5 倍，不得漏振，每一振点的振捣延续时间应待混凝土表面呈现浮浆和不沉落为止。

11）地下室外墙板浇筑前，应检查水平施工缝清理质量，不得有疏松混凝土、碎屑、垃圾和积水。

12）浇筑墙板混凝土时，应严格控制下料高度，当浇筑混凝土的自由倾落高度超过2m时，应使用串筒、溜槽等工具进行浇筑，防止混凝土离析。

13）混凝土浇筑完成后，应检查面层及收头，防止表面收缩裂缝的产生。

14）检查混凝土测温孔的设置和温度监测情况，严格控制混凝土内外温差，不得大于25℃，以防止温差应力对结构的破坏。

（5）现浇结构分项工程事中控制

1）现浇结构拆模后，应由监理单位、施工单位对外观质量和尺寸偏差进行检查，作出记录，并应及时按施工技术方案对缺陷进行处理。

2）现浇结构的外观质量不应有严重缺陷。对已经出现的严重缺陷，应由施工单位提出技术处理方案，并经监理单位认可后进行处理。对经处理的部位，应重新检查验收。

3）现浇结构不应有影响结构性能和使用功能的尺寸偏差。对超过尺寸允许偏差且影响结构性能和使用功能的部位，应由施工单位提出技术处理方案，并经监理单位认可后再进行处理。对经处理的部位，应重新检查验收。

4）现浇结构的外观质量不宜有一般缺陷。对已经出现的一般缺陷，应由施工单位按技术要求进行处理，并重新检查验收。

6.1.3 事后控制

（1）按规定的质量验收标准和方法，对完成的混凝土结构子分部工程进行验收。

（2）验收时施工单位应提交下列文件和记录：①设计变更文件；②原材料出厂合格证和进场复验报告；③钢筋接头的试验报告；④混凝土配合比通知单；⑤混凝土工程施工记录；⑥混凝土试件的性能检验报告；⑦隐蔽工程验收记录；⑧分项工程验收记录；⑨混凝土结构实体检验记录；⑩工程中重大质量问题的处理方案和验收记录；⑪其他必要的文件和记录。

（3）验收合格应符合下列规定。

1）有关分项工程施工质量验收合格。

2）完整的质量控制资料。

3）有关观感质量验收合格。

4）结构实体检验结果满足有关的要求。

（4）当混凝土结构施工质量不符合要求时，应按下列规定进行处理。

1）经返工、返修或更换构件、部件的检验批，应重新进行验收。

2）经有资质的检测单位检测鉴定达到设计要求的检验批，应予以验收。

3）经有资质的检测单位检测鉴定达不到设计要求，但经原设计单位核算并确认仍可满足结构安全和使用功能的检验批，可予以验收。

4）经返修或加固处理能够满足结构安全使用要求的分项工程，可根据技术处理方案和协商文件进行验收。

6.2 大体积混凝土浇捣监理工作的方法和措施

大体积混凝土浇筑时，应从混凝土配比、抗裂措施、混凝土浇捣方式和养护措施等方面进行严格把关，并通过设置温度测试孔，动态掌握内部温度变化情况，信息化地指导施工全过程，确保大体积混凝土内部不致产生温差裂缝。

6.2.1 大体积混凝土浇捣的主要技术保证措施

（1）在混凝土配合比方面，增加以下措施以减少混凝土水化热。

1）采用 R45 或 R60 强度的水泥，以减少单位体积的水泥用量。

2）合理选择骨料品种规格，尽量使用大粒径骨料。

3）增加粉煤灰掺量。

4）增加 UEA 膨胀剂，减少水泥用量。

5）采用普 C6220 外加剂，确保混凝土坍落度，入模时坍落度为 12 ± 2，同时要求各混凝土供应站采用统一混凝土配合比，包括水泥厂家在内。

6）宜采用低水化热的水泥拌制，以减少单位体积的水化热量。

（2）在体积较大的承台处的底板表面增加直径较细、间距较小的抗裂构造钢筋网片。

（3）混凝土浇捣方法：从一个方向斜坡式分层连续浇捣，不留施工缝。

（4）混凝土振捣采用上、下、前、后同时振捣的方法进行，即在混凝土浇筑点上、下配备振捣棒操作工进行振捣，由于混凝土坍落度大，混凝土流淌坡度小、距离长，因此在浇筑点后面配备振捣人员对斜坡进行振捣。为了便于下坑内施工，操作人员在承台侧模处开设若干孔洞供操作人员上下。

（5）混凝土的养护应采用保温、保湿及缓慢降温的技术措施，在厚度大于3m时，宜设冷却水管，并通过温度检测控制混凝土中心与表面的温差或混凝土内部与冷却水的温差控制在25℃以内。

（6）混凝土养护措施包括采用1层农用塑料薄膜覆盖，在薄膜上覆盖3层麻袋进行保温，墙板钢筋内采用麻袋卷成团填塞，并对该部分进行浇水湿润，混凝土侧模板拆除后即插入预制混凝土板，覆盖麻袋浇水养护。

（7）大体积混凝土浇捣前落实测温措施，由施工单位布置的测温仪器数量应适中，密度应均匀，测温工作从混凝土浇捣后即开始，1~7d每1h测1次，8~14d每4h测一次，并及时将测温情况书面呈报各方，一旦发现温差超过25℃，及时落实相应技术措施。

6.2.2 大体积混凝土浇捣前的监理工作

（1）审核施工方提交的施工组织设计，重点检查大体积混凝土在材料供应方案、混凝土浇捣方案、大体积混凝土测温及混凝土养护等方面的施工组织及技术措施。

（2）审核混凝土泵站施工资质，并对现场进行考察，包括对备用原材料（水泥、黄砂、石子等）进行检查。

（3）针对大体积混凝土降低水化热技术措施组织专题讨论，包括使用 UEA，使用 R45 或 R60 强度，水泥粉煤灰的重量及养护措施。

（4）组织监理人员对基础底板钢筋进行验收。

（5）对监理人员进行大体积混凝土浇筑监控要点的技术交底，明确大体积混凝土浇捣监理重点，并明确每个监理人员的职责。

6.2.3 大体积混凝土浇捣质量控制

（1）根据混凝土配合比要求，跟踪检查到场混凝土搅拌质量，监理人员应目测混凝土的和易性、离析状况、混凝土用料规格，并抽查混凝土坍落度。一旦发现异常情况，应提出暂缓该车或该批混凝土浇捣，并报总监理工程师处理。

（2）检查现场试块操作人员制作试块的情况，试块制作组数应符合规范要求，试块制作过程应规范，试块抽取应有代表性，反映不同泵站及时间段的混凝土强度。试块拆模后应及时送至试块存放点与施工现场同条件养护。

（3）商品混凝土到现场后严禁加水，若因为混凝土坍落度损失而影响泵送时，应退货处理。

（4）基础承台板混凝土浇捣，应从一个方向斜坡式分层浇捣，混凝土振捣由上、下、前、后同时进行，监理人员应现场检查混凝土振捣的均匀性，严禁出现振捣不实或漏振情况。

（5）经常观察浇捣面混凝土的状况，一旦发现混凝土有初凝前兆（用钢筋插入有明显孔洞），应及时督促施工方调整局部混凝土浇捣顺序，避免出现施工冷缝。施工现场应重点注意以下部位：

1）落深和面积较大的承台部位。

2）电梯和设备井坑。

3）外墙板及水池墙板高低止水口部分。

4）由于各泵台速度不匀或个别停泵导致混凝土不连续供应部位质量，并在混凝土初凝前督促施工方进行二次泌水处理，克服混凝土早期脱水裂缝，检查混凝土面平整度。

5）检查现场测温落实情况，及时分析温差变化，组织有关方面及时解决砼浇捣过程中出现技术问题。

6）根据温差变化及时落实已浇捣至设计标高部分混凝土表面保温工作，使用保温塑料薄膜覆盖前必须完成二次泌水处理，以减少混凝土表面裂缝，并浇水湿润。薄膜覆盖必须密实，薄膜内保留一定水分，其他保温材料根据温差变化分层覆盖。

（6）基础承台混凝土浇筑过程中要采取措施，降低混凝土的入模温度，控制坍落度的波动，不得加水，并要振捣密实。

6.2.4　大体积混凝土浇捣养护措施监控

（1）根据方案布置图，混凝土浇捣前检查测温点布设情况及防止浇捣损坏措施，并建立测温点初始值。

（2）混凝土初凝前，落实二次泌水处理，克服由于混凝土早期脱水引起的裂缝，应在适量浇水后覆盖薄膜，并落实保温措施。

（3）根据施工要求，严格检查混凝土保温措施落实情况。

（4）混凝土浇捣过程中以及养护期内，应严密监测混凝土内温差变化情况（自浇捣时起 1～7d，每 1h 测定一次，第 8～14d，每 4h 测定一次），控制混凝土的温差，当温差超过 25℃时应督促施工方进一步落实加强保温措施。

（5）大体积混凝土养护一般不少于 7d，并根据板中心混凝土温度变化及同条件养护的混凝土试块强度确定养护周期。

6.3　土方工程

基坑土方开挖，施工单位必须充分考虑软黏土的流变特性，运用时空效应原理，限时支撑，尽量缩短无撑坑底（开挖面）暴露时间。

6.3.1　督促施工单位按设计要求的挖土顺序，合理分出中心岛盆式开挖和周边抽条分块开挖的尺寸、坡度，详细列出每层土方开挖的施工流程，并在施工现场用白石灰画出各开挖区域的范围并做好编号，要配备足够的挖土、取土和运土的设备，以保证从开挖至浇筑混凝土垫层的时间范围。

6.3.2　土方开挖必须待地下墙、高压旋喷桩、深层搅拌桩和立柱桩养护到 28d 以后和其强度检验合格，且坑内水位降至开挖面 0.5m 以下时，才能够进行开挖。

6.3.3　督促施工单位在土方开挖及支撑和垫层施工时，必须严格按照"分层、分区、分块、分段"的原则，限时、对称、均匀、平行地开挖及支撑，严禁多挖、超挖。分层厚度不得超过 2.5m，除中心盆式开挖部位外，每个土方分块内从开挖至垫层浇捣完毕控制在 24h 以内。

6.3.4　注意土方开挖时，基坑边不准堆放重物（土方、材料等）和长时间停放重型机械。

6.3.5 施工单位采用机械挖土方时，严禁挖掘机碰撞支撑、立柱、井点管、围护墙和工程桩，对这些部位应采用以人工挖除，同时坑底应保留 20～30cm 原基土，用人工挖除整平，防止坑底土扰动。

6.3.6 局部加深的电梯井坑和集水井坑，必须在放坡或安装支撑后才允许开挖。

6.3.7 督促施工单位对混凝土垫层必须当天挖土完毕，当天安排混凝土浇筑。垫层混凝土浇筑前，施工单位应向监理提出地基验槽申请，由监理复测坑底标高、几何尺寸和检查坑底土质情况，发现弹簧土等松软现象时，应要求施工单位立即换填碎石，以保证垫层浇筑的时限。

6.3.8 督促施工单位及时架设局部临时支撑架，并保证其安装位置正确，标高和直线度符合要求。

6.3.9 开挖过程中，施工单位应派专人跟踪检查围护墙的防水渗漏情况，一经发现渗漏，就立即采取相应的应急措施进行处理。

6.4 降水工程。

6.4.1 督促施工单位在开挖前埋设好真空降水井，井点管的位置、数量和长度必须符合设计要求，并确保砂滤层施工质量，做到出水常清，对出水混浊的井点管应予更换或停闭。

6.4.2 井点抽水必须在基坑开挖前 14d 开始，降水后基坑内水位应保持在基坑开挖面 0.5m 以下，开挖至坑底时，降水深度应在基坑底以下 0.5～1.0m 之间。

6.4.3 井点安装完成后，应立即开启使用，防止闷管。

6.4.4 督促施工单位每隔 4h 检查一遍井点真空度和水位，并做到专人负责机械设备的保养维修工作。

6.4.5 降水井必须在底板混凝土浇捣完成后方能拆除，若采用逆筑法施工的上部结构的载重无法平衡坑底水浮力而出现上浮现象，则施工单位应适当延长井点降水时间。

6.4.6 在井点降水过程中，应使得坑内外水位落差达 35cm（地基侧）或 75cm（其他侧）时，应召集设计、总包研究处理措施。

6.5 地下防水工程

6.5.1　水泥砂浆防水层（内渗5%防水剂）

（1）检查水泥、黄砂、防水剂的合格证，并按要求取样见证。

（2）施工前，检查验收地下室墙板对穿螺杆洞修补质量。

（3）砂浆防水层所用水泥应采用强度等级不低于32.5MPa的普通硅酸盐水泥。

（4）砂浆中的砂宜用中砂，含泥量不大于1%，硫化物和硫酸盐含量不大于1%。

（5）拌制防水砂浆的水应为饮用水。

（6）防水剂技术性能应符合国家或行业产品标准规定的一等品以上的质量要求。

（7）施工前，墙板基层表面应检查验收，表面应平整、坚实、粗糙、清洁，并充分湿润，无积水，螺杆洞已修补。

（8）水泥砂浆防水层应分层铺抹，每层抹灰厚度8~10mm，聚合物水泥砂浆拌合后应在1h内用完，施工中不得任意加水。

（9）水泥砂浆防水层各层应紧密贴合，接槎应依层次顺序操作，层层搭接紧密。

（10）掺加防水剂的防水砂浆，养护按产品说明执行。

6.5.2　SBS卷材防水层

（1）检查SBS防水卷材出厂合格证、质保书，并按要求进行取样见证。

（2）检查进场防水卷材外观质量及厚度，不得有刺破、划伤情况。

（3）地下室外墙面应平整、光洁，螺杆洞修补完好，不得有空鼓、松动、起砂、脱皮现象，阴阳角处做成圆弧形。

（4）采用冷底子油涂刷前，粉刷找平层应干燥，表面应清洁，不得有突出物。

（5）检查冷底子油涂刷质量，不得漏涂和流坠。

（6）检查附加层粘贴质量，在水平施工缝及阴、阳角处粘贴一道250mm宽的附加层。

（7）卷材铺贴时，短、长边搭接宽度均不应小于100mm，接缝处要粘贴封严，接缝口应用材料性能相容的密封材料封严，宽度不小于 10mm，不得起鼓、起泡。

（8）在立面与平面的转角处，卷材的接缝应留在平面上，距立面不应小 600mm。

（9）卷材粘贴施工完成，经检查验收合格后方可进行下一道工序施工。

（10）砖砌保护层的厚度应为 120mm，边砌边填实，砌筑过程中应防止碰撞、损坏防水层。

6.6 监理工作音影资料管理工作

6.6.1 施工质量监控过程中，对关键节点、隐蔽工程部位应及时地拍录施工质量情况。

6.6.2 检查验收过程中，对不符合质量要求的部位及整改合格后的情况均应拍摄记录。

6.6.3 拍摄的影像资料应及时整理、归档，以便于今后对工程质量进行检查。

7 监理旁站内容、方法和要求

7.1 旁站工序

对地基基础工程中的土方回填、后浇带等细部构造处理、混凝土浇筑、防水层细部构造处理、穿墙管（洞）的封堵等关键工序，当班监理人员必须实施旁站监理。

7.2 工作要求

7.2.1 检查施工单位管理人员的到位情况。

7.2.2 检查执行施工方案以及工程建设强制性标准情况。

7.2.3 严格按照本细则监理工作的控制要点和目标值要求进行过程检验。

7.2.4 认真、准确地做好旁站监理记录。

7.2.5 发现异常问题应及时向专业监理工程师或总监理工程师反映，经妥善处理后方可转入下一道工序施工。

7.2.6 其他详细的要求见《混凝土结构工程监理细则》。

4.1.4 三者之间的关系

建设工程监理大纲、监理规划、监理实施细则是相互关联的，它们都是构成建设工程监理规划系列文件的组成部分，它们之间存在着明显的依据性关系。在编写建设工程监理规划时，一定要严格根据建设工程监理大纲的有关内容来编写；在制定项目监理细则时，一定要在建设工程监理规划的指导下进行。

一般来说，建设工程监理单位开展监理活动应当编制上述建设工程监理计划性文件。简单的建设工程监理活动只编写项目监理细则即可，而有些工程建设项目也可以制定较详细的建设工程监理规划，而不再编写建设工程监理实施细则。

4.2 建设工程监理规划的作用

编制建设工程监理规划对于做好工程建设项目的监理工作以及对建设工程监理单位今后的发展都有着重要的作用。

4.2.1 监理规划是监理单位开展监理工作的指导

建设工程监理规划的基本作用就是指导建设工程监理单位全面开展建设工程监理工作。

建设工程监理的中心任务是协助工程建设项目的业主实现工程建设项目的总目标。实现工程建设项目的总目标是一个系统的过程。它需要制订建设工程监理计划，做好建设工程监理组织工作，配备合适的建设工程监理人员，进行有效的领导与指挥，实施工程建设的目标控制和有效地进行协调。只有系统地做好上述工作，才能完成建设工程监理的任务，实现建设工程监理的总目标。在实施建设工程监理的过程中，建设工程监理单位要集中精力做好工程建设项目的目标控制工作。但是，如果不事先对建设工程监理的计划、建设工程监理组织、建设工程监理人员配备、建设工程监理组织领导等各项工作作出科学的安排，就无法实现有效控制。因此，建设工程监理规划需要对项目监理组织开展的各项建设工程监理工作作出全面、系统的组织和安排。它包括确定建设工程监理目标，制定建设工程监理程序，安排工程建设项目的目标控制、安全生产管理、合同管理、信息管理和组织协调等各项工作，并确定各项工作的方法和手段。

为了全面安排和指导项目监理组织有效地开展各项工作，建设工程监理规划应当明确地规定项目监理组织在工程实施过程中，应当做哪些工作、由谁来做这些工作、在什么时间和什么地点做这些工作、如何做好这些工作。只有全面、正确地回答了这些问题，项目监理组织的各项工作才有依据。

从工程项目建设监理控制的过程可以知道，工程建设项目监理规划的内容必然随着工程项目建设的进展而逐步调整、补充和完善。它在一定程度上真实地反映了一个建设工程监理项目的全貌，是最好的建设工程监理过程记录。因此，它是每一家建设工程监理单位的重要存档资料。

4.2.2 监理规划是政府建设工程监理主管机构对监理单位监督管理的依据

政府建设工程监理主管机构对社会上所有建设工程监理单位都要实施监督、管理和指导，对其管理水平、人员素质、专业配套和建设工程监理业绩要进行核查和考评，以确认其资质和资质等级。要做到这一点，除了进行一般性的资质管理工作之外，更为重要的是通过建设工程监理单位的实际监理工作来认定它的水平。而建设工程监理单位的实际水平可从建设工程监理规划和其实施中充分地表现出来。因此，政府建设工程监理主管机构对建设工程监理单位进行考核时，应当十分重视对建设工程监理规划的检查，它是政府建设工程监理主管机构监督、管理和指导建设工程监理单位开展建设工程监理活动的重要依据。

4.2.3 监理规划是项目业主确认监理单位履行合同的主要依据

建设工程监理单位如何履行建设工程监理合同？如何落实项目业主委托建设工程监理单位承担的各项监理服务工作？作为建设工程监理的委托方，项目业主不但需要而且应当及时了解和确认建设工程监理单位的工作。同时，项目业主有权监督建设工程监理单位全面、认真执行建设工程监理合同。而建设工程监理规划正是项目业主了解和确认这些问题的最好资料，是项目业主确认建设工程监理单位是否履行建设工程监理合同的主要说明性文件。建设工程监理规划应当能够全面而详细地为项目业主监督建设工程监理合同的履行提供依据。

实际上，建设工程监理规划的前期文件，即建设工程监理大纲，就是建设工程监理规划的框架性文件。而且，经由谈判确定了的建设工程监理大纲应当纳入建设工程监理合同的附件之中，成为建设工程监理合同文件的组成部分。

4.3　建设工程监理规划编写的要求

4.3.1　监理规划编写内容的要求

1. 对构成内容的基本要求

建设工程监理规划作为指导项目监理组织全面开展建设工程监理工作的指导性文件，对其总体内容的构成应该有一个基本的要求。这是建设工程监理规范化的基本要求，是建设工程监理制度化和科学化的要求。

建设工程监理规划的基本构成内容，首先应满足建设监理法律法规规定的对建设工程监理单位履行相关责任与义务的要求。建设工程监理的主要内容是控制工程建设的投资、建设工期和工程质量，对安全生产管理的监理，进行工程建设合同管理，信息管理和协调有关单位间的工作关系。上述内容无疑是建设工程监理规划的基本构成内容。因为监理规划的基本作用是指导项目监理机构全面开展建设工程监理工作，所以整个建设工程监理工作的目标，组织，控制措施、方法与手段，监理程序，监理制度等必然成为建设工程监理规划必不可少的内容。这样，建设工程监理规划基本内容的构成就可以在上述原则下统一起来。至于某一个具体工程建设项目的监理规划，则要根据建设工程监理单位与工程建设项目的业主签订的建设工程监理合同所确定的建设工程监理实际范围和深度来加以取舍。

归纳起来，建设工程监理规划的基本内容应当包括监理工作目标、项目监理机构的组织、监理工作程序、监理工作的方法及措施和监理工作的制度等。这样，就可以将建设工程监理规划的内容统一起来。建设工程监理规划统一的内容要求应当在建设工程监理法规文件或建设工程监理合同中明确下来。例如，美国政府建设工程监理合同标准文本中就有专门关于建设工程监理规划的条款，并且为了"监理规划编写和使用的统一和方便，对监理规划的内容组成结构特作如下考虑……"。其中，明确规定建设工程监理规划的内容由9部分组成，即工程建设项目说明、工程建设项目目标、三方义务说明、工程建设项目结构分解、组织结构、建设工程监理人员的工作义务、职责关系、进度计划和协调工作程序。

2. 具体内容应具有针对性

建设工程监理规划基本构成内容应当统一，但各项具体的内容则要有针对性。这是因为，建设工程监理规划是指导某一特定工程建设项目监理工作的技术组织文件，它的具体内容要适用于这个工程建设项目。由于所有工程建设项目都具有单件性和一次性的特点，也就是说每个工程建设项目都不相同，而且每一个建设工程监理单位和每一位总监理工程师对某一个具体工程建设项目在监理思想、监理方法和监理手段等方面都会有自己的独到之处，因此不同的建设工程监理单位和不同的监理工程师在编写建设工程监理规划的具体内容时，必然体现出自己鲜明的特点。

由于不同的建设工程监理单位和不同的监理工程师都具有自己的特点，他们所编制的建设工程监理规划也具有不同的特点。或许会有人会认为这样难以有效评定建设工程监理规划编写的质量。实际上，由于建设工程监理的目的就是协助业主实现其投资目的，因此一个建设工程监理规划只要能够对本工程建设项目有效实施建设工程监理，做好指导工作，圆满地完成所承担的建设工程监理业务，就是一个合格的建设工程监理规划。

每一个建设工程监理规划都是针对某一个具体工程建设项目的，都必然有它自己的投资目标、进度目标和质量目标，有它自己的工程建设项目组织形式，有它自己的建设工程监理组织机构，有它自己的信息管理制度，有它自己的合同管理措施，有它自己的目标控制措施、方法和手段。只有具有针对性，建设工程监理规划才能真正起到指导具体工程建设项目监理工作的作用。

3. 实施内容应符合工程建设项目运行规律

建设工程监理规划是针对一个具体工程建设项目来编写的，因而工程建设项目的动态性很强。工程建设项目的动态性也决定了建设工程监理规划的具体实施内容必然具有可变性。然而，变化并不是随意的，它必须把握工程建设项目运行的规律。只有把握工程建设项目运行的规律，建设工程监理规划实施内容的调整与改变才是有效的，才能实施对这项工程有效的建设工程监理。

建设工程监理规划实施内容要把握工程建设项目运行的规律，要随着工程建设项目展开进行不断的补充、修改和完善。它由开始的"粗线条"或"近细而远粗"逐步地变得完整、完善起来。同时，建设工程监理规划实施内容随着工程的进行必然要调整。工程建设项目在运行过程中，内外因素和条件不可避免地要发生变化，造成工程建设项目不断地发生着运动轨迹的改变。因此，需要对它的偏离进行反复调整，这就必然造成建设工程监理规划本身在实施内容上要相应地调整。这种调整可能是改变原来计划的某一具体的方法与手段，也可能是改变具体某项监理工作程序。这种调整的目的是使工程建设监理规划更符合项目建设规律，使工程建设能够在监理规划的有效控制之下进行。

建设工程监理规划实施内容要把握工程建设项目运行的规律，这是由于它所需要的编写信息是逐步提供的。当掌握的项目信息较少时，不可能对工程建设项目进行详尽的规划。随着工程的进展，工程信息量越来越大，于是规划的具体实施内容也就可以越加趋于完善。就一项工程建设项目的全过程监理规划来说，那些希望一气呵成的做法是不切实际的，也是不科学的。

4.3.2 监理规划编写方式的要求

1. 监理规划编写应由项目总监理工程师主持

项目监理机构的总监理工程师是一个工程建设项目中监理工作的总负责人，而建设工程监理规划是指导项目监理机构全面开展监理工作的指导文件，因此建设工程监理规划应当在项目总监理工程师的主持下编写制定，这是体现项目总监理工程师负责制的必然要求。

总监理工程师应充分调动整个项目监理机构中专业监理工程师的积极性，组织各专业监理工程师共同参与编写。

建设工程监理规划是工程建设项目监理工作的全面指导性文件，要想言之有据，就必须在编写之前广泛搜集有关工程建设项目的状况资料和环境资料，作为编制监理规划的依据。

建设工程监理规划在编写过程中，还应当充分听取工程建设项目业主的意见，最大程度地满足他们的合理要求，为进一步搞好监理服务奠定基础。

2. 监理规划一般要分阶段编写

如前所述，建设工程监理规划的内容与工程进展密切相关，没有规划信息也就没有规划内容。因此，建设工程监理规划的编写需要有一个过程。可以将编写的整个过程划分为若干阶段，每个编写阶段都可以与工程各实施阶段相呼应。这样，工程建设项目实施各阶段所输出的工程信息成为相应的规划信息，从而使建设工程监理规划的编写能够遵循管理规律，做到有的放矢。

建设工程监理规划编写阶段可按工程建设项目实施的各阶段来划分。例如，可划分为设计阶段、施工招标阶段和施工阶段。设计的前期阶段，即设计准备阶段应完成规划的总框架并将设计阶段的建设工程监理工作进行近细远粗的规划，使规划内容与已经把握住的工程信息紧密结合，既能有效地指导下阶段的建设工程监理工作，又为未来的工程实施进行筹划；设计阶段结束，能够提供大量的工程信息，所以施工招标阶段建设工程监理规划的大部分内容能够落实；随着施工招标的进展，各承包单位逐步确定下来，工程承包合同逐步签订，施工阶段建设工程监理规划所需工程信息基本齐备，足以编写出完整的施工阶段建设工程监理规划。在施工阶段，有关建设工程监理规划工作主要是根据工程进展情况进行调整、修改，使它能够动态地控制整个工程建设项目的正常进行。

无论建设工程监理规划的编写如何进行阶段划分，它都必须起到指导建设工程监理工作的作用。同时，由于建设工程监理规划的编写必然要经过一个过程，编写中间需要进行大量的审查和修改，因此建设工程监理规划的编写还要留出必要的审查和修改时间。

由于建设工程监理规划的编写需要一个过程，还需要留有审查和修改的时间，如果不对编写时间事先进行必要的规定，就很可能导致编写时间过长，从而耽误了监理规划对监理工作的指导，使监理工作陷于被动和无序之中。因此建设工程监理规划编写要事先规定时间。

3. 监理规划编写的表达方式应当规范化

现代控制活动应当讲究效率、效能和效益，而讲究效率、效能和效益的一个重要方面就是使控制活动的表达方式格式化、标准化，从而使控制的规划显得更明确、更简洁、更直观。建设工程监理规划内容在表达上，也必然应当考虑采用哪一种方式、方法才能使建设工程监理规划显得更明确、更简洁、更直观，使它一目了然且便于记忆。因此，需要选择最有效的方式和方法表示出监理规划的各项内容。比较而言，图、表和简单的文字说明应当是采用的基本方法。我国的建设监理制度应当走规范化、标准化的道路。这是科学管理与粗放型管理在具体工作上的明显区别。可以说，规范化、标准化是科学管理的标志之一，所以编写建设工程监理规划各项内容时应当采用什么表格、图示以及哪些内容需要采用简单的文字说明应当作出统一规定。

4.3.3 建设工程监理规划的审核

项目建设工程监理规划在编写完成后需要进行审核并经批准。建设工程监理单位的技术主管部门是内部审核单位，其负责人应当签认。有些建设项目业主要求监理规划实施以前应得到自己的认可，是否需要业主认可应在监理合同中事先约定。

从以上建设工程监理规划编写情况来看，既需要由主要负责者主持（工程建设项目总监理工程师），又需要形成编写班子。同时，项目监理机构的各部门负责人也有相关的任务和责任。建设工程监理规划牵扯到建设工程监理工作的各个方面，所以要求有关部门和人员都应当关注它，使建设工程监理规划编制得更科学、更完备，真正发挥全面指导建设工程监理工作的作用。

4.4 建设工程监理规划编写的依据

监理规划应该在对工程项目环境的资料调查和实地调查的基础上编制，具体包括：工程项目所在地的地形地质条件、水文条件、气象条件以及工程项目所在地自然灾害发生情况。对社会和经济条件方面的调查应包括：工程项目所在地的政治环境、社会治安、建筑市场状况、相关单位（材料和设备供应厂家、勘察和设计单位、施工单位、工程咨询和建设工程监理单位）情况、基础设施（交通设施、通信设施、公用设施和能源设施）状况、工程建设项目后勤供应条件以及工程项目所在地的金融市场情况等。

监理规划实施过程中的调整与完善应依据工程实施过程中输出的有关工程信息，既包括具体的投资、进度和质量控制情况，也包括项目预测信息。

4.4.1 建设工程的相关法律、法规及需经批准的项目审批文件

1. 建设工程相关的法律和法规

工程建设相关的法律、法规具体包括三个层次。

建设工程法律是指由全国人民代表大会及其常务委员会通过的规范工程建设活动的法律规范，由国家主席签署主席令予以公布，如《中华人民共和国建筑法》、《中华人民共和国招标投标法》、《中华人民共和国合同法》、《中华人民共和国政府采购法》和《中华人民共和国城市规划法》等。

建设工程行政法规是指由国务院根据宪法和法律制定的规范工程建设活动的各项法规，由总理签署国务院令予以公布，如《建设工程质量管理条例》、《建设工程安全生产管理条例》和《建设工程勘察设计管理条例》等。

建设工程部门规章是指住房和城乡建设部按照国务院规定的职权范围，独立或同国务院有关部门联合根据法律和国务院的行政法规、决定和命令制定的规范工程建设活动的各项规章，属于住房和城乡建设部制定的规章由部长签署予以公布，如《工程监理企业资质管理规定》和《注册监理工程师管理规定》等。

2. 需经批准的项目审批文件

需经批准项目审批文件包括：可行性研究报告、立项批文，规划部门确定的规划条件、土地使用条件、环境保护要求、市政管理规定等。

4.4.2 与建设工程项目有关的标准、设计文件、技术资料

有关标准包括工程建设的各种规范、技术规程和标准。

设计文件包括初步设计文件、技术设计文件和施工图设计文件。

技术资料包括相关工艺卡等。

4.4.3 建设工程监理大纲、委托监理合同文件以及与建设工程项目相关的合同文件

1. 建设工程监理大纲

建设工程监理大纲主要包括以下内容。

1）工程建设项目建设工程监理机构的计划。

2）工程重点、难点的监理分析。

3）投资、进度和质量控制方案。

4）信息管理方案。

5）合同管理方案。

6）给项目业主的建议等内容。

2. 建设工程监理合同

建设工程监理合同主要包括以下内容。

1）建设工程监理单位和监理工程师的权利和义务。

2）建设工程监理工作的范围和内容。

3）有关建设工程监理工作的内容与要求等。

3. 其他工程建设合同

其他工程建设合同主要包括以下两个方面的内容。

1）项目业主的权利和义务。

2）工程承建商的权利和义务。

4.5 建设工程监理规划的内容

在建设工程监理合同签订以后，建设工程项目总监理工程师应组织建设工程监理机构人员详细研究建设工程监理合同内容和工程项目建设条件，主持编制工程建设项目的建设工程监理规划。建设工程监理规划应将建设工程监理合同中规定的建设工程监理单位应承担的责任（即建设工程监理任务）具体化，并在此基础上制定具体措施。编制的建设工程监理规划是编制建设工程监理细则的依据，是科学、有序地开展项目工程监理工作的基础。

建设工程监理是一项系统工程。既然是一项"工程"，就要进行事前的系统策划和设计。建设工程监理规划就是进行此项工程的初步设计。建设工程监理规划通常包括以下内容。

1）工程项目概况。

2）监理工作范围。

3）监理工作内容。

4）监理工作目标。

5）监理工作依据。

6）项目监理机构的组织形式。

7）项目监理机构的人员配备计划。

8）项目监理机构的人员岗位职责。

9）监理工作程序。

10）监理工作方法及措施。

11）监理工作制度。

12）监理设施。

根据具体工程项目的不同，监理规划的具体内容可以有所侧重，主要条目的内容编写一般包括如下内容。

4.5.1 工程建设项目概况

工程建设项目的概况部分主要编写以下内容。

1. 工程建设项目名称

2. 工程建设项目地点

3. 工程建设项目组成（即建筑规模）

4. 主要建筑结构类型

5. 预计工程投资总额

预计工程投资总额可以按以下两种费用编列。

1）工程建设项目投资总额。

2）工程建设项目投资组成简表。

6. 工程建设项目计划工期

工程建设项目计划工期可以以工程建设项目的设计持续时间或工程建设项目的具体日历时间表示。

（1）工程建设项目的计划持续时间表示：工程建设项目计划工期为_____。

（2）工程建设项目的具体日历时间表示：工程建设项目计划工期由_____年_____月_____日至___年_____月_____日。

7. 工程质量等级

应具体提出工程建设项目的质量目标要求，如合格。

8. 工程建设项目设计单位及施工承包单位名称

9. 工程建设项目结构图与编码系统

4.5.2 建设工程监理阶段、范围和目标

1. 工程项目建设监理的阶段

工程项目建设监理的阶段是指建设工程监理单位所承担建设监理任务的阶段，可以按建设工程监理合同中确定的建设工程监理阶段划分。

1）工程建设项目立项阶段的建设工程监理。

2）工程建设项目设计阶段的建设工程监理。

3）工程建设项目招标、投标阶段的建设工程监理。

4）工程建设项目施工阶段的建设工程监理。

5）工程建设项目保修阶段的建设工程监理。

2. 工程项目建设监理的范围

工程项目建设监理的范围是指建设工程监理单位所承担任务的范围。如果建设工程监理单位所承担全部工程建设项目的任务，建设工程监理的范围就是全部工程建设项目，否则就应按建设工程监理单位所承担的工程建设项目的建设标段或子项目划分来确定工程项目建设监理的范围。

3. 工程项目建设监理的目标

工程项目建设监理的目标是指建设工程监理单位所承担建设项目的工程监理目标，通常以工程建设项目的建设投资目标、进度目标和质量目标来表示。

（1）投资目标　以 _____ 年预算为基价，静态投资为 _____ 万元（合同承包价为 _____ 万元）。

（2）工期目标　_____ 个月或自 _____ 年 _____ 月 _____ 日至 _____ 年 _____ 月 _____ 日。

（3）质量等级　工程建设项目质量等级要求：优良（或合格）；主要单位工程质量等级要求：优良（或合格）；重要单位工程质量等级要求：优良（或合格）。

4.5.3 建设工程监理工作内容

1. 工程建设项目立项阶段建设工程监理工作的主要内容

1）协助项目业主准备工程建设项目报的手续。

2）工程建设项目可行性研究咨询监理。

3）技术经济论证。

4）编制工程建设匡算。

5）组织设计任务书的编制。

2. 工程建设项目设计阶段建设工程监理工作的主要内容

1）结合工程建设项目特点，搜集设计所需要的技术经济资料。

2）编写设计要求文件。

3）组织工程建设项目设计方案竞赛或设计招标，协助项目业主选择好勘测设计单位。

4）拟定和商谈设计委托合同内容。

5）向设计单位提供设计中需要的基础资料。

6）配合设计单位开展技术经济分析，搞好设计方案的比较选择，优化设计。

7）配合设计进度，组织设计与有关部门，如消防、环保、土地、人防、防汛，园林以及供水、电、气、热及电信部门的协调工作。

8）组织各设计单位之间的协调工作。

9）参与主要设备、材料的选型。

10）审核工程估算、概算。

11）审核主要设备、材料清单。

12）审核工程建设项目设计图样。

13）检查和控制设计进度。

14）组织设计文件的报批。

3. 工程建设项目招标、投标阶段建设工程监理工作的主要内容

1）拟定工程建设项目施工招标方案并征得项目业主的同意。

2）准备工程建设项目施工招标条件。

3）办理施工招标申请。

4）编写施工招标文件。

5）标底经项目业主认可后，报送所在地方建设主管部门审核。

6）组织工程建设项目施工招标工作。

7）组织现场勘察与答疑会，回答投标人提出的问题。

8）组织开标、评标及决标工作。

9）协助项目业主与中标单位商签承包合同。

4. 材料物资采购供应中的建设监理工作的主要内容

对于由工程建设项目的业主负责采购供应的材料、设备等物资，监理工程师应负责进行制订计划，监督合同执行和供应工作。具体建设工程监理工作的主要内容有如下几项。

1）制订材料物资供应计划和相应的资金需求计划。

2）通过质量、价格、供货期、售后服务等条件的分析和比选，确定材料、设备等物资的供应厂家。对于重要设备应访问现有使用用户，并考察生产厂家的质量保证系统。

3）拟定并商签材料和设备的订货合同。

4）监督合同的实施，确保材料设备的及时供应。

5. 工程建设项目施工准备阶段的建设工程监理工作的主要内容

1）审查施工单位选择的分包单位的技术资质。

2）监督检查施工单位质量保证体系及安全技术措施，完善质量管理程序与制度。

3）检查设计文件是否符合设计规范及批准的技术设计，检查施工图样是否能满足施工需要。

4）协助做好优化设计和改善设计工作。

5）参加设计单位向施工单位的技术交底。

6）审查施工单位上报的实施性组织施工设计，重点对施工方案、劳动力、材料、机械设备的组织及保证工程质量、安全、工期和控制造价等方面的措施进行监督，并向建设单位提出监理意见。

7）在单位工程开工前检查施工单位的复测资料，特别是两个相邻施工单位之间的测量资料、桩橛是否交接清楚、手续是否完善、质量有无问题，并对贯通情况、中线及水准桩的设置、固桩进行审查。

8）对重点工程部位的中线、水平控制进行复查。

9）监督落实各项施工条件，审批一般单项工程、单位工程的开工报告，并报工程建设项目指挥部核准。

6. 工程建设项目施工阶段的建设工程监理工作的主要内容

（1）施工阶段的工程质量监理

1）对所有的隐蔽工程在进行隐蔽以前进行检查和办理签证，对重点工程要派监理人员驻点跟踪监理，签署重要的分项工程、分部工程和单位工程质量评定表。

2）对施工测量、放样等进行随机抽查，对发现的质量问题应及时通知施工单位纠正，并作出监理记录。

3）检查确认运到现场的工程材料、构件和设备质量，并应查验试验、化验报告单、出厂合格证是否齐全、合格，监理工程师有权禁止不符合质量要求的材料、设备进入工地和投入使用。

4）监督施工单位严格按照施工规范、设计图样要求进行施工，严格执行承发包合同。

5）对工程主要部位、主要环节及技术复杂工程加强检查。

6）检查施工单位的工程自检工作，数据是否齐全、填写是否正确，并对施工单位质量自检工作作出综合评价。

7）对施工单位的检验测试仪器、设备、度量衡定期检验，不定期地进行抽验，保证度量设备测量准确。

8）监督施工单位对各类土木和混凝土试件按规定进行检查和抽查。

9）监督施工单位认真处理施工中发生的一般质量事故，并认真做好监理记录。

10）大、重大质量事故以及其他紧急情况，应及时报告项目总监理工程师和通知业主。

（2）施工阶段的工程进度监理

1）监督施工单位严格按照《施工承包合同》规定的工期组织施工。

2）对控制工期的重点工程，应审查施工单位提出的保证进度的具体措施，如果发生延误，应及时分析原因并采取对策。

3）要建立工程进度台账，核对工程形象进度，按月、季项工程建设项目指挥部报告施工计划执行情况、工程进度及存在的问题。

（3）施工阶段的工程投资监理

1）审查施工单位申报的季、年度验工报表，认真核对其工程数量，做到不超验、不漏验，严格按现行文件规定办理验工计价签证。

2）保证验工签证的各项质量合格、数量准确。

3）签证上报工程建设项目指挥部据此拨款。

4）建立验工计价台账，每季度向工程建设项目指挥部报送一次，每季末与施工单位核对清算一次，核对清算后资料报工程建设项目指挥部。

5）不符合质量标准的工程，未经返工处理达标前，不予验收计价。

6）按工程建设项目指挥部和监理合同的规定审核变更设计。

① 监理单位负责组织审批Ⅲ类变更设计，并建立台账，每月列表报工程建设项目指挥部（附审批变更设计通知单）。

② 会同设计、施工单位对Ⅰ、Ⅱ类变更设计进行会审后，提出审查意见，并报工程建设项目指挥部审批。

7. 施工验收阶段的建设工程监理

1）督促、检查施工单位及时整理竣工文件和验收资料，受理单位工程竣工验收报告，提出监理意见。

2）根据施工单位的竣工报告，提出工程质量检验报告。

3）负责工程初验，参加指挥部组织的竣工交接工作，审查工程初验报告，提出监理意见。

8. 合同管理

1）拟定本工程建设项目合同体系及合同管理制度，包括合同草案的拟定、会签、协商、修改、审批、签署和保管等工作制度及流程。

2）协助项目业主拟定工程建设项目的各类合同条款，并参与各类合同的商谈。

3）合同执行情况的分析和跟踪管理。

4）协助项目业主处理与工程建设项目有关的索赔事宜及合同纠纷事宜。

9. 委托的其他服务

建设工程监理单位及其监理工程师受工程建设项目业主的委托，承担技术服务方面的内容。

1）协助项目业主准备工程建设项目申请供水、供电、供气和电信线路等协议或批文。

2）协助项目业主制定商品房营销方案。

3）为项目业主培训技术人员。

4.5.4 项目监理工作中的主要控制目标与措施

工程建设项目的建设监理控制目标与措施应重点围绕工程项目建设的投资控制、质量控制和进度控制三大控制目标展开。

1. 投资控制目标与措施

（1）投资目标分解

1）按基本建设投资的费用组成分解。

2）按年度、季度分解。

3）按工程建设项目实施阶段分解。

① 设计准备阶段投资分解。

② 设计阶段投资分解。

③ 施工阶段投资分解。

④ 动用前准备阶段投资分解。

4）按工程建设项目结构的组成分解。

（2）投资使用计划

（3）投资控制的工作流程与措施

1）工作流程图。

2）投资控制的具体措施。

① 投资控制的组织措施：建立健全项目监理组织，完善职责分工及有关制度，落实投资控制的责任。

② 投资控制的技术措施：在设计阶段，推选限额设计和优化设计；在招标投标阶段，合理确定标底及合同价；在材料设备供应阶段，通过质量价格比选，合理确定生产厂家；在施工阶段，通过审核施工组织设计和施工方案，合理开支施工措施费以及按合理工期组织施工，避免不必要的赶工费。

③ 投资控制的经济措施：除及时进行计划费用与实际开支费用的比较分析外，如果建设工程监理人员对原设计或施工方案提出合理化建议被采用，则由此节约的投资可按建设工程监理合同规定予以其一定的奖励。

④ 投资控制的合同措施：按合同条款支付工资，防止过早、过

量的现金支付，全面履约，减少对方提出的索赔条件和机会，正确地处理索赔等。

（4）投资目标风险分析

（5）投资控制的动态比较

1）投资目标分解值与工程建设项目概算值的比较。

2）工程建设项目概算值与施工图预算值的比较。

3）施工图预算值与实际投资的比较。

（6）投资控制表格

2. 进度控制目标与措施

（1）工程建设项目总进度计划

（2）总进度目标的分解

1）年度、季度进度目标。

2）各阶段的进度目标。

① 设计准备阶段进度分解。

② 设计阶段投资分解。

③ 施工阶段投资分解。

④ 动用前准备阶段投资分解。

3）各子项目进度目标。

（3）进度控制的工作流程与措施

1）工作流程图。

2）进度控制的具体措施。

① 进度控制的组织措施：落实进度控制的责任，建设工程监理进度控制协调制度。

② 进度控制的技术措施：采用建设工程监理多级网络计划和施工作业计划体系；增加同时作业的施工面；采用高效能的施工机械设备；采用施工新工艺、新技术，缩短工艺过程之间和工序之间的技术间歇时间。

③ 进度控制的经济措施：对工期提前者实行奖励，对应急工程实行较高的计件单价，确保资金的及时供应等。

④ 进度控制的合同措施：按合同要求及时协调有关各方的进度，以确保工程建设项目形象进度。

（4）进度目标实现的风险分析

（5）进度控制的动态比较

1）进度目标分解值与工程建设项目进度实际值的比较。

2）工程建设项目进度目标值的预测分析。

（6）进度控制表格

3. 质量控制目标与措施

（1）质量控制目标的描述

1）设计质量控制目标。

2）材料质量控制目标。

3）设备质量控制目标。

4）土建施工质量控制目标。

5）设备安装质量控制目标。

6）其他说明。

（2）质量控制的工作流程与措施

1）工作流程图。

2）质量控制的具体措施。

① 质量控制的组织措施。健全建设工程监理组织，完善职责分级的质量监督制度，落实质量控制的责任。

② 质量控制的技术措施。设计阶段：协助设计单位开展优化设计和完善设计质量保证体系；材料设备供应阶段：通过质量价格比选，正确选择供应厂家，协助其完善质量保证体系，施工阶段：严格事前、事中和事后的质量控制措施。

③ 质量控制的经济措施及合同措施。严格质检和验收，不符合合同规定质量要求的拒付工程款；达到质量优良者，支付质量补偿金或奖金。

（3）质量目标实现的风险分析

（4）质量目标状况的动态分析

（5）质量控制表格

4. 同管理的目标与措施

（1）合同结构　可以以合同结构图的形式表示。

（2）合同目录一览表（见表 4-10）

表 4-10　合同目录一览表

序号	合同管理	合同名称	承包商	合同价	合同工期	

（3）合同管理的工作流程与措施

1）工作流程图。

2）合同管理的具体措施。

（4）合同执行状况的动态分析

（5）合同争议调节与索赔程序

（6）合同管理表格

5. 信息管理的目标与措施

（1）信息分类表（见表 4-11）

表 4-11　信息分类表

序　号	信息类别	信息名称	信息管理要求	责任人

（2）信息流程图（见图 4-7）

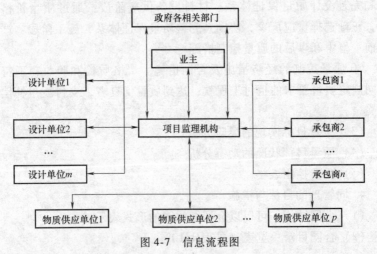

图 4-7　信息流程图

（3）信息管理的工作流程与措施

1）工作流程图。

2）信息管理的具体措施。

（4）信息管理表格

6. 组织协调

（1）与工程建设项目有关的单位

1）工程建设项目系统内的单位：主要有工程建设项目的业主、设计单位、施工单位、材料和设备供应单位以及资金提供单位等。

2）工程建设项目系统外的单位：主要有政府工程建设行政主管机构、政府其他有关部门、工程毗邻单位和社会团体等。

（2）协调分析

1）工程建设项目系统内的单位协调重点分析。

2）工程建设项目系统外的单位协调重点分析。

（3）协调工作程序

1）投资控制协调程序。

2）进度控制协调程序。

3）质量控制协调程序。

4）其他方面控制协调程序。

（4）协调工作表格

4.5.5　建设工程监理组织

1. 工程建设监理组织机构

工程建设项目监理组织机构可用组织机构图（见图 4-8）表示。

2. 各级工程监理人员的职责与权限

（1）总监理工程师的职责与权限

1）总监理工程师是监理公司委派履行监理合同的全权负责人，行使监理合同授予的权限，对监理工作有最后的决定权。

2）执行监理公司的指令和交办的任务，组织领导监理工程师开展监理工作，负责编制监理工作计划，组织实施，并监督、检查执行情况。

3）保持与建设单位的密切联系，弄清其要求与愿望，并负责与施工单位负责人联系，确定工作中相互配合问题及有关需提供的资料

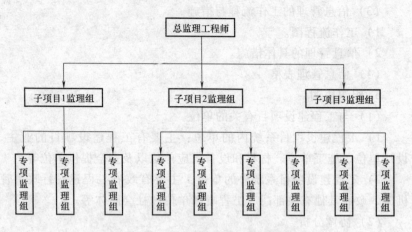

图 4-8　工程建设监理组织机构图

或需协商解决的问题。

4）审查施工单位选择的分包单位的资质。

5）审查施工单位的实施性施工组织设计、施工技术方案和施工进度计划。

6）监督、检查施工单位开工准备工作，审签开工报告。

7）参加设计单位向施工单位的技术交底会议。

8）参加与所建项目有关的生产、技术、安全、质量和进度等会议或检查。

9）签发工程质量通知单、工程质量事故分析及处理报告、返工或停工命令，审签往来公文函件及报送的各类综合报表。

10）按监理合同权限签署Ⅰ～Ⅲ类变更设计审查意见。

11）审查、签署月、季、年验工计价汇总表及备用费。

12）检查驻地监理组对签署隐蔽工程检查的执行情况。

13）参加竣工验收，审查工程初验报告。

14）监督整理各种技术档案资料。

15）审查工程决算。

16）定期向指挥部报告上述事实。

17）分析监理工作状况，不断总结经验，按时完成半年、一年、工程竣工各阶段的监理工作总结。

（2）各专业监理组主任的职责与权限

1）专业监理组主任是监理站派驻施工现场的专业负责人，在总监理工程师领导下，对本组监理工作进行管理。

2）执行总监理工程师的指令和交办的任务，编制本组监理工作计划并组织实施，领导和组织本组专业监理工程师开展工作，检查落实执行情况。

3）组织专业监理工程师进行质量监督和检查，要求根据各类工程施工规范和标准定期检查施工单位执行承包合同情况，提出限期改进的督导意见，避免影响验工。

4）组织研究处理本段监理工作问题；归口审查各类变更设计，提出审查意见后呈报监理站。

5）提出本段范围内的返工、停工命令报告，报总监理工程师审批。

6）对分项、分部工程进行抽验和参加监理站组织的竣工初验。

7）组织本组专业监理工程师进行监理技术业务学习及经验交流。

8）参加有关例会、会议，每月小结监理组工作，定期向总监理工程师作工作汇报。

9）检查监理工作日志，执行监理站拟订的管理制度。

10）向总监理工程师提供"监理月报"、"工作总结"。

（3）驻地监理员的职责与权限

1）驻地监理员在监理组主任的领导下，负责做好个人分管段范围内一切有关监理工作及总站交办的其他有关工作。

2）现场检查工程质量、进度，复测、检测试验数据，核实所有工程所需材料的采购供应情况，检查进场材料是否符合要求。

3）检查施工工艺是否存在缺陷，提出意见。

4）对关键部位做好旁站监理工作。

5）收集施工过程中的资料，对标检查，做好记录。

6）做好监理工作的计划、小结、汇报及报表、资料、文件、监理日志的管理。

7）深入现场，掌握工程质量、进度、施工管理、安全生产、文明施工等情况，及时填写监理日志，研究分析处理监理工作中的问题。

8）及时向上报告上述事实。

4.5.6 建设工程监理工作制度

1. 工程建设项目立项阶段监理的工作制度

1）可行性研究报告评审制度。

2）工程匡算审核制度。

3）技术咨询制度。

2. 工程建设项目设计阶段监理的工作制度

1）设计大纲、设计要求编写及审核制度。

2）设计委托合同管理制度。

3）设计咨询制度。

4）设计方案评审制度。

5）工程估算、概算审核制度。

6）施工图样审核制度。

7）设计费用支付签署制度。

8）设计协调会及会议纪要制度。

9）设计备忘录签发制度。

3. 工程建设项目招标阶段监理的工作制度

1）招标准备工作有关制度。

2）编制招标文件有关制度。

3）标底编制及审核制度。

4）合同条件拟定及审核制度。

5）组织招标事物有关制度等。

4. 工程建设项目施工阶段监理的工作制度

（1）设计文件、图样审查制度　监理工程师在收到施工设计文件和图样，在工程开工签发，会同施工及设计单位复查设计图样，广泛听取意见，避免图样中的差错和遗漏。

（2）施工图样会审设计交底制度　监理工程师要督促、协助组织设计单位施工配合组向施工单位进行施工设计图样的全面技术交底（设计意图、施工要求、质量标准、技术措施），并根据讨论决定的事项做出书面纪要，交设计、施工单位执行。

（3）施工组织设计审核制度　监理工程师在施工单位编制施工组织设计完毕后，应该组织相关人员进行审核。

（4）工程开工申请审批制度　当单位工程的主要施工准备工作已完成时，施工单位可提出工程开工报告书，经监理工程师现场落实后，一般工程即可审批，并报监理站。对重大工程及有争议的工程报监理站审批。

（5）工程材料，半成品质量检验制度　分部工程施工前，监理人员应审阅进场材料和构件的出厂证明、材质证明、试验报告，填写材料、构件监理合格证。对于有疑问的主要材料进行抽样，在监理工程师的监督下，使用施工单位设备进行复查，不准使用不合格材料。

（6）隐蔽工程分项（部）工程质量验收制度　隐蔽以前，施工单位应根据《工程质量评定验收标准》进行自检，并将评定资料报监理工程师。施工单位应将需检查的隐蔽工程在隐蔽前3日提出计划报监理工程师，监理工程师应排出计划，通知施工单位进行隐蔽工作检查，重点部位或重要项目应会同施工、设计单位共同检查签认。

（7）设计变更处理制度　如因设计图错漏，或发现实地情况与设计不符时，由提议单位提出变更设计申请，经施工、设计、监理三方同意后进行变更设计，设计完成后由设计组填写变更设计通知单。监理站审核无误签发"设计变更指令"。

（8）工程质量监理制度　监理工程师对施工单位的施工质量有监督管理责任。监理工程师在检查工作中发现的工程质量缺陷，应及时记入施工日志簿和监理日志簿，指明质量部位、问题及整改意见，限期纠正复核。对较严重的质量问题或已形成隐患的问题，应由监理工程师正式填写"不合格工程项目通知"，通知施工单位，同时抄报总监理工程师，施工单位应按要求及时作出整改，克服缺陷后通知监理工程师复验签认，如所发现工程质量问题已构成工程事故时，应按规定程序办理。

1）如检查结果不合格或检查证所填内容与实际不符，监理工程师有权不予签证，并将意见记入施工日志簿内，待改正并重验合格后才能签证，方可继续下道工序施工。

2）特殊设计的或者与原设计图变更较大的隐蔽工程，在通知施工单位的同时，还应通知设计单位工地代表参加，与监理工程师共同检查签证。

3）隐蔽工程检查合格后，经长期停工，在复工前应重新组织检查签证，以防意外。

（9）工程质量检验制度　监理工程师对施工单位的施工质量有监督管理的权力与责任。

1）监理工程师在检查工程中发现一般的质量问题，应随时通知施工单位及时改正，并做好记录。检验不合格时可发出"不合格工程项目通知"，限期改正。

2）如施工单位不及时改正，情节较严重的，监理工程师可在报请总监理工程师批准后，发出"工程部分暂停指令"，指令部分工程、单项工程或全部工程暂停施工。待施工单位改正后，报监理站进行复检，合格后发出"复工指令"。

3）分部分项工程、单项工程或分段全部工程完工后，经自检合格，可填写各种工程报验单，经监理工程师现场查验后，发给"分项、分部工程检验认可书"或"竣工证书"。

4）施工单位按月填写"工程质量检验评定统计表"，监理站填写"工程质量月报表"。

5）监理工程师需要施工单位执行的事项，除口头通知外，可使用"监理通知"，催促施工单位执行。

（10）工程质量事故处理制度

1）凡在建设过程中，由于设计或施工原因，造成工程质量不符合规范或设计要求的，或者超出《工程质量验收标准》规定的偏差范围的，需进行返工处理的统称为工程质量事故。

2）工程质量事故发生后，施工单位必须用电话或书面形式逐级上报。对重大的质量事故和工伤事故，监理站应当立即上报建设单位。

3）凡对工程质量事故隐瞒不报，或拖延处理，或处理不当，或处理结果未经监理站同意的，事故部分工程及受事故影响的部分工程应视为不合格，不予以验工计价，待合格后，再补办验工计价。

施工单位应及时上报"质量问题报告单",并应报送建设单位和监理站各一份。对于一般的工程质量事故,应由施工单位研究处理,填写一份事故报告书报监理站;对于大质量事故,由施工单位填写事故报告一式两份,由监理站组织有关单位处理;对于重大工程质量事故,施工单位应填写事故报告一式三份,报监理站,由监理站组织有关单位研究处理方案,报建设单位批准后,施工单位方能进行事故处理。待事故处理后,经监理站复查,确认无误,方可继续施工。

(11)施工进度监督及报告制度

1)监督施工单位严格按照工程建设合同规定的计划进度组织实施,监理站每月以月报的形式向建设单位报告各项工程的实际建设进度及其与计划对比的形象进度情况。

2)审查施工单位编制的实施性施工组织设计,要突出重点,并使各单位、各工序进度密切衔接。

(12)投资监理制度

1)监理站进点后立即督促施工单位报送与承包合同相适应的分段、分工点的概算台账资料并随时补充变更设计资料。经常掌握投资变动情况,按期统计分析。

2)对重大变更设计或因采用新材料、新技术而增减较大投资的工程,监理站应及时掌握并报建设单位,以便控制投资。

(13)监理报告制度 监理站应逐月编写"监理月报",并于年末提出本站的年度工作报告和总结,报建设单位。年度报告或"监理月报"的内容应以具体数字说明施工进度、施工质量、资金使用情况以及重大的安全、质量事故、有价值的经验等。

(14)工程竣工验收制度

1)竣工验收的依据是批准的设计文件(包括变更设计),设计、施工的有关规范,工程质量验收标准以及合同及协议文件等。

2)施工单位按规定编写和提出验收交接文件是申请竣工验收的必要条件,竣工文件不齐全、不正确、不清晰的,不能验收交接。

3)施工单位应在验收前将编好的全部竣工文件及绘制的竣工图,提供监理站一份,审查确认后,报建设单位,其余分发有关接管、使用单位保管。交接竣工文件内容如下。

① 全部设计文件一份（包括变更设计）。

② 全部竣工文件（图表及清单按照管理段的行政区划编制，以便接管单位存档使用）。

③ 各项工程施工记录一份。

④ 工程小结。

⑤ 主要机械及设备的技术证书一份。

（15）监理日志和会议制度

1）监理工程师应逐日将所从事的建设工程监理工作写入监理日志，特别是涉及设计、施工单位和需要返工、改正的事项，应该进行详细记录。

2）监理总站每周六上午召开监理例会，检查本周监理工作，沟通情况，商讨难点问题，布置下周监理工作计划，总结经验，不断提高监理业务水平。

5. 工程建设项目监理组织内部的工作制度

1）建设工程监理组织工作会议制度。

2）对外行文审批制度。

3）建设工程监理建设工程监理工作日值制度。

4）建设工程监理周报、月报制度。

5）技术、经济资料及档案管理制度。

6）监理费用预算制度。

思 考 题

1. 简述建设工程监理大纲、建设工程监理规划、监理实施细则三者之间的关系。

2. 编制建设工程监理规划有何作用？

3. 编写建设工程监理规划应注意哪些问题？

4. 建设工程监理规划编写的依据是什么？

5. 建设工程监理规划一般包括哪些主要内容？

6. 项目监理工作中一般需要制定哪些工作制度？

第5章 建设工程监理组织

组织是管理中的一项重要职能。建立一支精干、高效的工程建设项目监理组织，并使之得以正常运行，是实现建设工程监理目标的前提条件。因此，组织理论是建设工程监理单位及其监理工程师必备的基础知识。

5.1 概述

研究组织的理论分为两个相互联系的分支学科，即组织结构学和组织行为学。组织结构学侧重于组织的静态研究，即组织是什么，其研究目的是建立一种精干、合理、高效的组织结构；组织行为学则侧重于组织的动态研究，即组织如何才能够达到其最佳效果，其研究目的是建立良好的组织关系。本节重点介绍组织结构学部分。

5.1.1 组织的含义

所谓组织，就是为了使系统达到它的特定目标，使全体参加者经分工与协作以及设置不同层次的权力和责任制度而构成的一种人的组合体。它含有以下三层意思。

1）目标是组织存在的前提。

2）没有分工与协作就不是组织。

3）没有不同层次的权力和责任制度就不能实现组织活动和组织目标。

组织作为生产的要素之一，与其他要素相比有如下特点：其他要素可以相互替代，如增加机器设备等劳动手段可以替代劳动力，而组织不能替代其他要素，也不能被其他要素所替代。它只是使其他要素合理配合而增值的要素，也就是说组织可以提高其他要素的使用效益。随着现代化社会大生产的发展，随着其他生产要素的增加和复杂程度的提高，组织在提高经济效益方面的作用也日益显著。

5.1.2 组织结构

组织内部构成部分和各部分间所确立的较为稳定的相互关系和联系方式，称为组织结构。关于组织结构的以下几种提法反映了组织结构的基本内涵。

1）确定正式关系与职责的形式。

2）向组织各个部门或个人分派任务和各种活动的方式。

3）协调各个分离活动和任务的方式。

4）组织中权利、地位和等级关系。

1. 组织结构与职权的关系

组织结构与职权形态之间存在着一种直接的相互关系，这是因为组织结构与职位以及职位间关系的确立密切相关，因而组织结构为职权关系提供了一定的格局。组织中的职权指的就是组织中成员间的关系，而不是某一个人的属性。职权关系的格局就是组织结构，但它又不是组织结构含义的全部。职权的概念是与合法地行使某一职位的权利紧密相关的，而且是以下级服从上级的命令为基础的。

2. 组织结构与职责的关系

组织结构与组织中各部门、各成员的职责和责任的分派直接有关。在组织中，只要有职位就有职权，而只要有职权也就有职责。组织结构为职责和责任的分配和确定奠定了基础，而组织的管理则是以机构和人员职责和责任的分派和确定为基础的，利用组织结构可以评价组织各个成员的功绩与过错，从而使组织中的各项活动得以有效地开展起来。

3. 组织结构图

描述组织结构的典型办法是通过绘制能表明组织的正式职权和联系网络的图来进行的。组织结构图是组织结构简化了的抽象模型。但是，它不能准确完整地表达组织结构，如它不能说明一个上级对其下级所具有的职权的程度以及平级职位之间相互作用的横向关系。尽管如此，它仍不失为一种表示组织结构的好方法。

5.1.3 监理组织设计

组织设计就是对组织活动和组织结构的设计过程。具体来说，有以下几个要点：第一，组织设计是管理者在系统中建立最有效相互关系的一种合理化的、有意识的过程；第二，这个过程既要考虑系统的外部要素，又要考虑系统的内部要素；第三，组织设计的结果是形成组织结构。

有效的组织设计在提高组织活动效能方面起着重大作用。

1. 组织构成的因素

组织构成一般是上小下大的形式，由管理层次、管理跨度、管理部门和管理职责四大因素组成。各因素是密切相关、相互制约的。在组织结构设计时，必须考虑各因素间的平衡与衔接。

（1）合理的管理层次　管理层次是指从组织的最高管理者到组织的最基层的实际工作人员之间的等级层次的数量。

从本质来看，管理层次可分为四个层次，即决策层、协调层、执行层和操作层。决策层的任务是确定管理组织的目标和大政方针，它必须精干、高效；协调层主要是行使参谋、咨询职能，其人员应有较高的业务工作能力；执行层是直接调动和组织人力、财力、物力等具体活动内容的，其人员应有实干精神并能坚决贯彻管理指令；操作层是从事操作和完成具体任务的，其人员应有熟练的作业技能。这四个层次的职能和要求不同，标志着不同的职责和权限，同时也反映出组织系统中的人数变化规律。

管理层次犹如一个三角形，从最高管理者到最基层的实际工作人员，权责逐层递减，而人数却逐层递增。

管理层次数量的形成是组织发展的必然现象，缺乏足够的管理层次将使组织的运作陷于无序的状态。因此，组织必须形成必要的管理层次。

不过，管理层次也不宜过多，否则是一种极大的资源和人力浪费，也会导致信息传递慢，指令走样，协调困难。

（2）合理的管理跨度　管理跨度是指一名上级管理人员所直接管理的下级人数。例如在军队中，一般来说，一个连长直接管理 4 个排长，一个营长直接管理 4 个连长，这就说明连长和营长的管理跨度都是 4 人。

由于每一个人的能力和精力都是有限的，所以一个上级领导人能够直接、有效地指挥下级的数目必然是有一定限度的。这就形成了管理跨度的问题。

在组织中，某级管理人员的管理跨度的大小直接取决于这一级管理人员所需要协调的工作量。

下面的公式说明了下级数目按算术级数增长的话，其直接领导者需要协调的关系数目则按几何级数增长。

$$领导者需要协调的关系数目 = n(2^{n-1} + n - 1)$$

式中，n 为下级数目。

当 $n = 1$ 时，领导者需要协调的关系数目为 1。

当 $n = 2$ 时，领导者需要协调的关系数目为 6。

当 $n = 3$ 时，领导者需要协调的关系数目为 18。

当 $n = 4$ 时，领导者需要协调的关系数目为 44。

当 $n = 5$ 时，领导者需要协调的关系数目为 100。

管理跨度的大小弹性很大，影响因素很多。它与管理人员性格、才能、个人精力、授权程度以及被管理者的素质关系很大。此外，还与职能的难易程度、工作地点远近、工作的相似程度、工作制度和程序等客观因素有关。确定适当的管理跨度，需积累经验，并在实践中进行必要的调整。

（3）合理划分部门　组织中各部门的合理划分对发挥组织效应是十分重要的。如果部门划分不合理，会造成控制、协调的困难，也会造成人浮于事，浪费人力、物力和财力。部门的划分要根据组织目标与工作内容确定，形成既有分工又有相互配合的组织系统。

（4）合理确定职能　组织设计确定各部门的职能，应使纵向的领导、检查、指挥灵活，做到指令传递快、信息反馈及时。要使横向各部门间相互间联系协调一致，使各部门能够有职有责、尽职尽责。

2. 组织设计原则

现场建设工程监理组织的设计，关系到建设工程监理工作的成败，在现场建设工程监理组织设计中一般需考虑以下几项基本原则。

（1）集权与分权统一的原则　在组织理论中，集权是指组织把权力集中在最高管理者手中，而分权是指上级领导通过授权将部分权力交给下级掌握。

实际上，在任何组织中，都不存在绝对的集权，也不存在绝对的分权，只是相对集权和相对分权的问题。

在现场建设工程监理组织设计中，所谓集权，就是总监理工程师掌握所有监理大权，各专业或子项目监理工程师只是其命令的执行者；所谓分权，则是指各专业或子项目监理工程师在各自管理的范围内，有足够的决策权，总监理工程师主要起协调作用。

项目监理组织是采取集权形式还是分权形式，要根据工作的重要性、总监理工程师的能力、精力以及各专业或各子项目监理工程师的工作经验、工作能力等因素进行综合考虑。

（2）专业分工与协作统一的原则　在组织理论中，分工就是按照提高组织的专业化程度和工作效率的要求，把组织的目标、任务分成各级、各部门、每个人的目标、任务，明确干什么、怎么干。对于项目监理组织来说，分工就是按照提高监理组织的工作效率，将监理目标，特别是工程投资、工程进度和工程质量三大目标分成各专业或各子项目以及每一个监理工作人员的目标、任务，明确干什么、怎么干。

1）在分工中应该强调的地方。

① 尽可能按照专业化的要求来设置组织结构。

② 工作上要有严密分工，每个人所承担的工作，应力求达到较熟悉的程度，这样才能提高效率。

③ 要注意分工的经济效益。在组织中有分工还必须有协作。所谓协作，就是明确组织内部各部门之间和各部门内的协调关系与配合方法。

2）在协作中应该强调的地方。

① 主动协调是至关重要的。要明确甲部门与乙部门到底是什么关系，在工作中有什么联系与衔接？找出易出矛盾之点，加以协调。

② 对于协调中的各项关系，应逐步走上规范化、程序化，应有具体可行的协调配合办法。

（3）管理跨度与管理分层统一的原则　在组织中的设计过程中，管理跨度与管理层次是成反比例关系的。这就是说，管理跨度如果加大，那么管理层次就可以适当减少；反之，如果缩小管理跨度，那么管理层次肯定就会增多。

例如，如果每位上级领导的管理跨度是 10 人，则一个百人的组织只需要 3 个管理层次，即整个组织分成 10 个小组，每个组长管理 10 个组员，而最高管理者则直接管理 10 个组长。如果每位上级领导的管理跨度小于 10 人，则这个百人组织的管理层次必然要大于 3 个。

一般来说，在监理组织的设计过程中，应该在通盘考虑决定管理跨度的各种因素后，在实际运用中根据具体情况确定管理层次。

（4）权利责任一致的原则　权责一致的原则就是在建设工程监理组织中明确划分职责、权力范围，同等的岗位职务赋予同等的权利，做到责任和权利相一致。从组织结构的规律来看，一定的人总是在一定的岗位上担任一定的职务，这样就产生了与岗位职务相适应的权利和责任，只有做到有职、有权、有责，才能使组织系统正常运行。由此可见，组织的权责是相对预定的岗位职务来说的，不同的岗位职务应有不同的权责。权责不一致对组织的效能损害是很大的。权大于责就容易产生瞎指挥，滥用权力的官僚主义；责大于权就会影响管理人员的积极性、主动性、创造性，使组织缺乏活力。

（5）才能职位相称的原则　每项工作都可以确定完成该工作所需要的知识和技能。同样，也可以对每个人通过考察其学历与经历，进行测验及面谈等，了解其知识、经验、才能和兴趣等，并进行评审比较。职务设计和人员评审都可以采用科学的方法，使每个人员都能够做到他现有或可能有的才能与其职务上的要求相适应，做到才职相称、人尽其才、才得其用、用得其所。

（6）效率原则　现场建设工程监理组织设计必须放在重要地位。组织结构中的每个部门、每个人为了一个统一的目标，组合成最适宜的结构形式，实行最有效的内部协调，使事情办得简洁而正确，减少了重复和扯皮，并且具有灵活的应变能力。现代化管理的一个要求就是组织高效化。一个组织办事效率高不高，是衡量这个组织之中的结构是否合理的主要标准之一。

（7）弹性原则　组织结构既要有相对的稳定性，不要总是轻易变动又必须随组织内部和外部条件的变化，根据长远目标作出相应的调整与变化，使组织结构具有一定弹性。

5.1.4 组织活动的基本原理

1. 要素有用性原理

一个组织系统中的基本要素有人力、财力、物力、信息和时间等，这些要素都是有作用的。但实际情况经常是，有的要素作用大，有的要素作用小；有的要素起核心作用，有的要素起辅助作用；有的要素暂时不起作用，将来有可能起作用；有的要素在某种条件下，在某一方面、在某个地方不能发挥作用，但在另一条件下、在另一方面、在另一个地方就能发挥作用。

运用要素有用性原理，首先应看到人力、物力和财力等因素在组织活动中的有用性，充分发挥各要素的作用，根据各要素作用的大、小、主、次、好、坏进行合理安排、组合和使用，做到人尽其才、才尽其利、物尽其用，尽最大可能提高各要素的有用率。

一切要素都有作用，这是要素的共性。然而要素不仅有共性，而且还有个性。例如，同样是监理工程师，由于专业、知识、能力和经验等方面的差异，所起的作用也就不同。因此，管理中不但要看到一切要素都有作用，还要具体分析发现各要素的特殊性，以便充分发挥每一要素的作用。

2. 动态相关性原理

组织系统处在静止状态是相对的，处在运动状态则是绝对的。组织系统内部各要素之间既相互联系，又相互制约；既相互依存，又相互排斥。这种相互作用推动组织活动的进行与发展。这种相互作用的因子，叫做相关因子。充分发挥相关因子的作用，是提高组织管理效应的有效途径。事物在组合过程中，由于相关因子的作用，可以发生质变。1 加 1 可以等于 2，也可以大于 2，还可以小于 2。"三个臭皮匠，顶个诸葛亮"，就是相关因子起了积极作用；"一个和尚挑水吃，两个和尚抬水吃，三个和尚没水吃"，就是相关因子起了内耗作用。整体效应不等于其各局部效应的简单相加，各局部效应之和与整体效应不一定相等，这就是动态相关性原理。

3. 主观能动性原理

人和宇宙中的各种事物，运动是其共有的根本属性，它们都是客观存在的物质。不同的是，人是有生命的、有思想的、有感情的、有创造力的。人的特征是：会制造工具，并能使用工具进行劳动；在劳动中改造世界，同时也改造自己；能继承并在劳动中运用和发展前人的知识，使人的能动性得到发挥。

人是生产力中最活跃的因素，组织管理者的重要任务就是要把人的主观能动性发挥出来，当能动性发挥出来后就会取得很好的效果。

4. 规律效应原理

规律就是客观事物内部的、本质的、必然的联系。组织管理者在管理过程中要掌握规律，按规律办事，把注意力放在抓事物内部的、本质的、必然的联系上，以达到预期的目标，取得良好效应。规律与效应的关系非常密切，一个成功的管理者应懂得只有努力解释规律，才有取得效应的可能；要取得好的效应，就要主动研究规律，坚决按规律办事。

5.2 建设工程监理模式的选择

建设监理制度的实行，维系工程项目三大主体（项目业主、承建商和建设工程监理单位）关系的主要是合同，工程建设项目承发包模式在很大程度上影响了工程项目建设中三大主体形成的工程建设项目组织合同。

工程建设项目承发包模式与建设工程监理模式对工程建设项目规划、控制、协调起着重要作用。不同的模式有不同的合同体系、有不同的管理特点。

工程建设项目常见的管理模式有如下 5 种。

1. 设计-招标-建造模式

设计-招标-建造（Design Bid Build，DBB）模式，如图 5-1 所示。

2. 设计-建造模式

设计-建造模式（Design Build，DB）模式，如图 5-2 所示。

3. 设计-采购-建造模式

设计-采购-建设（Engineering Procurement Construction，EPC）模式，如图 5-3 所示。

4. 建设-经营-转让模式

建设-经营-转让（Build Operation Transfer，BOT）模式，如图5-4所示。

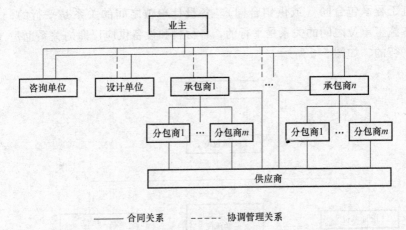

图 5-1　DBB 模式

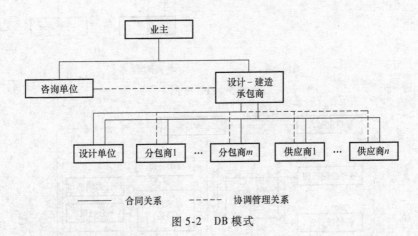

图 5-2　DB 模式

5. 项目管理承包模式

项目管理承包（Project Management Contracting，PMC）模式，如图 5-5 所示。

5.2.1　工程项目建设平行承发包模式条件下的建设工程监理模式

1. 工程项目建设平行承发包模式的特点

所谓工程项目建设平行承发包，是指工程建设项目的业主将工程建设项目的设计、施工以及设备和材料采购的任务经过分解分别发包给若干个设计单位、施工单位和材料设备供应厂商，并分别与各方签订工程承包合同（或供销合同）。各设计单位之间的关系是平行的，各施工单位之间的关系是平行的，各材料和设备供应厂商的关系也是平行的，如图5-6所示。

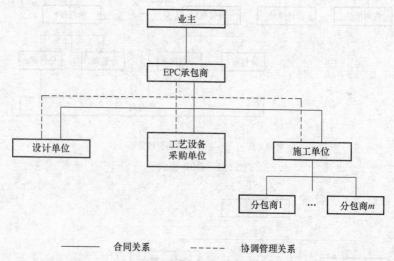

图 5-3　EPC 模式

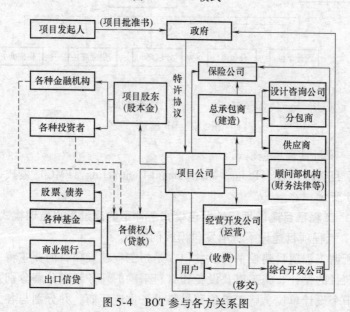

图 5-4　BOT 参与各方关系图

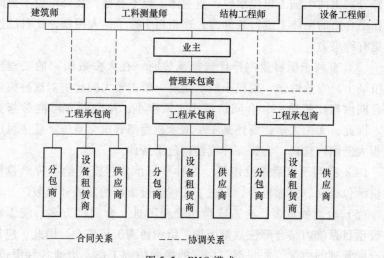

图 5-5 PMC 模式

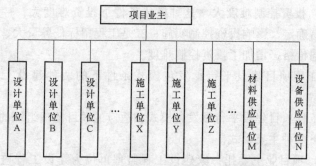

图 5-6 工程项目建设平行承发包模式

采用这种模式首先应合理地进行工程项目建设任务的分解，然后进行分类综合，确定每个合同的发包内容，有利于选择承建商。

2. 工程项目建设平行承发包模式的优缺点

（1）有利于缩短工期目标　由于设计和施工任务经过分解分别发包，设计与施工阶段有可能形成搭接关系，从而缩短整个工程建设项目工期。

（2）有利于质量控制　整个工程经过分解分别发包给各承建商，合同约束与相互制约使每一部分能够较好地实现质量要求。如主体与装修分别由两个施工单位承包，当主体工程不合格，装修单位不会同意在不合格的主体上进行装修的，这相当于有了他人控制，比自己控制更有约束力。

（3）有利于项目业主择优选择承建商　在大多数国家的工程建筑市场上，专业性强、规模小的承建商一般占较大的比例。这种模式的合同内容比较单一，合同价值小，风险小，使它们有可能参与竞争。因此，无论大承建商还是中小型承建商都有机会竞争。业主可以在很大范围内选择，为提高择优性创造了条件。

（4）有利于繁荣建设市场　这种平行承发包模式给各种承建商提供承包机会、生存机会，促进了工程建设市场的发展和繁荣。

（5）合同数量多，会造成合同管理困难　合同乙方多，使工程建设项目系统内结合部位数量增加，组织协调工作量大。因此，应加强合同管理的力度，加强部门之间的横向协调工作，沟通各种渠道，使工程有条不紊地进行。

（6）投资控制难度大　这种模式条件下投资难度大，一是总合同价不易确定，影响投资控制实施；二是工程招标任务量大，需控制多项合同价格，增加了投资控制难度。

3. 工程项目建设平行承发包模式条件下的两种建设工程监理模式

与工程项目建设平行承发包模式相适应的项目监理组织的模式主要有以下两种主要形式。

（1）项目业主委托一家建设工程监理单位为建设工程监理　这种建设工程监理组织模式是指工程建设项目业主只委托一家建设工程监理单位为其进行建设工程监理服务。

这种模式要求被委托的建设工程监理单位应该具有较强的合同管理与组织协调能力，并应做好全面规划工作。建设工程监理单位的项目监理组织可以组建多个建设工程监理分支机构对各承建商分别实施建设工程监理。

在具体的监理过程中，项目的总监理工程师应做好总体协调工作，加强横向联系，保证建设工程监理一体化。这种模式如图5-7所示。

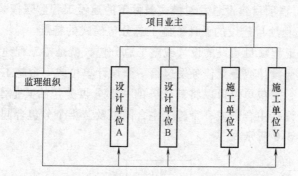

图 5-7 项目业主委托一家监理单位进行监理的模式

（2）项目业主委托多家建设工程监理单位为建设工程监理 这种模式是指工程建设项目业主委托多家建设工程监理单位为其进行建设工程监理服务。

项目业主采用委托多家建设工程监理单位进行监理的模式，项目业主分别委托几家建设工程监理单位针对不同的承包商实施建设工程监理。由于项目业主分别与建设工程监理单位签订建设工程监理合同，所以应做好建设工程监理单位的协调工作。采用这种模式，建设工程监理单位对象单一，便于管理。但工程建设项目的监理工作被肢解，不利于总体规划与协调控制。这种模式如图 5-8 所示。

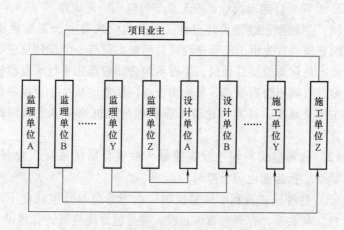

图 5-8 委托多家监理单位进行监理的模式

5.2.2 工程项目建设总发包模式条件下的建设工程监理模式

1. 工程项目建设的设计或施工总分包模式的特点

所谓工程项目建设的设计或施工总分包，就是指工程建设项目的业主将全部设计或施工任务发包给一个设计单位或一个施工单位作为总包单位，总包单位可以将其任务的一部分再分包给其他承包单位，形成一个设计主合同或一个施工主合同以及若干个分包合同的结构模式，如图 5-9 所示。

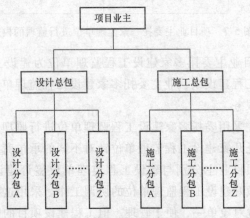

图 5-9　设计或施工总分包模式

2. 工程项目建设设计或施工总分包模式的优缺点

（1）工程项目建设设计或施工总分包模式有利于工程建设项目的组织管理　首先由于工程建设项目的业主只与一个设计总包单位或一个施工总包单位签订合同，工程承包合同数量比平行承发包模式要少很多，有利于合同管理。其次由于合同数量的减少，也使项目业主协调工作量减少，可发挥建设工程监理与总包单位多层次协调的积极性。

（2）这种模式有利于投资控制　总包合同价格可以较早确定，并且建设工程监理也易于控制。

（3）这种模式有利于质量控制　由于总包与分包建立了内部的责、权、利关系，有分包方的自控，有总包方的监督，有建设工程监理的检查认可，对质量控制有利。但监理工程师应严格控制总包单位

"以包代管"，否则会对质量控制造成不利影响。

（4）这种模式有利于工期控制 有利于总体进度的协调控制。总包单位具有控制的积极性，分包单位之间也有相互制约的作用，有利于监理工程师控制进度。

3. 工程项目建设设计或施工总分包模式条件下的建设工程监理模式

对工程项目建设的设计或施工总分包的承发包模式，工程建设项目业主可以委托一家建设工程监理单位进行全过程的监理，也可以分别按照设计阶段和施工阶段委托建设工程监理单位。

总承包对承包合同承担乙方的最终责任，但监理工程师必须做好对分包单位的确认工作。

这种建设工程监理模式如图 5-10 和图 5-11 所示。

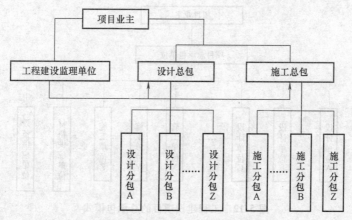

图 5-10　业主委托一家监理单位的模式

5.2.3　工程建设项目总承包模式条件下的建设工程监理模式

1. 工程建设项目总承包模式的特点

所谓工程建设项目总承包模式就是指项目业主将工程设计、施工、材料和设备采购等一系列工作全部发包给一家公司，由其进行实质性设计、施工和采购工作，最后向项目业主交出一个以达到动用条件的工程建设项目。按这种模式发包的工程也称为"交钥匙工程"。这种模式如图 5-12 所示。

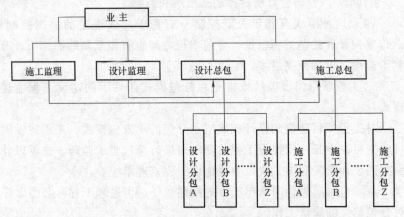

图 5-11　按阶段委托模式

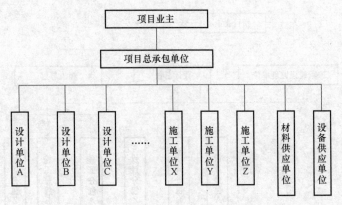

图 5-12　工程建设项目的总承包模式

2. 工程建设项目总承包模式的优缺点

1）项目业主与承包方之间只有一个主合同，使合同管理范围整齐、单一。

2）协调工作量小。监理工程师主要与总承包单位进行协调。相当一部分协调工作量转移给工程建设项目总承包单位内部以及分包之间，这就使建设工程监理的协调量大为减轻。但并非难度小，要看具体情况。

3）设计与施工由一个单位统筹安排，使两个阶段能够有机地融合，一般都能做到设计阶段与施工阶段相互搭接，因此对进度目标控制有利）。

4）对投资控制工作有利。但这并不意味着工程建设项目总承包的价格低。

5）招标发包工作难度大。合同条款不易准确确定，容易造成较多的合同纠纷。因此，虽然合同量最少，但是合同管理的难度一般较大。

6）项目业主择优选择承包方范围小。择优性差的原因主要由于承包量大、工作插入早、工程信息未知数大，因此承包方要承担较大的风险，所以有此能力的承包单位数量相对较少。

7）质量控制难。一是质量标准和功能要求不易做到全面、具体、准确、明白，因而质量控制标准制约性受到影响；二是“他人控制”机制薄弱。因此，对质量控制要加强力度。

8）项目业主的主动性受到限制，处理问题的灵活性受到影响。

9）由于这种模式承包方风险大，所以一般合同价较高。

工程建设项目总承包适用于简单、明确的常规性工程，如一般性商业用房、标准化建筑等；对一些专业性较强的工业建筑，如钢铁、化工、水利等工程由专业性的承包公司进行工程建设项目总承包也是常见的，国际上实力雄厚的科研-设计-施工一体化公司更是从一条龙服务中直接获得工程建设项目的。

3. 工程项目建设总承包模式条件下的建设工程监理模式的特点

在工程建设项目总承包模式下，项目业主与总承包单位只签订一份工程承包合同，一般宜委托一家建设工程监理单位进行建设工程监理。在这种委托模式下，监理工程师需具备较全面的知识，做好合同管理工作。

5.2.4 工程建设项目总承包管理模式下的建设工程监理模式

1. 工程建设项目总承包管理模式的特点

所谓工程建设项目总承包管理，就是指项目业主将工程建设项目设计和施工的主要部分发包给专门从事设计与施工组织管理的单位，再由它分包给若干设计、施工和材料设备供应厂家，并对其进行工程建设项目管理。

工程建设项目总承包管理与工程建设项目总承包不同之处在于：前者不直接进行设计与施工，没有自己的设计和施工力量，而是将承接的设计与施工任务全部分包出去。他们专心致力于工程建设项目管理。后者有自己的设计、施工力量，直接进行设计、施工、材料和设备采购的工作。这种模式如图 5-13 所示。

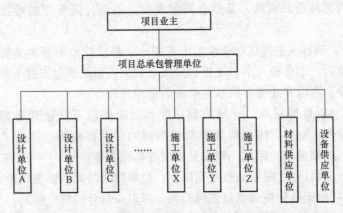

图 5-13　工程建设项目的总承包管理模式

2. 工程项目建设总承包管理模式的优缺点

1）工程建设项目总承包管理与工程建设项目总承包类似，采用合同管理，有利于组织协调、进度和投资控制。

2）由于总承包管理单位与设计、施工单位是总包与分包关系，后者才是工程建设项目实施的基本力量，所以监理工程师对分包的确认工作就成了十分关键的问题。

3）工程建设项目总承包管理单位自身经济实力一般比较弱，而承担的风险相对较大，因此工程建设项目采用这种承发包模式应持慎重态度。

3. 工程项目建设总承包管理模式下的建设工程监理模式的特点

采用工程建设项目总承包管理模式的总承包单位一般属管理性的"智力密集型"企业，并且主要的工作是工程建设项目管理。由于项目业主与总承包方只签订一份总承包合同，因此项目业主宜委托一家建设工程监理单位进行建设工程监理，这样便于监理工程师对总承包合同和总包单位进行分包等活动的管理。虽然总承包单位和建设工程监理单位均是进行工程建设项目管理，但两者的性质、立场和内容等均有较大的区别，不能互相取代。

5.3 实施建设工程监理的程序

5.3.1 任命总监理工程师

每一个拟监理的工程建设项目，建设工程监理单位一般在工程监理投标时，就应根据工程建设项目的规模、性质以及工程建设项目的业主对建设工程监理的要求，委派称职的人员（一般来说，应该具有高级专业技术职称和丰富的建设工程监理经验）担任工程建设项目的总监理工程师，代表建设工程监理单位全面负责该工程建设项目的建设工程监理工作。监理合同签订以后，监理单位法定代表人要签委托书，正式任命总监理工程师。

总监理工程师是一个工程建设项目中的监理工作的总负责人。他对内向建设工程监理单位负责，对外向项目业主负责。

5.3.2 成立工程建设项目监理组织

在总监理工程师的具体领导下，根据投标书的承诺，组建工程建设项目的监理班子，并根据签订的建设工程监理委托合同，制定建设工程监理规划和具体的实施计划，开展建设工程监理工作。

5.3.3 全面搜集相关资料

1. 反映工程建设项目特征的有关资料

1）工程建设项目的批文。

2）规划部门关于规划红线范围和设计条件的通知。

3）土地管理部门关于准予用地的批文。

4）批准的工程建设项目可行性研究报告或设计任务书。

5）工程建设项目地形图。

6）工程建设项目勘测、设计图样及有关说明。

2. 反映当地工程建设政策、法规的有关资料

1）关于工程建设报建程序的有关规定。

2）当地关于拆迁工作的有关规定。

3）当地关于工程建设应交纳有关税、费的规定。

4）当地关于工程项目建设管理机构资质管理的有关规定。

5）当地关于工程项目建设实行建设工程监理制的有关规定。

6）当地关于工程建设招投标制的有关规定。

7）当地关于工程造价管理的有关规定等。

3. 反映工程所在地区技术经济状况等建设条件的资料

1）气象资料。

2）工程地质及水文地质资料。

3）与交通运输（包括铁路，公路，航运）有关的可提供的能力、时间及价格等的资料。

4）与供水、供电、供热、供燃气及电信有关的可提供的容（用）量、价格等的资料。

5）勘测设计单位状况。

6）土建、安装施工单位状况。

7）建筑材料及构件、半成品的生产、供应情况。

8）进口设备及材料的有关到货口岸、运输方式的情况等。

4. 类似工程项目建设情况的有关资料

1）类似工程建设项目投资方面的有关资料。

2）类似工程项目建设工期方面的有关资料。

3）类似工程建设项目的其他技术经济指标等。

5.3.4 编制建设工程监理规划

工程建设项目的建设工程监理规划，是开展工程建设项目监理活动的纲领性文件，其内容已在第4章中进行介绍过了。

5.3.5 制定各专业建设工程监理实施细则

在建设工程监理规划的指导下，为具体指导投资控制、质量控制和进度控制，还需结合工程建设项目实际情况，制定相应的实施细则，有关内容已在第6章进行介绍过了。

5.3.6 规范化地开展工作

作为一种科学的工程建设项目管理制度，建设工程监理工作的规范化体现在以下几方面。

1. 工作的时序性

这是指建设工程监理的各项工作都是按一定的逻辑顺序先后展开的，从而使监理工作能有效地达到目标而不会造成工作状态的无序和混乱。

2. 职责分工的严密性。

建设工程监理工作是由不同专业、不同层次的专家群体共同来完成的，他们之间有严密的职责分工，是协调进行建设工程监理工作的前提和实现建设工程监理目标的重要保证。

3. 工作目标的确定性。

在职责分工的基础上，每一项建设工程监理工作应达到的具体目标都应是确定的，完成的时间也应有时限规定，从而能通过报表资料对建设工程监理工作及其效果进行检查和考核。

5.3.7　参与验收，签署建设工程监理意见

工程建设项目施工完成以后，应由施工单位在正式验交前组织竣工预验收，建设工程监理单位应参与预验收工作。在预验收中发现的问题，应与施工单位沟通，提出要求，签署建设工程监理意见。

5.3.8　向项目业主提交建设工程监理档案资料

工程项目建设监理业务完成后，向项目业主提交的档案资料应包括：建设工程监理设计变更，工程变更资料；建设工程监理指令性文件；各科签证资料；其他约定提交的档案资料。

5.3.9　进行建设工程监理工作的总结

建设工程监理工作总结应包括以下主要内容。

第一部分是向项目业主提交的建设工程监理工作总结。其内容主要包括：建设工程监理委托合同履行情况概述；建设工程监理任务或建设工程监理目标完成情况的评价；由项目业主提供的共建活动使用的办公用房、车辆、试验设施等的清单；表明建设工程监理工作终结的说明等。

第二部分是向社会建设工程监理单位提交的建设工程监理工作总结。其内容主要包括：建设工程监理工作的经验，可以是采用某种建设工程监理技术、方法的经验，也可以是采用某种经济措施、组织措施的经验，以及签订建设工程监理委托合同方面的经验，如何处理好与项目业主、承包单位关系的经验等。

第三部分，对建设工程监理工作中存在的问题及改进的建议，应及时加以总结，以指导今后的建设工程监理工作，并向政府部门提出

政策建议，不断提高我国建设工程监理的水平。

5.4 建设工程监理实施原则

建设工程监理单位受项目业主委托对工程建设项目实施建设工程监理时，应遵守以下基本原则。

5.4.1 公正、独立、自主的原则

监理工程师在建设工程监理中必须尊重科学，尊重事实，组织各方协同配合，维护有关各方的合法权益。为使这一职能顺利实施，必须坚持公正、独立、自主的原则。项目业主与承建商虽然都是独立运行的经济主体，但他们追求的经济目标有差异，各自的行为也有差别，监理工程师应在合同约定的权、责、利关系上，协调双方的一致性，即只有按合同的约定建成工程建设项目，项目业主才能实现投资目的，承建商也才能实现自己生产的产品价值，取得工程款和实现赢利。

5.4.2 总监理工程师负责制的原则

总监理工程师是工程建设项目监理全部工作的负责人。要建立和健全总监理工程师负责制，就要明确责、权、利关系，健全工程建设项目建设工程监理组织，具有科学的运行制度、现代化的管理手段，形成以总监理工程师为首的高性能的决策指挥体系。

总监理工程师负责制的内涵包括以下内容。

1. 总监理工程师是工程建设项目监理的责任主体

总监理工程师是实现工程建设项目监理目标的最高责任者，责任是总监理工程师负责制的核心，它构成了对总监理工程师的工作压力与动力，也是确定总监理工程师权力和利益的依据。所以，总监理工程师应是向项目业主和建设工程监理单位所负责任的承担者。

2. 总监理工程师是工程建设项目监理的权利主体

根据总监理工程师承担责任的要求，总监理工程师负责制体现了总监理工程师全面领导工程建设项目的监理工作，包括组建工程建设项目监理组织，主持编制建设工程监理规划，组织实施建设工程监理活动，对建设工程监理工作进行总结、监督、评价。

3. 总监理工程师是工程建设项目监理的利益主体。

利益主体的概念主要体现在监理工程建设项目应对国家的利益负责，对项目业主投资工程建设项目的效益负责，同时也对所建设工程监理工程建设项目的效益负责，并负责工程建设项目建设工程监理机构内所有建设工程监理人员利益的分配。

5.4.3　权责一致的原则

监理工程师履行其职责而从事的建设工程监理活动，是根据建设工程监理法规和受项目业主的委托和授权而进行的。监理工程师承担的职责应与项目业主授予的权限相一致。也就是说，项目业主向监理工程师授权，应以能保证其正常履行建设工程监理的职责为原则。

建设工程监理活动的客体是承建商，但监理工程师与承建商之间并无经济合同关系，监理工程师之所以能行使建设工程监理职权，依赖于项目业主的授权。这种权利的授予，除体现在项目业主与建设工程监理单位之间签订的建设工程监理合同外，还应体现在项目业主与承建商之间工程承包合同的合同条件上。因此，监理工程师在明确项目业主提出的建设工程监理目标和建设工程监理工作内容后，应与项目业主协商明确相应的授权，达成共识后，明确反映在建设工程监理委托合同中及承包合同中。据此，监理工程师才能开展建设工程监理活动。

总监理工程师代表建设工程监理单位全面履行建设工程监理合同，承担合同中确定的建设工程监理方向项目业主方所承担的义务和责任。因此，在建设工程监理合同实施中，建设工程监理单位应给总监理工程师充分授权，体现权责一致的原则。

5.4.4　严格监理、热情服务的原则

建设工程监理单位及其监理工程师与各工程承建商的关系，以及处理项目业主与各承建商的利益关系，一方面应该坚持严格按照工程建设合同办事，严格监理的要求；另一方面应该立场公正，为项目业主提供热情的监理服务。

严格监理，就是各级监理人员严格按照国家政策、法规、规范、标准和合同控制工程项目的目标，严格把关，依照既定的程序和制度，认真履行职责，形成良好的工作作风。

作为监理工程师，要做到严格监理，必须提高自身的素质和监理

水平。

监理工程师必须为项目业主提供热情的服务，"应运用合理的技能，谨慎而勤奋地工作"。由于项目业主一般不精通工程建设业务，监理工程师应按照建设工程监理合同的要求多方位、多层次地为项目业主提供良好的服务，维护项目业主的正当权益。

但是，如果不顾各承建商的正当经济利益，一味向各承建商转嫁风险，也并非明智之举。例如，一味压低标价或一味压缩工期，使承建商得不到正常的工程利润，甚至入不敷出，表面上看，好像为项目业主节约了投资，维护了项目业主的经济利益，但若造成工程难以为继，拖长工期，到头来反而得不偿失，给项目业主带来了更大的经济损失。此类教训，各建设工程监理单位及其监理工程师应当引以为戒。

5.4.5 预防为主的原则

建设工程监理活动的产生与发展的前提条件，是拥有一批具有工程技术与管理知识和实践经验，精通法律与经济的专门高素质人才，形成专门化、社会化的高智能建设工程监理单位，为项目业主提供服务。由于工程建设项目的"一次性"、"单件性"等特点，使工程项目建设过程存在很多风险，监理工程师必须具有预见性，并把重点放在"预控"上，"防患于未然"。在制定建设工程监理规划、编制建设工程监理细则和实施建设工程监理控制的过程中，对工程建设项目投资控制、进度控制和质量控制中可能发生的失控问题要有预见性和超前的考虑，制定相应的对策和预控措施予以防范。此外，还应考虑多个不同的措施与方案，做到"事前有预测，情况变了有对策"，避免被动，并可收到事半功倍之效。

5.4.6 实事求是的原则

建设工程监理工作中监理工程师应尊重事实，以理服人。监理工程师的任何指令、判断都应有事实依据，有检验、试验资料，这是最具有说服力的。由于经济利益或认识上的关系，监理工程师与承建商对某些问题的认识、看法可能存在分歧，监理工程师不应以权压人，而应晓之以理。所谓"理"，即具有说服力的事实依据，做到以理服人。

5.4.7 综合效益的原则

社会建设工程监理活动既要考虑项目业主的经济效益，也必须考虑社会效益和环境效益的有机统一。个别项目业主为谋求自身狭隘的经济利益，不惜损害国家、社会的集体利益，如有些工程建设项目严重污染环境的问题。建设工程监理活动虽经项目业主的委托和授权才得以进行，但监理工程师应严格遵守国家的建设管理法规、法律和标准等，以高度负责的态度和责任感，既对项目业主负责，谋求最大的经济效益，又要对国家和社会负责，取得最佳的综合效益。只有在符合宏观经济效益、社会效益和环境效益的条件下，项目业主投资工程建设项目的微观经济效益也能得以实现。

5.5 建设工程监理组织的步骤

监理单位履行施工阶段的委托监理合同时，必须在施工现场建立项目监理机构。项目监理机构在完成委托监理合同约定的监理工作后，方可撤离施工现场。

项目监理机构的组织形式和规模，应根据委托监理合同规定的服务内容、服务期限、工程类别、规模、技术复杂程度和工程环境等因素确定。

监理单位应于委托监理合同签订后 10 天内将项目监理机构的组织形式、人员构成以及对总监理工程师的任命书面通知建设单位。当总监理工程师需要调整时，监理单位应征得建设单位的同意并书面通知建设单位；当专业监理工程师需要调整时，总监理工程师应书面通知建设单位和承包单位。

根据建设工程监理工作内容及工程建设项目特点，选择适宜的建设工程监理组织形式。建设工程监理单位在组织建设工程监理机构时，其步骤如图 5-14 所示。

5.5.1 确定建设工程监理目标

建设工程监理目标是工程建设项目监理设立的前提，应根据建设工程监理合同中确定的建设工程监理目标，明确划分为分解目标。

5.5.2 确定工作内容

根据建设工程监理目标和建设工程监理合同中规定的建设工程监

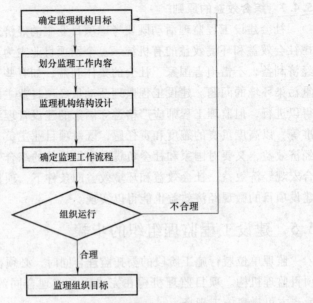

图 5-14　监理组织设置的步骤

理任务，明确列出建设工程监理工作内容，并进行分类、归并及组合是一项重要的组织工作。对各项工作进行归并及组合应以便于建设工程监理目标控制，并考虑建设工程监理工程的规模、性质、工期、工程复杂程度以及建设工程监理单位自身的业务水平，建设工程监理人员数量、组织管理水平等。

如果进行施工阶段建设工程监理，可按投资、进度、质量目标进行归并和组合，如图 5-15 所示。

如果进行实施阶段全过程监理，建设工程监理工作划分为可按设计阶段和施工阶段分别归并和组合，如图 5-16 所示。

5.5.3　设计组织结构

1. 确定组织结构的形式

由于工程建设项目规模、性质、建设阶段等的不同，可以选择不同的建设工程监理组织结构形式以适应监理工作的需要。结构形式的选择应考虑有利于工程建设项目合同管理、有利于控制目标、有利于决策指挥、有利于信息沟通。

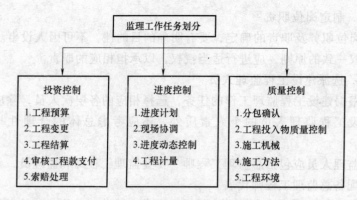

图 5-15 施工阶段监理工作划分

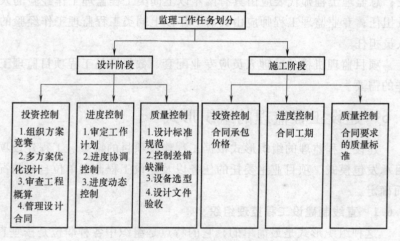

图 5-16 全过程监理工作划分

2. 合理确定管理层次

建设工程监理组织结构中一般应有三个层次：①决策层。由总监理工程师和其他助手组成。要根据工程建设项目的建设工程监理活动的特点与内容进行科学化、程序化决策。②中间控制层（协调层和执行层），由专业监理工程师和子工程建设项目监理工程师组成。具体负责建设工程监理规划的落实目标控制及合同实施管理，属于承上启下的管理层次。③作业层（操作层）。由建设工程监理员、检察员等组成，具体负责建设工程监理工作的操作。

3. 制定岗位职责

岗位职务及职责的确定，要有明确的目的性，不可因人设事。根据责权一致的原则，应进行适当授权，以承担相应的职责。

4. 选派建设工程监理人员

根据建设工程监理工作的任务，选择相应的各层次人员，除应考虑建设工程监理人员的个人素质外，还应考虑总体的合理性与协调性。

监理人员应包括总监理工程师、专业监理工程师和监理员，必要时可配备总监理工程师代表。

总监理工程师应由具有三年以上同类工程监理工作经验的人员担任；总监理工程师代表应由具有两年以上同类工程监理工作经验的人员担任；专业监理工程师应由具有一年以上同类工程监理工作经验的人员担任。

项目监理机构的监理人员应专业配套、数量满足工程项目监理工作的需要。

5.6 建设工程监理的组织形式

建设工程监理的组织形式根据工程建设项目的特点、工程建设项目承发包模式、项目业主委托的任务以及建设工程监理单位自身情况而确定。

5.6.1 直线制建设工程监理组织

这种组织形式是最简单的，它的特点是组织中各种职位是按垂直系统直线排列的。它可以用于建设工程监理能划分为若干相对独立子项的大、中型工程建设项目，如图 5-17 所示。总监理工程师负责整个工程建设项目的规划、组织和指导，并着重整个工程建设项目范围内各方面的协调工作。子工程建设项目建设工程监理组分别负责子工程建设项目的目标值控制，具体领导现场专业或专项建设工程监理组的工作。

监理组织形式还可按建设阶段分解设立直线之间监理组织形式，如图 5-18 所示。此种形式适用于大、中型以上工程建设项目，并且承担包括设计和施工的全过程的建设工程监理任务。

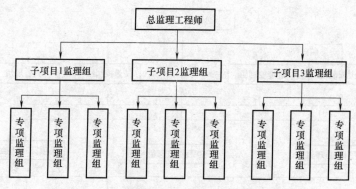

图 5-17　按子项目分解的直线制监理组织形式

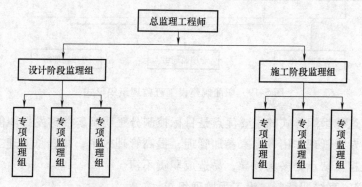

图 5-18　按建设阶段分解的直线制建设工程监理组织形式

这种组织形式的主要优点是机构简单，权力集中，命令统一，职责分明，决策迅速，隶属关系明确。缺点是实行没有职能机构的"个人管理"，这就要求总监理工程师通晓各种业务，通晓多种知识技能，成为"全能"式人物。

5.6.2　职能制建设工程监理组织

职能制建设工程监理组织形式是在总监理工程师下设一些职能机构，分别从职能角度对基层建设工程监理组进行业务管理，在这些职能机构可以在总监理工程师授权的范围内，就其主管的业务范围，向下下达命令和指示，如图 5-19 所示。此种形式适用于工程建设项目在地理位置上相对集中的工程。

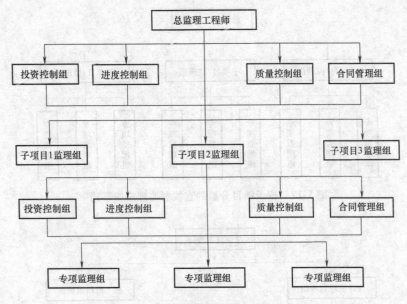

图 5-19　职能制建设工程监理组织形式

这种组织形式的主要优点是目标控制分工明确，能够发挥职能机构的专业管理作用，专家参加管理，提高管理效率，减轻总监理工程师负担。缺点是多头领导，易造成职责不清。

5.6.3　直线职能制建设工程监理组织

直线职能制建设工程监理组织形式是吸收了直线制组织形式和职能制组织形式的优点而构成的一种组织形式，如图 5-20 所示。

这种形式的主要优点是集中领导，职责清楚，有利于提高办事效率。缺点是职能部门与指挥部门易产生矛盾，信息传递路线长，不利于互通情报。

5.6.4　矩阵制建设工程监理组织

矩阵制建设工程监理组织形式是由纵横两套管理系统组成的矩阵性组织结构，一套是纵向的职能系统，另一套是横向的子工程建设项目系统，如图 5-21 所示。

这种形式的优点是加强了各职能部门的横向联系，具有较大的机动性和适应性；把上下左右集权与分权实行最优的结合；有利于解决

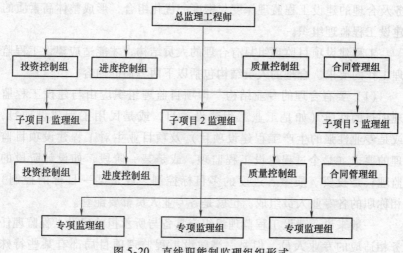

图 5-20　直线职能制监理组织形式

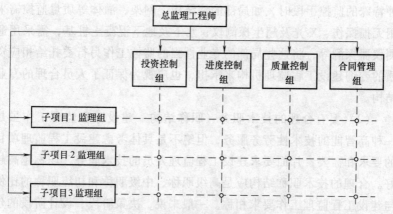

图 5-21　矩阵制监理组织形式

复杂难题；有利于建设工程监理人员业务能力的培养。缺点是总横向协调工作量大，处理不当会造成扯皮现象，产生矛盾。

5.7　建设工程监理组织的人员配备及人数的确定

5.7.1　建设工程监理组织的人员配备

建设工程监理组织的人员配备要根据工程特点、建设工程监理任务及合理的建设工程监理深度与密度，优化组合，形成整体高素质的建设工程监理组织。

工程建设项目监理组只有合理的人员结构，才能适应建设工程监理工作的要求。合理的人员结构包括以下两方面的内容。

（1）要有合理的专业结构　即项目监理组织应由与建设工程监理项目的性质（如是工业工程建设项目，或是民用工程建设项目，或是专业性强的生产工程建设项目）及项目业主对工程建设项目监理的要求（是全过程建设工程监理，或是某一阶段，如设计阶段的监理；是投资、质量、进度的多目标控制，或是某一目标的控制）相称职的各专业人员组成。也就是各专业人员都要配套。

一般来说，建设工程监理组织应具备与所承担的建设工程监理任务相适应的专业人员。但是，当建设工程监理项目局部有某些特殊性，或项目业主提出某些特殊的建设工程监理要求，而需要借助于某种特殊的监控手段时，如局部的钢结构、网架、灌体等质量监控需采用无损探伤、X光及超生探测仪；水下及地下混凝土桩基，需采用遥测仪器探测等，将这些局部的专业性强的监控工作另行委托给相应资质的咨询建设工程监理机构来承担，也应视为保证了人员合理的专业结构。

（2）要有合理的技术职务、职称结构　建设工程监理工作虽是一种高智能的技术性劳务服务，但绝不是具体考虑建设工程监理项目的要求和需要，片面要求建设工程监理人员的技术职务、职称越高越好。合理的技术职称结构应是高级职称、中级职称和初级职称的比例与建设工程监理工作要求相称。一般来说，决策阶段、设计阶段的建设工程监理，具有中级及中级以上职称的人员在整个建设工程监理人员构成中应占绝大多数，初级职称人员仅占少数。施工阶段的建设工程监理，应有较多的初级职称人员从事实际操作，如旁站，填记日志、现场检查、计量等。这里所说的初级职称指助理工程师、助理经济时、技术员，经济员，还可包括具有相应能力的实践经验丰富的工人（应要求这部分人员能看懂图样，能正确填报有关原始凭证）。建设工程监理人员要求的技术职称结构如图5-22所示。

层次	人员	职能	职称职务要求		
决策层	总监理工程师、总监理工程师代表、专业监理工程师	项目监理的策划、规划；组织、协调、监控、评价等	高级职称	中级职称	
执行层/协调层	专业监理工程师	项目监理实施的具体组织、指挥、控制/协调			初级职称
作业层/操作层	监理员	具体业务的执行			

图 5-22   监理人员的技术职称结构

5.7.2　建设工程监理人员的数量的确定

1. 确定建设工程监理人员数量的主要因素

（1）工程建设强度　工程建设强度是指单位时间内投入的工程建设资金的数量。它是衡量一项工程紧张程度的标准。

$$工程建设强度 = 投资/工期$$

其中，投资是指由建设工程监理单位所承担的那部分工程的建设投资，工期也是指这部分工程的工期。一般投资费用可按工程估算、概算或合同价计算，工期是根据进度总目标及其分目标计算。

显然，工程建设强度越大，投入的建设工程监理人力越多，工程建设强度是确定人数的重要因素。

（2）工程复杂程度　每项工程都具有不同的情况，地点、位置、气候、性质、空间范围、工程地质、施工方法和后勤供应等均不相同，则投入的人力也就不同。根据一般工程的情况，可将工程复杂程度按以下各项考虑。

1）设计活动的多少。

2）工程地点位置。

3）气候条件。

4）地形条件。

5）工程地质。

6）施工方法。

7）工程性质。

8）工期要求。

9）材料供应。

10) 工程分散程度等。

根据工程复杂程度的不同，可将各种情况的工程分为若干级别，不同级别的工程需要配备的人员数量有所不同。例如，将工程复杂程度按 5 级划分：简单、一般、一般复杂、复杂、很复杂。显然，简单级别的工程需要的人员较少，而复杂级别的工程建设项目就要多配置人员。

工程复杂程度定级可采用定量办法：将构成工程复杂程度的每一因素再划分为各种不同情况，根据实际情况予以评分，累计平均后依分值的大小来确定其复杂程度等级。

例如按 10 分制计评，则平均分值 1 ~ 3 分者为简单工程，平均分值 3 ~ 5 分、5 ~ 7 分、7 ~ 9 者依次为一般、一般复杂、复杂工程，9 分以上为很复杂工程。

（3）工程建设工程监理单位的业务水平 每个建设工程监理单位的业务水平有所不同，人员素质、专业能力、管理水平、工程经验和设备手段等方面的差异将影响建设工程监理效率的高低。高水平的建设工程监理单位可以投入较少人力完成一个工程建设项目的监理工作，而一个经验不多或管理水平不高的监理单位则需要投入较多的人力。因此，各个工程建设监理单位应当根据自己的实际情况制定建设工程监理人员需要量定额。

具体到一个工程建设项目中，还应使具体建设工程监理人员的水平和设备手段相匹配，并加以调整。

（4）建设工程监理组织结构和任务职能分工 建设工程监理组织情况牵涉具体人员配备，务必使建设工程监理机构与任务职能分工的要求得到满足，因而还需要将人员作进一步的调整。

当然，在由项目业主方人员参与的建设工程监理班子中，或由施工方代为承担某些可由其进行的测试工作时，建设工程监理人员数量应适当减少。

2. 确定建设工程监理人员数量的方法

（1）建设工程监理人员需要量定额 根据工程复杂程度等级按一个单位的工程建设强度来确定。表 5-1 为一个例子。

表 5-1　监理人员需要量定额（每 100 万美元/年）

工程复杂程度	监理工程师	监理员	行政、文秘人员
简单工程	0.20	0.75	0.10
一般工程	0.25	1.00	0.10
一般复杂工程	0.35	1.10	0.25
复杂工程	0.50	1.50	0.35
很复杂工程	>0.50	>1.50	>0.35

（2）确定工程建设强度　例如某工程分为两个子工程建设项目合同总价为 3900 万美元，其中合同 1 价为 2100 万美元，合同 2 价为 1800 万美元，工期为 30 个月。

工程建设强度 = 3900 × 12 ÷ 30 万美元/年 = 1560 万美元/年

即 15.6 × 100 万美元/年

（3）确定工程复杂程度　按构成工程复杂程度的 10 个因素，根据本工程实际情况分别按 10 分制打分，具体情况如表 5-2 所示。根据计算结果，此工程列为一般复杂工程等级。

（4）根据工程复杂程度和工程建设强度套定额　从定额可查到相应定额系数，各类建设工程监理人员数量如下。

监理工程师：0.35；监理员 1.1；行政文秘人员 0.25。

各类监理人员数量如下：

监理工程师：0.35 × 15.6 人 = 5.46 人，按 5~6 人考虑。

监理员：1.1 × 15.6 人 = 17.16 人，按 17 人考虑。

行政文秘人员：0.25 × 15.6 人 = 3.9 人，按 4 人考虑。

表 5-2　工程复杂程度等级评定表

项　次	影响因素	子项目 1	子项目 2
1	设计活动	5	6
2	工程位置	9	5
3	气候条件	5	5
4	地形条件	7	5
5	工程地质	4	7
6	施工方法	4	6
7	工期要求	5	5
8	工程性质	6	6
9	材料供应	4	5
10	分散程度	5	5
	平均分值	5.4	5.5

（5）根据实际情况确定建设工程监理人员数量　本工程建设项目的建设工程监理组织结构如图 5-23 所示。

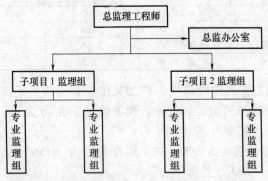

图 5-23　工程建设项目的建设工程监理组织结构

根据建设工程监理组织结构情况，决定每个机构各类建设工程监理人员如下。

建设工程监理总部（含总监，总监助理和总监办公室）：监理工程师为 2 人，建设工程监理员为 2 人，行政文秘人员为 2 人。

子工程建设项目 1 建设工程监理组：监理工程师为 2 人，建设工程监理员为 8 人，行政文秘人员为 1 人。

子工程建设项目 2 建设工程监理组：监理工程师为 2 人，建设工程监理员为 7 人，行政文秘人员为 1 人。

思　考　题

1. 什么是组织和组织结构？
2. 组织设计应该遵循哪些原则？
3. 组织活动的基本原理是什么？
4. 工程项目实施建设监理的程序是什么？
5. 工程项目建设监理实施的基本原则是什么？
6. 建立工程项目监理组织的步骤是什么？
7. 建设工程监理组织人员应如何配备？
8. 各类监理人员的基本职责是什么？

第6章　建设工程监理目标控制

在第1章中已经指出，建设工程监理的中心任务就是对工程建设项目的目标，也就是经过科学地规划所确定的工程建设项目的三大目标，即投资目标、进度目标和质量目标实施有效的协调控制。由于建设工程监理的中心工作是进行工程建设项目的目标控制，因此，建设工程监理单位及其监理工程师必须掌握有关目标控制的基本思想、基本理论和基本方法。

由于目标控制又是控制工作的一种，因而，要想充分掌握目标控制的基本思想、基本理论和基本方法，就必须首先了解控制工作的一些基本概念和基本思想。

6.1　概述

控制活动是现代经济活动中一种必不可少的重要管理活动。控制理论是现代经济管理理论的重要理论基础之一。控制理论是一门博大精深的科学理论，要想完全理解它，需要进行专门的长时间学习。鉴于本课程的学时，在这里只简单地介绍控制活动的基本含义、控制活动的基本环节、控制的两种类型和控制系统的基本构成等最基本的控制知识。

6.1.1　控制的含义

在管理理论中，控制通常是一种管理人员按计划标准来衡量所取得的成果，纠正实际过程中所发生的偏差，以保证预定的计划目标得以实现的管理活动。

管理的基本职能中，计划与控制是两项重要职能。管理活动首先开始于制订计划，而一旦计划开始付诸运行，管理就进入控制状态。这包括进行组织和人员配备，并实施有效的领导，以检查计划实施情况，找出偏离计划的误差，确定应采取的纠正措施，并采取纠正行动。

控制过程可以用控制程序来准确地表示出来。一般程序的控制流程如图 6-1 所示。

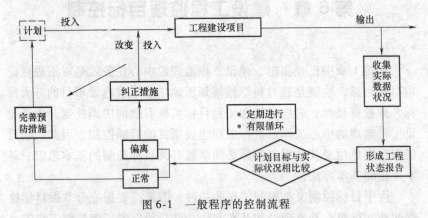

图 6-1　一般程序的控制流程

从控制的流程图中可以看出控制的基本过程：控制是在事先制订的计划基础上进行的，而计划则要有明确的目标。

当工程建设项目开始进入实施阶段时，首先就是要按预定计划要求将所需的人力、材料、设备、机具、方法等资源和信息及时进行投入。于是，预定计划开始付诸运行，工程项目建设活动得以进展，并不断输出实际的工程项目建设状况和实际的投资、进度和质量目标实现情况。由于工程建设项目外部环境和内部系统的各种因素变化的影响，实际输出的投资、进度和质量目标实现情况常常会偏离计划所预定的目标，有时甚至相差很大。为了最终实现计划所预定的目标，工程建设项目的各级控制人员要定期搜集工程建设项目的实际情况和其他有关的工程建设项目信息，将各种投资、进度、质量、数据和其他有关工程信息进行整理、分类和综合，提出工程状态报告。工程建设项目的控制部门则根据工程状态报告将工程建设项目实际完成的投资、进度、质量状况与相应的计划目标进行比较，以确定是否偏离了计划。

如果计划运行正常，那么就按原计划继续运行。但是，计划运行正常，只是表示当时的情况是正常的，并不表示整个工程建设项目的建设活动会始终处于正常状态。因此，各级控制人员仍然需要定期搜集工程项目建设的实际情况和其他有关的工程项目建设信息，将各种投资、进度、质量、数据和其他有关工程信息进行整理、分类和综合，提出工程状态报告。

如果实际输出的投资、进度和质量目标已经偏离计划目标或者预计将要偏离，就需要采取纠正措施，或改变投入，或修改计划，或采取其他纠正措施，使计划呈现一种新状态，使工程能够在新的计划状态下进行。当新计划付诸运行之后，各级控制人员仍然需要定期搜集工程建设项目的实际情况和其他有关的工程建设项目信息，将各种投资、进度、质量、数据和其他有关工程信息进行整理、分类和综合，提出工程状态报告。

因此，控制活动是一种循环往复的过程。一个工程建设项目目标控制的全过程就是由这样的一个个循环过程所组成的。循环控制要持续到工程建设项目建成动用。控制贯穿于工程建设项目的整个建设过程。

6.1.2 控制的基本环节性工作

从控制活动的每个循环中可以清楚地看到控制过程的基本环节工作。对于每个控制循环来说，如果缺少这些基本环节中的任何一个，这个控制循环就不健全，也就必然会降低控制工作的有效性，从而使循环控制的整体作用不能充分发挥。

从控制的流程图可以看出，每个控制循环过程都要经过投入、转换、反馈、对比和纠正等5个基本步骤。因此，做好投入、转换、反馈、对比和纠正等各项工作就成了控制循环过程的5项基本环节性工作。

1. 投入——按计划的要求进行投入

控制过程首先从投入开始。一项计划能否顺利实施，其基本条件就是能否按计划所要求的人力、财力、物力进行投入。计划所确定的资源数量、质量和投入的时间是保证计划得以顺利实施的基本条件，也是实现计划目标的基本保障。因此，要使计划能够顺利实施并达到预期目标，就应当保证能够将质量、数量符合计划要求的资源按规定时间和地点投入到工程建设项目的建设中去。

建设工程监理单位及其监理工程师如果能够把握住对"投入"

的控制，也就把握住了控制循环的起点要素。

2. 转换——做好从投入到产出转换过程的控制工作

所谓转换，主要是指工程建设项目的实现总是要经由各种资源投入到工程建设项目产品产出的转换过程。

正是由于这样的转换才使所投入的材料、人力、资金、方法和信息转变为产出品，如设计图样、分项（分部）工程、单位工程、单项工程，最终输出完整的工程建设项目。在转换过程中，计划的运行往往受到来自工程建设项目外部环境和内部系统的多种因素的干扰，造成实际工程状况偏离计划轨道。而这类干扰往往是潜在的，未被人们所预料或人们无法预料的。同时，由于计划本身不可避免地存在着程度不同的问题，因而造成期望的输出与实际输出之间发生偏离。例如，计划没有经过科学的资源可行性分析、技术可行性分析、经济可行性分析和财务可行性分析，在计划实施过程中就难免会产生各种问题。

建设工程监理单位及其监理工程师应当做好从投入到产出的转换过程的控制工作。跟踪了解工程项目建设的进展情况，掌握工程转换过程中的第一手资料，为今后分析偏差原因，确定纠正措施提供可靠依据。同时，对于那些可以及时解决的问题，采取"即时控制"措施，发现偏离，及时纠偏，避免"积重难返"。

做好从投入到产出的转换过程中的控制工作是实现有效控制的重要工作。

3. 反馈——控制过程中必不可少的基础工作

反馈是控制理论中一个重要的概念，它是指一项控制活动实施之后，控制活动所导致结果的信息按照某种方式传递给控制者的过程。

控制活动的目的是为了实现人们所制订的计划。要想确保控制活动能够达到其目的，制订完善的计划是十分必要的。但是，由于环境总是千变万化的，而人们对于这个世界的认识又总是有局限性的，这就使得控制人员对于一项制订得相当完善的计划，也难以对它运行的结果有百分之百的把握。因为计划在实施过程中，实际情况的变化是绝对的，不变是相对的。每个变化都会对预定目标的实现带来一定的影响。所以，控制人员、控制部门必然对计划的执行结果是否达到要求十分关注。例如，外界环境是否与所预料的一致？执行人员是否能切实按计划要求实施？执行过程中会不会产生错误？只有及时、准确地了解计划的执行情况，才能确定是否需要采取新的对策，这正是控制功能的必要性之所在。要及时、准确地获悉计划的执行情况，就必须在计划与执行之间建立密切的联系，需要及时捕捉工程信息并传递给控制部门，这就是反馈过程。没有有效的反馈过程，控制部门、控制人员将无法及时获悉计划的执行情况，而这必将导致控制部门、控制人员难以采取必要的应对措施。

反馈给控制部门的信息既应包括已发生的工程状况、环境变化等信息，还应包括对未来工程预测的信息。信息反馈方式可以分成正式和非正式的两种，在控制过程中两者都需要。正式信息反馈是指书面的工程状况报告，它是控制过程中应当采用的主要反馈方式。非正式信息反馈主要指口头方式的信息反馈，对口头方式的信息反馈也应当给予足够的重视。当然，对非正式信息反馈还应当让其转化为正式信息反馈。

在工程建设项目的监理过程中，建设工程监理组织中的控制部门需要什么样的工程项目建设信息，取决于建设工程监理的实际需要。建设工程监理组织中的信息管理部门和控制部门应当事先对信息进行必要的规划，只有这样建设工程监理组织才能获得控制活动所需要的全面、准确、及时的工程建设项目信息。

为了使工程建设项目信息的反馈能够有效配合控制的各项工作，使整个控制过程顺畅地进行，需要设计信息反馈系统。它可以根据需要建立信息来源和供应程序，使建设工程监理组织的每个控制和管理部门都能及时获得它们所需要的工程建设项目信息。

4. 对比——以确定是否偏离

控制系统将从信息反馈系统得到的反馈信息与计划所期望的状况相比较，这是控制过程的重要特征。控制活动的核心工作就是找出实际和计划之间的差距并采取必要的纠正措施，使工程建设项目得以在预定计划的轨道上进行。因此，对比是控制活动的重要一环。

这里所说的对比，就是将实际目标成果与计划目标比较，以确定是否偏离。要想做好对比工作需要两步：第一步是搜集工程实际成果并加以分类、归纳，从而形成与计划目标相对应的实际情况的目标值，以便进行比较。第二步对比较结果的判断，即判断是否以偏离及偏离的程度。

将实际目标成果与计划目标对比后，一般都会发现二者之间有所不同，但是并不是二者之间有了不同就定义为偏离并采取相应措施。那么，什么情况才算是偏离呢？偏离就是指那些需要采取纠正措施的情况。凡是判断为偏离的情况，就是那些已经超过了"度"的情况。因此，对比之前必须确定好这个"度"，即确定好衡量目标偏离的标准。这些标准的确定有三种方式：定量的方式、定性的方式、定量与定性相结合的方式。例如，某网络进度计划在实施过程中，发现其中一项工作比计划要求拖延了一段时间。根据什么来判断它是否偏离了呢？答案应当用标准来判断。如果这项工作是关键工作，或者虽然不是关键工作，但它拖延的时间超过了它的总时差，那么这种拖延肯定影响了计划工期，理所当然地应判断为偏离，需要进一步采取纠偏措施。如果它既不是关键工作，又未超过总时差，它的拖延时间小于它的自由时差或者虽然大于自由时差但并未对后续工作造成大的影响，就可以认为尚未偏离。

5. 纠正——取得控制应有的效果

如果确实出现了实际目标成果偏离计划目标的情况，控制部门、控制人员就需要采取必要的措施加以纠正。如果只是轻度偏离，通常可采用较简单的措施进行纠偏。例如，对工程项目建设进度稍许拖延的情况，可以采用适当增加人力、机械、设备等投入量的办法加以解决。如果实际目标成果与计划目标已经有了较大的偏离，虽然存在着执行部门执行不力的可能性，但是也不排除原有计划存在一定问题的可能性。如果是后者，则需要改变计划目标。这又分两种情况，一是如果已经确认原订计划目标不能实现，就要重新确定目标，然后根据新目标制订新计划，使工程在新的状态下运行。二是原有计划还可以实现，但是需要对局部计划进行修改。当然，最好的纠偏措施是把管理的各项职能结合起来，采取系统的办法实施纠偏。这就不仅要在计划上做文章，还要在组织、人员配备和领导等方面做文章。

总之，每一次控制循环的结束都有可能使工程建设项目的建设呈现一种新的状态，或者是重新修订工程项目建设计划，或者是重新调整建设工程监理目标，使其在这种新状态下继续开展。同时，还应使内部管理呈现一种新状态，力争使工程运行出现一种新气象。

控制循环过程的 5 个基本环节工作之间的关系如图 6-2 所示。

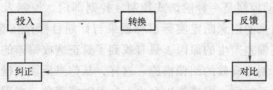

图 6-2　5 个基本环节之间的关系

6.1.3　主动控制与被动控制

由于控制活动的方式和方法不同，控制活动可分为多种类型。按事物的发展过程，控制活动可分为事前控制、事中控制和事后控制；按照是否形成闭合回路，控制活动可分为开环控制和闭环控制；按照纠正措施或控制信息的来源，控制活动可分为前馈控制和反馈控制。从建设工程监理的角度，控制活动可分为主动控制和被动控制两大类。

1. 主动控制

（1）主动控制的含义　所谓主动控制，就是控制部门、控制人员预先分析实际目标成果与计划目标偏离的可能性，并以此为前提拟定和采取各项预防性措施，以使计划目标得以实现。主动控制有三个主要特点。

1）主动控制是一种面对未来的控制。传统的控制活动是建立在反馈回来的信息的基础上的，由于信息的传递需要一定的时间，这样就不可避免地造成信息反馈存在着时滞的现象，即控制部门、控制人员所收到的反馈信息只是反映以前发生的情况，如果信息反馈系统不畅通，这种时滞现象就更为严重。信息反馈存在时滞现象，使得传统控制活动常常面临这样一种情形，即当控制部门、控制人员通过信息反馈知道实际目标成果与计划目标之间出现严重偏差时，这种严重的偏差已经成为既成事实而难以改变。因此，信息反馈时滞现象使传统控制活动的控制效果受到了较大限制。

与传统控制活动不同，主动控制并不是被动地等待反馈回来的信息，而是通过预先分析，在一定程度上解决了传统控制过程中存在的时滞影响，尽最大可能地改变偏差已经成为事实的被动局面，从而使控制活动更为有效。

2）主动控制是一种前馈式控制。控制部门、控制人员根据执行部门反馈回来的信息断定实际目标成果与计划目标存在着偏差之后，就需要研究偏差产生的原因。只有找到了真正造成偏差的原因，才能对症下药，制定有效的纠偏措施。这样，从信息反馈到措施出台之间也存在着一段时间，即措施出台也存在着时滞现象。在现场情况千变万化的条件下，这种措施出台的时滞就可能造成情况的迅速恶化。当纠偏措施出台时，即使是这种措施在理论上十分有效，但是偏差已经无法改变了。因此，措施出台的时滞现象也使传统控制活动的控制效果受到了较大限制。

与传统控制活动不同，主动控制并不只是根据已掌握的可靠信息解决目前的偏差（实际上已经是过去的偏差），而是对这些可靠信息进行分析和预测。如果通过分析和预测，得出系统将要输出偏离计划的目标时，就及时制定纠正措施并向系统输入，以使系统因此而不发生目标的偏离。这就好比一个骑车人为了在上坡时不至于停下来，在上坡之前就要加大速度一样。

3）主动控制是一种事前控制。传统的控制活动不仅存在着信息反馈的时滞、措施出台的时滞，而且还存在着措施传达的时滞，即纠偏措施传达到执行部门需要一定的时间。如果控制组织的管理不善，或者是控制层次过多，或者是存在着组织内部的相互扯皮现象时，那么纠偏措施传达到具体的执行部门必将耗费较多的时间。由于措施传达存在时滞，即使是信息反馈及时、措施出台迅速，也可能出现使偏差成为既成事实的危险。因此，措施传达的时滞也同样使传统控制活动的控制效果受到了较大限制。

主动控制认识到这种风险，因此必须在事情发生之前就采取控制措施并确保这些措施迅速而准确地传达到执行部门。

当然，即使及时采取了主动控制，仍需要衡量最终输出，因为谁也都无法保证所有工作都将做得完美无缺，无法保证在完成过程中再没有任何外部干扰。

（2）主动控制的措施　如何分析和预测实际目标成果偏离计划目标的可能性？需要采取哪些预防措施来防止实际目标成果偏离计划目标？以下几种办法均能起到重要作用。

1）进行详细调查研究。做好主动控制工作，应该首先进行详细调查并认真分析研究外部环境条件，以便确定存在着哪些影响目标实现和计划运行的有利和不利因素，并将它们考虑到计划和其他管理职能当中。

2）做好风险管理工作。研究和预测未来，一个重要的任务就是识别风险。只有识别了未来存在着哪些风险，才有可能较好地避免风险的发生，或者是将风险的危害降低到最小的程度。因此，做好主动控制工作，应当努力将各种影响目标实现和计划执行的潜在因素揭示出来，为风险分析和管理提供依据，并在计划实施过程中做好风险管理工作。

3）做好可行性分析工作。做好主动控制，必须用科学的方法制订计划，而这就需要做好可行性研究工作。只有做好可行性分析工作，才有可能最大限度地提高决策的科学性。做好计划可行性分析工作，能够消除那些造成资源不可行、技术不可行、经济不可行和财务不可行的各种错误和缺陷，保障工程的实施能够有足够的时间、空间、人力、物力和财力，并在此基础上力求使计划优化。事实上，计划制订得越明确、越完善，就越能设计出有效的控制系统，也就越能使控制产生更好的效果。

4）做好组织工作。高质量地做好组织工作，使组织与目标和计划高度一致，把目标控制的任务与管理职能落实到适当的机构和人员，做到职权与职责明确，使全体成员能够通力协作，为共同实现目标而努力。高质量地做好组织工作，还可以最大限度地减少信息反馈的时滞、措施出台的时滞和措施传达的时滞。这样，出现偏差就能够及时反馈给控制部门，控制部门就能够根据这些信息及时制定相应的措施，这些纠偏措施也就能够及时传达下去。

5）制定必要的备用方案。面对复杂多变的环境，难以保证原有方案能够顺利执行下去。通过对未来的分析和预测，制定必要的备用方案是十分必要的。制定了必要的备用方案，就能有效地对付可能出现的影响目标或计划实现的情况。一旦发生这些情况，则有应急措施作保障，从而可以减少偏离量，或避免发生偏离。

6）计划要留有一定余地。由于外在环境和内部因素的各种干扰，原定计划一般无法完全实现。在这种条件下制订计划时，就应该留有适当的松弛度，即"计划应留有余地"。这样，可以避免那些经常发生而又不可避免的干扰对计划的不断影响，减少"例外"情况产生的数量，使管理人员处于主动地位。

7）加强信息工作。控制的基础是信息，做好主动控制工作尤其需要做好信息工作。要想做好信息工作，就应该畅通信息流通渠道，加强信息收集、整理和研究工作，为预测工程未来发展状况提供全面、及时、可靠的信息。

2. 被动控制

（1）被动控制的含义　被动控制是指当系统按照计划进行时，控制人员对计划实施的实际情况进行跟踪，把它输出的工程项目建设信息进行加工、整理，再传递给控制部门，使控制人员从中发现问题，找出偏差，寻求并确定解决问题和纠正偏差的方案，然后再回送给计划实施系统付诸实施，使得计划目标一旦出现偏离就能得以纠正。这种从计划的实际输出中发现偏差、及时纠偏的控制方式称为被动控制。

被动控制是一种反馈控制，它按照如图 6-3 所示的过程实施控制。

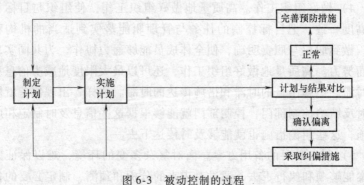

图 6-3　被动控制的过程

在工程建设项目的监理过程中，被动控制往往形成如图 6-4 所示的反馈闭合回路，这就是被动控制的闭合循环特征。

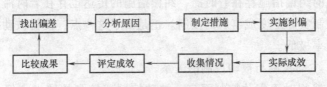

图 6-4　被动控制的反馈闭合回路

图 6-4 比较实际地说明了一个被动控制的循环过程。发现偏差，分析产生偏差的原因，研究确定纠偏的方案，预计纠偏方案的成效，落实并实施方案，产生实际成效，搜集实际实施情况，对实施的实际效果进行评价，将实际效果与预期效果相比较，再找出新的偏差等。

（2）被动控制的缺点　被动控制之所以被称为被动控制，最根本的原因就是它只有在发现了偏差之后，才会研究纠偏原因，然后才会采取纠偏措施。而当偏差真的出现时，控制部门往往无法在较短时间内弄清偏差产生的真正原因，结果必然使控制工作陷入极其被动的局面中。

被动控制实际上就是传统的控制方式，与主动控制方式相比，它有三个基本特点。

1）被动控制是一种针对当前工作的控制方式。被动控制并不关心未来的事情，当偏差尚未发生时，控制部门就看作没有偏差，它只关注发生的偏差。由于被动控制不关注未来的事情，实际上也就没有研究和预测可能发生的偏差。因此，一旦偏差出现，特别是当这种偏差是由新的原因引发时，控制部门就只能处于被动状态。

2）被动控制是一种反控制。被动控制只有在偏差出现后，才研究偏差原因并采取纠偏措施，这种方式就表明被动控制是一种反馈性控制，即只有实际目标成果与计划目标出现偏差的信息反馈到控制部门，控制工作才付诸实施。这样，被动控制只有在确保信息反馈渠道极其畅通的条件下，才不至于影响控制的效果。但是，在实际的控制工作中，由于信息反馈存在着时滞，结果常常是控制效果不佳。

3）被动控制是一种事后控制。由于信息反馈存在着时滞，制定出相应的纠偏措施存在着时滞，纠偏措施的传达也存在着时滞，使得被动控制实际上变成事后的控制。正是由于这一点，使得被动控制的控制效率极低。

3. 主动控制与被动控制的关系

虽然相对于主动控制而言，被动控制有较多的缺点，但是，对于建设工程监理单位及其监理工程师来讲，被动控制仍然是一种积极的控制，也是十分重要的控制方式，而且是经常运用的控制形式。主动控制与被动控制，对建设工程监理单位及其监理工程师而言缺一不可，它们都是实现工程建设项目目标所必须采用的控制方式。这是因为：一方面，主动控制中的主动，必然是相对的，人们不可能完全预测出未来的情况；另一方面，被动控制是最基本的控制方式，一旦出现了未曾预料到的偏差情况，控制就不可避免地转变为被动控制。被动控制是不可能被主动控制完全取代的，因此，正确处理被动控制与主动控制的关系是建设工程监理单位及其监理工程师的重要任务。有效地控制是将主动控制与被动控制紧密地结合起来，力求加大主动控制在控制过程中的比例，同时进行定期、连续的被动控制。只有如此，方能完成工程建设项目目标控制的根本任务。

怎样才能做到主动控制与被动控制相结合呢？下面采用图 6-5 来表明它们之间的关系。

实际上，所谓主动控制与被动控制相结合，也就是要求建设工程监理单位及其监理工程师在进行目标控制的过程中，既要实施前馈控制又要实施反馈控制，既要根据实际输出的工程信息又要根据预测的工程信息实施控制，并将它们有机地融合在一起。

在工程建设项目的监理工作中，控制工作的主要任务就是通过各种途径找出工程建设项目的实际情况偏离计划的差距，以便采取措施纠正潜在偏差和实际偏差，来确保工程建设计划取得成功。能够做到这一点，关键有两条：一要扩大工程项目建设的信息来源，

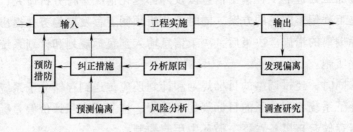

图 6-5　主动控制与被动控制的关系

即不仅要从被控制的系统内部获得工程项目建设的各种相关信息，还要从外部环境获得有关信息；二要把握住输入这道关，即输入的纠正措施应包括两类，既有纠正可能发生偏差的措施又有纠正已发生偏差的措施。

6.1.4　控制系统

1. 控制系统的构成

控制系统是与外部大环境相关联的开放系统，它不断地与外部环境进行着各种形式的交换。一般来说，整个控制系统是由三大子系统构成的，这三大子系统是被控制子系统、控制子系统和信息反馈子系统。被控制子系统是控制的对象，控制子系统是控制工作实施的主体，信息反馈子系统则把这两者联系起来，使之成为一个完整的系统。

在控制系统中，控制子系统是居于主导地位的子系统。

2. 控制子系统的构成

控制子系统又由存储分子系统和调整分子系统构成。它具有制定标准、评定效绩和纠正偏差的基本控制功能。

（1）存储分子系统　存储分子系统首先接受目标规划和计划，并将它们存储于控制子系统内作为控制的基本依据。同时，存储控制程序、评价标准、控制报告等资料。存储分子系统接受来自信息反馈子系统的工程状况报告，将被控制子系统输出的实际目标值和计划运行情况与本系统内存储的各方面控制标准加以对比，并将结果送到调整分子系统中。

（2）调整分子系统　调整分子系统根据存储分子系统送过来的

经过加工处理的工程输出信息以及外部变化情况进行分析研究，提出解决工程偏差问题的方案。同时，分析预测工程发展趋势并提出预防目标偏离的措施。决策后，决策信息输入到目标规划和计划系统，并按此实施。

同时，经过调整的目标规划和计划还应传送到存储分子系统，存储分子系统将变化了的目标规划和计划、控制程序和评价偏差标准等重新存储起来以备在下一循环中用于控制。

3. 信息反馈子系统

将控制子系统内各分子系统以及将控制子系统与被控制子系统、外部环境相联系的是信息反馈子系统。

信息反馈子系统要分派人员专门从事对工程实施系统的监督工作，要跟踪工程进展情况。它不仅监督工程的完成情况，还要监督工程实施过程情况，并注意外部环境变化。它将工程状况和相关的信息不断收集起来进行分类、加工、整理，向控制子系统传递。

在新的控制循环开始之际，信息反馈子系统还应当监督检查工程实施系统是否开始执行调整后的计划和方案。现场执行部门对于新计划或方案的反映也应当及时反馈给调整子系统，以便采用进一步的对策。

在控制子系统内部，它联系着存储分子系统和调整分子系统。它把监督跟踪得到的关于工程输入、变换、输出的情况和控制措施的执行情况传递给存储分子系统；它把从存储分子系统得出的对比结果传递到调整分子系统，以便拿出纠正措施；同时把来自调整分子系统的有关纠正措施的信息反馈给存储分子系统。信息反馈子系统通过信息的传递使整个控制系统成为一体化运行的动态系统。

信息反馈子系统通过纠正信息和工程状况信息把控制系统与被控系统联系起来。又通过向外部环境输出并从外部环境收集信息，将控制系统乃至整个工程建设项目系统与外部环境联系起来，使控制系统成为开放系统。

图6-6给出了控制系统各组成部分及与外部环境之间的关系。

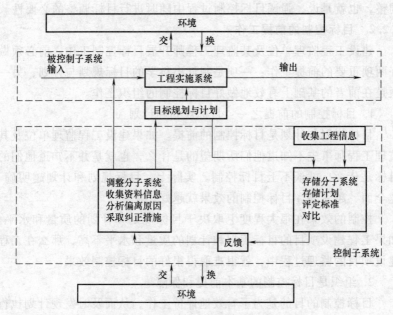

图 6-6　控制系统各组成部分及与环境关系

6.2　目标控制

了解了控制的基本含义之后，就可以深入分析目标控制的一些基本知识。

6.2.1　目标控制的含义

由于所有的控制活动都是为了实现一定的目标而开展的，因而从一定意义上来说，所有的控制都可以称为目标控制。不过，当人们强调目标控制时，往往表明这种控制活动的目标具有两个特点：一是控制活动的目标并不是单一的，而是多个，而且这些目标之间甚至还具有某种矛盾性；二是这些目标的实现具有较大的挑战性，即使是实现其中的一个目标都比较困难，更不用说要同时实现所有的目标。当一项控制活动的目标具有上述两个特点时，这项控制活动也就具有了两个重要的特点：一是特别强调控制的效率，要紧密围绕目标的实现展开控制活动，是紧密围绕目标的控制；二是强调目标控制的挑战性，尤其是强调目标的确定要随时根据实际控制情况的变化而进行必要的调整，也就是说，强调目标控制过程中随时进行目标调整的必要性。

6.2.2 目标控制的前提工作

建设工程监理单位及其监理工程师开展目标控制工作之前必须做好两项重要的前提工作：一项是制订出科学的目标规划与计划，另一项是在前者的基础上有效地做好目标控制的组织工作。

1. 目标控制的前提之一：目标规划和计划

目标规划与计划是目标控制的前提。如果建设工程监理单位及其监理工程师事先不知道他们所期望的是什么，也就是并不知道他们的目标是什么，就谈不上目标控制。实际上，目标规划和计划越明确、越全面、越完整，目标控制的效果就越好。

控制的效果在很大程度上取决于目标规划和计划的质量和水平。如果工程建设项目的目标规划和计划的质量和水平不高，那么在工程建设项目的监理过程中，就很难取得很好的目标控制效果。

2. 组织是目标控制的基本前提和保障

目标控制的目的是为了有效地评价工作，从而及时发现计划执行时出现的偏差，并采取有效的纠偏措施，以确保预定计划目标的实现。因此，管理人员必须知道在实施计划的过程中，如果发生了偏差责任由谁负，采取纠偏行动的职责应由谁承担。由于所有的目标控制活动都是由人来实现的，所以，如果没有明确组织机构和人员，目标控制工作就无法进行。因此，与计划一样，组织也是进行目标控制的前提工作。组织机构设置和任务分工越明确、越完整、越完善，目标控制的效果也就越好。

为了搞好目标控制工作，需要做好以下几方面的组织工作。

1）设置目标控制机构。

2）配备合适的建设工程监理人员。

3）落实机构的人员目标控制的任务和职能分工。

关于组织知识的具体内容，请参看本书相关章节。

6.2.3 目标控制的综合性措施

为了取得目标控制的理想成果，应从多方面采取措施实施控制。通常可以将这些措施归纳为若干方面，如组织方面的措施、技术方面的措施、经济方面的措施和合同方面的措施等。

1. 组织方面的措施

组织方面的措施是建设工程监理目标控制的必要措施。正如前面所论述过的，如果不落实投资控制、进度控制、质量控制的部门及人员，不确定他们实施目标控制的任务和管理职能，不制定各工程建设项目标控制的工作流程，那么目标控制就无法进行。控制是由人来执行的，监督要按计划要求投入劳动力、机具、设备、材料、巡视和检查工程运行情况，对工程信息的搜集、加工、整理、反馈，发现和预测目标偏差，采取纠正行动都需要事先委任执行人员，授予相应职权，确定职责，制定工作考核标准，并力求使之一体化运行。

除此而外，充实控制机构，挑选与其工作相称的人员；对工作进行考评，以便评估工作、改进工作、挖掘潜在工作能力、加强相互沟通；在控制过程中激励人们以调动和发挥他们实现目标的积极性、创造性；培训人员等都是在控制当中需要考虑采取的措施。只有采取适当的组织措施，保证目标控制的组织工作明确、完善，才能使目标控制有效地发挥作用。

2. 技术方面的措施

技术方面的措施也是建设工程监理目标控制的必要措施。工程建设项目监理中的目标控制工作，在很大程度上要通过技术措施来实现。实施有效控制，如果不对多个可能的方案评选事先确定原则，不通过科学试验确定新材料、新工艺、新方法的适用性，不对各投标文件中的主要施工技术方案作必要的论证，不对施工组织设计进行审查，不想方设法在整个工程建设项目实施阶段寻求节约投资、保障工期和质量的技术措施，那么目标控制也就毫无效果。

3. 经济方面的措施

经济方面的措施更是建设工程监理目标控制的必要措施。这是因为，任何一项工程建设项目的建成动用，归根结底都是一项投资的实现。从工程建设项目的提出到工程建设项目的实现，自始至终都贯穿着资金的筹集和使用工作。

不仅对投资实施目标控制离不开经济方面的措施，就是对进度、质量实施目标控制也离不开经济方面的措施。为了到理想地实现工程建设项目，监理工程师要搜集、加工、整理大量的工程经济信息和数据，要对各种实现预定目标的计划进行必要的资源、经济、财务方面的可行性分析，要对经常出现的各种设计变更和其他工程变更方案进行技术经济分析以力求减少对计划目标实现的影响，要对工程概、预算进行审核，要编制资金使用计划，要对工程付款进行审查等。如果监理工程师在目标控制时忽视了经济方面的措施，那么不但投资目标难以实现，就连进度目标和质量目标也难以实现。

4. 合同方面的措施

合同方面的措施同样是建设工程监理目标控制的必要措施。工程建设项目需要设计单位、施工单位、材料与设备供应单位分别承担设计、施工、材料与设备供应。没有这些工程建设行为，任何工程建设项目都无法建成动用。

在市场经济条件下，这些承建商是根据分别与项目业主签订的设计合同、施工合同和供销合同来参与工程项目建设的。他们与项目业主构成了工程建设项目的承发包关系。他们是被建设工程监理的一方。承包设计的单位根据工程设计合同要保障工程建设项目设计的安全可靠性，提高工程建设项目的适用性和经济性，并保证设计工期的要求。承包施工的单位要根据工程施工合同保证实现规定的施工质量和建设工期。承包材料与设备供应的单位根据工程供销合同保证按质、按量、按时供应材料和设备。

建设工程监理就是根据这些工程建设合同以及建设工程监理合同来实施的监督管理活动。监理工程师实施目标控制也是紧紧依靠工程建设合同来进行的。依靠合同进行目标控制是建设工程监理目标控制的重要手段。因此，协助项目业主确定对目标控制有利的承发包模式和合同结构，拟定合同条款，参加合同谈判，处理合同执行过程中的问题，做好防止和处理索赔的工作等，都是监理工程师重要的目标控制措施。所以，目标控制离不开合同方面的措施。

6.3　建设工程监理的三大目标控制

建设工程监理在工程项目建设过程中的目标控制工作有三项，这就是人们常说的三大目标控制。要想理解三大目标控制，首先需要了解什么是工程项目建设的三大目标。

6.3.1 工程项目建设的三大目标

工程建设项目的三大目标分别是：投资目标，即争取以最低的投资金额建成预定的工程建设项目；进度目标，即争取用最短的建设工期建成工程建设项目；质量目标，即争取建成的工程建设项目的质量和功能达到最优水平。

1. 投资目标、进度目标、质量目标三者之间的关系

能够称得上工程建设项目的工程都应当具有明确的目标。建设工程监理单位及其监理工程师在进行目标控制时，应当把工程建设项目的时间目标、费用目标和质量目标当做一个整体目标来控制。这是因为，这三大目标之间是相互联系、互相制约的，都是整个工程建设项目目标系统中的一个子系统，即目标子系统。

投资目标、进度目标、质量目标三者之间既存在矛盾的方面，又存在统一的方面。建设工程监理单位及其监理工程师无论在制定工程建设项目目标规划的过程中，还是在建设工程监理目标控制的过程中都应当牢牢把握这一点。

（1）工程建设项目三大目标之间存在对立的关系　工程建设项目的投资目标（即投资省）、进度目标（即工期短）、质量目标（即质量优）之间首先存在着矛盾和对立的一面。

例如，在通常情况下，如果项目业主对工程质量有较高的目标要求，那么就需要投入较多的资金和花费较多的建设时间，即强调质量目标，就不得不需要降低投资目标和进度目标；如果项目业主要抢时间、争速度地完成工程目标，把工期目标定得很高，那么投资就要相应地提高，或者质量要求适当下降，即强调进度目标，就需要或者降低投资目标，或者降低质量目标；如果要降低投资、节约费用，那么势必要考虑降低工程建设项目的功能要求的质量标准，或者会造成工程难以在正常工期内完成，即强调投资目标，势必会导致质量目标或进度目标的降低。所有这些表现都反映了工程建设项目三大目标之间存在矛盾和对立的一面。

（2）工程建设项目三大目标之间存在统一的关系　工程建设项目的投资目标、进度目标、质量目标三者之间的关系不仅存在对立的一面，而且存在着统一的一面。

例如，如果项目业主适当增加投资的数量，为了工程承建商采取加快进度措施提供必要的经济条件，就可以加快工程建设项目的建设速度，从而缩短工期，使工程建设项目提前动用，这样工程建设项目投资就能够尽早收回，工程建设项目的全寿命经济效益得到提高，即进度目标在一定条件下会促进投资目标的实现；如果项目业主适当提高工程建设项目功能要求和质量标准，虽然会造成一次性投资的提高和工期的增加，但能够节约工程建设项目动用后的经常费和维修费，降低产品的生产成本，从而使工程建设项目能够获得更好的投资经济效益，即质量目标也会在一定条件下促进投资目标的实现；如果工程建设项目进度计划制定得既可行又优化，使工程进展具有连续性、均衡性，则不但可以使工期得以缩短，而且有可能获得较好质量和较低的费用。这一切都说明了工程建设项目投资、进度、质量三大目标关系存在统一的一面。

明确了工程建设项目的投资目标、进度目标、质量目标三者之间的关系，就能正确地指导建设工程监理单位及其监理工程师更好地开展目标控制工作。

2. 工程建设项目的目标控制应着眼于整个工程建设项目目标系统的实现

认识到工程建设项目质量目标、进度目标、投资目标三者之间的关系，明确了三大目标是一个不可分割的系统，监理工程师在进行目标控制时应注意以下事项。

(1) 力求三大目标的统一 监理工程师在对工程建设项目进行目标规划时，必须要注意统筹兼顾，合理确定投资目标、进度目标、质量目标三者的标准。监理工程师需要在需求与目标之间，为三大目标之间进行反复协调，力求做到需求与目标的统一及三大目标的统一。

(2) 要针对整个目标系统实施控制 由于三大目标构成了一个统一的整体目标系统，工程建设项目的目标控制就必须针对整个目标系统实施控制，防止工程建设项目在建设过程中发生盲目追求单一目标而冲击或干扰其他目标的现象。

(3) 追求目标系统的整体效果 在实施目标控制过程中，应该以实现工程建设项目的整体目标系统作为衡量目标控制效果的标准，追求目标系统整体效果，做到各目标的互补。例如，实际工期拖延了，能否通过罚款得到费用方面的补偿；投资超了，能否在进度和质量方面得到比计划目标更好的结果。

6.3.2 投资控制

建设工程监理过程中的投资控制是指在整个工程建设项目的实施阶段开展管理活动，力求使工程建设项目在满足质量和进度要求的前提下，实现工程建设项目实际投资额不超过计划投资额。

1. 投资控制不是单一目标的控制

在建设工程监理过程中，不能简单地把投资控制仅仅理解为将工程建设项目实际发生的投资控制在计划投资的范围内。而应当认识到，投资控制是与质量控制和进度控制同时进行的，它是针对整个工程建设项目目标系统所实施的控制活动的一个组成部分，在实现投资控制的同时需要兼顾质量和进度目标。

根据目标控制的原则，在实现投资控制时应当注意以下问题。

首先，在对工程建设项目的投资目标进行确定或论证时，应当综合考虑整个目标系统的协调和统一，不仅要使工程建设项目的投资目标满足项目业主的需求，还要使进度目标和质量目标也能满足项目业主的要求。这就要求在确定工程建设项目目标系统时，要认真分析项目业主对工程建设项目的整体需求，做好投资目标、进度目标和质量目标三方面的反复协调工作，力求优化地实现各目标之间的平衡。

其次，在进行投资控制的过程中，要协调好与质量控制和进度控制的关系，做到三大控制的有机配合。当采取某项投资控制措施时，要考虑这项措施是否对其他两个工程建设项目目标控制产生不利影响。例如，采用限额设计进行设计投资控制时，一方面要力争使实际的工程建设项目设计投资限定在投资额度内，同时又要保障工程建设项目的功能、使用要求和质量标准。这种协调工作在目标控制过程中是绝对不可缺少的。

以上投资控制的含义如图6-7所示。

2. 投资控制应具有全面性

（1）工程建设项目总投资是工程项目建设的全部费用　工程建

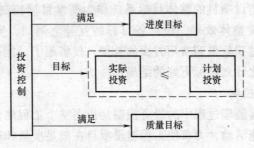

图 6-7 投资控制的含义

设项目的总投资是进行固定资产再生产和形成最低量流动资金的一次性费用总和。它由建筑安装工程费、设备和工器具购置费和其他费组成。

建筑安装工程费由人工费、材料费、施工机械使用费和其他各项直接费和施工管理费、临时设施费、劳保开支等间接费以及盈利等项费用组成；设备和工器具购置费由设备购置费和工器具及生产家具购置费组成；其他费是指工程建设中未纳入以上两项费用内的、由工程建设项目投资支付的、为保证工程建设项目正常建设并在动用后能发挥正常效用而发生的各项费用的总和。

明确了工程建设项目投资的概念，对于投资控制就能做到心中有数了。投资花在哪儿，就在哪儿控制。

(2) 对工程建设项目投资要实施多方面的综合控制 由于工程建设项目的投资是指"全部费用"，所以要从多方面对它实施控制。监理工程师进行投资控制时要针对工程建设项目费用组成实施控制，防止只控制建筑安装工程费用而忽视甚至不去控制设备和工器具购置费及其他费用的现象发生；要针对工程建设项目结构的所有子工程建设项目的费用实施控制，防止只重视主体工程或红线内工程投资控制，而忽视其他子工程建设项目投资控制；要对所有合同的付款实施控制，控制住整个合同价；投资控制不能只在施工阶段，还要在工程建设项目实施的其他阶段进行控制，它是全过程的控制；不仅要对投资的量进行控制，还要对费用发生的时间进行控制，要满足资金使用计划的要求。

全面地对工程建设项目投资进行控制是建设工程监理控制的主要

特点。因此，监理工程师需要从工程建设项目系统性出发，进行综合性的工作，从多方面采取措施实施控制。也就是说，除了从经济方面做好控制工作以外，还应当围绕着投资控制的组织、技术和合同等有关方面开展相应的工作。在考虑问题时，还应立足于工程建设项目的全寿命经济效益，不能只局限于工程建设项目的一次性投资费用。

3. 建设工程监理投资控制是微观性投资控制

由于建设工程监理是一种微观性的工程建设监督管理工作，建设工程监理单位及其监理工程师所开展的工程建设项目投资控制也是一种微观性的工作。他们所进行的投资控制是针对一个工程建设项目投资计划的控制，它有别于宏观的固定资产管理。其着眼点并不是关于工程建设项目的投资方向、投资结构、资金筹措方式和渠道，而是控制住一个具体工程建设项目的投资。

为了控制工程建设项目的计划投资，监理工程师要从每个投资切块开始，从工程的每个分项分部工程开始，一步一步地进行控制、一个循环一个循环地进行控制。从"小"处着手，放眼整个工程建设项目；从多方面着手，实施全面投资控制，这才是建设工程监理的项目投资工作。

6.3.3 质量控制

建设工程监理过程中的质量控制是指在力求实现工程建设项目总目标的过程中，为满足工程建设项目总体质量要求所开展的有关的监督管理活动。

1. 工程建设项目质量目标的含义

质量的定义是指"产品、服务或过程满足规定或潜在要求（或需求）的特征和特性的总和"。对工程项目建设而言，最终产品就是建成动用的工程建设项目，过程就是包括工程项目建设的各阶段的整个工程项目建设的过程，质量要求就是对整个工程建设项目和它的建设过程所提出的"满足规定或潜在要求（或需求）的特征和特性的总和"，即要达到的工程建设项目质量目标。

所谓工程建设项目的质量目标就是对包括工程建设项目实体、功能和使用价值、工作质量各方面的要求或需求的标准和水平，也就是对工程建设项目符合有关法律、法规、规范、标准程度和满足项目业主要求程度作出的明确规定。

（1）工程建设项目总体质量目标的内容具有广泛性 凡是构成工程建设项目实体、功能和使用价值的各方面，如建设地点、建筑形式、结构形式、材料、设备、工艺、规模和生产能力以及使用者满意程度，都应当列入工程建设项目的质量目标范围。同时，对所有参与工程项目建设的单位和人员的资质、素质、能力和水平，特别是对他们工作质量的要求，也是工程建设项目质量目标不可缺少的组成部分，因为他们的工作质量直接影响建筑产品的质量。工程建设项目质量目标内容的全面性也使投资目标和进度目标与之保持一致。工程建设项目质量目标范围的广泛性说明，要拿出质量符合要求的建筑产品，需要在整个工程建设项目实施的空间范围内进行全面的质量控制。

（2）工程建设项目总体质量的形成具有明显的过程性 实现工程建设项目总体质量目标与形成质量的过程息息相关。工程建设项目的每个阶段都对项目质量的形成起着重要作用，对工程质量产生了重要影响。

工程建设项目的决策阶段决定该工程建设项目是"上"还是"不上"，以及如何"上"的问题，为了确定工程建设项目的目标系统提供依据并最终确定工程建设项目的总目标，其中包括工程建设项目总体质量目标。在解决"能否做"和"做什么"的过程中，为工程建设项目质量的符合性和适用性进行了可行性研究和决策。在工程建设项目的实施阶段，通过设计解决"如何做"的问题，使工程建设项目的总体质量目标得以具体化；通过招标解决"谁来做"的问题，使工程建设项目形成实体，把工程建设项目的质量目标物化地体现；通过竣工验收最终解决"是否符合"的问题，使工程建设项目的质量得以确认。因此，每个阶段都有其具体的质量控制任务。监理工程师应当根据每个阶段的特点，确定各阶段质量控制的目标和任务，以便实施全过程的控制。

（3）影响工程建设项目质量目标的因素较多 工程建设项目的实体质量、功能和使用价值、工作质量牵扯到设计、施工、供应、建设工程监理等诸方面的多种因素。

例如，人、机械、材料、方法和环境都影响着工程质量。监理工程师应当对这些因素进行有效控制，以保障工程质量。对人，要从思想素质、业务素质、身体素质等多方面综合考虑，全面控制；对材料，要把好检查验收这一关，保证正确合理使用原材料、成品、半成品、构配件，并检查、确认、督促做好收、发、储、运等技术管理工作；对机械，要根据工艺和技术要求，确认是否选用了合适的机械设备，是否建立了各种管理制度；对方法，要通过分析、研究、对比，在确认可行的基础上确定应采用的优化方案、工艺、设计和措施；对环境，要通过指导、督促、检查建立良好的技术环境、管理环境、作业环境，以确保为实现质量目标提供良好的条件。

2. 工程建设项目质量控制的特点

（1）建设工程监理质量控制要与政府对工程质量的监督紧密结合 就工程建设项目的投资目标、进度目标、质量目标而言，质量目标特别受到政府监督管理部门的"青睐"。这是因为工程质量不仅直接影响项目业主的投资效益，还关系着社会公众的利益。而维护社会公众利益正是政府的主要职能之一。工程项目建设的特殊性使它在城市规划、环境保护、安全可靠等方面产生重要的社会性影响。因此，衡量工程建设项目质量是否达到计划标准和要求时必须考虑这些问题。而这是需要建设工程监理单位及其监理工程师与政府的工程质量监督管理部门共同担负对工程建设项目的质量进行监督管理的任务。

但需要指出的是，虽然政府工程质量监督管理部门和建设工程监理单位都对工程质量负有责任，可是他们在监督管理方面的具体内容、依据、方法等方面是有区别的，其性质也不相同。

政府的工程质量监督管理部门侧重于影响社会共同利益的质量方面；它运用法律、法规和标准等衡量工程建设项目的质量；控制的方式以行政、司法为主并辅之以经济的、管理的手段，是强制性的；它采用阶段性和不定期的方式进行审查、审批、巡视，以发现工程建设项目质量上的问题，并加以制止和纠正；派出专业性的质量监督机构对工程建设项目施工质量进行监督、检查；对于工程建设项目质量上的问题一般不承担法律和经济责任。

建设工程监理的质量控制，除了依据法律、法规、规范和标准之外，还要依据有关合同条款的要求进行建设工程监理。建设工程监理的质量控制更全面、更具体、更具有针对性。它不但要对社会负责，而且要对项目业主负责。

（2）工程建设项目质量控制是一种系统过程的控制　如前所述，工程建设项目的建成动用过程也就是它的质量形成过程。要使工程建设项目的质量控制能够产生所期望的成效，建设工程监理单位及其监理工程师就要沿着工程建设项目的建设全过程不间断地进行质量控制。

在工程项目建设的规划和设计阶段，工程建设项目的建设是处于由"粗"到"细"形成规划、计划和设计的阶段。在这个时期，一方面要全面落实工程建设项目的质量目标系统，另一方面又要根据上阶段确定的计划目标和设计文件对下阶段要达到的目标实施控制。也就是说，既要确定各级工程质量目标，又要进行质量控制。

在施工阶段，随着一道道工序的完成，一项项分部（分项）工程、单位工程、单项工程的完成，最终形成工程建设项目实体。它是从"小"到"大"逐步建成工程建设项目实体的时期。在这个时期，要把工程建设项目质量的事前控制与事中控制、事后控制紧密地结合起来。在各项工程或工作开始之前，要明确目标、制定措施、确定流程、选择方法、落实手段，做好人、财、物的各项准备工作，并为其创造良好环境。然后，在各项工程或工作开展的过程中，及时发现和预测问题并采取相应措施加以解决。最后，对完成的工程或工作的质量进行检查验收，把存在的工程质量问题查出来并集中处理，使工程建设项目最终达到总体质量目标的要求。这是一种序列性的控制，要将它们视为一个有机的整体控制过程。

（3）工程建设项目质量要实施全面控制　由于工程建设项目质量目标的内容具有广泛性，所以实现工程建设项目总体质量目标应当实施全面的质量控制。质量控制的全面性首先表现在对工程建设项目的实体质量、功能和使用价值和工作质量的全面控制上。要对工程建设项目的所有质量特征都要实施控制，使它从性能、功能、表面状态、可靠性、安全性直至可维修性方面都能达到质量的符合性要求和适用性要求。质量控制的全面性还表现在对影响工程质量的各种因素都要采取控制措施。无论是来自人的影响因素，来自材料和设备方面的影响因素，来自施工机械、机具方面的影响因素，来自方法方面的影响因素，还是来自环境方面的影响因素，都应实施有效控制。

对工程建设项目质量实施全面控制，要把控制重点放在调查研究外部环境和内部系统各种干扰质量的因素上，做好风险分析和管理工作，预测各种可能出现的质量偏差，并采取有效的预防措施。要使这些主动控制措施与监督、检查、反馈，发现问题并及时解决，发生偏差及时纠偏等控制措施有机地结合起来，使工程建设项目的质量能够处于监理工程师的有效控制之下。

3. 处理好工程质量事故

工程质量事故处理的本身就是工程建设项目质量控制的一项重要工作。"返工"就是质量控制中的"纠正"措施之一。如果，拖延的工期、超额的资金还能在以后的过程中挽回，那么质量一旦不合格，就形成了既定事实而难以改变。不合格的工程，决不会因为时间的推移而变成合格品，也不会因为后续工程的优良而"中和"成为合格品。因此，对于不合格工程必须及时处理，绝不能含糊。对工程质量事故进行及时处理，是实施有效的质量控制的重要措施之一，是工程建设项目质量控制的一项必不可少的工作。

工程质量事故在工程项目建设过程中具有多发性特点。如基础不均匀沉降、现浇混凝土强度不足、屋面渗漏、建筑物倒塌，乃至一个工程建设项目报废等都有可能发生。因此，建设工程监理单位及其监理工程师应当把杜绝或最大限度地减少工程质量事故的发生当做工程建设项目质量控制的重要任务。

在现阶段，社会主义市场经济体制还不健全，各市场主体的行为还不规范，假冒伪劣产品泛滥，这对工程质量产生了极大的冲击，给工程建设项目的质量控制带来了更大的困难。面对这种挑战，建设工程监理单位及其监理工程师更应该认真做好工程质量控制工作，努力把工程建设项目的质量事故降低到最低限度。同时要严肃认真地处理各种工程质量事故，确保工程建设项目质量目标的实现。

工程质量事故的实质就是实际工程质量偏离了计划的质量目标。像其他目标偏离一样，一旦出现事故就要进行调查研究，分析事故产生的原因，根据事故的严重程度，决定如何处理，落实处理方案，对最后处理的结果进行检查并提出事故处理报告。

建设工程监理单位及其监理工程师无论对一般的工程质量事故还是对重大工程质量事故都有处理上的责任。但对重大工程建设项目质量事故的处理则应当上报政府有关工程质量监督管理部门，建设工程监理单位及其监理工程师要配合政府工程质量监督管理部门做好事故处理工作。

减少一般性工程质量事故，杜绝重大工程质量事故，只有通过连续性、系统性的质量控制才能实现，只有认真做好主动控制、事前控制才能实现。特别应强调的是，工程质量事故主要来自设计、施工和材料设备供应，只有从事这些活动的承建单位杜绝或减少工程质量事故的发生才能从根本上解决问题。因此，建设工程监理单位及其监理工程师要把所有减少或杜绝工程事故的措施有效地贯彻到所有的工程实施过程当中。

6.3.4 进度控制

建设工程监理所进行的进度控制是指在实现工程建设项目总目标的过程中，为了使工程建设项目的实际进度符合工程建设项目进度计划的要求，使工程建设项目按计划要求的时间动用而开展的有关监督管理活动。

1. 工程建设项目进度控制的目标

做好建设工程监理中的进度控制工作，首先应当明确工程建设项目进度控制的目标。建设工程监理单位作为工程建设项目管理服务的主体，它所进行的进度控制是为了最终实现工程建设项目按计划的时间动用。因此，建设工程监理进度控制的总目标就是工程建设项目最终动用的计划时间。也就是工业工程建设项目达到负荷联动试车成功、民用工程建设项目交付使用的计划时间。

当然，具体到某个建设工程监理单位，它的进度控制的目标则取决于项目业主的委托要求。根据建设工程监理合同，它可以是工程项目建设全过程的建设工程监理，也可以是阶段性建设工程监理，还可以是某个子工程建设项目的建设工程监理。因此，具体到某个工程建设项目，某个建设工程监理单位，它的进度控制目标是什么，则由建设工程监理合同来决定。既可以从立项起到工程建设项目正式动用的整个计划时间，也可能是某个实施阶段的计划时间，如设计阶段或施工阶段计划工期。

2. 工程建设项目进度控制的范围

既然建设工程监理进度控制的总目标贯穿整个工程建设项目的实施阶段，那么建设工程监理单位及其监理工程师在进行工程建设项目进度控制时就要涉及工程建设项目的各个方面，需要实施全面的进度控制。

（1）进度控制是对工程建设全过程的控制　明确了建设工程监理进度控制的目标是工程建设项目的计划动用时间，那么进度控制就不仅仅包括施工阶段，还要包括设计准备阶段、设计阶段以及工程招标和动用准备等阶段。它的时间范围涵盖了工程项目建设的全过程。

（2）进度控制是对整个工程建设项目结构的控制　由于工程建设项目进度总目标是计划的动用时间，所以建设工程监理单位及其监理工程师进行进度控制必须实现全方位控制。也就是说，对组成工程建设项目的所有构成部分的进度都要进行控制，不论是红线内工程还是红线外工程，也不论是土建工程还是设备安装、给水排水、采暖通风、道路、绿化和电气等工程。

（3）对工程项目建设有关的工作实施进度控制　为了确保工程建设项目按计划动用，需要把有关工程项目建设的各项工作，如设计、施工准备、工作招标以及材料设备供应、动用准备等，列入进度控制的范围之内。如果这些工作不能按计划完成，必然影响整个工程建设项目的正式动用。所以，凡是影响工程建设项目动用时间的工作都应当列入进度计划，成为进度控制的对象。当然，任何事务都有主次之分，建设工程监理单位及其监理工程师在实施进度控制时要把多方面的工作进行详细的规划，形成周密的计划，使进度控制工作能够有条不紊、主次分明地进行。

（4）对影响进度的各种因素实施控制　工程建设进度不能按计划实现有多种原因。例如，管理人员、劳务人员素质和能力低，数量不足；材料和设备不能按时、按质、按量供应；建设资金缺乏，不能按时到位；技术水平低，不能熟练掌握和运用新技术、新材料、新方法；组织协调困难，各承建商不能协作同步工作；未能提供合格的施工现场；异常的工程地质、水文、气候、社会、政治环境等。要实现有效的进度控制必须对上述影响进度的因素实施控制，采取措施减少或避免这些因素的影响。

（5）组织协调是实现有效进度控制的关键　做好工程建设项目进度控制工作必须做好与有关单位的协调工作。与工程建设项目进度有关的单位较多，包括项目业主、设计单位、施工单位、材料供应单位、设备供应厂家、资金供应单位、工程毗邻单位、监督管理工程建设的政府部门等。如果不能有效地与这些单位做好协调工作，不建立协调工作网络，不投入一定力量去做联结、联合、调整工作，进度控制将很难进行。

6.4　工程设计与施工阶段的特点

认识工程建设项目实施各阶段的特点对于确定各阶段目标控制的任务和工作是有益的。下面主要分析设计阶段和施工阶段的特点。

6.4.1　设计阶段的特点

在设计阶段，通过设计将项目业主的基本需求具体化了，同时也从各方面衡量了其需求的可行性，并经过设计过程中的反复协调，使项目业主的需求变得科学、合理，从而为实现工程建设项目确定了信心。

1. 设计阶段是确定工程价值的主要阶段

在设计阶段，通过设计使工程建设项目的规模、标准、功能、结构、组成和构造等各方面都确定下来，从而也就确定了它的基本工程价值。

一项工程的预计资金投放量的多少主要取决于设计的结果。因此，在工程建设项目计划投资目标确定以后，能否按照这个目标来实现工程建设项目，设计就是最关键、最重要的工作。

2. 设计阶段是影响投资程度的关键阶段

工程建设项目实施各个阶段对工程项目建设投资程度的影响是不同的。总的趋势是随着阶段性设计工作的进展，工程建设项目构成状况一步步地明确，可以优化的空间越来越小，优化的限制条件却越来越多，各阶段性工作对投资程度影响逐步下降。其中，方案设计阶段影响最大，初步设计阶段次之，施工图设计阶段影响已明显降低，到了施工阶段其影响不超过10%。

3. 设计阶段为制订工程建设项目控制性进度计划提供了基础条件

要想实施有效的进度控制，不仅需要确定工程建设项目进度的总目标，还需要明确各级分目标。而各级进度分目标的确定有赖于设计输出的工程建设信息。随着设计不断深入，使各级子工程建设项目逐步明确，从而为子工程建设项目进度目标的确定提供了依据。

4. 设计工作的特殊性和设计阶段工作的多样性要求加强进度控制

设计工作与施工活动相比较，具有一定的特殊性。

首先，设计过程需要进行大量的反复协调工作。其次，设计工作是一种智力型工作，更富有创造性。再次，外部环境因素对设计工作的顺利开展有重要影响。

设计阶段进度控制的效果对今后工程建设项目的实施产生重要影响。例如，过于强调缩短设计工期，就会造成设计质量低下，严重影响施工招标、施工安装阶段工作的顺利进行，不仅直接影响到工程建设项目的工期，而且还影响工程质量和投资。因此，应当紧紧把握住设计工作的特点，认真做好计划、控制和协调，在保障工程建设项目的安全可靠性、适用性和经济性的前提下，力求实现设计计划工期的要求。

5. 设计阶段对工程建设项目总体质量具有决定性影响

在设计阶段，通过设计将对工程建设项目方案和工程建设项目总体质量目标进行具体落实。工程建设项目实体质量要求、功能和使用价值质量要求都通过设计明确确定下来。实际调查表明，设计质量对整个工程建设项目总体质量的影响是决定性的。

6.4.2 施工阶段的特点

1. 施工阶段是资金投放量最大的阶段

伴随着工程建设项目的进展，工程建设项目投资就要相继投入。从资金投放数量来讲，其他阶段都无法与施工阶段相比，它是资金投入最大的阶段。

2. 施工阶段是暴露问题最多的阶段

施工之前各阶段的主要工作，如规划、设计、招标以及有关的准备工作做得如何，全部要接受施工阶段主动或被动的检验，各项工作中存在的问题会大量地暴露出来。

3. 施工阶段是合同双方的利益冲突最多的阶段

由于施工阶段合同数量大，存在频繁的、大量的支付关系。又由于对合同条款理解上的差异以及合同中不可避免地存在着含糊不清和矛盾的内容，再加上外部环境变化引起的分歧等，合同纠纷会经常出现。于是，各种索赔事件就会接踵发生。

4. 施工阶段持续时间长、动态性强

施工阶段是工程项目建设各阶段中持续时间最长的阶段。时间长，则内、外部因素变化就多，各种干扰就大大增加。同时，施工阶段具有更明显的动态性。

5. 施工阶段是形成工程建设项目实体的阶段，需要严格地进行系统过程控制

施工是由小到大将工程实体"做出来"的过程。从工序开始，按分项工程、分部工程、单位工程、单项工程的顺序，最后形成整个工程建设项目实体，并将设计的安全可靠性、适用性体现出来。由于形成工程实体的过程中，前导工程质量对后续工程质量有直接影响，所以需要进行严格的系统过程控制。

6. 施工阶段是以执行计划为主的阶段

进入施工阶段，工程建设项目的目标规划和计划的制订工作基本完成，余下的后续工作主要是伴随着控制而进行的计划调整和完善。因此，施工阶段是以执行计划为主的阶段。

7. 施工阶段工程信息内容广泛、时间性强、数量大

在施工阶段，工程状态时刻在变化。计划的实施意味着实际的工程质量、进度和投资情况在不断地输出。所以，各种工程信息和外部环境信息的数量大、类型多、周期短、内容杂。

8. 施工阶段涉及的单位数量多

在施工阶段，不但有项目业主、施工单位、材料供应单位、设备厂家、设计单位等直接参加建设的单位，还涉及政府工程质量监督管理部门、工程毗邻单位等工程建设项目组织外的有关单位。

9. 施工阶段存在着较多影响目标实现的因素

在施工阶段，往往会遇到更多因素的干扰影响目标的实现。其中，以人员、材料、设备、机械、机具、方案、方法和环境等方面的因素较为突出。面对众多干扰因素，风险管理的任务尤其重要。

6.5 完成工程建设项目各阶段目标控制的任务

6.5.1 设计阶段工程建设项目目标控制的任务

设计阶段建设工程监理目标控制的基本任务是通过目标规划和计划、动态控制、组织协调、合同管理和信息管理，力求使工程设计能够达到保障工程建设项目的安全可靠性，满足适用性和经济性，保证设计工期要求，使设计阶段的各项工作能够在预定的投资目标、进度目标和质量目标内完成。

1. 投资控制任务

在设计阶段，建设工程监理单位及其监理工程师进行投资控制的主要任务是通过搜集类似工程建设项目的投资数据和资料，协助项目业主制定工程建设项目投资目标规划；开展技术经济分析等活动，协调和配合设计单位力求使设计投资合理化；审核设计概（预）算，提出改进意见，优化设计，最终满足项目业主对工程建设项目投资的经济性要求。

设计阶段建设工程监理单位及其监理工程师进行投资控制的主要工作包括：对工程建设项目总投资进行论证，确认其可行性；组织设计方案竞赛或设计招标，协助项目业主确定对投资控制有利的设计方案；伴随着设计各阶段的成果输出制定工程建设项目投资目标划分系统，为本阶段和后续阶段投资控制提供依据；在保障设计质量的前提下，协助设计单位开展限额设计工作；编制本阶段资金使用计划，并进行付款控制；审查工程概算、预算，在保障工程建设项目具有安全可靠性、适用性的基础上，概算不超估算，预算不超概算；进行设计挖潜，节约投资；对设计进行技术经济分析、比较和论证，寻求一次性投资少而全寿命经济性好的设计方案等。

2. 进度控制任务

在设计阶段，建设工程监理单位及其监理工程师进行设计进度控制的主要任务是根据工程建设项目的总工期要求，协助项目业主确定合理的设计工期要求；根据设计的阶段性输出，由"粗"而"细"地制订工程建设项目进度计划，为工程建设项目进度控制提供前提和依据；协调各设计单位一体化开展设计工作，力求使设计能按进度计划要求进行；按合同要求及时、准确、完整地提供设计所需要的基础资料和数据；与外部有关部门协调相关事宜，保障设计工作顺利进行。

设计阶段建设工程监理单位及其监理工程师进行进度控制的主要工作包括：对工程建设项目进度总目标进行论证，确认其可行性；根据方案设计、初步设计和施工图设计制订工程建设项目总进度计划、工程建设项目总控制性进度计划和本阶段实施性进度计划，为本阶段和后续阶段进度控制提供依据；审查设计单位设计进度计划，并监督执行；编制项目业主方材料和设备供应进度计划，并实施控制；编制本阶段工作进度计划，并实施控制；开展各种组织协调活动等。

3. 质量控制任务

在设计阶段，建设工程监理单位及其监理工程师进行设计质量控制的主要任务是：了解项目业主的建设需求，协助项目业主制定工程建设项目质量目标规划（如设计要求文件）；根据工程设计合同要求及时、准确、完整地提供设计工作所需的基础数据和资料；协调和配合设计单位优化设计，并最终确认设计符合有关法规要求，符合技术、经济、财务和环境条件要求，满足项目业主对工程建设项目的功能和使用要求。

在设计阶段，建设工程监理单位及其监理工程师进行质量控制的主要工作包括：对工程建设项目总体质量目标进行论证；提出设计要求文件，确定设计质量标准；利用竞争机制选择并确定优化设计方案；协助项目业主选择符合目标控制要求的设计单位；进行设计过程跟踪，及时发现质量问题，并及时与设计单位协调解决；审查阶段性设计成果，并根据需要提出修改意见；对设计提出的主要材料和设备进行比较，在价格合理的基础上确认其质量符合要求；做好设计文件验收工作等。

为了有效进行目标控制，建设工程监理单位及其监理工程师在直接开展控制活动之外，还应当做好与之配套的合同管理、信息管理和组织协调工作。

其中，设计阶段的合同管理工作包括：协助项目业主选择并确定工程建设项目承发包模式、合同结构和合同方式；编制设计招标文件，起草勘察、设计合同条件，并参加合同谈判；协助项目业主签订材料和设备采购合同；处理本阶段合同争议；采取预防索赔措施，处理索赔事宜等。

设计阶段信息管理方面工作有：建立设计阶段信息目录和编码体系；确定本阶段信息流程；做好设计阶段信息搜集、整理、处理、存储、传递和应用等各项信息管理工作；建立设计会议制度，并组织好各项会议等。

设计阶段组织协调工作包括：协调各设计单位的关系；与项目业主协调本阶段的设计建设工程监理有关事宜；与政府建设管理部门和其他有关部门协调，办理设计审批等事宜；协调并处理业主与勘察、设计单位之间的有关事项等。

6.5.2 招标阶段工程建设项目目标控制的任务

建设工程监理施工招标阶段目标控制的主要任务是通过编制施工招标文件、编制标底、做好投标单位资格预审、组织评标和定标、参加合同谈判等工作，根据公开、公正、公平的竞争原则，协助项目业主选择理想的施工承包单位，以期以合理的价格、先进的技术、较高的管理水平、较短的时间、较好的质量来完成工程施工任务。

1. 协助项目业主编制施工招工文件为本阶段和施工阶段目标控制打下基础

施工招标文件是工程施工招标工作的纲领性文件，同时又是投标人编制投标书的依据以及进行评标的依据。建设工程监理单位及其监理工程师在编制施工招标文件时应当为选择符合投资控制、进度控制、质量控制要求的施工单位打下基础，为合同价不超计划投资、合同工期符合计划工期要求、施工质量满足设计要求打下基础，为施工阶段进行合同管理、信息管理打下基础。

2. 协助项目业主编制标底

建设工程监理单位接受项目业主委托编制工程标底时，应当使工程标底控制在工程概算或预算以内，并用其控制工程承包合同价。

3. 做好投标资格预审工作

建设工程监理单位及其监理工程师应当将投标资格预审看作公开招标方式的第一轮竞争择优活动。要抓好这项工作，为选择符合目标控制要求的工程承包单位做好首轮择优工作。

4. 组织开标、评标、定标工作

通过开标、评标、定标工作，特别是评标工作，协助项目业主选择出报价合理、技术水平高、社会信誉好、保证施工质量、保证施工工期、具有足够承包财务能力和施工工程建设项目管理水平的施工承包单位。

6.5.3 施工阶段的目标控制

施工阶段建设工程监理的主要任务是在施工过程中，根据施工阶段的目标规划和计划，通过动态控制、组织协调、合同管理使工程建设项目施工质量、施工进度和投资符合预定的目标要求。

1. 投资控制的任务

施工阶段建设工程监理投资控制的主要任务是通过工程付款控制、新增工程费控制、预防并处理好费用索赔、挖掘节约投资潜力来努力实现实际发生的费用不超过计划投资。

为了完成施工阶段投资控制的任务，监理工程师应做好以下工作：制订本阶段资金使用计划，并严格进行付款控制，做到不多付、不少付、不重复付；严格控制工程变更，力求减少变更费用；研究确定预防费用索赔措施，以避免、减少对方的索赔量；及时处理费用索赔，并协助项目业主进行反索赔；根据项目业主责任制和有关合同的要求，协助做好应由项目业主完成的，与工程进展密切相关的各项工作，如按期提交合格施工现场，按质、按量、按期提供材料和设备等工作；做好工程计量工作；审核施工单位提交的工程结算书等。

2. 进度控制的任务

施工阶段建设工程监理进度控制的任务主要是通过完善工程建设项目控制性进度计划、审查施工单位施工进度计划、做好各项动态控制工作、协调各单位关系、预防并处理好工期索赔，以求实际施工进度达到计划施工进度的要求。

为了完成施工阶段进度控制任务，监理工程师应做好以下工作：根据施工招标和施工准备阶段的工程信息，进一步完善工程建设项目控制性进度计划，并据此进行施工阶段进度控制；审查施工进度计划，确认其可行性并满足工程建设项目控制性的要求；制订项目业主方材料和设备供应进度计划并进行控制，使其满足施工要求；审查施工单位进度控制报告，督促施工单位做好处理工期索赔工作；在施工过程中，做好对人力、材料、机具和设备等的投入控制工作以及转换控制工作、信息反馈工作、对比和纠正工作，使进度控制定期连续地进行；开好进度协调会议，及时协调有关各方关系，使工程施工顺利进行。

3. 质量控制的任务

施工阶段建设工程监理质量控制的任务主要是通过对施工投入、施工安装过程、产出品进行全过程控制以及对参加施工单位和人员的资质、材料和设备、施工机械和机具、施工方案和方法、施工环境等实施全面控制，以期按标准达到预定的施工质量等级。

为了完成施工阶段质量控制任务，监理工程师应做好以下工作：协助项目业主做好施工现场准备工作，为施工单位提交质量合格的施工现场；确认施工单位资质；审查确认施工分包单位；做好材料和设备检查工作，确认其质量；检查施工机械和机具，保证施工质量；审查施工组织设计；检查并协助搞好各项生产环境、劳动环境和管理环境；进行施工工艺过程质量控制工作；检查工序质量，严格工序交接检查制度；做好各项隐蔽工程的检查工作；做好工程变更方案的比选，保证工程质量；进行质量监督，行使质量监督权；认真做好质量签证工作；行使质量否决权，协助做好付款控制；组织质量协调会；做好中间质量验收准备工作；做好工程建设项目竣工验收工作；审核工程建设项目竣工图等。

思 考 题

1. 控制的基本过程是什么？
2. 控制过程一般包括哪几个基本环节？

3. 何谓主动控制？

4. 何谓被动控制？

5. 监理工程师如何在工作中综合运用两种控制？

6. 控制系统由哪些子系统构成？它们各自的作用是什么？

7. 工程建设项目的投资目标、进度目标和质量目标三者之间的辩证关系是什么？

8. 目标控制的两个前提是什么？

9. 建设工程监理投资控制的含义是什么？

10. 建设工程监理进度控制的含义是什么？

11. 建设工程监理质量控制的含义是什么？

12. 工程设计阶段的特点是什么？

13. 工程施工阶段的特点是什么？

14. 设计阶段建设工程监理目标控制的基本任务是什么？

15. 施工阶段建设工程监理目标控制的基本任务是什么？

第7章 建设工程监理的组织协调

建设监理目标的实现，不仅需要监理工程师有较强的专业知识和对监理程序的充分理解，还有一个重要方面，就是要有较强的组织协调能力。通过组织协调，使影响项目监理目标实现的各个方面处于统一体中，使项目系统结构均衡，使监理工作实施和运行过程顺利。

7.1 协调的含义与作用

7.1.1 协调的含义

协调就是联结、联合、调和所有的活动及力量。协调的目的是力求得到各方面协助，促使各方协同一致、齐心协力，以实现预定的目标。协调是管理的核心职能，它作为一种管理方法贯穿于整个项目和项目管理过程之中。

协调或称协调管理，在美国项目管理中称为"界面管理"，指主动协调相互作用的子系统之间的能量、物质、信息交换，以实现系统目标的活动。

系统是由若干相互联系又相互制约的要素有组织、有秩序地组成的具有特定功能和目标的统一体。组织系统的各要素是该系统的子系统，项目系统就是由人员、物质、信息等构成的人为组织系统。用系统方法分析项目协调的一般原理有三大类：一是"人员/人员界面"；二是"系统/系统界面"；三是"系统/环境界面"。

项目组织是由各类人员组成的工作班子。由于每个人的性格、习惯、能力、岗位、任务和作用的不同，即使只有两个人在一起工作，也有潜在的人员矛盾或危机。这种人和人之间的间隔，就是所谓的"人员/人员界面"。

项目系统是由若干项目组组成的完整体系，项目组即子系统。由于子系统的功能不同、目标不同，容易产生各自为政的趋势和相互推诿的现象。这种子系统和子系统之间的间隔，就是所谓的"系统/系统界面"。

项目系统是一个典型的开放系统。它具有环境适应性，能主动地向外部世界取得必要的能量、物质和信息。在"取"的过程中，不可能没有障碍和阻力。这种系统与环境之间的间隔，就是所谓的"系统/环境界面"。

工程项目协调管理就是在"人员/人员界面"、"系统/系统界面"、"系统/环境界面"之间，对所有的活动及力量进行联结、联合、调和的工作。系统方法强调，要把系统作为一个整体来研究和处理，因为总体的作用规模要比各子系统的作用规模之和大。为了顺利实现工程项目建设系统目标，必须重视协调管理，发挥系统整体功能。

在工程建设项目监理中，要保证项目的参与各方面围绕项目开展工作，使项目目标顺利实现，组织协调最为重要、最为困难，也是监理工作是否成功的关键，只有通过积极的组织协调才能实现整个系统全面协调的目的。一个成功的总监理工程师，就是一个善于"通过别人的工作把事情做好的管理者"。

7.1.2 协调的作用

按照现代的组织论的观点，为了保持组织的内部整体平衡，使各层次、各体系之间步调一致、协同活动、共同实现所确定的目标，整个组织结构需要进行纵向协调和横向协调。协调是管理的本质，各项管理职能都需要进行协调。由于项目的不同部门、不同层次、不同阶段往往存在着大量的结合部。因此，结合部之间的沟通、协调是项目管理的一项重要工作。

7.2 项目监理工作中的组织协调

7.2.1 组织协调的含义

如前所述，协调在国外项目管理中又称为"界面管理"。用理论概念讲，就是指主动协调相互作用的子系统之间的能量、物质、信息交换以实现系统目标的活动。

"协调"是工程项目监理成功的关键之一，作为监理工程师，应当清楚地了解在施工的各个阶段应在什么时间、在哪些方面进行协调，应当熟悉、掌握以及采用什么措施方法、如何有效地进行协调。

项目监理工作中的组织协调是指监理单位在监理过程中，对相关单位的协作关系进行协调，使相互之间加强合作，减少矛盾，避免纠纷，共同完成项目目标。所谓相关单位，主要包括建设单位、设计单位、施工单位和供应单位；此外，还有政府部门、金融部门和有关管理部门等。

协调的目的是力求得到各方面的支持与协作，并促使各方协同一致。例如，当现场存在众多方面的交叉施工时，作为负责协调工作的监理工程师，只能要求各方"即使不同心也要协力"以实现预定目标。

用施工现场通用的语言讲：协调就是调整疏通各方面的关系，妥善处理工程项目结合部（界面）上的各种矛盾，让各方面相互理解，携手合作，完成预定目标。

协调具有以下三个方面的作用。

（1）纠偏和预控错位　施工中经常出现作业行为偏离合同和规范的标准，如工期的超前和滞后，后继工序的脱节，由于设计修改、工程变更和材料代用给下阶段施工带来影响和变更，以及地质水文条件的突然变化造成的影响，或人为干扰因素对工期质量造成的障碍等，都会造成计划序列脱节，这种情况在作业面越广、人员越多时发生的概率就越大。监理协调的重要作用之一就是及时纠偏，或采用预控措施事前调整错位。

（2）协调是控制进度的关键　在建设施工中，有许多单位工程是由不同专业的工程组成的。例如，煤矿矿井建设工程分为矿建、土建和机电安装三大类工程。通常又都是分别由专业化施工队进行施工，这必然就存在着三类工程的相互衔接和队伍间相互协作的问题。搞好协调是进度控制的关键。

（3）协调是平衡的手段　多头施工队伍必然存在着一定的协调平衡问题。在一些工程施工过程中，一项工程往往由许多工程施工队伍同时上阵，形成会战局面。例如，丰准铁路就由 7 支队伍同时上阵承包。一条专用铁路，往往隧道掘进有一家或几家施工队伍，桥梁涵洞有几家施工队伍，路基、铺轨工程又是有一家施工队伍，通信、信号又是有一家施工队伍，再加上设计单位、安装单位、材料供应单位等，既有总包又有分包，即有纵向衔接又有横向联合，各自又均制订有作业计划、质量目标，而集中这些计划后，必然存在一个协调问题。作为监理工程师，从工程内部分析，既有各子系统之间的平衡协调，又有三类工程的平衡协调，还有队伍之间的协调。此外还有上下之间、内外之间的一些协调。总之，由于监理工程师在工程项目中的特殊地位和现场项目管理中的核心作用，必须突出其"协调"功能。

几十年的建设经验证明，一个项目要圆满顺利建成，是多方相互配合合作的共同成果。参与建设管理和建设的有关部门，包括建设单位、设计单位、施工单位、设备供应单位、材料生产单位，所在地的地方政府部门、地方基层组织、金融银行、商业及后勤物资供应部门、公检法部门、环保部门、电力供应单位、铁路部门、公路交通部门、通信管理部门等。因此，一个项目的建设需要多方配合协作，这就必然要求监理工程师应具有良好的人际关系和较强的组织协调能力。

监理单位的公正性是搞好协调工作的基础。建设监理在协调工作上，必须保持其公正性。公正性不仅取决于监理工程师的素质，还是由他的第三方地位所赋予的资格决定的。

工程建设实行监理制度，从建设项目管理上讲，形成了建设单位（业主）、监理单位、施工单位（承包商）三元结构的格局。这三方的共同点是都具有独立的法人地位，在完成工程项目建设任务的目标上是一致的。其不同点是：从经济上分析，建设单位（业主）谋求建设项目的投资效益，为未来的生产创造一个十分有利的环境和条件，为将来还贷打下基础。承包单位（施工单位）是建筑商品的生产者和经营者，除了作为企业要对国家负责外，谋求的是自身的经济效益和广大职工的福利和收益。而监理单位是社会性的技术咨询、管理服务部门，是接受建设单位的委托、依据委托内容和经济合同开展工作，只提取一定数额的酬金（监理费）。他既不承包工程造价，也不参与承发包双方的利益分配，与工程建设主体之间没有直接的经济利害关系。从这个意义上讲，监理处于第三方的位置。同时，监理单位又受到上级监理部门和政府监理部门的业务领导和行政管理，还有有监理自身的监理守则和行为规范，并绝对禁止在施工单位、供应单位等任职或兼职。这一系列的客观因素，为监理单位公正、合理地协调处理建设过程中承发包双方发生的利益关系和经济纠纷提供了有利条件。

同时，监理单位的群体，从资质要求看应当是高科技人员的组合，是既懂技术又懂管理、既了解经济又通晓法律的各行各业专家的组合群体，丰富的实践经验使他们对争议和纠纷有能力作出科学的、公正的、合理的判断，因而使协调意见能够为甲乙双方共同接受，这也是监理人员的权威所在。

7.2.2 组织协调的内容

严格地讲，监理工程师协调范围和内容，应当在建设单位的监理委托书和双方签约中议定。按照项目建设监理的惯例和通常监理合同的条例，将协调的范围和内容概括如下。

工程项目监理的三大控制目标是质量、投资和进度。在实施监理的全过程中，监理工程师的首要任务就是会同设计、施工等有关单位千方百计地采取各种有效措施，提高质量、降低造价、缩短工期。但为了实现三大控制的目标，需要创造内外的条件和环境。这些条件是多方面的，比如，在工程建设中，与地质部门的配合协作，设计部门按时无误地提供图样，施工队伍的素质和战斗力高低，施工组织管理是否科学合理、资金是否按期到位，设备、材料及时保质保量的供应，供电、供水单位的不间断供应，有关单位的密切配合，兄弟单位对建设项目的支持和帮助，无一不是完成三大目标控制的条件。但条件是需要人们通过工作去创造的。作为施工现场的监理工程师，有责任会同建设单位创造这些条件，条件创造正是协调管理的主要任务。而项目监理的协调任务决定了协调的范围和内容。总之一句话，凡属于为项目三大控制创造条件的有关事项，均属于协调的范围。

从系统方法的角度看，协调又可分为系统内部的协调和系统外部的协调。从监理组织与外部联系的程度看，项目外层协调管理可分为近外层协调和远外层协调两个层次。通常两个层次的主要区别是：近外层关联的单位一般与建设单位建立有合同关系，如设计单位、施工单位、原材料供应单位和供电单位等；远外层关联单位一般没有直接合同关系，如地方政府的各有关部门、金融机构、分包单位和设备制造厂商等。项目协调管理的范围层次如图 7-1 所示。

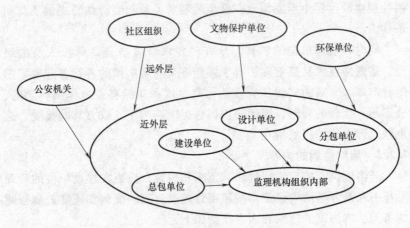

图 7-1　项目协调管理的范围层次

7.2.3　组织协调的目的

项目监理工作中组织协调的目的仍然是为了实现质量高、投资省、进度快的三大目标。协调工作做得好的合同，固然为三大目标的实现创造了有利条件，但仅有这方面的条件是不够的，还需要通过更大范围的协调，创造良好的内部人际、组织关系以及与政府和社会组织的良好关系。

7.3　组织协调在项目监理工作中的地位

建设工程监理的基本方法是一个系统，它由不可分割的若干子系统组成，它们相互联系，互相支持，共同运行，形成一个完整的方法体系。这就是目标规划、动态管理、组织协调、信息管理和合同管理。

7.3.1　组织协调与目标规划、目标控制

组织协调与目标控制是密不可分的。协调的目的就是为了实现项目目标。在监理过程中，当设计概算超过投资估算时，监理工程师要与设计单位进行协调，使设计与投资限额之间达成妥协，既要满足业主对项目的功能和使用要求，又要力求使费用不超过限定的投资额度；当施工进度影响到项目动用时间时，监理工程师就要与施工单位

进行协调，或改变投入，或修改计划，或调整目标，直到制定出一个较理想解决问题的方案为止；当发现承包单位的管理人员不称职给工程质量造成影响时，监理工程师要与承包单位进行协调，以便更换人员，确保工程质量。

通过对项目进度、投资、质量的协调，可以减少不同单位和部门之间的相互干扰。

协调工作对外的最大难点是参与建设的各个协作方的质量问题。例如，设备供应方、原材料供应方等，虽然这些供货方都有严格的供货合同和质量标准，但是往往出厂的产品达不到质量要求，待在现场预安装和开箱检查中才发现问题，再更换、处理，造成对工期的拖延。一些厂家出现短期在产品质量上出现了这样那样的问题。供货单位虽有合同奖罚，但却挽救不了时间的损失。这些问题可以说是频频出现，已成为协调工作中的一大难点。当然，这一难点的解决原则是"质量第一"，即宁让进度稍拖，也要保证质量，特别是一些关键部位、关键产品的质量。否则将遗患无穷，给未来生产埋下定时炸弹，绝不可为保进度目标，而以"不影响使用视为合格"的借口而迁就质量问题。

协调工作对内的最大难点同样是质量和进度的矛盾。但由于内部的质量和进度，监理工程师在一定范围内经建设单位授权，有权加以平衡协调而有一定的主动权。质量问题通常采用弥补、加固、局部返工等协调意见。特别是采用各种质量预控制后，使质量问题能够事先得到控制，及时的旁站监理能够把问题解决在萌芽状态中，严格按程序控制，使之仅局限于局部返工，从而使其对进度影响降到最低限度，这是与对外协调最大的区别。

监理工程师进行组织协调的特殊作用是由其在项目管理中的地位决定的，他与业主有委托与被委托的关系，也就是为业主服务的关系。它与承包方有监理与被监理的关系，依据是业主的授权合同。因此，组织协调的重点是业主、施工和设计三方的关系。施工阶段协调的主要内容如下所述。

依据进度计划协调施工单位与业主和设计单位之间的关系，从而保证施工按计划进行，解决矛盾，实现进度控制目标。

依据施工验收规范、质量检验和评定标准，协调三方在质量控制中的关系，监理工程师做好检查、验收、签证等工作，并通过对供应单位和施工单位质量体系的认证等达到质量控制的目的。

以合同造价为标准，与业主、承包商一起努力控制造价。

除协调好业主、设计、施工三方关系外，还要协调施工与政府有关部门的关系以及施工与资源供应有关部门的关系等。

7.3.2　组织协调与动态管理

工程监理是个动态过程的管理，动态管理是开展建设工程监理活动时采用的基本方法。动态管理工作贯穿于工程项目的整个监理过程之中。

所谓动态管理，就是在完成工程项目的过程中，通过对过程、目标和活动的跟踪，全面、及时、准确地掌握工程建设信息，将实际目标值和工程建设状况与计划目标和状况进行对比，如果偏离了计划和标准的要求，就采取措施加以纠正，以便达到计划总目标的实现。这是一个不断循环的过程，直至项目建成交付使用。这种管理过程是一个动态的过程。工程在不同的空间展开，控制就要针对不同的空间来实施。工程项目的实施分不同的阶段，控制也就分成不同阶段的控制。工程项目的实现总要受到外部环境和内部因素的各种干扰，因此，必须采取应变性的控制措施。计划的不变是相对的，计划总是在调整中运行，管理就要不断地适应计划的变化，从而达到有效控制。动态管理是在目标规划的基础上针对各级分目标实施的控制，以期达到计划总目标的实现。整个动态管理过程都是按事先安排的计划来进行的。一项好的计划应当首先是可行、合理的，它要经过可行性分析来保证计划在技术上可行、资源上可行、财务上可行、经济上合理。同时，要通过必要的反复完善过程，力求达到优化的程度。

工程监理本身是个动态过程的管理，并要在动态过程中，用系统的观点，不断优化组合各种生产要素，使之投入最少、产出最大，以达到最终目标。组织机构的建立和组织的运行需要根据工作要求、条件变化，按照新的情况适时调整。这中间包括组织形式的变化、人员职责的变化、规章制度的修订、责任体系的调整和信息流通系统的调整、组织协调内容和方法的变化。在一个监理项目的不同施工阶段，对监理工程师的专业、人员的要求是不一样的。监理部的人员构成和人数在全过程监理中不可能、也没必要一成不变。但变化应在充分准备的条件下，在监理准备阶段组建监理机构时考虑周到，并按总进度的要求确定各阶段配备的人数、专业、工作时间，直至具体人员名单，以便安排好前后工作的交接，达到节约资源，避免浪费。但总监理工程师、总监理工程师代表、各专业监理工程师的主要负责人、数据处理人员及资料管理人员不宜变动，以保证工作的连续性及完整性。

在实现工程项目的过程中，监理工程师要不断地进行组织协调，这是实现项目目标不可缺少的方法和手段。

工程的动态性很强。项目的动态性决定了组织协调具有可变性。工程项目在运行过程中，内外因素和条件不可避免地要发生变化，造成项目不断地发生着运动"轨迹"的改变。因此，需要对它进行反复调整，这就必然造成组织协调的内容、方法要相应地调整。这种调整的目的是使工程项目能够在目标规划的有效控制之下，不能让它成为脱缰的野马，变得无法驾驭。

组织协调要把握工程运行的脉搏，协调工作程序所需要的信息是逐步提供的。当只知道关于项目很少一点信息时，不可能对项目的组织协调工作程序进行详尽的规划。随着设计的不断进展，随着工程招标方案的出台和实施，工程信息量越来越大，规划也就愈加趋于完整。就一项工程项目的全过程组织协调而言，那些想一气呵成就将协调的工作程序确定下来的做法是不切合实际的，也是不科学的。

7.3.3　组织协调与合同管理

合同的完善和提高是促进协调工作条理化、法制化的重要环节。在建设过程中，需要协调的工作是十分频繁而复杂的。发生频率最高的当属经济纠纷，或称经济争议。经济纠纷通常是指在经济建设的活动中，双方或多方当事人对经济权利和经济义务所发生的争执或经济争议。在生产、生活当中，纠纷和争议是多种多样的，如建设中常遇到的工业广场施工场地划分的纠纷、地面运输相互干扰的纠纷、环境污染的纠纷、占用永久建筑的纠纷、产品质量评定标准的纠纷、建设工程合同的纠纷以及施工衔接相互交叉作业中的纠纷等。

1. 合同是各环节的经济纽带

在目前监理工作中所遇到的纠纷，大多是经济合同纠纷。因为经济合同是在建设过程中联系生产、供应、销售和运输等各个经济环节的纽带。我国目前的所有制是以社会主义公有制经济为主体的多种经济形式。全国的大中型企业，其中有相当一部分属于原材料、设备等生产企业。建设中数千种规格品种的建材、设备、生产工器具也是由多种经济形式的企业生产或经销的。在市场经济体制下，我国的经济结构是多种经济形式、多种经营方式、多种流通渠道同时存在的多层次经济结构。各经济组织为了执行国家计划和满足自身业务需要，它们之间要按照平等互利、等价有偿的原则进行密切联系与协作，这方面的横向经济关系是通过签订经济合同的形式建立起来的。

在大中型项目建设过程中，往往有几百份、上千份各类合同，如供销合同、工程合同、劳务合同和协作合同等，并成为各环节的经济纽带。

2. 合同本身的漏洞是造成纠纷的重要原因

在合同的履行过程中，因签订合同时条款不具体、责任不明确，或对不可预见的问题缺少预见性的说明，或是缺项、漏项，由此产生纠纷是经常发生的事。此外也有一些是因为国家计划变动、行政干预、当事人经营管理不善、发生安全质量事故、拖延工期或质量达不到要求以及随意解除合同而引起的纠纷。

当出现这类纠纷时，就要求现场的监理工程师给予协调处理，以保护当事人的正当权益，并按合同有关条款进行协调，维护正常的经济秩序，避免造成更大的经济损失。

3. 协调的主要依据是合同

监理工程师在协调过程中的一项主要依据就是合同条款。合同本身又受到法律保护，因此为了避免不必要的纠纷，完善合同条款无疑是减少纠纷并使协调工作逐步走向条理化、法制化的必由之路。

在建设监理试点初期，纠纷的各方往往由于合同意识淡薄，在协调会上离开合同条款，按经济管理的常规做法各持己见，迟迟不能取得共识，而监理工程师却一丝不苟地严格按照合同内容进行协调，使当事人各方深深意识到合同再也不是过去的"开工执照"及和兄弟企业之间的"君子协议"，而是具有法律效力的、受经济法保护的、必须遵守的契约和承诺。但也因为监理初期签订的一些合同不够细致、不够完善，使许多本来简单的问题复杂化了，由于条款不具体，当事人各方有各方的理解和解释，责任不明确，全都有责任而又全都不负责任，使协调工作耗费了相当大的精力和时间，使当事人各方仅是"勉强接受协调意见"、仅是"顾全大局而放弃小我的自我牺牲"。

经过一段时间的建设监理实践，当事人各方都大大增强了"合同意识"，而监理工程师更是"天天念这本合同经"。总结教训后的结论是：不论什么类型的合同，凡需监理工程师协调的，一定要做到尽可能明确、具体，责、权、利分明，奖罚条例详尽，对不可预见因素考虑周全，而且合同必须符合法律程序和有关规定。这样做虽然表面看合同都成本成册，签约过程需要反复协商，甚至需要几个回合，占用了一定的时间和精力，但在具体执行中只要各方都能遵守合同、守信誉，就很少会发生纠纷，即使有时出现意见分歧，协商工作量也不大，而且由于合同责任明确、条款严密、量化、内容完整不会引起歧义并具体细致，使协商工作变成了逐条检查合同执行情况的工作，协调本身也由于监理程序的固定和合同条款的具体而走上了条理化、法制化的轨道。

众所周知，协调的最佳效益是各方面积极因素的有机组合，也就是人们常说的通过协调调动了各方的积极因素。因此在坚持合同条款的同时，对合同中的"未尽事宜"不妨采取较灵活的解决措施，以便能调动当事人各方的积极性。

7.4 建设工程监理协调的方法

组织协调工作涉及面广，受主观和客观因素影响较大。所以监理工程师知识面要宽，要有较强的工作能力，能够因地制宜、因时制宜地处理问题，这样才能保证监理工作顺利进行。

7.4.1 经常性事项的程序化组织协调

协调的关键是抓程序。监理协调不仅是搞好三大控制的重要手段，做到及时纠偏和调整错位，经常性事项的程序化组织协调也是现场监理工程师日常性业务的重要组成部分。

在一定阶段、一定时期，如交叉平行作业阶段，组织协调几乎成为搞好三大控制的中心任务。但搞好协调并不是轻而易举的事，因为参与协调的各方建设者，如设计单位和施工单位，均有各自的计划和部署，有各自的管理程序，更有各自的单位利益、企业利益和经济效益。因此站在各自的角度上，对出现问题的认识和看法会产生分歧，甚至对立，这是不奇怪的。怎样才能使需要协作的各方在问题上取得共识，如何使相互分歧的看法统一起来，能够接受协调意见，放弃局部利益，服从总体利益，甚至为国家建设的大局牺牲部分企业利益？在市场经济体制下，监理工程师在进行组织协调时，要做到完全公正合理，确实难度很大。尽管建设方、施工方、监理方在改革方面有着很大的政策容量，但仍然会在协调中出现合法不合理或合理不合法的情况。

实践证明，协调的最佳效益应是积极因素的组合。怎样在协调中尽量减少消极因素、调动积极因素？如何抓住主要矛盾、带动其他次要矛盾的解决？很多监理工程师认为协调的关键是抓程序。因为，程序本身既是协调工作的依据又是科学顺序。为此，在进行组织协调时，首先要坚持严格按科学的监理程序办事；其次还要抓好总包和分包单位的自身管理程序；再次是按科学的施工建设程序组织好各方通力合作。

1. 建设程序是宏观调控的依据

一个建设项目是由若干单项工程组成的，而一个单项工程又是由许多个单位工程组成的。从大系统的观点看，宏观控制中所谓基本建设程序，就是按照基本建设各阶段、各方面的客观内在联系，对基本建设各环节工作的顺序与关系的规定。按照我国现行规定，基本建设程序大体分为三个阶段。

（1）建设前期工作阶段　其主要任务如下所述。

1）根据国民经济长远规划、行业规划以及市场调查、市场预测等，编制项目的建议书，并附预可行性研究报告。

2）按照工业布局的原则，根据区域规划、城市规划的要求，选择项目的建设地点与厂址。对矿井来讲，还要根据要求进行煤田地质和水文地质的勘探，并提出勘探检查报告。

3）依据批准的项目建议书和预可行性研究报告，提出建设项目的可行性研究报告和项目投资估算。

4）依据批准的可行性研究报告，进行初步设计和编制项目总概算。

5）依据上级批准的初步设计和总概算，依据投资情况列入国家年度基本建设计划。

（2）施工准备与施工、生产准备阶段　其主要任务如下所述。

1）施工准备阶段。施工准备阶段的主要工作是征地、拆迁和做好"四通一平"的前期准备工作。除工程准备外，还有设计施工图样准备、各类原材料的准备以及施工队伍的进厂准备等。

2）施工阶段。在完成各方面的准备工作后，具备连续施工条件时，方可呈报上级批准后正式开工，进入施工阶段。

3）生产准备。在施工的同时，建设单位即着手招收、培训生产人员，落实原材料供应、电力协作条件及生产工器具的购置等生产准备工作。

（3）试生产及竣工验收阶段　这一阶段包括各子系统的单机试运行、系统试运行，以及所有子系统的联合试运行，包括空载及全负荷试运行。在各系统正常的情况下，进行试生产。试生产成功即可进行竣工交接验收。当监理单位承担项目全过程的监理工作时，上述阶段、步骤、顺序就是进行协调的宏观调控依据。

综上所述，建设工作的安排必须按程序办事，不能违规。各程序之间有时会出现合理的交叉，但总的需要以程序为依据进行协一协调，如施工准备不好，不得开工；没有系统试运行，不得搞联合试运行等。也就是说，协调本身要严格按科学的建设程序办事。

2. 施工程序是现场监理协调的依据

施工过程是根据确定的计划任务，按设计图样要求，使建筑物、构筑物按期建成，工程如期竣工，机器设备按期安装试运行，使各系统按时形成的过程。

从施工阶段分析，同样存在施工顺序问题和施工保证体系问题。从保证体系系统看，施工是特殊的生产过程，也是十分复杂的工作。顺利地进行施工，要取得各方面的协作配合，如要做到投资、工程内容、施工图样、设备材料、施工力量等五个方面的落实；做到计划、设计、施工等三个环节的互相衔接；做到矿建、土建、安装等三类工程的平衡等。

从建设程序看，工程施工必须遵循合理的施工顺序。作为单位工程都有科学合理的施工顺序，上一道工序与下一道工序密切关联。以矿井各个子系统为例，如提升系统、通风系统、运输系统、排水系统等；组成这些子系统的单位工程相互之间也同样存在一个顺序问题；各子系统形成的迟早、先后同样存在着一个科学合理的顺序问题。为了有条不紊地进行施工，要事先经过周密的分析和考虑，作出总的规划和部署，编好单项工程施工组织设计和单位工程施工组织设计。在这些施工组织设计中所规定的工序衔接顺序、工程先后顺序和衔接的时间、步骤等，统称为"施工程序"。这些施工程序，就是监理工程师在组织协调中，协调方案或协调意见的主要依据。这也是使协调工作走向科学化的必由之路。

3. 监理程序是使协调走向规范化的重要手段

在施工的全过程中，随时都会发生各种有待解决的问题，也会出现一些或孕育着一些有待协调的问题。除了一些重要的需要紧急处理的问题外，协调工作也需逐步走向规范化。而科学的、合理的监理程序，将有助于使协调逐步走向规范化的轨道。下面列举了几种最常见的监理业务的监理程序。

（1）验收、签证、付款程序　在以经济效益为中心的企业管理中，工程验收与付款最容易提出异议，产生意见分歧和需要协商调解的问题。

（2）监理工作中解决材料差价程序　凡属在合同条款所规定范围内的材料差价调整可参照上述程序；合同中未明确的，需要先对合同作补充修改后，再按上述程序进行调差。

（3）监理工作中设计修改控制程序　设计修改包括两类主要因素，一是由于地质情况变化、设备选型变化，由设计单位提出；二是由于施工单位工程更改需要，或材料代用、隐蔽工程需要提出，两者主要程序不变。

（4）施工单位要求索赔程序　上面列举了监理工作中经常碰到

的一些业务问题的工作程序，这些问题都是十分敏感，牵扯到双方或多方经济利益，经常会发生分歧和争议，需要不断协调。

（5）坚持监理程序的作用

1）使任何一项需要协调的问题，都具备完整的原始数据和统计资料，使监理协调建立在科学的基础上，凭数据说话正是协调科学性的表现之一。

2）能使任何一项协调工作都存在一个反复核实的过程，从而能够准确反映实际情况，去伪存真、公正处理，既不凭主观臆断和感性认识处理问题，又不存在偏袒任何一方的弊端，在反复核实过程中，使监理协调的公正性能够充分体现出来。

3）坚持程序体现了分工负责和建设单位在一些重大问题上的权威性。由于监理工程师是受建设单位委托从事协调工作的，最终的协调意见理应得到建设单位和上级领导的同意和支持，特别是牵扯到有关投资控制的大问题。建设单位是投资的主体，其主体地位的权威性将有效地体现在监理程序中，这也是使监理协调工作走向规范化的道路。

总之，在协调工作中坚持监理程序，会使协调工作体现科学性、公正性，使有待协调的各方得以较顺利地接受协调意见，减少因协调失误给各方带来的障碍和影响。更有利的是能使监理协调工作逐步走上规范化的轨道，解决了多少年来一直存在于基建过程中的扯皮问题。

7.4.2 利用责权体系的指令性组织协调

建设监理工程师对项目管理的权力来源于业主的委托与授权，这是在建设监理合同和工程承发包合同中明确规定的。监理工程师履行其职责而从事的监理活动，是根据建设监理法规和受业主的委托和授权而进行的。监理工程师承担的职责应与业主授予的权限相一致。也就是说，业主向监理工程师的授权，应以保证其正常履行监理的职责为原则。

实行建设监理制的工程项目，建设单位应给建设监理单位送达工程项目建设监理委托书。委托书应说明工程概况、监理范围和要求、监理工程师的职责和给予的权力。建设监理单位接到委托书后，应组织建设监理工程师学习委托书和有关设计文件，必要时组织建设监理人员到现场考察。由建设监理工程师编写监理合同初稿，写明监理工程概况、监理工程范围、投资控制目标、工期控制目标、质量控制目标、给予建设监理工程师的权力，双方的责、权、利，监理费标准以及执行监理合同好坏的奖惩条款。建设监理合同经建设单位法人代表和建设监理单位法人代表签字并盖章后，建设监理合同依法生效，从而就确立了建设单位和建设监理单位是委托和被委托的经济合同关系。

监理单位根据业主授予的以下权利开展工作：工程规模、设计标准和使用功能的建议权；组织协调权；材料和施工质量的确认权与否决权；施工进度和工期上的确认权与否决权；工程合同内工程款支付与工程结算的确认权与否决权。业主与承包商之间不再直接打交道，而是通过监理单位与承包商打交道。

建设监理单位和建设承包单位之间没有经济合同关系，实行建设监理制的工程项目，建设单位和承包单位之间签订的工程承发包合同应写明该工程实行建设监理制，注明被聘用的建设监理单位和监理工程师的姓名、职务、职责和给予的权力，承包单位应遵照合同规定接受建设监理单位的监理，从而确立了建设监理单位和工程承包单位是监理和被监理的关系。

建设工程监理的组织协调是有明确依据的工程建设管理行为。首先依据的是国家法律、行政法规。我国的法律、法规是广大人民群众意志的体现，具有普遍的约束力，在中国境内从事任何活动都均须遵守，从事工程监理活动也不例外。监理单位应当依照法律、法规的规定开展监理工作，对承包商实施监督。对业主违反法律、法规的要求，监理单位应当予以拒绝。

建设工程监理组织协调的又一依据是合同，最主要的是建设工程监理合同和工程承包合同。监理合同是业主和监理单位为完成建设工程监理任务，明确相互权利义务关系的协议；工程承包合同是业主和承包商为完成商定的某项工程建设，明确相互权利义务关系的协议。依法签定的合同具有法律约束力，当事人必须全面履行合同规定的义务，任何一方不得擅自变更或解除合同。在开展监理工作时，监理单位必须以合同为依据办事。

建设工程监理组织协调的依据还有国家批准的工程项目建设文件，如批准的建设项目可行性研究报告、规划、计划和设计文件以及工程建设方面的现行规范、标准、规程等。

建设工程监理组织协调的依据表明，监理工程师权力的另外一个来源，即法律赋予的监督工程建设各方按法律、法规办事的权力，监理工程师开展监理组织协调活动也是执法过程。理解了这一点，对监理工程师开展监理组织协调工作和承包商自觉接受监理是很有意义的。

建设监理工程师依据合同、国家有关建设政策、法规、技术标准、施工验收规范和设计图样，以独立的第三方进行建设监理及有关的组织协调工作。

建设监理工程师的意见和决定应以监理通知的形式书面送达承包单位，承包单位无权拒绝或修改，必须按通知要求执行。监理工程师可充分运用各种指令，如返工整改、停工整顿、不予计量支付、撤换施工队伍或主要负责人等，作为辅助组织协调的控制手段。

建设工程监理工作是由不同专业、不同层次的专家群体共同来完成的，他们之间严密的职责分工是协调进行监理工作的前提和实现监理目标的重要保证。

组织一个简单的监理机构还是组织一个多层次的监理组织机构，要根据工程规模、复杂程度等因素决定。各层次人员应职责明确，责权一致，有职有权。大型复杂工程需要组织一个多层次的组织机构，包括一级、二级及现场等若干层次，各级机构都应有明确的职责范围与岗位责任。为了便于完成工作任务，必须授予管理者相应的权力，使职责与职权统一于职位当中，同时注意不应越权。各级机构及职能部门均根据自己的权限从事其管理工作，分工明确，各有侧重，责任落实到人。命令链在组织协调过程中是一种不间断的权力路线，从组织最高层到最基层，为了促进协作，每个管理职位在命令链中都有自己的位置，每个管理者为完成自己的职责任务，都要被授予一定的权威。同时命令要求统一性，它意味着，一个人应该只对一个主管负责。在具体工作过程中，下一级接受上一级的指令，并对上一级负责，责任权力明确。当然，在组织协调过程中也要注意互相协作，互相支持，共同努力，配合工作，明确各级、各部门、各个人之间的协调关系与配合办法。在进行监理组织协调时，要防止出现命令的多元化，即尽量避免出现组织机构多头领导，一般不设副职或少设副职。

7.4.3 设立专门机构或专人进行组织协调

任命项目协调人或协调小组，其人员不仅应对工程项目的情况和有关需求非常了解，而且熟悉监理事务，需要具有较深厚的现代科技知识、经济管理知识和一定的法律知识，有丰富的工程建设管理、行政管理的实践经验。

在工程建设过程中，社会经济环境、政策环境、地域环境和生态环境等外部环境的协调关系往往十分复杂。建设工程监理的对象是专业化和社会化的承包商，他们在各自的领域长期进行承包活动，在技术和管理水平上都达到了相当高的水平。监理工程师每天都要处理很多有关工程实施中的设计、施工、材料等问题以及面对各方面的人际关系，一般找到监理工程师解决的上述问题都是比较复杂的。因此，监理工程师要想对工程项目参与各方进行有效的组织协调，必须具有较高的技术水平。监理工作与一般的管理有所不同，它是以专业技术为基础的管理工作，专业技术是沟通监理工程师和承包商的桥梁，强调监理的科学性，有利于组织协调工作的顺利进行。在项目执行总过程中，监理工程师要善于与承包商、供应商、贷款机构及政府打交道。同时必须向业主报告项目的进展，以使其能及时和准确地作出决定。

组织协调机构或人员的任务主要有以下几方面。

1）组织协调与业主签订合同关系的参与本工程项目建设的各单位的配合关系，协助业主处理有关问题，并督促总承包商协调其与各分包商的关系。

2）协助业主向各建设主管部门办理各项审批事项。

3）协助业主处理各种与本工程项目有关的纠纷事宜。

7.4.4 利用会议进行组织协调

1. 第一次工地会议

第一次工地会议由项目业主主持，总监理工程师、承包商的授权代表必须出席会议，各方将在工程项目中担任主要职务的负责人及高级人员也应参加。第一次工地会议很重要，是项目开展前的宣传通报会，总监理工程师阐述的要点有监理规划、监理程序、人员分工及业主、承包商和监理单位三方的关系等。具体任务如下所述。

（1）介绍各方人员及组织机构

1）各方通报自己的单位正式名称、地址和通信方式。

2）业主宣布其授权监理单位，并将授权的有关文件交承包商与总监理工程师。业主或业主代表介绍业主的办事机构、职责、主要人员名单，并就有关办公事项作出说明。

3）总监理工程师宣布监理机构、主要人员及职责范围，组织机构框图、职责范围及全体人员名单，并交业主与承包商。

4）承包商应书面提出现场代表授权书、主要人员名单、职能机构框图、职责范围及有关人员的资质材料以获得监理工程师的批准。

（2）宣布承包商的进度计划　承包商的进度计划应在中标后，合同规定的时限内提交监理工程师，监理工程师可在第一次工地会议上对进度计划作出说明。

1）进度计划将于何时批准，或哪些分项工程已获批准。

2）根据批准或将要批准的进度计划，承包商何时可以开始进行哪些工程的施工。

3）有哪些重要或复杂的分项工程还应补充详细的进度计划。

（3）检查承包商的开工准备

1）主要人员是否进场，并提交进场人员名单。

2）用于工程的材料、机械、仪器和其他设施是否进场或何时进场，并提交清单。

3）施工场地、临时工程建设进展情况。

4）工地实验室及设备是否安装就绪，并提交试验人员及设备清单。

5）施工测量的基础资料是否复核。

6）履约保证金及各种保险是否已办理，并应提交已办手续的副本。

7）为监理工程师提供的各种设施是否具备，并提交清单。

8）检查其他与开工条件有关的内容及事项。

（4）检查业主负责的开工条件　监理工程师应根据进度安排，提出建议和要求。

（5）明确监理工作的例行程序，并提出有关表格和说明　确定工地例会的时间、地点及程序。

（6）检查讨论其他与开工条件有关事项

2. 工地例会

项目实施期间应定期举行工地例会，会议由监理工程师主持，参加者有监理工程师代表及有关监理人员、承包商的授权代表及有关人员、业主或业主代表及其有关人员。工地例会召开的时间根据工程进展情况安排，一般有旬、半月和月度例会等几种。工程监理中的许多信息和决定是在工地会议上产生和决定的，协调工作大部分也是在此进行的，因此开好工地例会是工程监理的一项重要工作。

工地例会决定同其他发出的各种指令性文件一样，具有等效作用。因此，工地例会的会议纪要是一个很重要的文件。会议纪要是监理工作指令文件的一种，要求纪录应真实、准确；当会议上对有关问题有不同意见时，监理工程师应站在公正的立场上作出决定；但对一些比较复杂的技术问题或难度较大的问题，不宜在工地例会上详细研究讨论，可以由监理工程师作出决定，另行安排专题会议研究。

工地例会由于定期召开，一般均按照一个标准的会议议程进行，主要是：对进度、质量、投资的执行情况进行全面检查，交流信息，并提出对有关问题的处理意见以及今后工作中应采取的措施。此外，还要讨论延期、索赔及其他事项。工地例会的具体议题可以有以下内容。

（1）对上次会议记录的确认

1）主持人请所有出席者提出对上次会议记录不准确或不清楚的问题。

2）对所有的修改意见均应讨论，如果意见合理，便应采纳并修改记录。

3）这类修改应列入本次会议记录。

4）未列入本次会议记录，则上次会议记录就被视为已经获取所有各方的同意并且内容无误。

（2）工程进展情况

1）审核所有主要工程部分的进展情况。

2）影响工程进度的主要问题。

3）对采取的措施进行分析。

（3）对下一个报告期的进度预测

1）对进度计划进行预测。

2）完成进度的主要措施。

（4）承包商投入的人力情况

1）工地人员是否与计划相符。

2）出勤情况分析，有无由于缺员而影响进度的现象。

3）各专业技术人员的配备是否充足。

4）如果人员不足，承包商采取什么措施，这些措施能否满足要求。

（5）承包商投入的设备情况

1）施工设备与承包商提供的技术方案或操作工艺方案与要求是否相符。

2）施工机械运转状态是否良好。

3）设备维修设施能否适应需要。

4）备用的配件是否充分，能否满足需要。

5）设备能否满足工程进度要求。

6）设备利用情况是否令人满意。

7）如发现设备方面的问题，承包商采取什么措施，这些措施能否满足要求。

（6）材料质量与供应情况

1）必需用材的质量与输送供应情况。

2）材料质量令人满意的证据。

3）材料的分类堆放与保管情况。

（7）技术事宜

1）工程质量能否达到设计要求。

2）工程测量问题。

3）承包商所需的增补图样。

4）放线问题。

5）是否同意所用的工程计量方法。

6）额外工程的规范。

7）预防天气变化的措施。

8）施工中对公用设施干扰的处理措施。

9）混凝土的拌和、试验。

10）对承包商所遇到的技术性问题，如何采取补救方案。

（8）财务事宜

1）月付款证书。

2）工地材料预付款。

3）价格调整的处理。

4）工程计量记录与核实。

5）工程变更令。

6）计日工支付记录。

7）现金周转问题。

8）违约罚金。

（9）行政管理事项

1）工地移交状况。

2）与工地其他承包商的协调。

3）监理工程师与承包商在各层次的沟通，如要求检验、交工申请等。

4）承包商的保险。

5）与公共交通、公共设施部门的关系。

6）安全状况。

7）天气记录。

（10）索赔

1）工期索赔的要求。

2）费用索赔的要求。

3）会议记录应记载：承包商是否打算提出索赔要求，已经提出哪些索赔要求，监理工程师答复了哪些等。

（11）对承包商的通知和指令

（12）其他事项

工地例会举行次数较多，要防止流于形式。监理工程师可根据工程进展情况确定分阶段的例会协调要点，保证监理目标控制的需要。例如，对于建筑工程，基础施工阶段主要是交流支护结构、桩基础工程、地下室施工及防水等工作质量监控情况；主体阶段主要是质量、进度、文明生产情况；装饰阶段主要是考虑土建、水电、装饰等多工种协作问题及围绕质量目标进行工程预验收、竣工验收等内容。对例会要点进行预先筹划，使会议内容丰富、针对性强，可以真正发挥协调的作用。

3. 专题现场协调会

对于一些工程中的重大问题以及不宜在工地例会上解决的问题，根据工程施工需要，可召开有相关人员参加现场协调会，如设计交底、施工方案或施工组织设计审查、材料供应、复杂技术问题的研讨、重大工程质量事故的分析和处理、工程延期、费用索赔等，提出解决办法，并要求各方及时落实。

专题会议一般由总监理工程师提出，或由承包商提出后，由总监理工程师确定。参加专题会议的人员应根据会议的内容确定，除业主、承包商和监理单位的有关人员外，还可以邀请设计人员和有关部门人员参加。由于专题会议研究的问题重大、较复杂，因此会前应与有关单位一起做好准备，如进行调查、搜集资料，以便介绍情况。有时为了使协调会达到更好的共识，避免在会议上形成冲突或僵局，或为了更快地达成一致，可以先将议程打印发给各方面的参加者，并可以就议程与一些主要人员进行预先磋商，这样才能在有限的时间内，让有关人员充分地研究并得出结论。会议过程中，主持人应能驾取会议局势，防止不正常的干扰影响会议的正常秩序。应善于发现和抓住有价值的问题，集思广益，补充解决方案。应通过沟通和协调，使大家意见一致，使会议富有成效。会议的目的是使大家取得协调一致，同时要争取各方面心悦诚服地接受协调，并以积极的态度完成工作。对于专题会议，应有会议记录和会议纪要，并作为监理工程师发出的相关指令文件的附件或存档备查的文件。

7.4.5 监理文件

监理工程师组织协调的方法除上述会议制度外，还可以通过一系列书面文件进行，监理书面文件形式可根据工程情况和监理要求制定。某些省市为规范监理工程现场的工作行为，使监理工作逐步实行规范化、标准化、制度化的科学管理，施工阶段监理工作表分为三大类。第一类表是承包单位就现场工作报请监理工程师核验的申报用表或告知监理工程师有关事项的报告用表（见附表 B-1 至附表 B-10）；第二类表是监理单位下达指令、批复文件工作用表（见附表 B-11 至附表 B-16）；第三类表是各方通用表（见附表 B-17 和附表 B-18）。

7.5 监理组织的内部协调

监理工程师首先要搞好内部关系的协调。因为一方面作为一个项目的建设监理，不是由一两个人可以完成的，通常是由一个几十个人组成的群体，按一定的专业比例，并按责任范围进行科学分工的群体；另一方面除主体项目外，还有若干个配套项目。为此，内部关系的协调，实际上是监理本身的协调工作。这里包括内部组织关系的协调和人际关系的协调等。

7.5.1 总监理工程师与各专业监理工程师之间的协调

工程项目监理组织系统是由监理人员组成的工作体系，这个系统的运转状态如何、内部机制效应如何、效率如何，在很大程度上取决于人际关系的协调程度。就像是一辆马车由几匹马来拉，各拉各的套，既不同心又不协力，马车就不能正常运行。要完成一个庞大的系统工程也是如此。为此对项目系统来讲，监理工程师应切实抓好人际关系的协调。

总监理工程师是组织协调工作的主要负责人，应首先抓好人际关系的协调。要采用公开的信息政策，让大家了解项目实施情况、遇到的问题或危机，经常性地指导工作，和成员一起商讨遇到的问题，多倾听他们的意见、建议，鼓励大家同舟共济。具体说来有以下几点。

（1）在人员的分工和工作安排上要量才录用　对各种人员，要根据每个人的专业、专长进行有机组合、安排。人员的搭配应注意能力互补、性格互补、年龄互补。此外，人员配置应尽可能少而精干，防止出现力不胜任和忙闲不均的现象。要根据每个人的专长做到人尽其才，使之充分发挥个体优势和群体优势。

（2）在工作委任上要职责分明　对组织内的每一个岗位，都应订立明确的目标和岗位责任制。还应通过职能清理，使管理职能不重不漏，做到事事有人管、人人有专职。此外必须同时按责、权、利一致的原则要明确岗位职权和分配标准，使每一人均能在组织内部找到自己的合适位置，既无心理不平衡又无失落感。

（3）在效绩评价上要实事求是　总监理工程师应该发扬民主作风，实事求是地评价监理组人员的工作，注意从心理学、行为科学的角度激励各个成员的工作积极性，按监理规划实施任务的布置和指导，使监理组每个成员热爱自己的工作，并对工作充满信心和希望。谁都希望自己的工作做出成绩，并得到组织肯定。但工作成绩的取得，不仅需要主观努力，而且需要一定工作条件和相互配合。评价一个人的效绩应实事求是，夸大和缩小都不利于团结，更不能有意无意地将成绩归功于某个人，以免无功自傲或有功受屈。这样才能使每个人热爱自己的工作，并对工作充满信心和希望。

（4）在矛盾调解上要适可而止、恰如其分　事实说明监理组织内部的矛盾是难免的，也是正常的现象。一旦出现矛盾，就应进行调解。调解要恰到好处，一是要掌握大局，二是要注意方法。通常的矛盾是工作上的意见分歧，除个别情况外，一般内部矛盾是反映工程矛盾，也是建设监理内部机制运行中所呈现问题的具体化。为此除做好协调工作外，更要考虑总结监理当中一些深层次的问题，通过改革、调整，使监理工作更趋于完善。总监理工程师要多听取项目组成员的意见和建议，及时沟通。如果通过及时沟通、个别谈话以及必要的批评，还无法解决矛盾时，应采取必要的岗位调动措施。对上下级之间的矛盾要区别对待，是上级的问题，应作自我批评；是下级的问题，应启发诱导；对无原则的纷争，应当批评制止。这样才能使人们始终处于团结、和谐、热情的气氛之中。

7.5.2　各监理项目组、各专业监理工程师之间的协调

一个综合的建设项目中的各项目分别由不同的项目监理组承担监

理任务，并组成一个统一的工作体系。而每个单项工程都与建设项目的能否按时投产密切相关，同时相互之间还存在着工程衔接问题；临时工程向永久工程的过渡和转换问题；特别是还存在着总体网络图中的时差配合问题。工程项目系统是由若干子系统（项目组）组成的工作体系。每个项目组都有自己的目标和任务，如果每个项目组都从整个项目的整体利益出发，理解和履行自己的职责，那么整个系统就会处于运行有序的良性状态，否则整个系统将处于无序的紊乱状态，从而导致功能失调，效率下降。

按照提高监理专业化程度和工作效率的要求，监理组织应进行严密的专业分工。为了提高各专业的工作效益，各专业间必须进行相互协作和配合，明确各部门之间是什么关系、工作中有什么联系与衔接，找出易产生矛盾之处，加以协调。对于协调中的各项关系，应逐步走向规范化、程序化，应有具体可行的协调配合方法。

根据各项目系统内部均存在有机联系的特点，协调的主要工作包括以下几项。

（1）建立联系制度　如采用工作例会、项目联系碰头会，并按时发会议纪要。采用工作流程图或信息卡等方式来沟通信息，这样可使局部了解全局，并在协调意见约束下，服从和适应全局需要。

（2）约定配合关系　要事先约定各项目组在工程配合中的相互关系以及各结合部工程内部衔接的工序和协作关系，而且还要明确在其中是主办、牵头，还是协作配合，事先约定防止脱节和贻误工作。对涉及专业较多的关键工序，可实行各专业监理会签制度，做到各专业会签手续齐全后，方可由专业副总监签发下道工序开工命令，以防漏检。

（3）目标分解　除项目之间的配合外，事实上每个项目所属的若干子系统和若干单位工程之间，同样存在着组织关系的协调问题。因此要以合作协议、划分协议的形式作出明文规定，明确每个子系统、每个单位工程的进度目标、分工的职责、权限以及相互间的协作顺序。举例来讲，随着现代科技和现代建筑事业的发展，微电子技术、信息技术已渗入建筑领域，并以崭新的面貌展现在人们面前，出现了智能建筑。在智能建筑中，包括空调、给排水、变配电、照明、电梯、消防、电话传真、广播音响和保安设施等多项单位工程，大量的子系统都处在一个中央监控系统的综合控制下，它对整个建筑物进行系统集成，集中调控。牵扯到土建、机电、安装、装修等四类工程在时间、空间和工序上的相互配合问题，也牵扯到不同施工单位之间的相互协作问题。因此要本着加快综合布线系统形成这一主要矛盾线，本着密切协作、相互配合、服从大局的原则，做好各方面的协调工作。从一定意义上说，协调是进度目标的主要保证条件。

（4）及时解决矛盾和冲突　　在工程进行的全过程中，要及时消除工作中的矛盾和冲突，消除方法应根据矛盾或冲突的具体情况灵活掌握。如土建和安装配合不佳导致的矛盾和冲突，应从明确配合关系入手协调；争功诿过导致的矛盾和冲突，应从明确考核标准入手协调；奖罚不公导致的矛盾或冲突，应从明确奖惩原则入手协调；一方过高要求导致的矛盾和冲突，应从改进思想方法和工作方法入手协调。

（5）对专业工种配合，要抓住调度环节　　一个工程项目施工，往往需要土建、机电、安装、装修等专业工种交替配合进行，其复杂性和技术要求各不一样，监理工程师就存在人员配备、衔接和调度问题。如土建工程的主体阶段，主要是钢筋混凝土工程和砌筑工程；装饰阶段，工种较多，新材料、新工艺和测试手段各不相同，还有设备安装工程等。交替进行有个衔接问题，配合进行有个步调问题，这些都需要抓好协调工作。监理力量的安排必须考虑到工程进展情况，作出合理的安排，以保证工程监理的质量和目标的实现。

总之，系统内部组织关系的协调归根结底就是以进度目标的实现为前提，以综合工程的网络图为依据，动态地协调各专业之间的配合与协作，使各方的积极性都得到充分发挥，取得协调的最佳效果。

7.5.3　纵向监理部门与横向监理部门之间的协调

我国的建设监理是一种纵横交叉的模式，它包含政府监理（纵向）与社会监理（横向）。

各地区的质量监督站是政府部门对建设质量监督、检查、管理和评级的专设部门。设有监理单位的建设工程，为了不使工作重复，对质量控制的日常业务一般交由监理单位负责，但质量等级的认证应请质监部门确认。

为了协调与质监部门的关系，监理工程师应做到以下几点。

（1）与当地质监站主动取得联系，尊重支持质监站的质量监督权　质监站是依据国家和省市的有关法律、法规、规章和技术标准、设计文件，按以下规定对建设工程进行质量监督。

1）开工前、核查工程设计，施工企业的业务范围、依法审查施工企业质量保证体系（包括质量责任制）的落实保障措施、审查办理质量监督注册登记。

2）施工中，监督检查执行技术规范、质量标准情况，检查监督施工质量，特别是地基基础、主体结构和主要使用功能的施工质量。

3）监督检查所使用的材料、构配件和相关设备的质量。

4）完工后核查施工企业申报竣工工程的有关技术质量资料，核定工程质量等级。

由于建设监理的介入，为了避免工作上的重复，其中前三项工作目前主要由监理工程师负责，仅质量评级仍由质监站认证。但是监理工程师有责任，定期向质监站汇报工程质量情况，尊重其职权，支持其工作中抽检和对质量改善提出的建议和意见。只有这样才能协调好与质监站的关系，共同为把好建设质量控制目标同心协力。

（2）支持质监站对重大质量事故的处理意见和处罚意见　施工工程发生重大质量事故，施工企业必须在24h内向质监站报告。由政府部门、质量监督站、设计、施工、监理等单位参加调查处理。属于进行加固、补强等技术处理方案的，应由设计单位提出或签认。监理部门和质监部门应取得一致的处理意见，在讨论评议中，监理部门对质监部门合理的处理意见，应给予支持和协作。在施工中，不执行技术规范、质量标准、操作规程或使用不合格的材料、构配件和相关设备造成质量不合格或质量低劣的，质监站有权责令其停工或返工、限期整顿，并视情节轻重处责任单位1000元以上10000元以下罚款，造成质量事故或重大经济损失的处10000～50000万元罚款，偷工减料、粗制滥造、弄虚作假，情况特别严重的处50000～100000万元罚款，对直接责任者给予行政处分，直至依法追究刑事责任。对这些处理处罚，监理单位应理解为对监理工作质量管理的支持帮助，应该支持质监站的处罚意见。

7.6 监理组织与工程建设其他组织之间的协调

监理人员在建设中有其特殊的地位，表现为他受建设单位的委托，代表建设单位，对工程的质量有否决权，对工程验收和付款有签证权、认证权，对发生在建设过程中的各类经济纠纷和工程工序衔接有协调权等，这样自然而然地形成了监理人员在建设中的核心地位。但监理人员绝不可以因为自己的特殊地位而与设计单位、施工单位、供应单位的负责人员、工作人员形成以权压人的对立局面，而要以自己双向服务的实际行动，协调好与各有关单位的关系。

（1）摆正监理与被监理的关系，协调的基础是理解 受建设单位委托对设计、施工、供应各方实行监理时，与设计、施工、供应单位之间是监理与被监理的关系，这一点已在监理有关文件、条例中明确。如何协调好和各方的关系，首先有一个相互理解的问题。特别是如何看待被监理单位维护企业利益问题。绝不可把经济纠纷、按合同要求索赔，一律斥之为只顾企业私利，缺乏整体观念和缺乏为国家奉献精神等。维护企业自身利益是正当的、合法的。如我国基本建设实行了多种形式的经济责任制，这其中包括对建设单位实行投资的拨改贷以及生产还贷经济责任制；对设计单位试行了设计招投标，和以设计为龙头的工程承包责任制；对施工企业实行了承包经营责任制等，这些改革把众多吃大锅饭的国营设计、施工单位推向了建筑市场。这些改革的核心目的，就是把建筑产品作为商品，加强企业的商品意识和市场意识，更重要的是加强了各经济单位的责任，并赋予一定的独立权利和经济利益。这些国家政策给予企业的经济利益是完全合理合法的。也正是这些权益使建筑行业各方形成了强大的激励机制，为搞活企业起到了难以估量的促进作用。为此对企业合理的经济利益，按合同要求索赔，监理人员应给予理解和支持，绝不可拖延不办，或以权压低补偿，以权要求施工单位无偿服务或借协调之名行变相摊派之实，这些都会侵犯设计、施工单位的既得利益，影响各方的积极性。

（2）在协调中应坚决维护国家利益 企业承包后，既有压力也有动力，既有积极的一面也存在一些消极因素，表现在：一是企业承包者只顾眼前利益和承包期内收益的短期行为；二是在执行国家计划时摆不平国家利益和企业利益兼顾的砝码，造成建设中为达到企业利益的不顾规程质量标准的随意性，甚至偷工减料坑害国家；三是表现在与建设各方有关单位的相互经济交往中，利益纠纷利益失衡现象增多；为了防止上述三方面不良倾向，在建设监理中应以国家利益为前提，以监理程序为手段建立一条龙的约束机制，并通过监理、咨询、服务等手段促进企业内部自我约束机制的建立和成长。这也是建设监理进一步深化改革的必然规律。在协调中出现上述问题是不足为奇的，问题是如何有理有据地、公正地进行协调，既维护国家利益，也不损害企业利益，只有这样才能协调好监理与被监理各方的人际关系。

（3）监理人员的成绩绝不是建立在被监理单位工作失误的基础上的　监理人员与被监理单位产生隔阂、矛盾的因素之一就是监理人员自觉不自觉地在工作总结、汇报以及表述监理成果时，均以被监理单位、人员工作上的失误为据，举例说明，从而造成人际关系的紧张，相互间产生很大误解和意见。同样道理，必须摆正监理人员自身的位置，防止在工作、思想上的片面性。如果说监理与被监理之间产生了人际关系方面的矛盾，通常情况，监理一方应属于主要矛盾方面，在人际关系的协调中应当首先检查自己，多作一些自我批评，取得被监理方的理解和支持。事实证明，没有被监理方的支持和合作，监理工作将一事无成。

应该说建设中有了成果，取得了好的效益，各方均有荣誉、利益和效益，反之各方也均有责任。另外，设计、施工单位是把图样变成商品的主力军，尽管分工中是被监理单位，不论建设方、监理方都应为他们顺利施工创造条件，都是合同中平等的双方，绝不可以下属或雇工对待，也只有这样才能在协调中做到相互理解、相互支持，为统一的控制目标同心协力。这才是应有的人际关系，也是监理人员在协调与被监理方人际关系时应该达到的共识。

（4）监理与服务相结合是搞好与被监理人际关系的重要一环　在我国国情的具体条件下监理与被监理的关系，绝不是"警察与小偷"的关系，也不是"监工与雇工"的关系。在项目建设中，无论监理方还是被监理方都是在为共同的建设目标而工作，只是分工不同。

首先，对被监理方，无论是设计人员的施工图样，还是施工人员的精心施工的建筑产品，都是他们的劳动成果，监理工程师一定要尊重和珍惜他们的劳动成果。其次，按系统相互制约的理论就是"只能监理他们而不能代替他们"，"他们是建设中的主体"，"外因只能通过内因起作用"。为此监理工程师应听取他们的意见，帮助和监督他们严格按其自身制定并经监理批准的工艺、工序施工；依靠他们建立的质量保证体系来保证工程质量；按照他们拟定的旬月计划进度督促其圆满实现；帮助他们优化劳动组合，吸取先进工艺，采用先进装备，节约各种建设器材和能耗，最终达到对投资、进度和质量三大目标的有效控制。作为监理工程师，在这几方面应该起到催化剂、促进剂的作用。

既然要依靠被监理者自身的努力来顺利圆满地完成建设任务，监理工程师理应认真听取被监理方的建议和意见，并通过经常互通信息、交换意见取得共识。因为无论监理工程师有多好的建议，最终还是要通过被监理者去执行才能取得效益。这也是协调好监理与被监理两者之间的人际关系中十分重要的因素。

7.6.1 项目监理组织与项目业主之间的协调

建设监理是受业主的委托而独立、公正进行的工程项目监理工作。监理实践证明，监理目标的顺利实现和与业主协调得好坏有很大关系。

我国实行建设监理制度时间不长，工程建设各方对监理制度的认识还不够，还存在不少问题，尤其是一些业主的行为不规范。我国长期的计划经济体制使得业主合同意识较差，随意性大，主要体现在：一是沿袭计划经济时期的基建管理模式，搞"大统筹，小监理"，一个项目，往往是业主的管理人员要比监理人员多或管理层次多，对监理工作干涉多，并插手应由监理人员做的具体工作；二是不把合同中规定的权力交给监理单位，致使总监理工程师有职无权，发挥不了作用；三是不讲究科学，项目科学管理意识差，在项目目标确定上压工期、压造价，在项目进行过程中变更多或不按要求，给监理工作的质量、进度、投资控制带来困难。因此，与业主的协调是监理工作的重点和难点。监理工程师应从以下几方面加强与业主的协调。

（1）监理工程师首先要理解项目总目标、理解业主的意图　对于未能参加项目决策过程的监理工程师，必须了解项目构思的基础、起因、出发点，了解决策背景，否则可能对监理目标及完成任务有不完整的理解，会给自己的工作造成很大的困难，所以，必须花大力气来研究业主的意图、研究项目的目标。

（2）利用工作之便做好监理宣传工作　增进业主对监理工作的理解，特别是对项目管理各方职责及监理程序的理解；主动帮助业主处理项目中的事务性工作，以自己规范化、标准化、制度化的工作去影响和促进双方工作的协调一致。

（3）尊重业主、尊重业主代表，让业主一起投入项目全过程　尽管有预定的目标，但项目实施必须执行业主的指令，使业主满意，对业主提出的某些不适当的要求，只要不属于原则问题都可先行进行、然后利用适当时机，采取适当方式加以说明或解释；对于原则性问题，可采取书面报告等方式说明原委，尽量避免发生误解，以使项目进行顺利。

7.6.2　项目监理组织与设计单位之间的协调

设计过程需要进行大量的反复协调工作。因为，从方案设计到施工图设计要由"粗"到"细"地进行，下一阶段的设计要符合上一阶段设计的基本要求，而且随着设计进一步的深入会发现上一阶段设计中存在的问题，需要对上一阶段的设计进行必要的修改。因此，设计过程离不开纵向反复协调。同时，工程设计包括多种专业，各专业设计之间要保持一致。这就要求各专业相互密切配合，在专业设计之间进行反复协调，以避免和减少设计上的矛盾。

外部环境因素对设计工作的顺利开展有着重要影响。例如，业主提供的设计所需要的基础资料是否满足要求；政府有关管理部门能否按时对设计进行审查和批准；业主需求会不会发生变化；参加项目设计的多家单位能否有效协作等。应该牢牢把握住设计工作的特点，认真做好组织协调工作。

设计单位为工程项目建设提供图样、编制工程概（预）算以及修改设计等,是工程项目主要相关单位之一。监理单位必须协调设计单位的工作,以加快工程进度,确保质量,降低消耗。协调设计单位的关系可从以下几方面入手。

1)配合设计进度,组织设计与有关部门,如消防、环保、土地、人防、防汛、园林,以及供水、供电、供气、供热和电信等部门的协调工作。

2)组织各设计单位之间的协调工作;对于高科技含量的工程项目,如智能大厦,可考虑实行设计总承包制,即与综合性设计院签订设计总承包合同,而其他专业设计院所都作为设计分包方在业主和监理的见证下与设计总承包方签订设计分包合同。设计总承包方全面协调管理各设计分包方的工作,并对其负责。在设计过程中,定期召开各专业设计协调会,及时接受设计总承包方的协调管理,及时解决问题,避免各专业设计之间的矛盾。最后由设计总承包方完成统一的施工图设计。这种做法,既能使专业设计分包人发挥设计特长,又能使各专业设计与结构、通用设备设计相互衔接,避免设计的冲突。

3)主动向设计单位介绍工程进展情况,以便促使他们按合同规定或提前出图。施工中发现设计问题,应及时主动向设计单位提出,以免造成大的直接损失;若监理单位掌握比原设计更先进的新技术、新工艺、新材料、新结构、新设备时,可主动向设计单位推荐,支持设计单位技术革新等。为使设计单位有修改设计的余地而不影响施工进度,可与设计单位达成协议,限定一个"关门"期限,争取设计单位、承包商的理解和配合,如果逾期,设计单位要负责由此而造成的经济损失。

4)真诚尊重设计单位的意见,如,组织设计单位向施工单位介绍工程概况、设计意图、技术要求、施工难点等;图样会审时,请设计单位交底,明确技术要求,把标准过高、设计遗漏、图样差错等解决在施工之前;施工阶段,严格按图施工;结构工程验收、专业工程验收、竣工验收等,约请设计代表参加;若发生质量事故,认真听取设计单位的处理意见。

协调的结果要注意信息传递的及时性和程序性,通过监理工程师联系单、设计单位申报表或设计变更通知单传递,要按设计单位

（经业主同意）—监理单位—承包商之间的方式进行。

这里要注意的是，监理单位与设计单位都是由业主委托进行工作的，两者间并没有合同关系，所以监理单位主要是和设计单位做好交流工作，协调要靠业主的支持。建筑工程监理的核心任务之一是使建筑工程的质量、安全得到保障。而设计单位应就其设计质量对建设单位负责，因此《建筑法》中指出：工程监理人员发现工程设计不符合建筑工程质量标准或者合同约定的质量要求的，应当报告建设单位要求设计单位改正。

7.6.3 项目监理组织与施工单位之间的协调

监理目标的实现与承包商的工作密切相关。监理工程师对质量、进度和投资的控制都是通过承包商的工作来实现的。做好与承包商的协调工作是监理工程师组织协调工作的重要内容。监理工程师要依据工程监理合同对工程项目实施建设监理，对承包商的工程行为进行监督管理。

（1）坚持原则，实事求是，严格按规范、规程办事，讲究科学态度 监理工程师在观念上应该认为自己是提供监理服务，尽量少地对承包商行使处罚权，应强调各方面利益的一致性和项目总目标；监理工程师应鼓励承包商将项目实施状况、实施结果和遇到的困难和意见向自己汇报，以寻找对目标控制可能的干扰，双方了解得越多、越深刻，监理中的对抗和争执就越少。

（2）协调更多的是语言艺术、感情交流和用权适度问题 尽管协调意见是正确的，但由于方式或表达不妥，会激化矛盾。而高超的协调能力则往往起到事半功倍的效果，令各方面都满意。

（3）协调的形式可采取口头交流、会议制度和监理书面通知等 监理内容包括旁站监理、事后监理验收工作，监理工程师应树立寓监于帮的观念，努力树立良好的监理形象，加强对施工方案的预先审核，对可能发生的问题和处罚可事前口头提醒，督促改进。

工地会议是施工阶段组织协调工作的一种重要形式，监理工程师通过工地会议对工作进行协调检查，并落实下阶段的任务。因此，要充分利用工地会议形式。工地会议分第一次工地会议、常规的工地会议（或例会）和现场协调会三种形式。工地会议应由监理工程师主持，会议后应及时整理成会议纪要或备忘录。

（4）施工阶段的协调工作内容　施工阶段的协调工作包括解决进度、质量、中间计量与支付的签证、合同纠纷等一系列问题。

1）与承包商项目经理关系的协调。从承包商项目经理及其工地工程师的角度来说，他们最希望监理工程师是公正的、通情达理并容易理解别人。他们希望从监理工程师处得到明确而不是含糊的指示，并且能够对他们所询问的问题给予及时答复。他们希望监理工程师的指示能够在他们工作之前发出，而不是在他们工作之后。这些心理现象，作为监理工程师来说，应该非常清楚。项目经理和他的工程师可能最为反感本本主义者以及工作方法僵硬的监理工程师。一个既懂得坚持原则又善于理解承包商项目经理的意见、工作方法灵活、随时可能提出或愿意接受变通办法的监理工程师肯定是受欢迎的。

2）进度问题的协调。对于进度问题的协调，应考虑到影响进度的因素错综复杂，协调工作也十分复杂。实践证明，有两项协调工作很有效：一是业主和承包商双方共同商定一级网络计划，并由双方主要负责人签字，作为工程承包合同的附件；二是设立提前竣工奖，由监理工程师按一级网络计划节点考核，分期预付工程工期奖，如果整个工程最终不能保证工期，由业主从工程款中将预付工期奖扣回并按合同规定予以罚款。

3）质量问题的协调。质量控制是监理合同中最主要的工作内容，应实行监理工程师质量签字认可制度。对没有出厂证明、不符合使用要求的原材料、设备和构件，不准使用；对工序交接实行报验签证；对不合格的工程部位不予验收签字，也不予计算工程量，不予支付进度款。在工程项目进行过程中，设计变更或工程项目的增减是经常出现的，有些是合同签订时无法预料的和明确规定的。对于这种变更，监理工程师要认真仔细地研究，合理计算价格，与有关部门充分协商，达成一致意见，并实行监理工程师签证制度。

4）关于对承包商的处罚。在施工现场，监理工程师对承包商的某些违约行为进行处罚是一件很慎重而又难免的事情。每当发现承包商采用一种不适当的方法进行施工，或是用了不符合合同规定的材料时，监理工程师除了立即给予制止外，可能还要采取相应的处理措施。遇到这种情况，监理工程师应该考虑的是自己的处罚意见是否是本身权限以内的，根据合同要求，自己应该怎么做等。对于施工承包合同中的处罚条款，监理工程师应该十分熟悉，这样当他签署一份指令时，便不会出现失误，给自己的工作造成被动。在发现缺陷并需要采取措施时，监理工程师必须立即通知承包商，监理工程师要有时间期限的概念，否则承包商有权认为监理工程师是满意或认可的。

监理工程师最担心的可能是工程总进度和质量受到影响。有时，监理工程师会发现，承包商的项目经理或某个工地工程师是不称职的。可能由于他们的失职，监理工程师看着承包商耗费资金和时间，工程却没什么进展，而自己的建议并未得到采纳，此时明智的做法是继续观察一段时间，待掌握足够的证据时，总监理工程师可以正式向承包商发出警告。万不得已时，总监理工程师有权要求撤换项目经理或工地工程师。

5) 合同争议的协调。对于工程中的合同纠纷，监理工程师应首先协商解决，协商不成时才向合同管理机关申请调解，只有当对方严重违约而使自己的利益受到重大损失而不能得到补偿时才采用仲裁或诉讼手段。如果遇到非常棘手的合同纠纷问题，不妨暂时搁置等待时机，另谋良策。

6) 处理好人际关系。在监理过程中，监理工程师处于一种十分特殊的位置。一方面，业主希望得到真实、独立、专业的高质量服务；另一方面，承包商则希望监理单位能对合同条件有一个公正的解释。因此，监理工程师及其他工作人员必须善于处理各种人际关系，既要严格遵守职业道德，礼貌而坚决地拒收任何礼物、免费服务、减价物品等，以保证行为的公正性，也要利用各种机会增进与各方面人员的友谊与合作，以利于工程的进展。否则，稍有疏忽，便有可能引起业主或承包商对其可信赖程度的怀疑和动摇。

7) 对分包单位的协调。有些承包单位由于力量不平衡、专业不配套，对一些工程采用分包，并与分包商之签订合同。按规定对这些合同要报建设监理单位备案。监理单位也有权对其资质和施工质量、产品质量行使否决权，但建设单位与他们之间并无直接合同关系。这些单位工作的好坏，又直接影响项目目标的实现，尽管属远外层关系，监理工程师也应做好这方面的协调工作。因为这些间接合同，实际是甲、乙方经济合同的组成部分，是乙方承担义务的再分配。

对分包单位明确合同管理范围、分层次管理。将承包总合同作为一个独立的合同单元进行投资、工期、质量控制和合同管理。不直接和分包合同发生关系。对分包合同中的工程质量、工期进行直接跟踪监控，乙方通过合同进行调控、纠偏。分包合同在施工中产生的问题，由合同乙方负责协调处理。必要时，监理工程师参加帮助进行协调；如分包合同条款与工程承包合同发生抵触，以工程承包合同条款为准，分包合同不能取代乙方对工程承包合同所承担的任何责任和义务。

分包合同发生的索赔问题一般由乙方负责，牵扯到总承包合同中的甲方义务和责任时，由乙方通过监理向甲方提出索赔，由监理工程师进行协调。

8）抓计划环节，平衡人、财、物的需求。工程项目实施中的不同阶段，往往有不同的需求，同一工程项目的不同部位在同一时间往往有相同的需求。这就不仅有个供求平衡问题，而且有个均衡配置问题。解决供求平衡和均衡配置问题的关键在于计划。项目监理开始时，要做好监理规划和监理实施细则的编写工作，提出合理的监理资源配置。抓计划环节，要注意抓住期限上的及时性、规格上的明确性、数量上的准确性、质量上的规定性，这样才能体现计划的严肃性，发挥计划的指导作用。

9）对建设力量的平衡，要抓瓶颈环节。施工现场千变万化，有些项目的进度往往受到人力、材料、设备、技术、自然条件的限制或人为因素的影响而成为瓶颈环节。这样瓶颈环节会成为阻碍全局的拦路虎。一旦发现这样的瓶颈环节，就要通过资源、力量的调整，集中力量打攻坚战，攻破瓶颈，为整个工程项目建设的均衡推进创造条件。抓关键、抓主要矛盾，网络计划技术的关键线路法是一种行之有效的工具。工程建设劳动力需要计划及其协调。对于建设所需要的劳动力计划，一般是按照三类工程劳动生产率定额，再根据分年度投资总额测算出的一个概略数字，但这种方法经实践对比其准确程度不高。最好按劳动定额和劳动定员标准，采用摆布法安排劳动力出勤人数和定员人数，再根据规定的合理的直辅比，测算辅助工人数；参照现行合理的管附比，测算管理人员与附属人员人数，这样测算虽然比较复杂，但比较准确，比较接近实际。

有些"设施"按队的数量来配备劳动力，每个队有基本定员数和完成的工程量指标。这种方法也比较准，更符合实际情况，完全可以作为监理工程师进行劳动力平衡与协调的根据，并作为各个施工单位劳动力进场计划审批的依据。监理工程师还要据此劳动力进场计划，安排好场地划分、进场工人生活安排、大临工程计划、永久工程利用计划等，以便于平衡和协调。

10）施工现场总布置与场地划分的协调。工业场地施工总平面布置，应在施工组织设计中有原则上的确定。但往往不是由一个单位进行承包，在多单位参与的情况下，就出现了一个厂场区划分和施工总布置的难题，需要监理工程师在现场进行平衡、协调，在准备阶段、开工阶段和工程验交阶段，这项协调任务还是十分复杂和艰巨的。

通常"总布置"的依据是设计院提供的工业场地总平面布置图，工业场地土石方工程图以及施工布置图以及与防火、防爆等有关布置图。

这里首先遇到的一个问题，就是工业大临与永久建筑的矛盾，包括工程设备工业大临和土建工程工业大临，应根据在建设期间应充分利用永久工程，尽量减少大临工程的原则，当前大临工程已有相对减少，但还有相当一部分大临工程是必不可少的。以矿井建设为例，主井凿井施工的井架、绞车房、压风机房、稳车棚、井口变电所、注浆站及其材料库、碴搅拌站及土产材料堆放处理厂地和设备、临时锅炉房、临时或永久排建场地，火药库、水源工程、污水排放工程、污水处理车间等。此外土建工程也需要有必要的钢筋加工棚、水泥库、材料库、混凝土搅拌站、机修及配电等工业大临。再加上一些生活安排滞后，致使进厂的队伍不得不增加大量的生活大临工程，如宿舍、临时食堂、临时锅炉房与浴室、厕所等。当有多个施工单位齐集广场，又是各自独立核算，生产、生活自成系统时，就给广场场地的划分带来了很大困难。

为此监理工程师在施工的准备阶段，就要开始对工业广场的布置进行预规划，对进厂队伍的工业大临、生活大临作好预安排，并随时准备根据永久工程的陆续建设做好事前的协调工作，防止队伍一拥而上，出现打乱仗的局面，或影响永久工程的建设和造成单位之间为占场地而发生的管理纠纷。

此外，在施工现场，还有用电、用水、排污等问题也需事先做好协调与安排。这些问题同样也是发生纠纷的常见症和多发症。只有通过监理工程师，耐心地、合理地、公正地平衡协调，才有可能将纠纷与影响降到最低限度。很多监理工程师及施工单位的管理人员深刻地认识到：在多单位施工的情况下，协调是保证进度工期目标的主要措施。

7.6.4　项目监理组织与材料和设备供应商单位之间的协调

一个工程项目的建设，需要消耗大量的物资、能源、原材料，监理应做好内部供需平衡的协调工作。首先要制订好年、季需要计划。如施工设备需要计划、三材需用量计划、图样提交及需用计划等。监理工程师对内部供需平衡的协调，通常是以"设施"所列的附表内容为基础，然后根据实际情况进行局部的调整修正，然后拟定出随年度工程计划核算出的设备、材料、劳动力、资金、图样的年度需求计划。并以此为准，对供需平衡情况进行经常性的协调。由上述逐年的三材计划需要量，就可以大致根据资源情况、已订货情况及市场上钢材、水泥、木材供应情况等，首先在量的方面做到心中有数。但仅此一点还很不够，因为三材品种很多，特别是钢材，工程建设当中大约需要几十个品种，上百个规格的钢材，往往在供应方面存在一定困难，因此对三材协调平衡不仅仅是个数量问题，还有一个品种规格问题。

同时要做好建设中土产材料的需求计划及其协调工作。土产材料是建筑材料中的大宗材料，需求量很大。但在一些地区的建设中，由于原来的工业基础比较薄弱，或者地区附近没有形成规模的建筑材料的生产基地，这就要调查土产材料附近产地及其质量情况，并根据产地到项目所在地的运输条件作出整体的布置和安排。有些地区由于远离土产材料产地，加上运输条件困难，致使砖的单价比概算高出一两倍，砂子的立方米单价比煤还要高；碎石、片石往往满足不了质量要求，影响混凝土的成品质量。这些不利因素如果不能协调好，不仅使工程质量得不到保证，而且使建筑投资失控，直接影响建设监理的预控目标的顺利实现，应该引起重视。

监理人员应根据总需要量表，再依据年度计划安排的分年度工程量，列出每年度的各单项工程各类土产材料的需求量。然后再根据年度需求量组织和开辟货源。必要时建议建设单位，根据建材的需要，自建土产建材生产基地，如砂厂、砖厂、采石场等，以满足供需平衡。如不能就地解决，将难以控制造价。对于自建的建材厂的生产规模和年产量与建设工程的需求量之间，同样存在着协调与平衡问题，在有些地区的建设中，由于当地土产建材紧缺，或运输问题，常常成为制约工程进度的主要因素，因此为了不做无米之炊，监理工程师在需求关系的协调中，应当把土产建材的平衡协调放在一定的地位，做到"就地取材"，否则施工单位依据运距调整材差，监理人员将难于控制造价和确保工程质量和进度。

可以通过设备成套总包单位对制造厂商进行多种形式的协调。在一些工程项目中，试行了对永久设备成套供应的监理。承包单位是成套公司或供应公司（乙方）。由乙方每年第四季度根据工程进度情况提报下一年度的设备申请供应建设计划、大型设备预安排计划，年度设备投资计划。由乙方参加有关订货会议与厂家签订供货合同。对于资源充裕的设备乙方可不通过申请、分配程序而直接面向设备器材市场进行设备的招投标。为此监理单位参与的协调形式如下所述。

（1）作为评标委员参加设备招标、议标和评标工作　为了确保在社会主义市场经济体制下，设备供应引进竞争机制，力求达到选用的设备技术上先进、性能良好，产品质量高，价格合理。对主要设备宜实行分期分批单机招标的方式。单机招标的设备，如对矿井来讲是：工作面综采设备、煤流系统全部皮带运输机设备、主副井成套提升设备、井上下变电站成套变配电设备、主排水成套设备、压风设备、主扇风机全套设备、供热系统的成套锅炉及其附属设备等。

监理工程师参加招标工作，能了解厂家的资质、产品的信誉、售后服务的能力水平，从而为协调工作打下基础。必要时，可到厂家实际了解和参与资格审查。

（2）参加供货合同的商签和中检工作　主要是商议技术条件和有关商务内容。因为标底是由乙方会同设计单位对同类设备的性能和价格信息的比较后确定的，一般控制在概算和国家最高限价范围内，由此中标厂商首先必须满足标底拟定的造价。

技术要求一般由设计单位提出。而商务条款，特别是到站、运输方式、索赔与仲裁、保险和售后服务等，往往需由监理单位参加并进行协调解决。主要设备出厂前应由乙方负责到厂家进行中检，对各种组件，包括外协配套件的质量及其关键的装配尺寸进行检验，对生产过程中不符合有关质量标准或合同规定的质量情况，向厂家提出意见或建议，并要求处理。装配后会同乙方参加工厂的出厂检验，验收合格后才同意发货。事实证明这一程序十分重要，可以避免拉到现场或在安装过程中发现问题，再进行协调。

（3）把住运输仓储环节，先期进行协调，以免贻误工作　设备的到站、到港是入库的第一步，乙方向承运部门或供货单位接收入库时，为了分清责任，监理部门要求乙方必须负责取得必要证件，避免将运输过程中发生的问题，包括运输装卸损坏等带入仓库。凡到库设备，乙方负责向甲方和监理单位提供下列文件或其复印件。①订货合同及入库通知单，要求注明设备来源、收货仓库、设备名称、数量、规格及单价等。②供货单位提供的质量证明书及合格证、装箱单、发货明细表等。③运输部门提供的运单，若入库前或在运输中发生错、损、缺等情况，乙方必须有详细的记录和商务条款，并由乙方向供货单位和运输部门提出索赔、更换，确保设备的完好和配套。入库过程中，由乙方负责组织甲方和监理工程师进行开箱检验，开箱验收前要做好防火、防冻、防潮、防盗等工作，对单项设备和辅机性能质量及零部件、备件、工器具、图样、技术资料都要做好检验记录，并书写验收单一式四份，由甲方代表和监理代表、乙方代表分别认证签字。开箱验收后，设备的防护包装，要重新恢复到出厂标准。对验收合格入库的设备，由乙方办理入库手续，进行登账立卡、建档、编号。设备档案包括出厂的各种凭证、技术资料、入库验收记录、技术验证件和其他凭证。设备保管期间的检查、维护、保养损益、变动等情况，随出库安装时一并交由甲方和安装施工单位。

监理单位要求乙方除特殊情况外，设备一律入库保管，库房条件要符合设备性能要求，对于怕潮、怕尘设备应放置在封闭式库房内，怕冻设备要放置在保暖的库房，危险品要单独存放并有安全设施。

库房应设置温度计、湿度计，随时检查环境条件，并搞好通风、吸潮、防锈、防虫、防鼠等设施，并备有消防器材和通信防警设备。液压件、橡胶件、塑料制品、电气元件等易老化变质的器件要放入合乎要求的专用仓房。总之设备保管，必须做到完整无损，使出库设备保持入库时的使用价值。甲方和监理单位，每年四五月份和九十月份还要组织人员对库存设备进行大检查，为夏防、冬防作准备。

（4）乙方对所供设备进行包换、包修、包退的三包制度　安装试运过程中发现的设备问题，由乙方负责组织厂家解决。只要职责明确，严把各个关口，监理工程师的协调工作就可以变被动为主动，使加工制造方面的协调工作减少到最低限度，更重要的是保证三大控制目标得以顺利实现。

7.6.5　项目监理组织与政府及其他部门之间的协调

一个工程项目的开展还存在政府部门及其他单位的影响，如政府部门、金融组织、社会团体、服务单位和新闻媒介等，对工程项目起着一定的或决定性的控制、监督、支持、帮助作用，对这些关系若协调不好，工程项目的实施也可能严重受阻。业主和监理单位应把握这个特点，争取当地政府部门及社会各界的支持和协作，为项目创造一个良好的社会环境。

一些大中型工程项目的建设不仅要满足国民经济发展的需要，给建设单位带来好处，也会给当地或整个地区的经济发展带来好处，同时给当地人民生活的改善和提高带来契机。因此，在建设期间引起各界的关注是必然的。但大中型项目的建设也给当地带来一些不利的因素，如部分耕地的被占用、树木被砍伐，破坏了自然生态的平衡。建设过程中废渣的遗弃、废水废气的排放会给周围的环境带来程度不同的污染和危害。此外大量的人员进入，对当地副食蔬菜供应也会带来一定的影响。而且项目的建设要牵扯到当地政府的众多部门，如输配电的建设要牵扯到供电局；水源井和水资源的开发要牵扯到水利局；

三废的排放标准要通过环保局的检验；消防设施的配置，宜请当地的公安消防部门的检查认可；爆破作业和爆破器材的储存运输，应征得当地公安部门的核准；进场公路的修建或原有公路的改扩建、大件设备的运输涉及阻塞交通等，应经当地公路交通部门的批准；在有地下文物的地段施工，还要争得文物管理部门的许可；此外，还要与工商税务打交道；征地、拆迁移民更少不了政府部门、土地部门和乡镇政府及广大农民、居民住户的支持和帮助。因此必须主动通过请示、报告、汇报、送审、取证、宣传说明等协调方法和信息沟通手段，取得当地政府和有关部门的支持和帮助，并通过耐心的工作，把阻力转换为动力，把一些原来的消极因素转化为积极因素。

根据目前的工程监理实践，远外层关系主要靠建设单位进行协调，从不明确的分工看，建设单位主要对外，监理单位的协调范围是项目内部和近外层有合同联系的协调工作。但由于有不少问题发生在施工现场，矛盾和纠纷也直接影响和干扰施工的正常进行。因此，作为现场的监理工程师，有义务协助建设单位做好与政府各有关部门的协调工作。如基建期的三废处理和环境保护、水资源的开发、地面爆破工作，噪声对周围环境的影响以及和当地居民的工农关系等，都是现场经常发生而需要及时协调解决的问题。

对本部分的协调工作，从组织协调的范围看是属于远外层的管理，监理单位有组织协调的主持权，但重要协调事项应当事先向业主报告。如业主和监理单位对此有分歧，可在监理委托合同中详细注明。工程项目系统与远外层的关系，一般是非合同关系。协调这种远外层关系的方法，主要是运用请示、报告、汇报、送审、取证、宣传和说明等协调方法和信息沟通手段。

（1）与政府部门的协调 工程合同直接送公证机关公证，并报政府建设管理部门和开户银行备案。征地、拆迁、移民要争取政府有关部门的支持和协调，必要时争取由政府组织"建设项目协调办公室"或"重点工程建设管理委员会"负责此类问题乃至资金筹措问题的协调。现场消防设施的配置，宜请当地公安消防部门检查认可；若运输时涉及阻塞交通问题，还应经交通部门的批准等；施工中还要注意防止环境污染，特别要防止噪声污染，坚持做到文明施工，施工不扰民。特殊情况的短期骚扰，应敦促施工单位与毗邻单位搞好关系，求得谅解。

监理单位在进行工程质量控制和质量问题处理时，要做好与工程质量监督站的交流和协调。工程质量等级认证应请质检部门确认。

重大质量、安全事故，在配合承包商采取急救、补救措施的同时，应敦促承包商立即向政府有关部门报告情况，接受检查和处理。

（2）协调与开户建设银行的关系　工程项目建设资金的收支离不开开户的建设银行，业主和承建单位双方都要通过开户的中国建设银行进行结算，而且建设银行对国家投资的使用还负有监督责任。因此，凡有关经济合同的副本应报送开户的建设银行备案，经中国建设银行审查同意后作为拨付工程价款的依据。

监理工程师的协调工作主要有如下几项。

1）施工单位月末验收、竣工验收需请建设银行的有关人员参加，核实工程量、验查工程质量，并在验收单上签证，作为拨付工程款的依据。

2）遇到在其他专业银行开户的建设单位拖欠工程款时，监理工程师应站在公正的立场，按合同规定维护施工单位合法利益，并商请开户银行协助解决拨款问题。

3）在项目分阶段的招标投标中，从标底的初议到报批前的审查，均要邀请中国建设银行的负责同志参加。包括标底编制的原则、标底编制的依据、编制标底选用的方法、标底组成的内容、各项费用取费标准和依据、风险费的计算原则和方法等，都应通过内部审查，并取得中国建设银行的支持，然后再报上级主管部门审批。此外在评标、议标中也应邀请中国建设银行的负责人作为评委参加评议，听取其在对财政管理、资金使用监督等方面的意见和建议。

7.7　监理组织对工程建设各方利益关系的协调

7.7.1　监理组织对项目业主与设计单位之间利益关系的协调

从设计单位设计中标之日起，与建设单位不仅仅是勘探设计合同关系，而且有着履行上级批复的方案设计、初步设计的共同任务和责任。

监理协调的难点之一往往就是两方背离了初设批准的原则。如建设方要求设计部门提供施工图设计时，增加一些生活福利设施的面积或提高其标准；或者要求一些地面建筑，如施工用房或单身宿舍移地建设；或是改变原初设的设备订货规格型号，要求修改设计；或要求预留场地以备将来生产后进行改建、扩建等。有些要求是合理的，也有一些要求则不一定合理。监理工程师在协调过程中理应支持合理的建议，并通过申报批准促其实现。对一些不尽合理的要求，则应做说服工作或改变建议取其合理部分。在当前建筑市场的激烈竞争中，有些设计部门为了取得设计任务，往往对建设部门和业主提出的要求不敢行使维护设计规范的否决权，甚至建设单位怎样说就怎样设计，造成在一定范围内的投资失控。

另外，对以设计为龙头的总承包单位来讲，出现了另一种情况。设计单位为了确保限额设计，出现违背初设原则，改变初设拟定的结构、标准。也有一些由于初设的深度不够，在施工图设计的完善过程中改变了初设标准，造成建设单位与设计单位的意见分歧或合同纠纷。监理工程师在协调中，应当分别情况，对于挖掘设计节约潜力又不影响使用性能和寿命的，以及采用新工艺、新技术、新材料的设计修改应给予支持，反之应说服设计单位仍按原初设审批原则进行施工图设计。

设计与建设单位关系协调的难点之二是订立年度供图协议和按时出图。监理单位必须协调好设计单位的供图期限和供图质量。特别要通过互通情报主动向设计单位介绍工程进展情况，促使设计单位按合同规定供图。此外在施工中发现问题，或与现场的实际情况有出入，则应主动、及时地通报给设计单位，及时纠正修改，以免造成重大损失，影响建设工期和投资效益。

还有一种情况，需要建设单位或供应成套设备的承包单位，先提供设备图样，才能提交设计施工图样。针对上述情况，监理工程师在协调供图时，一定要熟悉因果关系，促使各方本着同心协力的精神，为设计提供及时准确的有关资料，设计单位也应主动对设计资料进行搜集、调查、核实。因此图样虽是设计部门出的，但为了保证按时、按质提供图样，还需要建设单位的支持和协作，更需要监理工程师有预见地提出协调方案，做好供图有关各方的协调工作。

7.7.2　监理组织对项目业主与施工单位之间利益关系的协调

有一种提法："监理单位代表业主的利益"。这种提法容易使人误解为，监理单位只是为业主利益服务的，而不是为施工单位利益服务的。较为确切的提法应当是，为双方的正当利益服务。监理组织在对项目业主与施工单位之间利益关系进行协调时应该正确认识这个问题。应当把工程实物看做施工单位的产品（当然也包含设计单位的活劳动和材料设备生产者的活劳动和死劳动），而不应当把它看做业主的"产品"。业主发包工程，实质是向施工单位购买建筑产品。业主与施工单位之间的关系是等价交换的关系，即施工单位要按时交付既定质量等级的工程实物，业主要按时支付等价助工程款。这种等价交换的关系，是以事先双方签订"平等条约"和双方履行"平等条约"（工程承包合同）的法律形式表现出来。监理单位作为工程承包合同的洽商者，它所执行的原则应当是使工程承包合同成为"平等条约"。监理单位作为工程承包合同管理和工程款支付的签认者，它所执行的原则应当是等价交换。由此说来，监理单位是为双方的正当利益服务的，而不仅仅是为业主利益服务的。事实上，监理单位监督工程质量和进度，正是为了保障施工单位的工程款收入不致减少。同时，监理单位有义务对施工单位的施工组织和施工技术方案提供改进意见，使施工单位的工程成本得到降低，工程利润得到增加。这些都直接体现了为施工单位利益服务。

人们常说监理单位是服务性的，这主要是指工程建设的"工作事务"而言的。"为业主提供监理服务"的提法也是这种含义。但"工作事务"与"维护利益"并不是同一的概念，不能混为一谈。从维护利益上讲，如果说"监理单位是为维护业主利益服务"，这仅仅是部分正确而不是完全正确的说法。因为，正如前面所述，监理单位所奉行的原则应当是执行等价交换的原则，在维护业主利益的同时也要维护施工单位的利益。实施建设监理制的重要目的之一，就是要消除经济交往中任何一方损害对方正当利益的现象，否则实行建设监理制就没有什么意义了。

建设单位通过招标、投标或议标，将整体项目进行总承包或分阶段承包，或进行单位工程招投标。中标的承包单位与建设单位通过承包经济合同，建立相互关系。监理工程师的协调范围和内容主要是促使甲、乙双方相互配合，各自按期、按质地履行合同所规定的义务，以保证项目三大控制目标顺利实现。业主与承建单位对工程承包合同负有共同履约的责任，工作往来频繁。在往来中，对一些具体问题产生某些意见分歧是常有的事。在这个层次的协调中，监理工程师作为独立的第三方，应处于公正的立场上，本着充分协商的原则，耐心细致、及时地协调履约中出现的各种矛盾，并敦促双方按合同义务履约，尽到各自的责任。

任何一个工程在施工过程中，都会出现额外的工作量签证。对于工作量的确认，监理应仔细核算、严格把关，既要对业主负责又要对承包商的事实予以认可。在最终结算时，监理作为公正的第三方，对于承包商的合理要求及有关费用应该据理力争，不应一味偏向业主，给承包商带来不应有的损失。

监理工程师在不同阶段，需要协调业主与承建单位关系的内容也不尽相同。因此，协调工作内容和方法也随阶段的变化而变化。

（1）招投标阶段的协调　中标后，承建单位与业主要根据招标书中所拟定的合同原则，双方在平等的基础上协商合同。这一阶段协调的主要任务将集中在条款洽谈、合同洽谈和签订中。其中，最敏感也是最重要的条款是双方的责、权、利、奖罚和索赔。首先，监理组织要对双方的法人资格和履约能力进行复核。其次，合同中要明确双方的权、责、利。合同中首先应明确建设条件和施工环境，这是建设单位的主要义务，如业主（建设单位）在建设条件方面要保证资金到位，计划三材、设计图样的按时供应；业主（建设单位）在合同中要明确保证"四通"一平的施工环境，做到路通、电通、水通、电信通以及建设场地的平整。即要保证资金、材料（甲供部分）、设计、建设场地和外部水、电、通信、道路的"五落实"。准备阶段建设单位是主要矛盾方面，没有上述条件的保证，施工单位是无从着手开工准备工作的。承建单位要实行"五包"，即按工期定额包工期、按质量评定标准包工程质量、按投标书包单价或总价（若是总价合同的话）、按施工图预算包材料、按承建单位项目整体要求包配套竣工。"五落实"未落实而影响"五包",或"五包"未按合同兑现,均应受罚。双方罚款条件应对等。

国际工程项目承发包时,必须熟悉国际土木工程施工合同条件(FIDIC),按其施工惯例签订合同,特别是在其特殊(专用)条款的拟定上要对"双方"进行协调。

(2)施工准备阶段的协调　做好施工准备是顺利组织施工的先决条件。施工准备工作包括施工所必要的劳动力、材料、机具、技术和场地准备,这就需要业主和承建单位双方分工协作,共同完成,为开工和顺利施工创造条件。开工条件是:有完整有效的施工图样;有政府管理部门签发的施工许可证;服务和材料渠道已经落实,能按工程进展需要拨款、供料;施工组织已经被批准;加工订货和设备已基本落实;施工准备工作已基本完成,现场已"五通一平"(水通、电通、路通、气通、电信通、场地平整)。

施工准备涉及资金问题,如果资金不落实,很多准备工作无法进行。国际惯例是业主按合同规定先拨给一笔动工预付款,一般为工程造价的 8% ~ 15% 不等,个别的有达到 20% 甚至 25% 的,国内有些部门和地区规定,业主应拨给承建方全部材料周转金(一般不超过当年工程量的 25%,安装工程一般不超过当年安装量的 10%,特殊情况可适当增加)。若业主不按合同规定付给备料款,可商请经办银行从业主账户中支付。承建方收取备料款后应抓紧准备,在约定期限内开工,否则业主方可商请经办银行从承建方账户中收回预付款。为了避免以上不愉快事情的发生,监理工程师应保持双方信息沟通,协商办事,督促双方严格按合同执行。

(3)施工阶段的协调　这个阶段的协调工作包括解决进度、质量、中间计量与支付的签证、合同纠纷等一系列问题的协调管理与平衡调度。

进度问题的协调,如乙方没能按合同规定完成月进度指标或网络图的排队工期。这方面协调起来有时十分复杂,这主要是因为造成进度失控的因素错综复杂,有建设单位、设计单位的制约因素,也有施工单位的主观因素。为此首先要分析进度失控的诸多因素,找出主要矛盾,再认真分析责任,加以协调解决。如由于资金不到位,施工单位已经垫付了三个月的资金，并已向银行超规定借贷；资金不足影响了正常进度，就不易单方要求施工单位按合同工期完成。资金不能够及时到位而影响进度，主要应由建设单位负责，而不能将风险转嫁给施工方。实践证明，有两项协调是很有效的：①业主和承建单位双方共同商定一级网络计划，并由双方主要负责人在一级施工网络计划上签字，作为工程承包合同的附件；②设立提前竣工奖，商请业主（监理代行）按一级网络计划节点考核，分期预付，让承建单位设立施工进度奖，调动承建方职工的生产积极性。如果整个工程最终不能保证工期，由业主从工程款中将预付工期奖扣回并按合同规定予以罚款。

质量问题的协调。监理工程师对质量问题协调，主要应掌握：大的原则质量问题和事故绝不妥协放过；小的不影响使用功能和寿命的，采用积极弥补的措施加以解决。即使在质量与进度发生矛盾时，也应当本着质量第一的精神加以协调处理，绝不可以牺牲质量而保进度。更重要的是质量问题万不可死后验尸，而应当防患于未然，做好质量问题的预控制。实行监理工程师质量签字认可制，对没有出厂证明、不符合使用要求的原材料、设备和构件不准使用，对不合格的工程部位不予验收，也不予计算工程量，不予支付进度款。

签证的协调。设计变更或工程项目的增减是不可避免的，并且是合同签订时无法预料的和未明确规定的。对于这种变更，监理工程师要仔细认真研究，合理计算价格，与有关各方充分协商，达成一致意见，并实行监理工程师签证制度。

合同争议的协调。在我国的有关监理规定中指出："建设单位与承建单位在执行承包合同过程中发生争议，应当提交社会监理单位进行调解。社会监理单位接到调解要求后，应在 30 日内将调解意见书面通知双方。如果双方或其中任何一方不同意调解意见，可以在接到调解书面意见之日起 15 日内，报请受监工程所在地的县级以上人民政府建设行政主管部门调解。经调解仍有不同意见时，可以申请当地经济合同仲裁机关仲裁"。

由上述规定可以看出：监理工程师是作为调解人的身份处理建设单位和承建单位的合同问题。建设监理规定赋予了这一责任，那么监理单位的"调解意见"将是举足轻重的，为此必须首先全面听取建设、承建双方对合同纠纷的申诉和意见；进行必要的调查研究和核实，凭借群体的优势，对建设单位与承建单位的纠纷或争议作出一个准确、科学的判断，只有这样才能提出使双方认可的公正的解决意见。

对甲、乙双方合同的纠纷，首先应分清责任，协商解决，对双方均负有一定责任的，则应分轻重然后再公正地进行协调。一般情况下，合同问题是可以通过协商解决的。通常不赞成监理工程师采用伤害感情、贻误工作的"诉诸法律"审判。协商不成时才向合同管理机关申请调解或仲裁，对仲裁决定不服时可在收到裁决书15日内诉请人民法院审判决定。上述仲裁程序是指国内工程项目而言，若为国际招标工程项目，应按FIDIC有关合同条款执行。一般合同争议切忌诉讼，应尽可能协商解决；否则，会伤害感情，贻误时间，甚至可能落个"两败俱伤"的结局。只有当对方严重违约而使自己的利益受到重大损失而不能得到补偿时才采用诉讼手段。如果遇到非常棘手的合同纠纷问题，不妨暂时搁置等待时机，另谋良策。

索赔和反索赔是合同协调的一大难点，为此监理人员一定要进行事先控制、预先分析可能引起索赔的问题，另外，对承包单位提出的索赔问题要调查取证，实事求是，不偏袒任何一方，秉公处理。公正准确地判断是监理工程师搞好协调工作的基础。

（4）交工验收阶段的协调　业主在交工验收中可以提出这样或那样的问题，承包单位应根据技术文件、合同、中间验收签证及验收规范作出详细解释，对不符合要求的工程单元应采取补救措施，使其达到设计、合同、规范要求。

国内工民建工程一般在交工验收后20天内（大中型水利工程不受此限制）编出竣工结算和工程价款结算账单，办理竣工结算，结清账款。结算中既要防止承建方虚报冒领，又要防止业主无故延付。按国家规定，延付工程款按每日0.3‰的利率处以罚款。

（5）协调总包与分包单位之间的关系　首先选择好分包单位，明确总包与分包的责任关系，调解其间的纠纷。

7.7.3 监理组织对项目业主与材料和设备供应单位之间利益关系的协调

项目业主与材料和设备供应单位之间是经济合同关系，以经济合同为纽带，以完成工程建设项目目标为目的，最终形成相互制约、相互协作、相互促进的关系。

项目业主是筹资、贷款和还贷单位，也是工程的使用和受益单位；而材料和设备供应单位则是按合同完成工程任务并取得一定利润的经济实体。由于经济地位和利害关系的不同，对待工程进度、质量、成本等方面既有共同的利益，也有不同的要求，两者必然会发生一些矛盾，监理组织应对发生的争端给予公正的调解。

对直接关系工程质量和安全的材料供应采取项目业主统一选厂、定价，有效控制原材料质量和价格的方式进行供应管理；对影响主要施工方案、施工进度和质量的大型、特大型施工机械设备实行业主提前规划、统一采购、统一配置。

项目业主对材料和设备采购与供应，要实行招投标制。监理单位应协助业主审核材料和设备的厂家、选型、报价分析，提出审核意见。监理工程师应跟业主以及设计人员一起，对一些使用了该类产品的、已竣工使用的工程项目进行考察，了解这些材料和设备的使用情况，了解其生产厂家、供应商的资信度、安装及售后服务的质量等。更重要的是，监理工程师还应考察企业的实际生产能力及生产周期。由此确定采购、定做、研制方式，确定供应商、制造商。监理工程师应根据施工进度、材料和设备的生产周期，积极协助业主，合理组织材料和设备的订货供应，确保施工的顺利进行。监理方应参与其订货谈判和合同签订工作，并负责合同管理与索赔，检查合同落实情况，如控制货品质量一定要符合技术要求，检查是否有数量短缺、交货拖延、运输损坏等现象发生，并及时采取措施。监理组织还应对材料和设备预算价格实行动态管理。

材料是工程实体的构成部分，直接关系到工程质量。要求材料的质量一定要符合国家有关标准的要求。监理应牢牢控制住材料和设备的审定权，严把质量关，确保工程达到设计标准。在保证功能的前提下，所采购的材料设备尽量地价廉物美，严防以劣充优、以次充好、以假乱真。

在工程进展过程中，供应商应主动将材料、设备的原始资料递交监理方，并配合监理方做好"三控制"。

7.7.4 监理组织对设计单位与施工单位之间利益关系的协调

设计单位与施工单位同是承包单位，两者均与业主签订有合同，但两者之间没有合同关系。共同为业主服务，这就决定了设计方与施工方的密切关系，这种关系是图样供应关系、设计与施工技术关系等。这些关系发生在设计交底、图样会审、设计变更与修改、地基处理、隐蔽工程验收和竣工验收等环节中。监理单位在协调两者关系时，起着重要的中介作用，通过双方密切接触，在两者之间应建立相互信任、相互尊重、友好协商的良性关系。

为此，监理单位应协助设计单位配合施工，及时、正确地解决设计中存在的问题，保证施工顺利进行；协同设计单位及时办理重要分部、分项工程的检查签证工作。

为了保证施工的正常进行，监理单位必须协调好设计单位的供图期限和供图质量。有些情况是设计施工图要等施工单位提供确切资料后方能出图。如在矿井设计中，当采区上山发现有诸多小断层、折曲时，为了安装运输皮带就需要根据实际情况进行必要的坡度调整，需要施工单位提供实际巷道剖面；其他如车场位置、水平大巷等都需要有井下实测地质资料才能准确无误。特别是采区布置在一些赋存条件比较复杂的地带，需要经施工做若干探巷才能最终确定采区，有的甚至连首采区都形不成，而降一两个阶段。这些都需要施工单位先提供情况，才能最后出图。

当监理工程师根据自己的实践经验和掌握的新技术、新工艺、新材料、新结构信息向设计单位提供修改建议时，一方面要争取设计单位的支持，另一方面在供图期限上应给予适当的余地，并取得设计、施工单位的理解、支持和配合。

7.7.5 监理组织对设计单位与材料和设备供应单位之间利益关系的协调

设计单位、材料和设备供应单位并无直接的合同关系。但设计单位对材料和设备的选型会间接地影响到材料和设备供应单位的经济利益，尤其是对新材料、新工艺的研究、开发、推广、应用有深远影响。另外，材料和设备供应状况又关系到设计单位对材料和设备的选型，从而对设计方案的优化产生影响。

材料的选择十分重要，因为对建筑工程造价而言，材料费用一般占直接费的70%左右。在满足生产技术和工艺要求的条件下，一方面要尽量采用轻质高强的材料，以减轻建筑自重，提高保温隔热和抗震性能；另一方面要就地取材，减少运输费用，降低造价。设计采用的预制构件和大宗材料类别、规格、质量要求等，应符合当地情况。

设备选择的重点因设计形式的不同而不同，应该选择能满足生产工艺和达到生产能力需要的最适用的设备和机械。设备的选择必须首先考虑国内可供的产品。如需进口国外设备，应力求避免成套进口和重复进口，注意进口那些国内不能生产的关键设备。

为了保证设计的质量，设计中选用的材料、设备，应注明规格、型号、性能等，并提出质量要求，但不能指定生产厂家。监理单位要协同设计单位注意所选用的材料和设备来源有无问题，新技术、新结构、新材料是否经过试验签订等。监理单位应根据使用功能要求和经济合理原则，参与设计单位设计过程中材料和设备的选型工作。为此，监理单位和设计单位需通过调查研究，掌握第一手资料，选择性能好、经济合理的材料。

在协调供图时，有时需要材料和设备成套供应的承包单位先提供设备厂方图样，设计单位才能提交设计施工图样。针对这种情况，监理工程师一定要熟悉因果关系，促使各方本着同心协力的精神，为设计提供及时准确的有关资料，设计单位也应主动对设计资料进行亲自搜集、调查核实等工作。因此图样虽是设计部门出的，但为了保证按时按质提供图样，还需要材料和设备供应单位的支持和协作，更需要监理工程师有预见地提出协调方案，做好有关各方的协调工作。

7.7.6 监理组织对施工单位与材料和设备供应单位之间利益关系的协调

施工项目所需要的资源供应，一是直接与供方签订合同，按合同供应；二是从市场上取得，不与供应部门发生合同关系。目前主要的协调对象是前者，应严格按合同办事。建筑工程材料和设备用量大、品种多，占工程造价的比重很高，其质量监控的好坏直接影响工程质量。材料和设备供应单位应对所供产品的质量负责。在建立合同前，监理方应协同施工单位对物资供方的质量体系进行调查，保证施工单位与已经取得认证资格的厂家签订合同。为了保证双方的经济利益，除明确规定由产品生产厂家负责售后服务的产品外，供应单位售出的产品发生质量问题时，由供应单位对使用单位负责保修、保换、保退，并负责赔偿经济损失。如供应单位证明属于生产厂的质量责任时，应由供应单位负责向生产厂家索赔。监理单位应保证材料和设备供需双方按以上要求签订购物合同，并按合同条款进行产品质量验收。

材料和设备市场情况复杂、多变，供应的品种、质量、价格差异大，供货条件复杂。监理单位应协助施工单位利用市场调节供应，了解市场，充分利用市场竞争机制、价格调节机制和约束机制。

常用的材料和设备数量庞大，有的体积大而笨重，有的技术要求严格，有的怕水、怕火，易变质，因此采购、储运和保管工作量大，有时还非常复杂。另外，材料消耗不均衡，往往出现大量需用材料时供应量不足，或材料长期储存不用而变质等复杂问题。监理单位应要求施工单位做好材料的需用量计划，协助施工单位严把采购进货关，要求双方严格执行有关的验收和保管发放制度，对没有出厂合格证明和没有按规定复试的材料设备一律不得发放使用，在保管储存过程中，要做到不损坏、不变质、不混放。对工程上所用材料和设备进行可追溯管理。

施工单位不得擅自更换材料和设备供应单位，如需改变，需提前报监理工程师批准。

思 考 题

1. 组织协调的概念、范围及层次分别是什么？
2. 监理内部协调包括哪些内容？
3. 与业主的协调有哪些内容？如何进行？
4. 与承包商的协调有哪些内容？如何进行？
5. 与设计院的协调有哪些内容？如何进行？
6. 协调的方法有哪些？

第8章 建设工程监理相关法规

8.1 概述

8.1.1 建设监理立法的必要性

建设监理立法与监理制度的产生、演进和发展相伴随，并逐步走向完善。建设监理制的经济法律关系，实质上是委托协作性的经济法律关系和管理性经济法律关系的统一。所谓委托，就是一种契约关系，即建设单位委托监理单位对其投资建设的工程进行监理。具体讲就是，业主委托监理工程师去监督承包商执行其与业主形成的契约。这是一种复杂的委托关系，在这种关系的建立和延续乃至终止的过程中，由于各个主体之间的经济利益不同，往往可能出现违反契约的情况，这样就需要有一种公正的关系来保证协调、仲裁这种违约行为。这种关系在初期是以人们形成的一种约定的形式出现，随着时间的推移，渐渐成为一种规范习惯，最后演变为法。而政府对工程建设的监督管理则属于国家及其社会管理职能的范畴。作为政府的管理部门，为了维护建设秩序乃至整个社会的秩序，必须对属于社会活动的建设行为进行有效的监督管理。具体说，就是需要对建设单位和承建单位的行为进行管理，同时也需要对承担监理工程师角色的人员进行资格认证和注册管理，制定有关法律。若无法可依，则建设活动中的各种契约委托关系将出现一片混乱，各种关系难以正常维持，建设活动必将受到影响。正是依靠法律的保证，才使建设监理制度日趋完善。

建设监理法规，按其调整对象和主要作用进行分类，包括两个方面：一方面是以监理作为对象，明确监理者与被监理者的行为准则，主要规定监理的性质、目的、对象、范围、各方责权利以及有关人员和单位的资质条件、处罚原则等，这一类法规称为建设监理法；另一方面是以建设工程为对象，明确监理工作的依据，主要包含各种技术规范标准、有关建设行为的管理法令以及各有关方面确认的合同等，这一类法规称为建设监理依据性法规。

我国建设监理制度的方案一经公布，国家有关部门就十分重视建设监理的立法工作，这主要是由建设监理制度本身的特点所决定的。原建设部1988年7月25日发出我国第一份建设监理工作文件，明确提出"谨慎起步，法规先导，健康发展"的指导思想。20多年来，我国建设监理管理法规发展较快，初步形成了国家性的综合管理法规、部门管理法规和地方管理法规相结合的建设监理管理性法规体系。

8.1.2 我国的建设监理法规体系

建设监理要规范各个建设主体的行为。从管理关系来看，它包括建设行政主管部门对建设单位和承建单位、对监理工程师的管理；从合同和工作关系来讲，它包括建设单位与监理工程师、承建单位的关系，监理工程师与承建单位的关系；从工作内容来说，它包括各建设主体为实现建设目的所进行的一切工作。这就需要建立一个相互联系、相互补充、相互协调、多层次的完整统一的法规体系，它既包含了管理性法规，也包括了依据性法规。只有这样，才能做到行为有准则，也才能达到规范行为的目的。

我国建设监理法规体系的主导思想如下所述。

（1）结合国情，从全局考虑 建设监理法规体系必须服从国家法律体系及建设法律体系要求，适应现行立法体制及工作实际，特别要注意处理好建设监理法规体系在建设法律体系中的地位和作用。

（2）建立一个完整的系统 建设监理法规只有做到尽量覆盖建设监理全部工作才能称其为体系，它应当全面体现完整、科学、系统，使每一项工作都有法可依。

（3）多层次相互协调 建设监理每个层次的立法都要有特定的立法目的和调整内容，尤其要注意避免重复交叉和矛盾。总的原则是：下一层次的法规要服从上一层次的法规，所有法规都要服从国家法律，不能有所抵触。

（4）注意借鉴国际立法经验 在结合国情的基础上，尽量向国际标准靠拢。

图8-1表明我国建设监理法规体系构成的三个层次。第一层次是

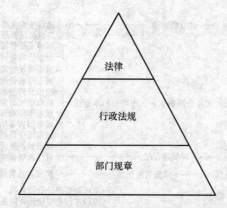

图 8-1 我国建设监理法规体系构成的三个层次

建设法律，这是由全国人民代表大会或其常务委员会制定的建设方面的有关法律，其他层次的建设监理法规均据此制定，不得与之相抵触。第二层次是建设监理行政法规，这是由国务院发布的建设监理方面的行政法规。第三层次是部门建设监理规章和地方建设监理法规，目前我国建设监理立法工作主要是在这个层次展开的。随着我国建设监理工作的开展，立法的层次必将逐步提高。

我国建设法规体系的构成如图 8-2 所示。

8.2 建筑法的部分内容

8.2.1 建筑法概念及立法目的

1. 建筑法的概念

建筑法是指调整建筑活动的法律规范的总称。建筑活动是指各类房屋及其附属设施的建造和与其配套的线路、管道、设备的安装活动。

2. 建筑法的立法目的

《建筑法》第 1 条规定："为了加强对建筑活动的监督管理，维护建筑市场秩序，保证建筑工程的质量和安全，促进建筑业健康发展，制定本法。"此条规定了我国《建筑法》的立法目的。

8.2.2 建筑工程许可

1. 建筑工程许可制度

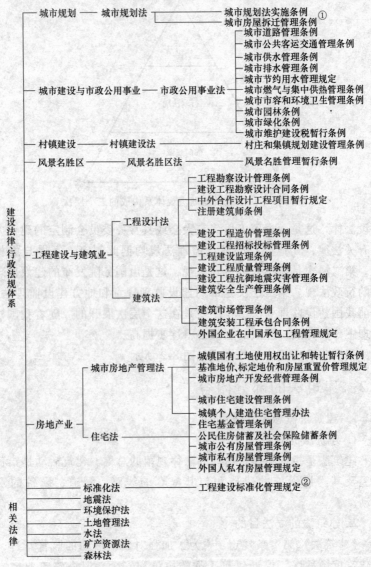

① 城市房屋拆迁管理条例,既从属于城市规划法,又从属于城市房地产管理法与住宅法。

② 工程建设标准化规定从属于标准化法,又与工程建设密切相关。

图8-2 建设法规体系的构成

（1）建筑工程许可的规范　建设单位必须在建设工程立项批准后，工程发包前，向建设行政主管部门或其授权的部门办理报建登记手续。未办理报建登记手续的工程，不得发包，不得签订工程合同。新建、扩建、改建的建设工程，建设单位必须在开工前向建设行政主管部门或其授权的部门申请领取建设工程施工许可证。未领取施工许可证的，不得开工。已经开工的，必须立即停止，办理施工许可证手续，否则由此引起的经济损失由建设单位承担责任，并视违法情节，对建设单位作出相应处罚。《建筑法》第 7 条规定："建筑工程开工前，建设单位应当按照国家有关规定向工程所在地县级以上人民政府建设行政主管部门申请领取施工许可证；但是，国务院建设行政主管部门确定的限额以下的小型工程除外。"

（2）申请建筑工程许可的条件及法律后果

1）申请建筑工程许可证的条件。《建筑法》第 8 条规定申请领取施工许可证应具备下列条件：

① 已经办理该建筑工程用地批准手续。

② 在城市规划区的建筑工程，已经取得规划许可证。

③ 需要拆迁的，其拆迁进度符合施工要求。

④ 已经确定建筑施工企业。

⑤ 有满足施工需要的施工图样及技术资料。

⑥ 有保证工程质量和安全的具体措施。

⑦ 建设资金已经落实。

⑧ 法律、行政法规规定的其他条件。

2）领取建设工程许可证的法律后果。

① 建设单位应当自领取施工许可证之日起 3 个月内开工。因故不能按期开工的，应当向发证机关申请延期；延期以两次为限，每次不超过 3 个月。既不开工又不申请延期或者超过延期时限的，施工许可证自行废止。

② 在建的建筑工程因故中止施工的，建设单位应当自中止施工之日起一个月内，向发证机关报告，并按照规定做好建筑工程的维护管理工作。建筑工程恢复施工时，应当向发证机关报告；中止施工满一年的工程恢复施工前，建设单位应当报发证机关核验施工许可证。

按照国务院有关规定批准开工报告的建筑工程，因故不能按期开工或者中止施工的，应当及时向批准机关报告情况，因故不能按期开工超过 6 个月的，应当重新办理开工报告的批准手续。

2. 建筑工程从业者资格

（1）国家对建筑工程从业者实行资格管理　从事建筑工程活动的企业或单位，应当向工商行政管理部门申请设立登记，并由建设行政主管部门审查，颁发资格证书。从事建筑工程活动的人员，要通过国家任职资格考试、考核，由建设行政主管部门注册并颁发资格证书。

（2）国家规范的建设工程从业者

1）建筑工程从业的经济组织。建筑工程从业的经济组织包括：建设工程总承包企业；建设工程勘察、设计单位；建设工程施工企业；建设工程监理单位；法律、法规规定的其他企业或单位。以上组织应具备下列条件。

① 有符合国家规定的注册资本。

② 有与其从事的建筑活动相适应的具有法定执业资格的专业技术人员。

③ 有从事相关建筑活动所应有的技术装备。

④ 法律、行政法规规定的其他条件。

2）建设工程的从业人员。建筑工程的从业人员包括：建筑师，营造师，结构工程师，监理工程师，工程计价师，法律、法规规定的其他人员。

3）建设工程从业者资格证件的管理。建设工程从业者的资格证件，严禁出卖、转让、出借、涂改、伪造。违反上述规定的，将视具体情节，追究法律责任。建设工程从业者资格的具体管理办法，由国务院及建设行政主管部门另行规定。

8.2.3　建设工程发包与承包

1. 建筑工程发包

（1）建筑工程发包方式《建筑法》第 19 条规定："建筑工程依法实行招标发包，对不适于招标发包的可以直接发包。"建筑工程的发包方式可采用招标发包和直接发包的方式进行。招标发包是业主对自愿参加某一特定工程项目的承包单位进行审查、评比和选定的过程。依据有关法规，凡政府和公有制企业、事业单位投资的新建、改建、扩建和技术改造工程项目的施工，除某些不适宜招标的特殊工程外，均应实行招投标。目前，国内外通常采用的招投标方式主要是公开招标、邀请招标和议标三种形式。

（2）建筑工程公开招标的秩序《建筑法》第 20 条规定："建筑工程实行公开招标的，发包单位应当依照法定程序和方式，发布招标公告，提供载有招标工程的主要技术要求、主要的合同条款、评标的标准和方法以及开标、评标、定标的程序等内容的招标文件。""开标应当在招标文件规定的时间、地点公开进行。开标后应当按照招标文件规定的评标标准和程序对标书进行评价、比较，在具备相应资质条件的投标者中，择优选定中标者。"

《建筑法》第 21 条规定："建筑工程招标的开标、评标、定标由建设单位依法组织实施，并接受有关行政主管部门的监督。"

（3）发包单位发包行为的规范《建筑法》第 17 条规定："发包单位及其工作人员在建筑工程发包中不得收受贿赂、回扣或者索取其他好处。"

《建筑法》第 22 条规定："建筑工程实行招标发包的，发包单位应当将建筑工程发包给依法中标的承包单位。建筑工程实行直接发包的，发包单位应当将建筑工程发包给具有相应资质条件的承包单位。"

《建筑法》第 25 条规定："按照合同约定，建筑材料、建筑构配件和设备由工程承包单位采购的，发包单位不得指定承包单位购入用于工程的建筑材料、建筑构配件和设备或者指定生产厂、供应商。"

（4）发包活动中政府及其所属部门权力的限制《建筑法》第 23 条规定："政府及其所属部门不得滥用行政权力，限定发包单位将招标发包的建筑工程发包给指定的承包单位。"

（5）禁止肢解发包《建筑法》第 24 条规定："提倡对建筑工程实行总承包，禁止将建筑工程肢解发包。""建筑工程的发包单位可以将建筑工程的勘察、设计、施工、设备采购一并发包给一个工程总承包单位，也可以将建筑工程勘察、设计、施工、设备采购的一项或者多项发包给一个工程总承包单位；但是，不得将应当由一个承包单位完成的建筑工程肢解成若干部分发包给几个承包单位。"

2. 建筑工程承包

（1）承包单位的资质管理《建筑法》第 26 条规定："承包建筑工程的单位应当持有依法取得的资质证书，并在其资质等级许可的业务范围内承揽工程。""禁止建筑施工企业超越本企业资质等级许可的业务范围或者以任何形式用其他建筑施工企业的名义承揽工程。禁止建筑施工企业以任何形式允许其他单位或者个人使用本企业的资质证书、营业执照，以本企业的名义承揽工程。"

（2）联合承包《建筑法》第 27 条规定："大型建筑工程或者结构复杂的建筑工程，可以由两个以上的承包单位联合共同承包。共同承包的各方对承包合同的履行承担连带责任。""两个以上不同资质等级的单位实行联合共同承包的，应当按照资质等级低的单位的业务许可范围承揽工程。"

（3）禁止建筑工程转包《建筑法》第 28 条规定："禁止承包单位将其承包的全部建筑工程转包给他人，禁止承包单位将其承包的全部工程肢解以后以分包的名义分别转包给他人。"

（4）建筑工程分包《建筑法》第 29 条规定："建筑工程总承包单位可以将承包工程中的部分工程发包给具有相应资质条件的分包单位；但是，除总承包合同中约定的分包外，必须经建设单位认可。施工总承包的建筑工程主体结构的施工必须由总承包单位自行完成。""建筑工程总承包单位按照总承包合同的约定对建设单位负责；分包单位按照分包合同的约定对总承包单位负责。总承包单位和分包单位就分包工程对建设单位承担连带责任。""禁止总承包单位将工程分包给不具备相应资质条件的单位。禁止分包单位将其承包的工程再分包。"

8.2.4 建筑工程监理制度

1. 建筑工程监理的概念

建筑工程监理是指工程监理单位受建设单位的委托对建筑工程进行监理和管理的活动。建筑工程监理制度是我国建设体制深化改革的一项重大措施，它是适应市场经济的产物。建筑工程监理随着建筑市场的日益国际化，得到了普遍推行。参照国际惯例，建立具有中国特色的建筑工程监理制度，不仅是建立和完善社会主义市场经济的需要，同时也是开拓国际建筑市场、进入国际经济大循环的需要。《建筑法》第 30 条规定："国家推行建筑工程监理制度。"

2. 建筑工程监理的范围

建筑工程监理是一种特殊的中介服务活动，对建筑工程实行强制性监理，对控制建筑工程的投资、保证建设工期、确保建筑工程质量以及开拓国际建筑市场等都具有非常重要的意义。因此，《建筑法》第 30 条第 2 款规定："国务院可以规定实行强制监理的建筑工程的范围。"目前，国务院对实行强制监理的建筑工程范围还未作出规定。但原建设部和原国家计委于 1995 年 12 月 15 日联合发布的《建设工程监理规定》中对该范围作出了明确规定。根据《建设工程监理规定》建筑工程实施强制监理的范围包括如下几个方面。

1）大、中型工程项目。

2）市政、公用工程项目。

3）政府投资兴建和开发建设的办公楼、社会发展事业项目和住宅工程项目。

4）外资、中外合资、国外贷款、赠款、捐款建设的工程项目。

3. 工程监理人员的权利与义务

1）工程施工不符合工程设计要求、施工技术标准和合同约定的质量要求的，有权要求建筑施工企业改正。

2）工程设计不符合建筑工程质量标准或合同约定的质量要求的，应当报告建设单位，要求设计单位改正。

4. 建筑工程监理合同

（1）监理合同的概念 监理合同是监理单位与建设单位之间为完成特定的建筑工程监理任务，明确相互权利、义务关系的协议。

（2）监理合同示范文本的构成 原建设部和国家工商行政管理局于 1995 年 10 月 9 日联合发布了《建设工程监理合同示范文》，该示范文本由《监理合同标准条件》和《监理合同专用条件》两个部分组成。《监理合同标准条件》共 46 条，是监理合同的必备条款；《监理合同专用条件》是对《监理合同标准条件》中的某些条款进行补充、修正，使两个条件中相同序号的条款共同组成一条内容完备的条款。

5. 监理单位的责任

1）工程监理单位不按照委托监理合同的约定履行监理义务，对应当监督检查的项目不检查或不按规定检查，给建设单位造成损失的，应当承担相应的赔偿责任。

2）工程监理单位与承包单位串通，为承包单位谋取非法利益，给建设单位造成损失的，应与承包单位承担连带赔偿责任。

8.2.5　建筑工程质量与安全生产制度

1. 建筑工程质量的概念

建筑工程质量是指在国家现行的有关法律、法规、技术标准、设计文件和合同中，对工程的安全、适用、经济和美观等特性的综合要求。建筑工程质量直接关系到国家的利益和形象，关系到国家财产、集体财产、私有财产和人民的生命安全，因此必须加强对建筑工程质量的法律规范。《建筑法》第 52 条规定："建筑工程勘察、设计、施工的质量必须符合国家有关建筑工程安全标准的要求，具体管理办法由国务院规定。有关建筑工程安全的国家标准不能适应确保建筑安全要求时，应当及时修订。"

第 53 条规定："国家对从事建筑活动的单位推行质量体系认证制度。从事建筑活动的单位《建筑法》根据自愿原则可以向国务院产品质量监督管理部门或者国务院产品质量监督管理部门授权的部门认可的认证机构申请质量体系认证。经认证合格的，由认证机构颁发质量体系认证证书。"第 54 条规定："建设单位不得以任何理由或者建筑施工企业在工程设计或者施工作业中，违反法律、行政法规和建筑工程质量、安全标准、行政法规和建筑工程质量、安全标准，降低工程质量。建筑设计单位和建筑施工企业对建设单位违反前款规定提出的降低工程质量的要求，应当予以拒绝。"对建设工程质量作出了较全面具体的规范。这些法律、法规与规章的颁发，不仅为建设工程质量的管理监督提供了依据，而且也对维护建筑市场秩序、提高人们的质量意识、增强用户的自我保护观念，发挥了积极的作用。建设工程勘察、设计、施工、验收必须遵守有关工程建设技术标准的要求。

国家鼓励推行科学的质量管理方法，采用先进的科学技术，鼓励企业健全质量保证体系，积极采用优于国家标准、行业标准的企业标准建造优质工程。

2. 建设工程质量政府监督

国家实行建设工程质量政府监督制度。建设工程质量政府监督由建设行政主管部门或国务院工业、交通等行政主管部门授权的质量监督机构实施。国家对从事建设工程的勘察、设计、施工企业推行质量体系认证制度。企业质量体系认证的实施管理，依照有关法律、行政法规的规定执行。

（1）国家住建部质量监督管理工作的主要职责

1）贯彻国家有关建设工程质量的方针、政策和法律、法规，制定建设工程质量监督、检测工作的有关规定和办法。

2）负责全国建设工程质量监督和检测工作的规划及管理。

3）掌握全国建设工程质量动态，组织交流质量监督工作经验。

4）负责协调解决跨地区、跨部门重大工程质量问题的争端。

（2）省、自治区、直辖市建委（建设厅）和国务院工业、交通各部门对质量监督管理工作的主要职责

1）贯彻国家有关建设工程质量监督方面的方针、政策和法律、法规及有关规定与办法，制定本地区、本部门建设工程质量监督、检测工作的实施细则。

2）负责本地区、本部门建设工程质量监督和检测工作的规划及管理，审查工程质量监督机构的资质，考核监督人员的业务水平，核发监督员证书。

3）掌握本地区、本部门建设工程质量动态，组织交流工作经验，组织对监督人员的培训。

4）组织协调和监督处理本地区或本部门重大工程质量问题争端。省、自治区、直辖市建委（建设厅）和国务院工业、交通各部门根据实际情况需要可设置从事管理工作的工程质量监督总站，履行上述职责。

（3）市、县建设工程质量监督站和国务院工业、交通部门所设的专业建设工程质量监督站的主要职责

1）核查受监工程的勘察、设计、施工单位和建筑构件厂的资质等级和营业范围。

2）监督勘察、设计、施工单位和建筑构配件厂严格执行技术标准，检查其工程（产品）质量。

3）核验工程的质量等级和建筑构配件质量，参与评定本地区、本部门的优质工程。

4）参与重大工程质量事故的处理。

5）总结质量监督工作的经验，掌握工程质量状况，定期向主管部门报告。

3. 建设工程质量责任

（1）建设单位的质量责任和义务

1）建设单位应对其选择的设计、施工单位和负责供应材料、设备的单位由于发生质量问题承担相应责任。

2）建设单位应根据工程特点，配备相应的质量管理人员，或委托建设工程监理单位进行管理。委托监理单位的，建设单位应与工程建监理单位签订监理合同，明确双方的责任、权利和义务。

3）建设单位必须根据工程特点和技术要求，按有关规定选择相应资格（质）等级的勘察、设计、施工单位，并签订工程承包合同。工程承包合同中必须有质量条款，明确质量责任。

4）建设单位在工程开工前，必须办理有关工程质量监督手续，组织设计和施工单位认真进行设计交底和图样会审；施工中应按照国家现行有关工程建设法律、法规、技术标准及合同规定，对工程质量进行检查；工程竣工后，应及时组织有关部门进行竣工验收。

5）建设单位按照工程承包合同中规定供应的设备等产品的质量，必须符合国家现行的有关法律、法规和技术标准的要求。

（2）工程勘察设计单位的质量责任和义务

1）勘察设计单位应对本单位编制的勘察设计文件的质量负责。

2）勘察设计单位必须按资格等级承担相应的勘察设计任务，不得擅自超越资格等级及业务范围承接任务，应当接受工程质量监督机构对其资格的监督检查。

3）勘察设计单位应按照国家现行的有关规定、技术标准和合同进行勘察设计。建立健全质量保证体系，加强设计过程的质量控制，健全设计文件的审核会签制度，参与图样会审和做好设计文件的技术交底工作。

4）勘察设计文件必须符合下列基本要求。

① 设计文件应符合国家现行有关法律、法规、工程设计技术、标准和合同的规定。

② 工程勘察文件应反映工程地质、地形地貌、水文地质状况，评价准确，数据可靠。

③ 设计文件的深度，应满足相应设计阶段的技术要求。施工图应配套，细部节点应交代清楚，标准说明应清晰、完整。

④ 设计中选用的材料和设备等，应注明其规格、型号、性能和色泽等，并提出质量要求，但不得指定生产厂家。

5）对大型建设工程、超高层建筑，以及采用新技术、新结构的工程，应在合同中规定设计单位向施工现场派驻设计代表。

（3）施工单位的质量责任和义务

1）施工单位应当对本单位施工的工程质量负责。

2）施工单位必须按资质等级承担相应的工程任务，不得擅自超越资质等级及业务范围承包工程；必须依据勘察设计文件和技术标准精心施工；应当接受工程质量监督机构的监督检查。

3）实行总包的工程，总包单位对工程质量和竣工交付使用的保修工作负责。实行分包的工程，分包单位要对其分包的工程质量和竣工交付使用的保修工作负责。

4）施工单位应建立健全质量保证体系，落实质量责任制，加强施工现场的质量管理，加强计量、检测等基础工作，抓好职工培训，提高企业技术素质，广泛采用新技术和适用技术。

5）竣工交付使用的工程必须符合下列基本要求。

① 完成工程设计和合同中规定的各项工作内容，达到国家规定的竣工条件。

② 工程质量应符合国家现行有关法律、法规、技术标准、设计文件及合同规定的要求，并经质量监督机构核定为合格或优良。

③ 工程所用的设备和主要建筑材料、构件应具有产品质量出厂

检验合格证明和技术标准规定及必要的进场试验报告。

④ 具有完整的工程技术档案和竣工图，已办理工程竣工交付使用的有关手续。

⑤ 已签署工程保修证书。

⑥ 竣工交付使用的工程实行保修，并提供有关使用、保养和维护的说明。

（4）建筑材料、构配件生产及设备供应单位的质量责任和义务

1）建筑材料、构配件生产及设备供应单位对其生产或供应的产品质量负责。

2）建筑材料、构配件生产及设备的供需双方均应订立购销合同，并按合同条款进行质量验收。

3）建筑材料、构配件生产及设备供应单位必须具备相应的生产条件、技术装备和质量保证体系，具备必要的检测人员和设备，把好产品看样、订货、储存、运输和核验的质量关。

4）建筑材料、构配件及设备质量应当符合下列要求。

① 符合国家或行业现行有关技术标准规定的合格标准和设计要求。

② 符合在建筑材料、构配件及设备或其包装上注明采用的标准；符合以建筑材料、构配件及设备说明、实物样品等方式表明的质量状况。

5）建筑材料、构配件及设备或者包装上的标记应符合下列要求。

① 有产品质量检验合格证明。

② 有中文标明的产品名称、生产厂厂名和厂址。

③ 产品包装和商标样式符合国家有关规定和标准要求。

④ 设备应有详细的使用说明书，电气设备还应附有电路图。

⑤ 实施生产许可证或使用产品质量认证标志的产品，应有许可证或质量认证的编号、批准日期和有效期限。

（5）返修和损害赔偿

1）保修期限。《建筑法》第62条规定："建筑工程的保修范围应当包括地基基础工程、主体结构工程、屋面防水工程和其他土建工

程，以及电气管线、上下水管线的安装工程，供热、供冷系统工程等项目保修的期限应当按照保证建筑物合理寿命年限内正常使用，维护使用者合法权益的原则确定。具体的保修范围和最低保修期限由国务院规定。"在新规定尚未出台前，保修期限按如下规定。

① 民用与公共建筑、一般工业建筑、构筑物的土建工程为一年，其中屋面防水工程为三年。

② 建筑物的电气管线、上下水管线安装工程为 6 个月。

③ 建筑物的供热及供冷为一个采暖期及供冷期。

④ 室外的上下水和小区道路等市政公用工程为一年。

⑤ 其他建设工程，其保修期限由建设单位和施工单位在合同中规定，一般不得少于一年。

2）返修。依据《建设工程质量管理办法》中的规定：建设工程自办理竣工验收手续后，在法律规定的期限内，因勘察设计、施工、材料等原因造成的质量缺陷（质量缺陷是指工程不符合国家或行业现行的有关技术标准、设计文件以及合同中对质量的要求），应当由施工单位负责维修。施工单位对工程负责维修，其维修的经济责任由责任方承担。

① 施工单位未按国家有关规定、标准和设计要求施工，造成的质量缺陷，由施工单位负责返修并承担经济责任。

② 由于设计方面的原因造成的质量缺陷，由设计单位承担经济责任，由施工单位负责维修，其费用按有关规定通过建设单位索赔，不足部分由建设单位负责。

③ 因建筑材料、构配件和设备质量不合格引起的质量缺陷，属于施工单位采购的或经其验收同意的，由施工单位承担经济责任；属于建设单位采购的，由建设单位承担经济责任。

④ 因使用单位使用不当造成的质量缺陷，由使用单位自行负责。

⑤ 因地震、洪水、台风等不可抗力造成的质量问题，施工单位、设计单位不承担经济责任。施工单位自接到保修通知书之日起，必须在两周内到达现场与建设单位共同明确责任方，商议返修内容。属施工单位的，如施工单位未能按期到达现场，建设单位应再次通知施工单位；施工单位自接到再次通知起的一周内仍不能到达时，建设单位

有权自行返修，所发生的费用由原施工单位承担。不属施工单位责任，建设单位应与施工单位联系，商议维修的具体期限。

3）损害赔偿。因建设工程质量缺陷造成人身、缺陷工程以外的其他财产损害的，侵害人应按有关规定，给予受害人赔偿。因建设工程质量存在缺陷造成损害要求赔偿的诉讼时效期限为一年，自当事人知道或应当知道其权益受到损害时起计算。因建设工程质量责任发生民事纠纷，当事人可以通过协商或调解解决。当事人不愿通过协商、调解解决或者协商、调解不成的，可以根据当事人双方的协议，向仲裁机构申请仲裁；当事人双方没有达成仲裁协议的，可以向人民法院起诉。

4. 建筑安全生产管理的概念和内容

（1）建筑安全生产管理的概念　建筑安全生产管理是指建设行政主管部门、建筑安全监督管理机构、建筑施工企业及有关单位对建筑生产过程中的安全工作，进行计划、组织、指挥、控制和监督等一系列的管理活动。其目的在于保证建筑工程安全和建筑职工的人身安全。

（2）建筑安全生产管理的内容　建筑安全生产管理包括纵向、横向和施工现场三个方面的管理。

1）纵向管理。纵向管理是指建设行政主管部门及其授权的建筑安全监督管理机构对建筑安全生产的行业监督管理。

2）横向管理。横向管理是指建筑生产有关各方和建筑单位、设计单位和建筑施工企业等的安全责任和义务。

3）施工现场管理。施工现场管理是指在施工现场控制人的不安全行为和物的不安全状态。施工现场管理是建筑安全生产管理的关键。

5. 建筑安全生产管理方针和基本制度

建筑工程安全生产管理必须坚持安全第一、预防为主的方针，建立健全安全生产的责任制度和群防群治制度。

安全第一、预防为主的方针体现了国家对在建筑安全生产过程中"以人为本"，保护劳动者权利、保护社会生产力、保护建筑生产的高度重视，确立了建筑安全生产管理在建筑活动管理中的首要和重要位置。

安全生产责任制度是建筑生产中最基本的安全管理制度，是所有安全规章制度的核心。安全生产的责任制度既包括行业主管部门建立健全建筑安全生产的监督管理体系，制定建筑安全生产监督管理工作制度，组织落实各级领导分工负责的建筑安全生产责任制，又包括参与建筑活动各方的建设单位、设计单位，特别是建筑施工企业的安全生产责任制，还包括施工现场的安全责任制。

群防群治制度是指在建筑安全生产中，充分发挥广大职工的积极性，加强群众性监督检查工作，以预防和治理建筑生产中的伤亡事故。

6. 建筑安全生产的基本要求

（1）建筑工程设计要保证工程的安全性　建筑工程设计应当符合按照国家规定制定的建筑安全规程和技术规范，保证工程的安全性能。

（2）建筑施工企业要采取安全防范措施　建筑施工企业在编制施工组织设计时，应当根据建筑工程的特点制定相应的安全技术措施；对专业性较强的工程项目，应当编制专项安全施工组织设计，并采取安全技术措施。建筑施工企业应当在施工现场采取维护安全、防范危险、预防火灾等措施；有条件的，应当对施工现场实行封闭管理。施工现场对毗邻的建筑物、构筑物和特殊作业环境可能造成损害的，建筑施工企业应当采取安全防护措施。

建设单位应当向建筑施工企业提供与施工现场相关的地下管线资料，建筑施工企业应当采取措施加以保护。

建筑施工企业应当遵守有关环境保护和安全生产方面的法律、法规的规定，采取控制和处理施工现场的各种粉尘、废气、废水、固体废物以及噪声、振动对环境的污染和危害的措施。

建筑施工企业必须依法加强对建筑安全生产的管理，执行安全生产责任制度，采取有效措施，防止伤亡和其他安全生产事故的发生。建筑施工企业的法定代表人对本企业的安全生产负责。

施工现场安全由建筑施工企业负责。实行施工总承包的，由总承包单位负责。分包单位向总承包单位负责，服从总承包单位对施工现场的安全生产管理。施工企业应当建立健全劳动安全生产教育培训制度，加强对职工安全生产的教育培训。未经安全生产教育培训的人员，不得上岗作业。

建筑施工企业和作业人员在施工过程中，应当遵守有关安全生产的法律、法规和建筑行业安全规章、规程，不得违章指挥或者违章作业。作业人员有权对影响人身健康的作业程序和作业条件提出改进意见，有权获得安全生产所需的防护用品。作业人员对危及生产安全和人身健康行为有权提出批评、检举和控告。

建筑施工企业必须为从事危险作业的职工办理意外伤害保险，支付保险费。

7. 建筑施工事故报告制度

施工中发生事故时，建筑施工企业应当采取紧急措施减少人员伤亡和事故损失，并按照国家有关规定及时向有关部门报告。

施工中发生事故后，建筑施工企业应采取紧急措施，抢救伤亡人员、排除险情，尽量制止事故蔓延扩大，减少人员伤亡和事故损失。同时将施工事故发生的情况以最快速度逐级向上汇报。

建立建筑施工事故报告制度十分必要，一是可以得到有关部门的指导和配合，防止事故扩大，减少人员伤亡和财产的更大损失；二是可以及时对事故进行调查处理，总结经验，吸取教训，加强管理，保证安全生产。

建筑施工重大事故发生后，要根据有关法律、法规、规章的规定逐级上报。一次死亡 3 人以上的重大死亡事故，应在事故发生后 2h 内报告国家住房和城乡建设部。

8.2.6 招投标法

招投标法是调整在招标、投标活动中产生的社会关系的法律规范的总称。《招标投标法》已由第九届全国人大常委会第十一次会议于 1999 年 8 月 30 日通过，自 2000 年 1 月 1 日起施行。凡在我国境内进行招标采购项目的采购活动，必须依照该法的规定进行。

目前，在我国的招标、投标活动中，存在着大量不规范的做法，如虚假招标、行贿受贿、串通投标、地方保护等，大大削弱了招标、投标能够产生的效果。《招标投标法》在规范招标、投标活动方面必将产生积极的效果。对于保障财政资金和其他国有资金的节约和合理有效地使用，创造公平竞争的市场环境，对保护社会公共利益，也具有重要的意义。

1. 建设工程招标概述

（1）强制招标的工程建设项目范围 从法理上讲，招标是一种民事行为，建设单位（项目的采购方）有权决定是否采用招标选定工程建设项目的承包方。但是，当事人的这种权利不是绝对的，它要受到法律的限制。《招标投标法》规定有些工程建设项目必须进行招标。在我国境内进行下列工程建设项目，包括项目的勘察、设计、施工、监理以及与工程建设有关的重要设备、材料等的采购，必须进行招标。

1）大型基础设施、公用事业等关系社会公共利益、公众安全的项目。

2）全部或者部分使用国有资金投资或者国家融资的项目。

3）使用国际组织或者外国政府贷款、援助资金的项目。

上述项目的具体范围和规模标准，由国务院发展计划部门会同国务院有关部门制定，报国务院批准。法律或者国务院对必须进行招标的其他项目的范围有规定的，依照其规定。

对上述必须进行招标的建设项目，任何个人或者单位不得将其化整为零或者以其他任何方式规避招标。

① 招标。招标是指招标人通过一定的方式公布一定的标准和条件，招请有关人员来投标。

② 投标。投标是指参加投标的人按招标人提出的要求，在指定期限内向招标人报送标函、提出报价，又叫出标。

③ 开标和决标。开标是指在规定的时间和地点，按规定的方式公开各投标人标书的主要内容。决标是指开标后在对投标人的投标进行评标后招标人作出选择，确定中标人。建设工程的招标、投标活动，应当依法公开、公平、公正进行。

（2）建设工程招标的种类

1）建设工程项目总承包招标。建设工程项目总承包招标又叫建设项目全过程招标，在国外称之为"交钥匙"承包方式。它是指从项目建议书开始，包括可行性研究报告、勘察设计、设备材料询价与采购、工程施工、生产准备、投料试车，直到竣工投产、交付使用全面实行招标；工程总承包企业根据建设单位提出的工程使用要求，对项目建议书、可行性研究、勘察设计、设备询价与选购、材料订货、工程施工、职工培训、试生产以及竣工投产等实行全面报价投标。

2）建设工程勘察招标。建设工程勘察招标是指招标人就拟建工程的勘察任务发布通告，以法定方式吸引勘察单位参加竞争，经招标人审查获得投标资格的勘察单位按照招标文件的要求，在规定的时间内向招标人填报标书，招标人从中选择条件优越者完成勘察任务。

3）建设工程设计招标。建设工程设计招标是指招标人就拟建工程的设计任务发布通告，以吸引设计单位参加竞争，经招标人审查获得投标资格的设计单位按照招标文件的要求，在规定的时间内向招标人填报投标书，招标人从中择优确定中标单位来完成工程设计任务。设计招标主要是设计方案招标，工业项目可进行可行性研究方案招标。

4）建设工程施工招标。建设工程施工招标是指招标人就拟建的工程发布公告或者邀请，以法定方式吸引建筑施工企业参加竞争，招标人从中选择条件优越者完成工程建设任务的法律行为。

5）建设工程监理招标。建设工程监理招标是指招标人为了委托监理任务的完成，以法定方式吸引监理单位参加竞争，招标人从中选择条件优越者的法律行为。

6）建设工程材料设备招标。建设工程材料设备招标是指招标人就拟购买的材料设备发布公告或者邀请，以法定方式吸引建设工程材料设备供应商参加竞争，招标人从中选择条件优越者购买其材料设备的法律行为。

2. 招标公告和投标邀请书的事项

招标公告和投标邀请书的事项就是招标公告和投标邀请书的内容，按照《招标投标法》的规定，招标公告与投标邀请书应当载明同样的事项，具体包括以下事项。

1）招标人的名称和地址。

2）招标项目的性质。

3）招标项目的数量。

4）招标项目的实施地点。

5）招标项目的实施时间。

6）获取招标文件的办法。

8.3　建设工程质量管理条例

《建设工程质量管理条例》（以下简称《质量管理条例》）以建设工程质量责任主体为基线，规定了建设单位、勘察单位、设计单位、施工单位和工程监理单位的质量责任和义务，明确了工程质量保修制度、工程质量监督制度等内容，并对各种违法、违规行为的处罚作了原则规定。

8.3.1　总则

总则包括：制定条例的目的和依据；条例所调整的对象和适用范围；建设工程质量责任主体；建设工程质量监督管理主体；关于遵守建设程序的规定等。

（1）制定条例的目的和依据　为了加强对建设工程质量的管理，保证建设工程质量，保护人民生命和财产安全，根据《建筑法》，制定本条例。

（2）调整对象和适用范围　凡在中华人民共和国境内从事建设工程的新建、扩建和改建等有关活动及实施对建设工程质量监督管理的，必须遵守本条例。

（3）建设工程质量责任主体　建设单位、勘察单位、设计单位、施工单位和工程监理单位依法对建设工程质量负责。

（4）建设工程质量监督管理主体　县级以上人民政府建设行政主管部门和其他有关部门应当加强对建设工程质量的监督管理。

（5）必须严格遵守建设程序　从事建设工程活动，必须严格执行基本建设程序，坚持先勘察、后设计、再施工的原则。县级以上人民政府及其有关部门不得超越权限审批建设项目或擅自简化基本建设程序。

8.3.2　建设单位的质量责任和义务

《质量管理条例》对建设单位的质量责任和义务进行了多方面的

规定。包括：工程发包方面的规定；依法进行工程招标的规定；向其他建设工程质量责任主体提供与建设工程有关的原始资料和对资料要求的规定；工程发包过程中的行为限制；施工图设计文件审查制度的规定；委托监理以及必须实行监理的建设工程范围的规定；办理工程质量监督手续的规定；建设单位采购建筑材料、建筑构配件和设备的要求以及建设单位对施工单位使用建筑材料、建筑构配件和设备方面的约束性规定；涉及建筑主体和承重结构变动的装修工程的有关规定；竣工验收程序、条件和使用方面的规定；建设项目档案管理的规定。

《质量管理条例》第12条，对委托监理作了以下重要规定。

1）实行监理的建设工程，建设单位应当委托具有相应资质等级的工程监理单位进行监理 也可以委托具有工程监理相应资质等级并与被监理工程的施工承包单位没有隶属关系或者其他利害关系的该工程的设计单位进行监理。

2）下列建设工程必须实行监理：国家重点建设工程；大中型公用事业工程；成片开发建设的住宅小区工程；利用外国政府或者国际组织贷款、援助资金的工程；国家规定必须实行监理的其他工程。

8.3.3　勘察、设计单位的质量责任和义务

内容包括：从事建设工程的勘察、设计单位市场准入的条件和行为要求；勘察、设计单位以及注册执业人员质量责任的规定；勘察成果质量的基本要求；关于设计单位应当根据勘察成果进行工程设计和设计文件应当达到规定深度并注明合理使用年限的规定；设计文件中应注明材料、构配件和设备的规格、型号、性能等技术指标，质量必须符合国家规定的标准；除特殊要求外，设计单位不得指定生产厂和供应商；关于设计单位应就施工图设计文件向施工单位进行详细说明的规定；设计单位对工程质量事故处理方面的义务。

8.3.4　施工单位的质量责任和义务

内容包括：施工单位市场准入条件和行为的规定；关于施工单位对建设工程施工质量负责和建立质量责任制以及实行总承包的工程质量责任的规定；关于总承包单位和分包单位工程质量责任承担的规定；有关施工依据和行为限制方面的规定，以及对设计文件和图样方

面的义务；关于施工单位使用材料、构配件和设备前必须进行检验的规定；关于施工质量检验制度和隐蔽工程检查的规定；有关试块、试件取样和检测的规定；工程返修的规定；关于建立、健全教育培训制度的规定等。

8.3.5 工程监理单位的质量责任和义务

（1）市场准入和市场行为规定　工程监理单位应当依法取得相应等级的资质证书，并在其资质等级许可的范围内承担工程监理业务。

禁止工程监理单位超越本单位资质等级许可的范围或者以其他工程监理单位的名义承担工程监理业务，禁止工程监理单位允许其他单位或者个人以本单位的名义承担工程监理业务。

工程监理单位不得转让工程监理业务。

（2）工程监理单位与被监理单位关系的限制性规定　工程监理单位与被监理工程的施工承包单位以及建筑材料、建筑构配件和设备供应单位有隶属关系或者其他利害关系的，不得承担该项建设工程的监理业务。

（3）工程监理单位对施工质量监理的依据和监理责任　工程监理单位应当依照法律、法规以及有关技术标准、设计文件和建设工程承包合同，代表建设单位对施工质量实施监理，并对施工质量承担监理责任。

（4）监理人员资格要求及权力方面的规定　工程监理单位应当选派具备相应资格的总监理工程师和（专业）监理工程师进驻施工现场。

未经监理工程师签字，建筑材料、建筑构配件和设备不得在工程上使用或安装，施工单位不得进行下一道工序的施工。未经总监理工程师签字，建设单位不拨付工程款，不进行竣工验收。

（5）监理方式的规定　监理工程师应当按照工程监理规范的要求，采用旁站、巡视和平行检验等形式，对建设工程实施监理。

8.3.6 建设工程质量保修

内容包括：关于国家实行建设工程质量保修制度和质量保修书出具时间和内容的规定；关于建设工程最低保修期限的规定；施工单位

保修义务和责任的规定；对超过合理使用年限的建设工程继续使用的规定。

8.3.7 监督管理

1）关于国家实行建设工程质量监督管理制度的规定。

2）建设工程质量监督管理部门应当加强对有关建设工程质量的法律、法规和强制性标准执行情况的监督检查。

3）关于国务院发展计划部门对国家出资的重大建设项目实施监督检查的规定以及国务院经济贸易主管部门对国家重大技术改造项目实施监督检查的规定。

4）关于建设工程质量监督管理可以委托建设工程质量监督机构具体实施的规定。

5）县级以上地方人民政府建设行政主管部门和其他有关部门应当加强对有关建设工程质量的法律、法规和强制性标准执行情况的监督检查。

6）县级以上人民政府建设行政主管部门及其他有关部门进行监督检查时有权采取的措施。

7）关于建设工程竣工验收备案制度的规定。

8）关于有关单位和个人应当支持和配合建设工程监督管理主体对建设工程质量进行监督检查的规定。

9）对供水、供电、供气、公安消防等部门或单位不得滥用权力的规定。

10）关于工程质量事故报告制度的规定。

11）关于建设工程质量实行社会监督的规定。

8.3.8 罚则

对违反本条例的行为将追究法律责任。其中涉及建设单位、勘察单位、设计单位、施工单位和工程监理单位的有以下几种。

（1）建设单位　将建设工程发包给不具有相应资质等级的勘察、设计、施工单位或委托给不具有相应资质等级的工程监理单位的；将建设工程肢解发包的；不履行或不正当履行有关职责的；未经批准擅自开工的；建设工程竣工后，未向建设行政主管部门或有关部门移交建设项目档案的。

（2）勘察、设计、施工单位　超越本单位资质等级承揽工程的；允许其他单位或者个人以本单位名义承揽工程的；将承包的工程转包或者违法分包的；勘察单位未按工程建设强制性标准进行勘察的；设计单位未根据勘察成果或者未按照工程建设强制性标准进行工程设计的以及指定建筑材料、建筑构配件的生产厂、供应商的；施工单位在施工中偷工减料的，使用不合格材料、构配件和设备的，或者有不按照设计图样或者施工技术标准施工的其他行为的；施工单位未对建筑材料、建筑构配件、设备、商品混凝土进行检验，或者未对涉及结构安全的试块、试件以及有关材料取样检测的；施工单位不履行或拖延履行保修义务的。

（3）工程监理单位　超越资质等级承担监理业务的；转让监理业务的；与建设单位或施工单位串通，弄虚作假、降低工程质量的；将不合格的建设工程、建筑材料、建筑构配件和设备按照合格签字的；工程监理单位与被监理工程的施工承包单位以及建筑材料、建筑构配件和设备供应单位有隶属关系或者其他利害关系承担该项建设工程监理业务的。

8.4　建设工程安全生产管理条例

《建设工程安全生产管理条例》（以下简称为《条例》）以建设单位、勘察单位、设计单位、施工单位、工程监理单位及其他与建设工程安全生产有关的单位为主体，规定了各主体在安全生产中的安全管理责任与义务，并对监督管理、生产安全事故的应急救援和调查处理、法律责任等作了相应的规定。

8.4.1　总则

总则包括：制定条例的目的和依据；条例所调整的对象和适用范围；建设工程安全管理责任主体等内容。

（1）立法目的　加强建设工程安全生产监督管理，保障人民群众生命和财产安全。

（2）调整对象　在中华人民共和国境内从事建设工程的新建、扩建、改建和拆除等有关活动及实施对建设工程安全生产的监督管理。

(3) 安全方针　坚持安全第一、预防为主。

(4) 责任主体　建设单位、勘察单位、设计单位、施工单位、工程监理单位及其他与建设工程安全生产有关的单位。

(5) 国家政策　国家鼓励建设工程安全生产的科学技术研究和先进技术的推广应用，推进建设工程安全生产的科学管理。

8.4.2　建设单位的安全责任

《条例》主要规定了建设单位向施工单位提供施工现场及毗邻区域内等有关地下管线资料并保证资料的真实、准确、完整；不得对勘察、设计、施工、工程监理等单位提出不符合建设工程安全生产法律、法规和强制性标准规定的要求，不得压缩合同约定的工期；在编制工程概算时，应当确定有关安全施工所需费用；应当将拆除工程发包给具有相应资质等级的施工单位等安全责任。

8.4.3　勘察、设计、工程监理及其他有关单位的安全责任

1)《条例》规定了勘察单位应当按照法律、法规和工程建设强制性标准进行勘察，采取措施保证各类管线、设施和周边建筑物、构筑物的安全等内容。

2)《条例》规定了设计单位应当按照法律、法规和工程建设强制性标准进行设计，防止因设计不合理导致生产安全事故的发生；应当考虑施工安全操作和防护的需要，并对防范生产安全事故提出指导意见；采用新结构、新材料、新工艺的建设工程和特殊结构的建设工程，设计单位应当在设计中提出保障施工作业人员安全和预防生产安全事故的措施建议等内容。

3)《条例》规定了工程监理单位应当审查施工组织设计中的安全技术措施或者专项施工方案是否符合工程建设强制性标准。

工程监理单位在实施监理过程中，发现存在安全事故隐患的，应当要求施工单位整改；情况严重的，应当要求施工单位暂时停止施工，并及时报告建设单位。施工单位拒不整改或者不停止施工的，工程监理单位应当及时向有关主管部门报告。

工程监理单位和监理工程师应当按照法律、法规和工程建设强制性标准实施监理，并对建设工程安全生产承担监理责任。

4)《条例》还对为建设工程提供机械设备和配件的单位，应当

按照安全施工的要求配备齐全有效的保险、限位等安全设施和装置；出租机械设备和施工机具及配件的出租单位应当对出租的机械设备和施工机具及配件的安全性能进行检测；检验检测机构对检测合格的施工起重机械和整体提升脚手架、模板等自升式架设设施，应当出具安全合格证明文件，并对检测结果负责等内容作出规定。

8.4.4 施工单位的安全责任

《条例》主要规定了施工单位应当在其资质等级许可的范围内承揽工程；施工单位主要负责人依法对本单位的安全生产工作全面负责；施工单位对列入建设工程概算的安全作业环境及安全施工措施所需费用，不得挪作他用；施工单位应当设立安全生产管理机构，配备专职安全生产管理人员；建设工程实行施工总承包的，由总承包单位对施工现场的安全生产负总责。

《条例》还规定了施工单位应当在施工组织设计中编制安全技术措施和施工现场临时用电方案，对下列达到一定规模的危险性较大的分部分项工程编制专项施工方案，并附上安全验算结果，经施工单位技术负责人、总监理工程师签字后实施，由专职安全生产管理人员进行现场监督。

1）基坑支护与降水工程。

2）土方开挖工程。

3）模板工程。

4）起重吊装工程。

5）脚手架工程。

6）拆除、爆破工程。

7）国务院建设行政主管部门或者其他有关部门规定的其他危险性较大的工程。

《条例》还规定了施工单位技术人员应当对有关安全施工的技术要求向施工作业班组、作业人员作出详细说明；施工单位安全警示标志设置；施工现场办公、生活区与作业区设置；施工单位对毗邻建筑物、构筑物和地下管线防护，遵守有关环境保护法律、法规的规定；现场建立消防安全责任制度；遵守安全施工的强制性标准、规章制度和操作规程；使用施工起重机械和整体提升脚手架、模板等自升式架设设施前，应当组织有关单位进行验收；安全生产教育培训；为施工现场从事危险作业的人员办理意外伤害保险等内容。

8.4.5 监督管理

《条例》规定国务院负责安全生产监督管理的部门对全国建设工程安全生产工作实施综合监督管理；县级以上地方人民政府负责安全生产监督管理的部门对本行政区域内建设工程安全生产工作实施综合监督管理；国务院建设行政主管部门对全国的建设工程安全生产实施监督管理；国务院铁路、交通、水利等有关部门按照国务院规定的职责分工，负责有关专业建设工程安全生产的监督管理；县级以上地方人民政府建设行政主管部门对本行政区域内的建设工程安全生产实施监督管理；县级以上地方人民政府交通、水利等有关部门在各自的职责范围内，负责本行政区域内的专业建设工程安全生产的监督管理。

8.4.6 生产安全事故的应急救援和调查处理

《条例》对县级以上地方人民政府建设行政主管部门和施工单位制定建设工程（特大）生产安全事故应急救援预案；生产安全事故的应急救援、生产安全事故调查处理程序和要求等作出了规定。

8.4.7 法律责任

此项对违反《条例》应负的法律责任作出了规定。

工程监理单位未对施工组织设计中的安全技术措施或者专项施工方案进行审查的；发现安全事故隐患未及时要求施工单位整改或者暂时停止施工的；施工单位拒不整改或者不停止施工，未及时向有关主管部门报告的；未依照法律、法规和工程建设强制性标准实施监理的将受到责令限期改正；逾期未改正的，责令停业整顿，并处10万元以上30万元以下的罚款；情节严重的，降低资质等级，直至吊销资质证书；造成重大安全事故，构成犯罪的，对直接责任人员，依照刑法有关规定追究刑事责任；造成损失的，依法承担赔偿责任等处罚。

注册执业人员未执行法律、法规和工程建设强制性标准的，责令停止执业3个月以上1年以下；情节严重的，吊销执业资格证书，5年内不予注册；造成重大安全事故的，终生不予注册；构成犯罪的，依照刑法有关规定追究刑事责任。

8.5 关于落实建设工程安全生产监理责任的若干意见

为了贯彻《建设工程安全生产管理条例》，指导和督促工程监理单位落实安全生产监理责任，做好建设工程安全生产的监理工作，原建设部 2006 年 10 月 16 日发布了《关于落实建设工程安全生产监理责任的若干意见》，对建设工程安全监理的主要工作内容、工作程序、监理责任等作出了规定。

（一）建设工程安全监理的主要工作内容

1. 施工准备阶段

（1）监理单位应根据《条例》的规定，按照工程建设强制性标准、《建设工程监理规范》（GB 50319—2001）和相关行业监理规范的要求，编制包括安全监理内容的项目监理规划，明确安全监理的范围、内容、工作程序和制度措施，以及人员配备计划和职责等。

（2）对中型及以上项目和《条例》第二十六条规定的危险性较大的分部分项工程，监理单位应当编制监理实施细则。实施细则应当明确安全监理的方法、措施和控制要点，以及对施工单位安全技术措施的检查方案。

（3）审查施工单位编制的施工组织设计中的安全技术措施和危险性较大的分部分项工程安全专项施工方案是否符合工程建设强制性标准要求。审查的主要内容应当包括：

① 施工单位编制的地下管线保护措施方案是否符合强制性标准要求。

② 基坑支护与降水、土方开挖与边坡防护、模板、起重吊装、脚手架、拆除、爆破等分部分项工程的专项施工方案是否符合强制性标准要求。

③ 施工现场临时用电施工组织设计或者安全用电技术措施和电气防火措施是否符合强制性标准要求。

④ 冬季、雨季等季节性施工方案的制订是否符合强制性标准要求。

⑤ 施工总平面布置图是否符合安全生产的要求，办公、宿舍、食堂、道路等临时设施设置以及排水、防火措施是否符合强制性标准

要求。

（4）检查施工单位在工程项目上的安全生产规章制度和安全监管机构的建立、健全及专职安全生产管理人员配备情况，督促施工单位检查各分包单位的安全生产规章制度的建立情况。

（5）审查施工单位资质和安全生产许可证是否合法有效。

（6）审查项目经理和专职安全生产管理人员是否具备合法资格，是否与投标文件相一致。

（7）审核特种作业人员的特种作业操作资格证书是否合法有效。

（8）审核施工单位应急救援预案和安全防护措施费用使用计划。

2. 施工阶段

（1）监督施工单位按照施工组织设计中的安全技术措施和专项施工方案组织施工，及时制止违规施工作业。

（2）定期巡视检查施工过程中的危险性较大工程作业情况。

（3）核查施工现场施工起重机械、整体提升脚手架、模板等自升式架设设施和安全设施的验收手续。

（4）检查施工现场各种安全标志和安全防护措施是否符合强制性标准要求，并检查安全生产费用的使用情况。

（5）督促施工单位进行安全自查工作，并对施工单位自查情况进行抽查，参加建设单位组织的安全生产专项检查。

（二）建设工程安全监理的工作程序

监理单位的建设工程安全监理工作应按如下程序进行：

1. 监理单位按照《建设工程监理规范》和相关行业监理规范要求，编制含有安全监理内容的监理规划和监理实施细则。

2. 在施工准备阶段，监理单位审查核验施工单位提交的有关技术文件及资料，并由项目总监在有关技术文件报审表上签署意见；审查未通过的，安全技术措施及专项施工方案不得实施。

3. 在施工阶段，监理单位应对施工现场安全生产情况进行巡视检查，对发现的各类安全事故隐患，应书面通知施工单位，并督促其立即整改；情况严重的，监理单位应及时下达工程暂停令，要求施工单位停工整改，并同时报告建设单位。安全事故隐患消除后，监理单位应检查整改结果，签署复查或复工意见。施工单位拒不整改或不停工整改的，监理单位应当及时向工程所在地建设主管部门或工程项目的行业主管部门报告，以电话形式报告的，应当有通话记录，并及时补充书面报告。检查、整改、复查、报告等情况应记载在监理日志、监理月报中。

监理单位应核查施工单位提交的施工起重机械、整体提升脚手架、模板等自升式架设设施和安全设施等验收记录，并由安全监理人员签收备案。

4. 工程竣工后，监理单位应将有关安全生产的技术文件、验收记录、监理规划、监理实施细则、监理月报、监理会议纪要及相关书面通知等按规定立卷归档。

（三）建设工程安全生产的监理责任

监理单位有下述违反《条例》有关建设工程安全生产监理规定行为的，应承担《条例》第五十七条规定的法律责任。

1. 监理单位应对施工组织设计中的安全技术措施或专项施工方案进行审查，未进行审查；施工组织设计中的安全技术措施或专项施工方案未经监理单位审查签字认可，施工单位擅自施工的，监理单位应及时下达工程暂停令，并将情况及时书面报告建设单位。监理单位未及时下达工程暂停令并报告。

2. 监理单位在监理巡视检查过程中，发现存在安全事故隐患的，应按照有关规定及时下达书面指令要求施工单位进行整改或停止施工。监理单位发现安全事故隐患没有及时下达书面指令要求施工单位进行整改或停止施工。

3. 施工单位拒绝按照监理单位的要求进行整改或者停止施工的，监理单位应及时将情况向当地建设主管部门或工程项目的行业主管部门报告，监理单位没有及时报告。

4. 监理单位未依照法律、法规和工程建设强制性标准实施监理的，应当承担《条例》第五十七条规定的法律责任。

监理单位履行了《条例》有关建设工程安全生产监理规定的职责，施工单位未执行监理指令继续施工或发生安全事故的，应依法追究监理单位以外的其他相关单位和人员的法律责任。

为了切实落实监理单位的安全生产监理责任，应做好以下三个方

面的工作:

1. 健全监理单位安全监理责任制。监理单位法定代表人应对本企业监理工程项目的安全监理全面负责。总监理工程师要对工程项目的安全监理负责,并根据工程项目特点,明确监理人员的安全监理职责。

2. 完善监理单位安全生产管理制度。在健全审查核验制度、检查验收制度和督促整改制度基础上,完善工地例会制度及资料归档制度。定期召开工地例会,针对薄弱环节,提出整改意见,并督促落实;指定专人负责监理内业资料的整理、分类及立卷归档。

3. 建立监理人员安全生产教育培训制度。监理单位的总监理工程师和安全监理人员需经安全生产教育培训后方可上岗,其教育培训情况记入个人继续教育档案。

8.6 建筑业各类合同法规

8.6.1 概述

我国经济体制改革的目标是建立社会主义市场经济体制,在发展社会主义市场经济的过程中,合同法占有十分重要的地位。1999 年 3 月九届全国人大二次会议通过了《中华人民共和国合同法》(以下简称《合同法》)。这是在原有的《经济合同法》、《技术合同法》和《涉外经济合同法》三部合同法的基础上,总结实践经验,加以补充完善,形成的统一的、较为完备的合同法。这部新合同法,共 23 章 428 条。其中,总则共 8 章 129 条,分则共 15 章 298 条,附则 1 条。自 1999 年 10 月 1 日起施行。《合同法》的制定,对于保护合同当事人的合法权益,进一步完善市场交易规则、维护社会经济秩序,具有非常重要的作用。

1. 合同的概念

合同是联结社会经济生活各环节的重要纽带,是经济活动借以实现的主要形式。合同、协议、契约三个名称,按传统民法理念有细微的差别,但在我国民法理论中不作区别,虽然分别使用,但含义基本相同。如何界定合同的概念,学者们有不同的观点。一种认为合同只是发生债权债务关系的合意;另一种认为应将各种反应平等主体之间以民事权利义务为内容的协议全部纳入统一合同法的调整范围中。

《合同法》规定，合同是平等主体的自然人、法人、其他组织之间设立、变更、终止民事权利义务关系的协议。首先，合同法规定了三类合同当事人，其一是自然人，指因出生而取得民事主体资格的人，包括中国公民与外国公民以及无国籍人。其二是法人，即具有民事权利能力和民事行为能力，依法独立享有民事权利和承担民事义务的组织。其三是其他组织，即非法人组织，如法人的分支机构、私营企业、非法人社会团体、个体工商户等。其次，合同法强调在民事活动中，当事人的地位都是平等的，没有上下级之分，也没有领导与被领导之别，尤其应当防止行政干预。因而，合同是平等的当事人之间的协议。协议的内容体现了民事权利义务关系，该民事权利义务关系在当事人之间进行变动（设立、变更、终止等），这就是合同的基本含义。按照合同法的规定，合同应具备以下法律特征。

1）合同是一种民事法律行为，合同以意思表示为基本要素。

2）合同是双方以上当事人意思表示一致的民事法律行为。

3）合同是以设立、变更、终止权利义务关系为目的的民事法律行为。

4）合同各方当事人的法律地位是平等的。

2. 合同法的概念

合同法是调整平等民事主体之间的关于交易关系的法律规范的总称，包括合同的订立、成立、内容、效力、履行、变更、终止等方面的法律规定。在我国，合同法是民法的一个组成部分，因而民法中的基本原则，如当事人法律地位平等原则、合法原则、自愿原则、诚实信用原则、民事权益受法律保护原则和保障社会公德和社会公共利益原则等均适用于合同法领域。同时，合同法因其调整范围不同，又确定了基本与特有的原则。依据合同法规定，其基本原则包括以下几项内容。

（1）合同自由原则　合同自由原则包括缔约自由、选择相对人自由、缔约内容自由、缔约形式自由、变更或解除缔约自由等。合同自由不是绝对的，是在法律规定的范围内的自由。我国在一些公益领域、定式合同及有关法律、法规中均体现了对合同自由的限制。《合同法》规定，当事人依法享有自愿订立合同的权利，任何单位与个人不得非法干预。

（2）公平、正义原则　这种公平，要求一方给付与对方给付之间具有等值性，合同上的负担和分担也应合理分配，以期达到正义。在合同法的内容设定上均体现了这一原则。如发生不可抗力、情势变更情况时，为避免显失公平，应具备允许变更或解除等条款，均是合同公平、正义的体现。合同自由原则和公平、正义原则，是相互补充、相辅相成的，只能结合起来协调适用，才能更好地发挥彼此的作用。

（3）诚实信用原则　该原则要求当事人在合同成立后，在行使权利和履行义务时，要守信用、讲诚实，而不能进行欺诈。不仅如此，在当事人缔约时，就应遵守诚实信用的原则。诚实信用原本是一个道德标准，但在商业交往过程中，一个良好的商业道德也是交易双方能否实现交易目的的保证。因而，作为道德评判标准的诚实信用最终以法律形式确定下来，并上升成为法律的原则，要求在整个法律行为中普遍遵守。

（4）遵守法律和公序良俗原则　现代社会任何主体的行为必须符合法律的规定，在法律规范的引导下进行。作为确定交易主体行为的合同法也必然要求交易双方在交易过程中遵守法律。除此之外，还要遵守社会公德。公序良俗不仅是一个道德标准，并且早已被大多数国家上升为法律原则，强制主体必须遵守，以防止当事人的行为扰乱社会经济秩序，损害社会公共利益。

8.6.2　建设工程合同概述

1. 建设工程合同的概念

建设工程合同又称为基本建设工程承包合同，是指建设工程的建设单位与承建人（承包方即勘察设计、施工单位）根据国家规定的程序和国家批准的投资计划、计划任务书等文件，以完成建设工程为内容的，确定双方权利和义务关系的协议。承建人以自己的设备、技术、劳动为建设单位完成一定的建设工程，建设单位验收竣工工程并支付约定报酬。其中，建设单位又称发包人，承建人为承包人，建设工程为建设工程合同的标的。

建设工程属于固定资产的建筑、安装。建设工程合同也属承揽合同范围。因为其标的属不动产，有其特殊性，我国法律将其单列为一种典型合同，对基本建设工程进行了特别规定。对其中未加规定的，则仍适用承揽合同的有关规定。

2. 建设工程合同的种类

工程项目的建设一般需要经过勘察、设计、施工等过程才能最终完成，并且基本建设工程具有建设周期长、涉及范围广、质量要求高、标的数额大等特点。因而，根据不同标准可将建设工程合同划分为不同的种类。

按照建设工程的建设过程，可将其分为勘察、设计合同和施工合同。勘察、设计合同是指勘察设计承包人为发包人完成建设工程的勘察、设计工作，发包人按约定验收工作并支付报酬的合同。其中又分为勘察合同和设计合同。施工合同是指承包人为发包人完成建设工程的建筑、安装工作，发包人按约定验收工程并支付报酬的合同。《合同法》对建设工程监理合同也在建设工程合同中作了规定，也可以将建设监理合同作为建设工程合同的组成部分。

按照建设工程的用途，可将其分为生产性基本建设工程合同和非生产性基本建设工程合同。前者是指形成生产性固定资产的基本建设工程，如工业厂房的建设。后者是指形成非生产性固定资产的建设工程，如民用住宅的建设。

按照建设工程的性质不同，又可将其分为新建、改建、扩建和恢复工程建设。新建工程建设是原来没有基本建设工程的基础，完全新建造的工程。改建是指在原来基本建设工程的基础上进行改造的工程。扩建是指在原有基本建设工程基础上进行新的建设。恢复是指对于因自然灾害、年久失修等原因而倒塌、破损的建设，在原有规模上重新恢复建设的工程。

按照建设工程施工承包企业的承包工程能力，可将其分为总承包合同和独立承包合同。总承包合同是指发包人与总承包人订立的建设工程合同，即由承包人就发包人的建设工程项目的勘察、设计、施工等过程全部予以承包的合同。独立承包合同是指发包人分别与勘察人、设计人、施工人订立勘察、设计、施工承包合同。《合同法》规定，发包人不得将应为由一个承包人完成的建设工程肢解成若干部分发包给几个承包人。

由于基本建设工程涉及范围比较广泛，各项技术要求严格，承包人往往难以具备所有建设工程的技术、设备、专业知识等要求。因此，总承包人或者勘察、设计、施工承包人经发包人同意，可以将自己承包的部分工作交由第三人完成，即订立分包合同。第三人就其完成的工作成果与总承包人或者勘察、设计、施工承包人向发包人承担连带责任。承包人不得将其承包的全部建设工程转包给第三人或者将其承包的全部建设工程肢解以后以分包的名义分别转包给第三人。如施工总承包单位不得将建设工程主体结构的施工分包给其他单位。

对于独立承包合同，由于各合同互相独立，每一合同的承包人不同，各承包人分别就其承包的工作向发包人负责，彼此之间没有联系。若某一承包人未按合同约定完成工作，发包人只能依各个合同分别追究不同承包人的违约责任。各承包人之间不负连带责任。

《合同法》规定，禁止承包人将工程分包给不具备相应资质条件的单位。禁止分包单位将其承包的工程再分包。建设工程主体结构的施工必须由承包人自行完成。

3. 建设工程合同的法律特征

建设工程合同主要具有以下法律特征。

（1）合同双方当事人都是法人，承包方必须具有相应的权利能力和行为能力　建设工程合同因其具有周期长、涉及领域广、标的数额大，并且一些重大建设工程关系到国家重大建设利益，所以对发包人及承包人的要求也很严格。虽然《合同法》中未明确规定发包人与承包人均须法人，但我国的《建筑工程勘察设计合同条例》及《建筑安装工程承包合同条例》均规定建筑工程合同双方当事人均应具有法人资格。自然人既不能成为发包人，也不得成为承包人。即使是法人单位，若其不具备建设工程所需资质条件，也不得成为建设工程的承包人。承包方必须是经国家主管部门审批，具有相应资质条件的勘察、设计、施工单位。

（2）建设工程合同的标的是特定的基本建设工程　建设工程合同的标的是特定的，必须属于基本建设工程，具有不可替代性和不可重复建造性。工程的规模和质量也是特定的，如矿井、港口、水坝等不动产。这也是建设工程合同与承揽合同不同之处。不属于基本建设工程，而属于一般工程的是承揽合同的标的。

（3）建设工程合同具有国家计划性　虽然现在国家计划性在各个行业不像以前体现的那么突出和重要，基本建设项目的投资渠道也呈现出多样化。但是由于基本建设工程标的的特殊性，尤其是一些大型基本建设工程，国家仍需要对基本建设项目实行一定的计划控制，工程建设合同也仍应受国家计划的约束，而不能完全由市场调节，否则，必然会造成基本建设失控，造成巨大的资金浪费。基本建设工程合同在签订前，应将可行性报告报主管机关批准。属于国家重大建设工程合同的，还应当遵守国家批准的投资计划，否则，当事人也不得签订建设工程合同。对于国家重大建设工程合同，除应当遵守国家批准的投资计划，还应当根据国家规定的程序，提出可行性研究报告等文件，经过批准后，方可签订建设工程合同。

（4）国家参与对建设工程合同的监督、管理　建设工程合同除发包方有权对工程进展及质量标准进行随时检查、监督外，由于建设工程合同涉及国家的基本建设规划，尤其是国家重大的建设工程项目，涉及国计民生，所以，国家对于建设工程合同实行严格的监督、管理。这也是承揽合同不具备的。

（5）主体之间具有严密的协作性　建设工程合同涉及的法律关系很多，勘察、设计、施工、采购等工作具有极强的连贯性。这就要求建设单位与勘察、设计、施工单位互相配合，搞好协作，共同完成合同规定的工程建设任务。

（6）建设工程合同为要式合同　由于建设工程合同标的特殊性以及建设工程周期长、技术要求高、标的数额大、具有国家计划性等特点，同时为便于国家对建设工程合同的监督、管理，以往的有关法律及《合同法》均明确规定，建设工程合同必须采用书面形式订立，不允许以口头形式签订建设工程合同。除必须采用书面形式订立外，建设工程合同订立过程中还须经主管机关批准。因此，建设工程合同为要式合同。

4. 建设工程合同的订立方式

建设工程合同的订立有严格的程序性。必须按照基本建设工作程序首先编制项目建议书，进行可行性研究和编制可行性研究报告；立项后，建设项目进入实施阶段，才能根据批准的设计任务书签订勘察、设计合同；根据批准的初步设计、技术设计的施工图设计等签订施工合同。

2000年1月1日起施行的《中华人民共和国招标投标法》规定，在中华人民共和国境内进行下列工程建设项目，包括项目的勘察、设计、施工、监理以及与工程建设有关的重要设备、材料等采购，必须进行招标：①大型基础设施、公共事业等关系社会公共利益、公众安全的项目；②全部或者部分使用国有资金投资或者国家融资的项目；③使用国际组织或者外国政府贷款、援助资金的项目。

因此，建设工程合同应采取招标方式签订。所谓招标，是指由招标人提出招标要求，由各投标人相互竞争与招标人订立合同的一种方式，一般经过招标、投标、开标和决标几个阶段。

8.6.3 《合同法》中与建筑业各类合同有关的规定

《合同法》第十五章 承揽合同

第二百五十一条 承揽合同是承揽人按照定作人的要求完成工作，交付工作成果，定作人给付报酬的合同。承揽包括加工、定作、修理、复制、测试、检验等工作。

第二百五十二条 承揽合同的内容包括承揽的标的、数量、质量、报酬、承揽方式、材料的提供、履行期限、验收标准和方法等条款。

第二百五十三条 承揽人应当以自己的设备、技术和劳力，完成主要工作，但当事人另有约定的除外。承揽人将其承揽的主要工作交由第三人完成的，应当就该第三人完成的工作成果向定作人负责；未经定作人同意的，定作人也可以解除合同；

第二百五十四条 承揽人可以将其承揽的辅助工作交由第三人完成。承揽人将其承揽的辅助工作交由第三人完成的，应当就该第三人完成的工作成果向定作人负责。

第二百五十五条 承揽人提供材料的，承揽人应当按照约定选用材料，并接受定作人检验。

第二百五十六条　定作人提供材料的，定作人应当按照约定提供材料；承揽人对定作人提供的材料，应当及时检验，发现不符合约定时，应当及时通知定作人更换、补齐或者采取其他补救措施。

承揽人不得擅自更换定作人提供的材料，不得更换不需要修理的零部件。

第二百五十七条　承揽人发现定作人提供的图样或者技术要求不合理的，应当及时通知定作人。因定作人怠于答复等原因造成承揽人损失的，应当赔偿损失。

第二百五十八条　定作人中途变更承揽工作的要求，造成承揽人损失的，应当赔偿损失。

第二百五十九条　承揽工作需要定作人协助的，定作人有协助的义务。定作人不履行协助义务致使承揽工作不能完成的，承揽人可以催告定作人在合理期限内履行义务，并可以顺延履行期限；定作人逾期不履行的，承揽人可以解除合同。

第二百六十条　承揽人在工作期间，应当接受定作人必要的监督检验。定作人不得因监督检验妨碍承揽人的正常工作。

第二百六十一条　承揽人完成工作的，应当向定作人交付工作成果，并提交必要的技术资料和有关质量证明。定作人应当验收该工作成果。

第二百六十二条　承揽人交付的工作成果不符合质量要求的，定作人可以要求承揽人承担修理、重作、减少报酬、赔偿损失等违约责任。

第二百六十三条　定作人应当按照约定的期限支付报酬。对支付报酬的期限没有约定或者约定不明确，依照本法第六十一条的规定仍不能确定的，定作人应当在承揽交付工作成果时支付；工作成果部分交付的，定作人应当相应支付。

第二百六十四条　定作人未向承揽人支付报酬或者材料费等价款的，承揽人对完成的工作成果享有留置权，但当事人另有约定的除外。

第二百六十五条　承揽人应当妥善保管定作人提供的材料以及完成的工作成果，因保管不善造成毁损、灭失的，应当承担损害赔偿责任。

第二百六十六条　承揽人应当按照定作人的要求保守秘密，未经定作人许可，不得留存复制品或者技术资料。

第二百六十七条　共同承揽人对定作人承担连带责任，但当事人另有约定的除外。

第二百六十八条　定作人可以随时解除承揽合同。造成承揽人损失的，应当赔偿损失。

第十六章　建设工程合同

第二百六十九条　建设工程合同是承包人进行工程建设，发包人支付价款的合同。建设工程合同包括工程勘察、设计、施工合同。

第二百七十条　建设工程合同应当采用书面形式。

第二百七十一条　建设工程的招标投标活动，应当依照有关法律的规定公开、公平、公正进行。

第二百七十二条　发包人可以与总承包人订立建设工程合同，也可以分别与勘察人、设计人、施工人订立勘察、设计、施工承包合同。发包人不得将应当由一个承包人完成的建设工程肢解成若干部分发包给几个承包人。总承包人或者勘察、设计、施工承包人经发包人同意，可以将自己承包的部分工作交由第三人完成。第三人就其完成的工作成果与总承包人或者勘察、设计、施工承包人向发包人承担连带责任。承包人不得将其承包的全部建设工程转包给第三人或者将其承包的全部建设工程肢解以后以分包的名义分别转包给第三人。禁止承包人将工程分包给不具备相应资质条件的单位。禁止分包单位将其承包的工程再分包。建设工程主体结构的施工必须由承包人自行完成。

第二百七十三条　国家重大建设工程合同，应当按照国家规定的程序和国家批准的投资计划、可行性研究报告等文件订立。

第二百七十四条　勘察、设计合同的内容包括提交有关基础资料和文件（包括概预算）的期限、质量要求、费用以及其他协作条件等条款。

第二百七十五条　施工合同的内容包括工程范围、建设工期、中间交工工程的开工和竣工时间、工程质量、工程造价、技术资料交付时间、材料和设备供应责任、拨款和结算、竣工验收、质量保修范围和质量保证期、双方相互协作等条款。

第二百七十六条　建设工程实行监理的，发包人应当与监理人采用书面形式订立委托监理合同。发包人与监理人的权利和义务以及法律责任，应当依照本法委托合同以及其他有关法律、行政法规的规定。

第二百七十七条　发包人在不妨碍承包人正常作业的情况下，可以随时对作业进度、质量进行检查。

第二百七十八条　隐蔽工程在隐蔽以前，承包人应当通知发包人检查。发包人没有及时检查的，承包人可以顺延工程日期，并有权要求赔偿停工、窝工等损失。

第二百七十九条　建筑工程竣工后，发包人应当根据施工图样及说明书、国家颁发的施工验收规范和质量检验标准及时进行验收。验收合格的，发包人应当按照约定支付价款，并接收该建设工程。建设工程竣工经验收合格后，方可交付使用。未经验收或者验收不合格的，不得交付使用。

第二百八十条　勘察、设计的质量不符合要求或者未按照期限提交勘察、设计文件拖延工期，造成发包人损失的，勘察人、设计人应当继续完善勘察、设计，减收或者免收勘察、设计费并赔偿损失。

第二百八十一条　因施工人的原因致使建设工程质量不符合约定的，发包人有权要求施工人在合理期限内无偿修理或者返工、改建。经过修理或者返工、改建后，造成逾期交付的，施工人应当承担违约责任。

第二百八十二条　因承包人的原因致使建设工程在合理使用期限内造成人身和财产损害的，承包人应当承担损害赔偿责任。

第二百八十三条　发包人未按照约定的时间和要求提供原材料、设备、场地、资金、技术资料的，承包人可以顺延工程日期，并有权要求赔偿停工、窝工等损失。

第二百八十四条　因发包人的原因致使工程中途停建、缓建的，发包人应当采取措施弥补或者减少损失，赔偿承包人因此造成的停工、窝工、倒运、机械设备调迁、材料和构件积压等损失和实际费用。

第二百八十五条　因发包人变更计划，提供的资料不准确，或者未按照期限提供必需的勘察、设计工作条件而造成勘察、设计的返工、停工或者修改设计，发包人应当按照勘察人、设计人实际消耗的工作量增付费用。

第二百八十六条　发包人未按照约定支付价款的，承包人可以催告发包人在合理期限内支付价款。发包人逾期不支付的，除按照建设工程的性质不宜折价、拍卖的以外，承包人可以与发包人协议将该工程折价，也可以申请人民法院将该工程依法拍卖。建设工程的价款就该工程折价或者拍卖的价款优先受偿。

第二百八十七条　本章没有规定的，适用承揽合同的有关规定。

8.6.4　建设工程勘察、设计合同

建设工程勘察、设计合同简称勘察、设计合同，是指建设单位或有关单位为完成一定的勘察、设计任务，明确双方权利、义务的协议。建设单位或有关单位是委托方，勘察、设计单位是承包方。根据勘察、设计合同，承包方完成委托方委托的勘察、设计项目，委托方接受符合约定要求的勘察、设计成果，并给付报酬。勘察、设计合同的特征有以下三个方面。

首先，勘察、设计合同的当事人双方应具有法人资格。作为发包方必须是具有国家批准的建设项目，落实投资计划的企事业单位、社会组织；作为承包方应当是具有国家批准的勘察、设计许可证，具有经有关部门核准的资质等级的勘察、设计单位。

其次，勘察、设计合同的订立必须符合工程项目建设程序。

再次，勘察、设计合同具有建设工程合同的基本特征。

1. 勘察、设计合同的订立

签订勘察合同由建设单位、设计单位或有关单位提出委托，经双方协商同意即可签订。签订设计合同，除双方协商同意外，还必须具有上级机关批准的设计任务书。小型单项工程必须具有上级机关批准的设计文件。如果单独委托施工图设计任务，应同时具备经有关部门批准的初步设计文件方能签订。勘察、设计合同必须采用书面形式，并参照国家推荐使用的示范文本。

勘察、设计合同的主要条款如下所述。

1）提交有关基础资料和文件的期限。

2）质量要求。

3）勘察或者设计费用。

4）其他协作条件等。

2. 勘察、设计合同的履行

（1）委托方的义务　委托方的义务是指由委托方负责提供资料的内容、技术要求、期限以及应承担的准备工作和服务项目。

1）向承包方提供开展勘察、设计工作所需的有关基础资料，并对提供的时间、进度与资料的可靠性负责。

委托勘察工作的，在勘察工作开始前，委托方应向承包方提交由设计单位提供，经建设单位同意的勘察范围的地形图和建筑平面布置图各一份，提出由建设单位委托，设计单位填写的勘察技术要求及附图。

委托初步设计的，在初步设计前，委托方应在规定的日期内向承包方提供经过批准的设计任务书、选址报告以及原料（或经过批准的资源报告）、燃料、水、电、运输等方面的协议文件和能满足初步设计要求的勘察资料、需经科研取得的技术资料。

委托施工图设计的，在施工图设计前，应提供经过批准的初步设计文件和能满足施工图设计要求的勘察资料、施工条件以及有关设备的技术资料。

2）在勘察、设计人员进入现场作业或配合施工时，应负责必要的工作和生活条件。

3）委托方应负责勘察现场的水电供应、平整道路、现场清理等工作，以保证勘察工作的开展。

4）委托方应明确设计范围和深度，并负责及时向有关部门办理各设计阶段设计文件的审批工作。

5）委托配合引进项目的设计，从询价、对外谈判、国内外技术考察直到建成投产的各个阶段，都应通知承担有关设计的单位参加。

6）按照国家有关规定和合同的约定给付勘察、设计费用。

7）勘察、设计合同生效后，委托方应向承包方交付定金。勘察任务的定金为勘察费的 30%，设计任务的定金为估算的设计费的 20%。勘察、设计合同履行后，定金抵作勘察、设计费。

8）维护承包方的勘察成果和设计文件，不得擅自修改，不得转让给第三人重复使用。

9）合同中含有保密条款的，委托方应承担设计文件的保密责任。

（2）承包方的义务

1）勘察单位应按照现行的标准、规范、规程和技术条例，进行工程测量和工程地质、水文地质等勘察工作，并按合同规定的进度、质量要求提交勘察成果。对于勘察工作中的漏项应及时予以勘察，对于由此多支出的费用应自行负担并承担由此造成的违约责任。

2）设计单位要根据批准的设计任务书、可行性研究报告或上一阶段设计的批准文件，以及有关设计的技术经济文件、设计标准、技术规范、规程、定额等提出勘察技术要求进行设计，并按合同规定的深度和质量要求，提交设计文件（包括概预算文件、材料设备清单）。

3）在原定任务书范围内的必要修改，由设计单位负责。原定任务书有重大变更而重作或修改设计时，须具有设计审批机关或设计任务书批准机关的意见书，经双方协商，另订合同。

4）设计单位对所承担设计任务的工程项目，应配合施工，进行设计技术交底，解决施工过程中有关设计的问题，负责设计变更和修改预算，参加试车考核及工程竣工验收。对于大中型工业项目和复杂的民用工程应派现场设计代表，并参加隐蔽工程验收。

3. 设计的修改和终止

1）设计文件批准后，不得任意修改和变更。如果必须修改，也需经过有关部门批准，其批准权限，视修改的内容所涉及的范围而定。

2）委托方因故要求修改工程设计，经承包方同意后，除设计文件的提交时间另定外，委托方还应按承包方实际返工修改的工作量增付设计费。

3）原定设计任务书或初步设计如有重大变更而需重做或修改设

计时，须经设计任务书或初步设计批准机关同意，并经双方当事人协商后另订合同。委托方负责支付已经进行了的设计费用。

4）委托方因故要求中途终止设计时，应及时通知承包方，已付的设计费不退，并按该阶段实际所耗工时，增付和结清设计费，同时结束合同关系。

4. 勘察、设计费的数量与拨付办法

（1）勘察费　勘察工作的取费标准按照勘察工作的内容确定。其具体标准和计算办法依据国家有关规定执行，也可在国家指导下，承包方、发包方在合同中加以约定，勘察费用一般按实际完成的工作量收取。

勘察合同订立后，委托方应向承包方支付定金，定金金额为勘察费的30%；勘察工作开始后，委托方应向承包方支付勘察费的30%；全部勘察工作结束后，承包方按合同规定向委托方提供勘察报告书和图样，委托方收取资料后，在规定的期限内按实际勘察工作量付清勘察费。对于特殊工程可适当提高勘察费用。

（2）设计费　设计工程的取费标准，一般应根据不同行业、不同建设规模和工程内容的繁简程度制定不同的收费定额，再根据这些定额来计算收取的费用。

设计合同订立后，委托方应向承包方支付相当于设计费的20%作为定金，设计合同履行后，定金抵作设计费。设计费用其余部分的支付由双方共同商定。

勘察、设计费的支付方式，必须在合同中明确。合同中还须明确勘察、设计费的支付期限。

5. 违约责任

（1）委托方的违约责任

1）委托方若不履行合同，定金不予返还。

2）由于变更计划，提供的资料不准确，未按期提供勘察、设计工作必需的资料或工作条件，因而造成勘察、设计工作的返工、窝工、停工或修改设计时，委托方应按承包方实际消耗的工作量增付费用。因委托方责任造成重大返工或重作设计的，应另增加勘察、设计费。

3）勘察、设计的成果按期、按质、按量交付后，委托方要依照法律、法规的规定和合同的约定，按期、按量交付勘察费、设计费。委托方未按合同规定或约定的日期交付费用时，应偿付逾期的违约金。偿付办法与金额，由双方按照国家有关规定来协商确定。

（2）承包方的违约责任

1）因勘察、设计质量低劣引起返工，或未按期提交勘察、设计文件，拖延工期造成损失的，由承包方继续完善勘察、设计，并视造成的损失、浪费的大小，减收或免收勘察设计费。

2）对于因勘察、设计错误而造成的工程重大质量事故的，承包方除免收损失部分的勘察、设计费外，还应支付与直接损失部分勘察、设计费相当的赔偿金。

3）承包方不履行合同，应当双倍返还定金。

6. 勘察、设计合同的索赔

勘察、设计合同一旦签订，双方当事人要恪守合同，当因一方当事人的责任使另一方当事人的权益受到损害时，遭受损失方可向责任方提出索赔要求，以补偿经济上遭受的损失。

（1）承包方向委托方提出索赔

1）委托方不能按合同要求准时提交满足设计要求的资料，致使承包方设计人员无法正常开展设计工作，承包方可提出合同价款和合同工期索赔。

2）委托方在设计中途提出变更要求，承包方可提出合同价款和合同工期索赔。

3）委托方不按合同规定支付价款，承包方可提出合同违约金索赔。

4）因其他原因属委托方责任造成承包方利益损害时，承包方可提出合同价款索赔。

（2）委托方向承包方提出索赔

1）承包方不能按合同约定的时间完成设计任务，致使委托方因工程项目不能按期开工造成损失，可向承包方提出索赔。

2）承包方的勘察、设计成果中出现偏差或漏项等，致使工程项目施工或使用时给委托方造成损失，委托方可向承包方索赔。

3）承包方完成的勘察、设计任务深度不足，致使工程项目施工困难，委托方也可提出索赔。

4）因承包方的其他原因造成委托方损失的，委托方可以提出索赔。

8.6.5 施工合同概述

1. 施工合同的概念

施工合同即建筑安装工程承包合同，是发包人和承包方为完成商定的建筑安装工程，明确相互权利、义务关系的合同。依照施工合同，承包方应完成一定的建筑、安装工程任务，发包人应提供必要的施工条件并支付工程价款。施工合同是建设工程合同的一种，它与其他建设工程合同一样是一种双务合同，在订立时也应遵守自愿、公平、诚实、信用等原则。施工合同是工程建设的主要合同，是工程建设质量控制、进度控制、投资控制的主要依据。在市场经济条件下，建设市场主体之间相互的权利、义务关系主要是通过合同确立的，因此，在建设领域加强对施工合同的管理具有十分重要的意义。国家立法机关、国务院、国家建设行政管理部门都十分重视施工合同的规范工作，1999 年 3 月 15 日第九届全国人大第二次会议通过、1999 年 10 月 1 日生效实施的《中华人民共和国合同法》对建设工程施工合同作了明确规定。《中华人民共和国建筑法》（以下简称《建筑法》）也有许多涉及建设工程施工合同的规定。原建设部 1993 年 1 月 29 日发布了《建设工程施工合同管理办法》。这些法律、法规、部门规章是我国工程建设施工合同管理的依据。

施工合同的当事人是发包人和承包方，双方是平等的民事主体。承发包双方签订施工合同，必须具备相应资质条件和履行施工合同的能力。对合同范围内的工程实施建设时，发包人必须具备组织协调能力；承包方必须具备有关部门核定的资质等级并持有营业执照等证明文件。发包人既可以是建设单位，也可以是取得建设项目总承包资格的项目总承包单位。在施工合同中，实行的是以工程师为核心的管理体系（虽然工程师不是施工合同当事人）。施工合同中的工程师是指监理单位委派的总监理工程师或发包人指定的履行合同的负责人，其具体身份和职责由双方在合同中约定。

2. 《建设工程施工合同文本》简介

根据有关工程建设施工的法律、法规，结合我国工程建设施工的实际情况，并借鉴了国际上广泛使用的土木工程施工合同（特别是 FIDIC 土木工程施工合同条件），原建设部、国家工商行政管理局于 1999 年 12 月 24 日发布了《建设工程施工合同（示范文本）》（以下简称《施工合同文本》）。《施工合同文本》是对原建设部、国家工商行政管理局 1991 年 3 月 31 日发布的《建设工程施工合同示范文本》的改进，是各类公用建筑、民用住宅、工业厂房、交通设施及线路管理的施工和设备安装的样本。

《施工合同文本》由协议书、通用条款、专用条款三部分组成，并附有三个附件：附件一是承包方承揽工程项目一览表，附件二是发包人供应材料设备一览表，附件三是工程质量保修书。协议书是《施工合同文本》中总纲性的文件。虽然其文字量并不大，但它规定了合同当事人双方最主要的权利、义务，规定了组成合同的文件及合同当事人对履行合同、义务的承诺，并且合同当事人在这份文件上签字盖章，因此具有法律效力。通用条款是根据《合同法》、《建筑法》、《建设工程施工合同管理办法》等法律、法规对承发包双方的权利义务作出的规定，除双方协商一致对其中的某些条款作了修改、补充或取消，双方都必须履行。它是将建设工程施工合同中共性的一些内容抽象出来编写的一份完整的合同文件。通用条款具有很强的通用性，基本适用于各类建设工程。通用条款共由 11 部分 47 条组成。

考虑到建设工程的内容各不相同，工期、造价也随之变动，承包、发包人各自的能力、施工现场的环境和条件也各不相同，通用条款不能完全适用于各个具体工程，因此配之以专用条款对其作必要的修改和补充，使通用条款和专用条款成为双方统一意愿的体现。专用条款的条款号与通用条款相一致，空白处由当事人根据工程的具体情况予以明确或者对通用条款进行修改、补充。《施工合同文本》的附件则是对施工合同当事人的权利、义务的进一步明确，并且使得施工合同当事人的有关工作一目了然，便于执行和管理。

3. 施工合同文件的组成及解释顺序

组成建设工程施工合同的文件包括以下几种。

1）施工合同协议书。

2）中标通知书。

3）投标书及其附件。

4）施工合同专用条款。

5）施工合同通用条款。

6）标准、规范及有关技术文件。

7）图样。

8）工程量清单。

9）工程报价单或预算书。

双方有关工程的洽商、变更等书面协议或文件视为协议书的组成部分。

上述合同文件应能够互相解释、互相说明。当合同文件中出现不一致时，上面的顺序就是合同的优先解释顺序。当合同文件出现含糊不清或者当事人有不同理解时，按照合同争议的解决方式处理。

8.6.6 建设工程委托监理合同管理

原建设部和原国家计委于 1995 年 12 月 5 日联合颁发的《工程建设监理规定》中指出"监理单位承担监理业务，应当与项目法人签订书面工程建设监理合同。工程建设监理合同的主要条款是：监理的范围和内容、双方的权利与义务、监理费的计取与支付、违约责任、双方约定的其他事项。"这种规定也是国际惯例。

业主与监理单位签订的委托监理合同，与其在工程建设实施阶段所签订的其他合同的最大区别表现在标的性质上的差异。勘察设计合同、施工承包合同、物资采购合同、加工承揽合同等的标的是产生新的物质成果或信息成果，而监理委托合同的标的是服务，即监理工程师凭自己的知识、经验、技能，受业主的委托为其所签订的其他合同的履行实施监督和管理的职责，通过自己的服务活动获得酬金。根据新颁布的《合同法》的规定，委托监理合同属于技术合同中的技术服务合同。

监理合同表明，受委托的监理单位不是建筑产品的直接经营者，不向业主承包工程造价。如果由于监理工程师的有效管理或采纳了他所提供的合理化建议，使得工程在保证质量的前提下而节约了工程投资或缩短了工期，则业主应按照监理合同中的规定给予一定的奖金，作为其所提供的优质服务的奖励。

监理单位与承包商是监理与被监理的关系，双方没有经济利益间的关系。当承包商因接受了监理工程师的指导而节省了投入时，监理单位不参与承包商的赢利分成。

委托监理合同是监理工程师进行监理工作的准则和依据，更为重要的是，对监理合同管理的好坏将直接影响监理单位的经济利益。特别是在我国建设监理制度还不完善，监理取费普遍偏低的情况下，加强监理合同的管理尤为重要。

1. 《建设工程委托监理合同示范文本》简介

为了适应建设监理事业发展的需要，提高监理委托合同签订的质量，更好地规范监理合同当事人的行为，原建设部、工商行政管理局曾于 1995 年 10 月 9 日颁布了《工程建设监理委托合同示范文本》（GF—95—0202），在《中华人民共和国建筑法》以及《中华人民共和国合同法》实施后，原建设部、工商行政管理局又对原《工程建筑监理委托合同示范文本》进行了修订，于 2000 年 2 月 17 日颁布了《建设工程委托监理合同示范文本》（GF—2000—0202），原《工程建筑监理委托合同示范文本》（GF—95—0202）同时废止。新《工程建筑监理委托合同示范文本》内容完整、严密，意思表达准确，其推广使用可以提高监理合同签订的质量，减少扯皮和合同纠纷。

《建设工程委托监理合同示范文本》（GF—2000—0202）由建设工程委托监理合同、标准条件和专用条件组成。

（1）建设工程委托监理合同　它是一个总的合同协议书，是纲领性文件。其主要内容是当事人双方确认的委托监理工程的概况（工程名称、地点、规模、总投资等）、价款和酬金、合同签订、生效完成时间，并表示双方愿意履行约定的各项义务以及明确监理合同文件的组成。

监理合同文件，除建设工程委托监理合同之外还应包括以下几项内容。

1）监理投标书或中标通知书。

2）委托监理合同标准条件。

3）委托监理合同专用条件。

4）在实施过程中双方共同签署的补充与修正文件。

建设工程委托监理合同是一份标准的格式文件，经当事人双方在有限的空白处内填写具体规定的内容并签字盖章后，即发生法律效力。

（2）**标准条件** 标准条件共49条，其内容涵盖了合同中所用的词语定义、适用范围和法规，签约双方的责任、权利和义务，合同生效、变更与终止，监理报酬，风险分担以及履行过程中应遵循的程序及其他一些情况的详细规定。它是委托监理合同的通用文本，适用于各类工程建设监理委托，是所有签约工程都应遵守的基本条件。

（3）**专用条件** 由于标准条件适用于所有的工程建设监理委托，因此其中的某些条款规定得比较笼统；需要在签订具体工程项目的委托监理合同时，就地域特点、专业特点和委托监理项目的工程特点，对标准条件中的某些条款进行补充、修正。如对委托监理的工作内容而言，认为标准条中的条款还不够全面，允许在专用条件中增加合同双方议定的条款内容。

所谓补充，是指标准条件中的某些条款明确规定，在该条款确定的原则下，在专用条件的条款中进一步明确具体内容，使两个条件中相同序号的条款共同组成一条内容完备的条款。如标准条件中规定"监理合同适用的法律是国家法律、行政法规，以及专用条件中议定的部门规章或工程所在地的地方法规、地方规章。"这就要求在专用条件的相同序号条款内写入应遵循的部门规章和地方法规的名称，作为双方都必须遵守的条件。

所谓修改，是指标准条件中规定的程序方面的内容，如果双方认为不合适，可以协议修改。如标准条件中规定"如果委托人对监理人提交的支付通知中报酬或部分报酬项目提出异议，应当在收到支付通知书24小时内向监理人发出异议的通知。"如果业主方认为这个时间太短，在与监理单位协商达成一致意见后，可在专用条件的相同序号内延长时效。

2. 建设工程委托监理合同的主要内容

从各国情况看，委托监理合同的语言、形式和协议内容是丰富多彩的。但是，其基本内涵并没有什么区别，无论从实际的需要还是为满足法律的要求，完善的合同都应该具备下列基本内容。

（1）合同主体的确认　在委托合同中，首项的内容通常是合同主体的身份说明。主要是说明建设单位和监理单位的名称、地址以及他们的实体性质。例如，所有制性质，是属于国营、集体或是属于私营性质的。一般为了避免在整个合同中重复使用烦琐的全名，常常是采用缩写的办法使用名称；例如，习惯上喜欢称建设单位或委托方为"甲方"，称监理单位为"乙方"，用"工程师"来代替"监理工程师"或"某监理公司"等。有必要指出，确切地指出合同的各方是很重要的，否则，出现名称的错误，很容易导致重大错误。此外，作为监理单位的代表还应该清楚，委托方的意图是否遵守国家法律、是否符合国家政策和计划的要求，这是保证所签合同在法律上的有效性的重要前提条件。

（2）合同的一般性叙述　当合同各方的关系得到确认并叙述清楚之后，接下去将进入一般性的叙述，通常这个叙述是个比较固定的"套语"，如"鉴于……"，合同中的许多话（特别是国外合同用得更多）都是从这一个词句引出的。可以说一般性叙述是引出"标的"的过渡。在标准合同中这些叙述常常被省略。

另外，在该叙述部分还要明确合同文件及解释顺序、合同文件使用的语言文件、标准和适用法律。

（3）合同的标的　对于合同标的叙述包含两个部分：一是对所委托项目概况的描述；二是对监理工程师所提供的服务内容的描述。

对项目概况的描述是为了确定项目的内容，或便于规定出服务的一般范围。具体的内容主要是项目性质（如新建、扩建或技术改造）、投资来源（属国家投资或自筹）、工程地点、工期要求以及项目规模或生产能力。在我国，项目立项的批准文件可以替代有关内容。

监理单位为业主提供的监理服务包括正常的监理工作，附加的工作和额外的工作。

1）正常的监理工作。业主委托监理业务的范围非常广泛，从工程建设各阶段来说，可以包括项目前期立项咨询到设计阶段、施工阶段、保修阶段的监理。在每一阶段内，又可以进行投资、质量、进度的三大控制，以及合同、信息的管理。正常的监理服务是指委托合同规定的工作内容，大致包括以下几方面的内容。

① 工程技术咨询服务，包括进行项目可行性研究、项目方案的技术经济分析、项目发包模式的选定等。

② 协助业主组织进行工程项目设计、施工、设备采购的招标、评标，对工程设计、施工、材料或设备质量等进行技术监督和检查等。

③ 施工管理，包括质量、投资、进度控制以及合同、信息管理等。

每一个合同项目所需要的都是一个特定的服务，要根据工程的特点、业主的管理能力以及监理单位的能力等诸方面的因素，将委托的监理任务详细地写入合同相关条款中。对于不属于监理工程师提供的服务内容，也同样有必要在合同中列出。

2）附加的工作。附加工作是指由于业主要求或项目本身需要而增加的服务内容，一般包括由于业主、第三方或非人力的意外原因使正常的监理工作受到阻碍或延误而增加的工作；原由业主承担的义务改由监理单位承担而增加的工作；应业主要求更改合同的服务内容而增加的工作内容等。

3）额外的工作。额外的工作是指出现根据合同规定不应由监理单位负责的特殊情况时，使监理工程师不能履行他的职责而发生暂停或终止执行监理任务，因此而带来的善后工作以及恢复执行监理任务的工作视为额外服务。

（4）业主的义务　业主除应偿付监理报酬外，还有责任创造一定条件使监理工程师更有效地进行工作。其主要的义务包括以下内容。

1）业主在监理单位开展监理业务之前应向监理单位支付预付款。

2）业主应当负责工程建设的所有外部关系的协调，为监理工作提供外部条件。如将部分或全部协调工作委托监理单位承担，则应在专用条件中明确委托的工作和相应的报酬。

3）业主应当在双方约定的时间内免费向监理单位提供与工程有关的为监理工作所需要的工程资料。

4）业主应当在约定的时间内就监理工程师书面提交并要求作出决定的一切事宜作出书面决定。

5）业主应当授权一名熟悉工程情况、能在规定时间内作出决定的常驻代表，负责与监理单位联系。更换常驻代表，要提前通知监理单位。

6）业主应当将授予监理单位的监理权利以及监理单位主要成员的职能分工、监理权限及时书面通知已选定的承包合同的承包人，并在与第三人签订的合同中予以明确。

7）业主应为监理单位提供必要的协助，如获取与工程合作的原材料、构配件、机械设备等生产厂家名录，以掌握产品质量和信息；提供与本工程有关的协作单位、配合单位的名录，以方便监理工程师的协调。

8）业主应免费向监理单位提供办公用房、通信设施、监理人员工地住房及合同专用条件约定的设施，对监理单位自备的设施给予合理的经济补偿。

9）对国际性项目，协助办理海关或签证手续。

10）如一个项目委托多个监理单位时，业主对几家监理单位的关系、业主的有关义务等，在与每一个监理单位的委托合同中都应写清楚。

（5）业主的权利　委托监理合同中保障业主权益的有关条款，可归纳为如下几条。

1）授予监理单位权限的权利　在委托监理合同内除需明确监理任务外，还应明确规定监理单位的权限。在业主的授权范围内，监理单位可自主地采取各种措施进行监督、管理和协调，如果超越权限时，应首先报请业主批准后方可发布有关指令。

2）对其他承包合同的授予权。业主是投资者，因此对设计、施工、加工、采购和供应等合同的承包商有选定权和签字权，而监理工程师在选定承包商的过程中仅有建议权而无决定权。

3）对项目重大事项的决定权。业主有对工程规模、规划设计、设计标准和使用功能等要求的认定权;工程设计变更的审批权;工程的工期、质量等级等方面的决定权等。

4)对监理单位履行合同的监督控制权。

① 对监理合同转让和分包的监督。监理单位转让监理任务,选择监理工作的分包单位以及更改或终止分包合同,都必须征得业主的同意。

② 对监理人员的控制与监督。监理委托合同开始履行时,监理单位应向业主报送总监理工程师及其他主要成员的名单;监理单位调换主要监理人员时,须经业主同意;如果在合同履行过程中,业主发现监理人员履行合同不力,有权要求更换监理人员。

③ 对合同履行的监督权。业主有权要求监理单位提交工程项目进度表、专项报告、各种技术和记录资料以及月份、季度和年度监理报告等。

(6)监理单位的义务

1)监理单位按合同约定派出监理工作需要的监理机构及监理人员,向业主报送委派的总监理工程师及其监理机构主要成员名单、监理规划,完成监理合同专用条件中约定的监理工程范围内的监理业务。在履行合同义务期间,应按合同约定定期向业主报告监理工作。

2)根据合同约定认真、勤奋、有效地开展工作,公正地维护有关方面的合法权益,促进工程建设的顺利进行。

3)由业主提供的供监理单位使用的物品,在服务完成后应归还业主。

4)在委托合同期内或合同终止后,未经业主事先同意,监理单位不得泄露与该合同或业主业务活动有关的专业资料或保密资料。

(7)监理单位的权利 委托监理合同中维护监理工程师权益的条款,可归纳为如下几条。

1)完成监理工作后获得报酬和补偿的权利。监理单位不仅应获得合同内规定的正常监理任务的报酬,而且如果完成了附加服务和额外服务工作,还有权按照委托合同中议定的有关计算方法,获得相应的报酬和补偿。如果委托监理合同生效后,因国家的法规、政策变化而导致监理服务期的改变,则应相应地调整原定的报酬和服务完成时间。

2）获得奖励的权利。如果由于监理单位提供的优质服务，使业主获得了实际的经济利益，则监理单位应当获得业主的适当物质奖励。奖励办法通常参照国家颁布的合理化建议奖励办法，写在合同专用条件的相应条款内。

3）终止合同的权利。如果业主严重拖欠监理单位的报酬，或由于非监理单位责任而使服务暂停的期限超过半年以上，监理单位可按照终止合同的规定程序，单方面提出终止合同。

4）如果由于不可抗力、业主的工作失误等原因使工程延期或费用增加，监理工程师不承担责任。

5）监理工程师在履行监理其他承包合同实施的监理任务时，可行使的权利包括以下几项。

① 选择工程总承包人的建议权。

② 选择工程分包人的认可权。

③ 对工程设计、规划及其他有关建设事项的建议权。

④ 项目实施时对质量、工期的监督控制权。

⑤ 工程款支付的审核和签认权，以及工程结算的复核确认权与否决权。

⑥ 协调参与工程建设的各方面的主持权。

⑦ 审核承包商索赔的权利。

⑧ 紧急情况下为工程和人身安全，超越业主授权范围发布指令，但事后应尽快通知业主。

（8）监理报酬　委托监理合同中有关监理报酬的条款，应明确费用额度及其支付时间和方式。如果是国际合同，还需规定支付的币种。对于有关成本补偿、费用项目等，也都要加以说明。

监理费计取办法有：按提供服务人员支付工资及管理费、按受监理工程造价的一定比例、费用包干以及其他方法。

不论合同中商定采用哪种方法计算费用，都应明确支付的时间、次数、支付方式和条件等。常见的支付形式有：按实际发生额每月支付；按双方约定的计划明细表支付，可以按月或按规定天数支付；按实际完成的某项工作的比例支付；按工程进度支付等。

（9）违约责任　合同责任期内，如果监理单位未按合同中要求的职责勤恳、认真、公正地服务，或业主未按合同规定履行其应尽的义务时，均应向对方承担赔偿责任。任何一方对另一方负有责任时，赔偿的原则如下所述。

1）赔偿应限于由于违约所造成的，可以合理预见到的损失和损害的数额。

2）在任何情况下，赔偿的累计数额不应超过专用条款中规定的最大赔偿限额；对监理单位一方，其赔偿总额不应超出监理报酬总额（除去税金）。

3）如果任何一方与第三方共同对另一方负有责任时，则负有责任的一方所应付的赔偿比例应限于由其违约所应负责的那部分比例。

4）当一方向另一方的索赔要求不成立时，提出索赔的一方应补偿由此所导致的对方各种费用支出。

5）如果不在专用条件中规定的时限内或法律规定的更早日期前正式提出索赔，无论业主或是监理单位均不对由任何事件引起的任何损失或损害负责。

（10）其他条款　一般合同中都附有其他款项以进一步确定双方权利和义务，如一旦发生修改合同、终止合同，或紧急情况的处理程序，争议的解决等。在国际性的合同中，常常包括不可抗力的条款，如发生地震、动乱、战争等情况下不能履行合同的条款。

（11）签字　业主与监理单位都在合同中签字，便证明他们已承认双方达成协议，合同才具有了法律效力。签字应由法人代表或经授权的代表进行。

3. 委托监理合同管理

（1）认真分析，准确理解合同条款　委托监理合同的签署过程中，双方都应认真注意，涉及合同的每一份文件都是双方在执行合同过程中对各自承担义务相互理解的基础。一旦出现争议，这些文件也是保护双方权利的法律基础。因此，一定要注意合同文字的简洁、清晰，每个措词都应该是经过双方充分讨论，以保证对工作范围、采取的工作方式以及双方对相互间的权利和义务确切理解。

（2）必须坚持按法定程序签署合同　委托监理合同的签订，意味着委托代理关系的形成，委托与被委托方的关系也将受到合同的约束。在合同签署过程中，要认真注意合同签订的有关法律问题，对于这些问题，一般是由通晓法律的专家或聘请法律顾问指导和协助完成。合同开始执行时，业主应当将自己的授权执行人及其所授予的权力以书面形式通知监理单位，监理单位也应将拟派往该项目工作的总监理工程师及其助手的情况告知业主。在必要时，双方可以聘请法律顾问，以便证实执行委托监理合同的各方都是适宜的。监理合同签署之后，业主应当将委托给监理工程师的权限体现在与承包商签订的工程承包合同中，至少在承包商动工之前要将监理工程师的有关权限书面转达承建单位，为监理工程师的工作创造条件。

（3）重视来往函件的处理　来往函件包括业主的变更指令、认可信、答复信、关于工程的请示信件等。在监理合同洽商及执行过程中，合同双方通常会用一些函件来确认双方达成的某些口头协议，尽管他们不是具有约束力的正规合同文件，但它可以帮助确认双方的关系，以及双方对项目相关问题理解的一致性，以免将来因分歧而否定口头协议。对业主的任何口头指令，要及时索取书面证据。监理工程师与业主要养成以信件或其他书面形式交往的习惯，这样会减少日后许多不必要的争执。工程实践中的"随便说说，何必当真"之类的话是经常听到的，但是由于"随便说说"引起的后果却无法查证和追究责任。"立个字据"，在监理合同执行过程中是非常必要的。对所有的函件都应建立索引，存档保存，直到监理工作结束；对所有的回信也应复印留底，甚至信件和信封也要保存（因为信件通常以发出或收到之日起计算答复天数，且以邮戳为准），以备待查。

（4）严格控制合同的修改和变更　工程建设中难免出现许多不可预见的事项，因而经常会出现要求修改或变更合同条件的情况。具体可能包括改变工作服务范围、工作深度、工作进度、费用的支付或委托和被委托方各自承担的责任等。特别是当出现需要改变服务范围和费用问题时，监理单位应该坚持要求修改合同，口头协议或者临时性交换函件等都是不可取的。可以采取几种方式对合同进行修正：正式文件、信件协议或委托单。如果变动范围太大，重新制订一个新的合同来取代原有的合同，对于双方来说都是好办法。不论采用什么办法，修改之处一定要便于执行，这是避免纠纷、节约时间和资金的需要。如果忽视了这一点，仅仅是表面上通过的修改，就有可能缺乏合法性和可行性。

（5）加强合同风险管理　由于工程建设周期长，协作单位多，资金投入量大，技术要求严，市场制约性强等特点，使得项目实施的预期结果不易准确预测，风险及损失潜在压力大，因此加强合同的风险管理是非常必要的。监理工程师首先要对合同的风险进行分析，分析评价每一合同条款执行的法律后果将给监理单位带来的风险。特别要慎重分析业主方的有关风险，如业主的资金支付能力、信誉等，应充分了解情况，在合同签订及合同执行过程中采取相应对策，才能免受或少受损失，使建设监理工作得以顺利开展。

（6）充分利用有效的法律服务　委托监理合同的法律性很强，监理单位必须配备这方面的专家，这样在准备标准合同格式、检查其他人提供的合同文件以及合同的监督、执行过程中，才不至于出现失误。

思 考 题

1. 我国有关部门对建设工程监理进行了哪些方面的规定？
2. 我国建设监理法规体系包含哪些层次？
3. 《中华人民共和国建筑法》有关建筑工程监理条款的主要内容有哪些？
4. 申请建筑工程许可的条件及法律后果有哪些？
5. 试述合同的概念及其法律特征。
6. 试述建设工程合同的法律特征。
7. 建筑工程发包方式及招标方式有哪些？
8. 工程勘察、设计单位的质量责任和义务有哪些？
9. 施工合同文件的组成有哪些？

第9章 建设工程监理案例

9.1 实施监理的工程实例之一——长江三峡工程

中国长江三峡工程开发总公司为该工程的项目法人。三峡工程项目建设采用经济的而不是行政的办法组织工程建设，即全面实行"项目法人负责制、招标投标制、工程监理制和合同管理制"。三峡工程建设实行全过程、全方位监理的做法，制订工程监理程序和实施细则的做法，以及对监理人员实行考核考试定职上岗的做法等，值得借鉴。

9.1.1 三峡工程监理总体指导思想

项目法人确定的三峡工程监理的总体指导思想是：必须在遵循国家有关法令的前提下，紧密结合国情和三峡工程实际规划组织三峡工程监理；必须在我国建设工程监理，特别是水电工程监理已经取得的经验和成果、已经达到的水平及已有监理力量的基础上高起点、高标准、严要求地开展三峡工程的各项监理工作。

鉴于三峡工程初步设计早已完成，项目法人明确界定三峡工程监理是工程建设实施阶段的全面监理。实施阶段是从合同工程项目招标发包和实施准备起，直至工程施工和工程项目竣工验收的整个过程。全面是指监理工作的主要内容基本涵盖或涉及了工程质量、进度、造价控制和合同管理、组织协调等各个方面的工作。

9.1.2 三峡工程的监理组织体系

1. 监理组织机构的设置

在充分考虑了现阶段三峡的工程特点、管理特点以及业主单位自身项目管理机构设置和人员力量以后，决定采用按项目（即工程的分项目或子项目）分别设置监理单位的方式设置监理机构。因此，三峡工程监理组织机构是一个在业主单位统一组织和指导下的按工程项目设置的、由多个监理单位所组成的、统一的监理组织体系。在这一组织体系下，具体的监理组织机构设置，将随着工程的进展和项目的变迁，按照上述机构设置原则进行相应的动态调整。

2. 监理与业主的职责划分及其相互关系

业主与监理的职责划分是：业主单位主要负责工程建设实施的总体规划、决策、组织、协调和总体控制，以保证三峡工程项目能按国家要求的质量、进度、投资目标全面完成；各监理单位的主要职责是在业主的委托与授权范围内，依照合同对所监理工程项目的建设施工进行"独立、自主、公正"的监理，以保证工程项目按合同目标全面实施。相应于上述职责划分，业主单位与监理单位的基本关系是委托与被委托的合同关系，总体上监理单位要接受业主单位的统一组织和协调。为了保证监理工作质量，业主单位有权依照监理委托合同的规定对监理单位的工作进行检查、监督、考核与奖罚。

3. 选聘监理单位的方式和主要原则

三峡工程监理单位选聘的主要方式是采用招标、投标，通过竞争择优选聘。在监理选聘中绝不把监理费用的高低作为评价监理单位的主要标准，而是侧重于对监理单位的资质、资历、监理业绩与信誉、总体水平、专业特长、主要监理人员素质以及对本监理工程项目的认识与建议和其监理大纲等，进行全面的综合分析、比较、评价。

三峡工程选聘与委托的基本工作程序是：监理意向调查与资质预审—监理选聘招标邀请函及监理招标文件的发送—监理投标文件及监理工作大纲的接受—监理工作大纲的审阅与评价—业主与监理单位对监理大纲的讨论及合同条款的协商—对投标监理单位的分析、比较与综合评价、定标—合同谈判—中标通知发出及签订监理委托合同书。

4. 三峡工程监理组织体系的发展与现状

一期工程期间，由 1993 年 12 月起，根据工程项目划分和相应的监理机构设置，先后选聘了长江水利委员会、铁道部科学研究院等11 个监理单位，对右岸工程、厂坝一期开挖等主体工程和西陵长江大桥、对外交通专用公路等准备工程项目进行监理。1997 年第三季度，针对二期工程特点，并考虑到监理工作的连续性，对监理组织机构进行了调整。在一期工程四个主体工程项目监理单位中，选择长江水利委员会、国家电力总公司西北和中南勘测设计研究院（以下简称长江委、西北院和中南院）承担了二期工程主体工程项目及其他相关项目的监理任务，并重新签订了二期工程监理委托合同。随着工程进展的需要，进场监理人数和人员到位率逐年增加，专业配置和人员结构日趋合理。一期工程年最高进场人数达 350 余人；二期工程 1998 年末进场人数已达 460 人，其中具有高中级职称的专业人员占总数的 70% 以上，二期工程高峰年进场人数达到 600～650 人。

9.1.3 三峡工程监理工作的规范化

1. 监理工作规范化是协调统一监理工作的有效措施

监理工作的规范化、制度化是保证监理工作质量和监理工作成效的一项基础性工作，业主和监理单位都很重视。监理单位和业主单位一致认识到，在由多个监理单位分项目实施监理的情况下，只有通过监理工作规范化，逐步形成一个统一的、能够规范各个监理单位工作的监理制度体系，才能协调统一各单位监理工作的内容、程序、方法、手段和措施，才能保证三峡工程监理工作达到应有的深度和广度，才能保证监理工作质量，适应三峡工程协调统一的进展要求。

2. 三峡工程监理规范化的主要工作原则

三峡工程监理规范化工作必须由业主单位和监理单位两个层次有统有分地互相结合进行。业主单位负责监理规范化的总体规划、组织和协调统一工作，并负责编制适用于全工程统一的工作原则；监理单位则结合本监理工作项目的实际，编制规范本项目监理工作的各种内外部制度和监理工作细则。当条件成熟时，业主单位将某些带有共同性的监理工作制度和细则进一步修编、整理为适用于各监理项目的工作细则。所编制的各类监理工作制度、细则和规定等，必须在适应的前提下具有一定的先导性和超前性，以保持其相对稳定性。

3. 监理规范化工作的发展现状

根据以上工作原则，1994 年 7 月业主单位编制了《三峡建设工程监理统一管理办法（试行）》。对监理工作的内容、方式方法、手段措施、现场监理组织机构等都作了原则性的规定，对业主单位的各项监理管理工作、业主单位与监理单位的职责划分及关系等都作了原则性的规定。各监理单位依据这一管理办法，陆续修订和编制了本监理项目的各项监理工作细则。这些制度、细则等基本覆盖了一期工程的各项监理工作。

进入二期工程以来，各监理单位在进行了二期工程监理工作细则的修订和重新编制，基本满足了监理工作的需要，促进了三峡工程监理工作水平的提高，协调统一了各单位的监理工作。

9.1.4 三峡工程监理的质量、进度、造价控制及技术管理工作的原则及其实践

监理的工程质量、进度、投资控制（以下简称三控制）和合同管理、组织协调是工程监理的基本内容。应当根据三峡工程和监理单位的实际，正确规定和委托各项监理工作内容，并明确在各项工作内容中应当达到的工作深度及应当采取的措施。

三峡工程监理的"三控制"工作总原则是，要以工程质量控制为前提、为基础，对工程质量、进度、投资进行全过程全面的动态控制；要以预控（事前控制）为前提、为基础，加强对工程质量、进度、投资的过程控制。在"三控制"工作中绝不把监理的质量控制与其他控制工作简单并列，也不把质量控制与其他控制工作相对立和相割裂。

1. 监理的质量控制

明确要求监理单位的职责是采取有效的措施对工程质量严格检查、严格监督和控制，以保证合同规定的质量目标实现。总体上确定"三峡工程监理的质量控制是以工序过程和单元工程为基础的、程序化的和量化的全过程、全面的质量控制"，要求各监理单位质量控制工作的深度一定要细化到单元工程，细化到工序。监理质量控制的统一总体要求，完全是根据我国施工企业现有合同意识、质量意识状况和现有管理水平提出的。在质量控制工作中要加强以下措施。

1）重视并检查督促施工单位建立和完善自身的质量体系，促使其发挥正常作用。这是保证施工质量的基础。因此监理单位检查督促施工单位增强质量意识，落实施工质量责任制，严格质量管理、规范施工行为，严格依照合同要求、规程规范和工程设计施工。这是关系到三峡工程建设成败的关键。

2）重视并做好各项质量控制的预控工作，包括施工组织设计和施工技术方案的审查、各项施工准备工作的监督与检查、设计图样与

文件的审查、重要施工技术方案的研究以及对施工风险和质量风险的预测分析等。

3）在督促施工单位做好质量自检前提下，充分运用监理的质量检查签证控制手段，对用于工程的原材料和工厂设备进行质量检查认证；对工程项目的施工质量按工序、按单元工程进行逐层次（单元工程、分部分项工程、单位工程等）、逐项目的质量检查签证和质量评定。

4）重视并加强试验检测的监理工作。监理单位必须配置试验专业人员，对施工单位的试验室、试验人员、试验检测仪器设备进行定期检查；对试验方法、试验结果进行分析，检验其合理性、可靠性和真实性。同时要求监理单位也必须具备与其监理资质相适应的试验检测手段与设备，以便进行相对独立的监督和复核试验检测工作。

5）重视并加强质量控制的现场监理工作。要求监理人员采取旁站、巡视和平行检验等形式，按施工程序即时跟班到位进行监督检查。此外，要求现场监理人员具有及时预见、及时发现、及时果断处置施工质量问题和正确使用监理质量否决权的能力。监理单位也必须对各级现场监理人员予以相应的授权，即现场处置权。依照上述质量控制工作要求，自一期工程起各单位首先编制了各施工项目的质量监巡工作细则，规定了质量控制的工作职责、工作流程、方法和措施以及控制标准；逐步实现了对监理工程项目的构成进行（按工序和单元工程、分部分项工程、单位工程、合同工程项目）逐级划分，并明确质量控制点，按工序和单元工程进行质量检查签证。进入二期工程以来，负责主体工程的监理单位，为了适应三峡工程日益严格的质量要求和工程进展需要，开始逐步加强现场监理质量控制工作，陆续实行了施工现场全天值班制度，对关键项目、关键部位和工序进行旁站监理，现场监理人员迅速增加。在监理单位的努力下。到1998年年底，三峡工程各监理单位共进行单元工程质量检查签证和质量评定达72635项，合格率100%，优良率达79%，共进行合同工程项目竣工验收31463项，合格率100%，优良率40.4%。由此可见，三峡工程质量总体上是满足设计要求的。

2. 监理的进度控制

三峡工程监理的进度控制目标是合同工期。监理单位的主要职责是采取有效措施协助业主对工程进度实施动态控制，以保证合同工期目标的全面实现。为此，要强调各监理单位采取以下控制措施。

1）要重视并加强施工进度计划的监理。要求监理单位必须依据合同、工程设计和业主有关三峡工程进度的规划安排，编制本监理工程项目的控制性进度计划。明确进度控制的关键路线、关键项目及其控制性工期。在此基础上依据合同对施工单位提交的"实施性进度计划"进行审核确认，经监理审查批准和业主同意的该项计划必须满足合同工期要求、措施落实、技术可行、质量上有保证。监理进度计划管理工作中计划编制、审批、调整工作既包括总体的，也包括时段性的（年、季、月）和专项性的。

2）要加强并细化进度计划执行中的监督管理。三峡工程，特别是二期工程，工程项目多、施工强度大、工期极为紧迫，而各项间联系紧密，工期调整余地很少，为此必须保证各项目计划进度目标的按期实现。因此对进度控制工作也一定要细化。要求各监理单位首先要督促指导施工单位对批准的实施性进度计划目标按工程项目的构成和按年、季、月、周（或旬）直至日层层分解到位，明确各相应目标下应当达到的工程形象进度和完成的工程量。在此基础上监理单位对工程进度按日检查、按周（或旬）统计分析、按月总结分析调整。同时加强进度控制的现场监理工作，以增强监理的现场组织协调能力、及时发现和处理问题的能力。

3）要重视并加强施工进度的记录、信息搜集、统计、分析预测和进度报告工作。要求各监理单位建立完善的监理记录制度并认真执行；及时做好进度信息的收集与统计工作，并在此基础上定期展开进度分析与预测、提出相应的措施；按时向业主单位提交内容与形式符合统一要求的日报、周报、月报和其他专项报告，以利于业主单位对全工程总进度的分析与控制工作；要建立与业主单位相统一的计算机信息网络系统。

4）正确使用监理的工期确认权，及时对合同工期进行核定确认。三峡工程这样的工期长达17年的工程项目，由于各种复杂的主客观因素的影响以及合同双方的各种原因，致使阶段性的合同二期目标发生变动，甚至影响到合同总工期目标的情况在所难免。监理单位需在合同执行中，对合同工期进行及时的统计分析、核定和确认，并公正地分清造成合同工期变动的责任。

自一期工程特别是二期工程以来，各单位加强了进度计划的编制与审批工作，加强了对现场施工进度的检查监督力度，并开展了一定的进度分析工作。正是在监理单位与业主单位的密切配合下，三峡工程已于 1997 年 11 月提前胜利实现大江截流，1998 年 5 月实现临时船闸通航，一期工程进度目标全面完成。1998 年又一次全面完成调整的年进度计划，为二期工程提供了一个良好的开端。

3. 监理的投资控制

目前，三峡工程监理单位造价抑制的主要职责是依照业主委托做好有关具体工作。

1）做好工程计量与支付的审核签证工作以及合同变更、设计变更等工程变更的审核工作并提出公正处理意见。其中，工程量是工程投资控制的基础。对此，监理单位首先要做到合同工程总量的控制，要组织合同双方依据合同和工程设计对工程的初始地形、地貌进行测量，对合同工程量予以核实和共同确认。在合同实施过程中，对工程总量予以严格控制，任何涉及工程总量变动的工程量变更都必须是有设计依据和合同双方共同确认的。在对工程总量控制的前提下，监理单位还要加强对工程量展开时段性的计量审核与分析工作，即要对工程量进行分阶段控制，以避免超前支付。为提高工程计量审核工作的准确性、可靠性，要求监理单位在加强收方量测现场监理工作的同时，也要独立进行一定数量的外业抽检工作。要求监理单位实现平行检测。

2）加强合同费用的分析预测工作。要求监理单位定期展开已完工程量与合同总工程量和工程形象的对比分所、已完工程量与已支付工程价款的对比分析、剩余工程量及其工程价款与剩余合同费用的对比分析等项合同费用的分析工作，并对合同费用的执行进行预测和提出相应的控制措施。

3）加强索赔的监理工作。索赔是合同管理中的经常现象，是各方合同意识增强、合同管理成熟的表现。监理单位检查监督业主单位按期履行合同规定的职责与义务，以减少和避免索赔；同时，要求监理单位能够根据合同规定和既定程序，规范、公正、独立地处理索赔，加强监理记录，为索赔处理提供可靠依据。

9.1.5 监理的技术管理工作

实践表明，要真正实现对工程目标的三控制，必须做好监理的技术管理工作。三峡工程监理强调以下内容。

1. 加强设计图样文件的审核工作

在三峡工程中，虽然监理与设计的关系不是监理与被监理关系，但监理单位并没减弱或放弃在工程设计方面的管理工作。监理人员的职责不仅在于熟悉设计、熟悉图样、照图监理，更在于从组织实施的角度对设计文件和图样进行认真负责的审核。既要审核图样上结构尺寸的正确性，更要审核其在施工工艺上的可行性；对设计提出的技术要求在认真领会的前提下要考虑其合理性、必要性和可操作性。监理单位可提出对设计的优化意见。在合同管理制下，监理单位还要特别注重审核施工图设计和技术要求，特别是设计修改文件是否超出了招标文件的要求范围及其对合同执行的影响。

2. 加强监理工作中的技术预见性和指导性工作

"监帮结合"是符合国情的中国建设工程监理的一大特色。监理单位能够集中本单位的技术力量，充分利用已有的工程设计和施工经验以及技术优势，对所监工程项目的工程设计、施工技术、工艺、材料、施工设备的选择与使用等提前进行研究，对施工技术及施工工艺的优化提出指导性意见，对施工中可能出现的技术、质量、进度问题有所预见，并提出预控措施。

9.2 实施监理的工程实例之二——茂名 30 万吨乙烯工程

茂名 30 万吨乙烯工程是中国石化总公司与广东省合资建设的国家"八五"重点工程，包括 10 套生产装置和相应配套工程，总投资为 177 亿元，其中厂区内工程投资为 4 亿元。该工程于 1993 年 11 月开工，1996 年 6 月基本建成，1996 年 8 月投料试车，1996 年 9 月 4

日产出合格乙烯。这是我国石油化工建设史上的又一辉煌成果，也是我国特大型工业项目建设管理体制改革的重大创举。

该工程是我国第一个实行建设监理的特大型工业项目。原建设部、中国石化总公司和广东省政府以该项目为改革试点，自始至终给予大力支持和热情指导。齐鲁石化工程公司于 1992 年 8 月接受业主委托，承担该工程厂区内包括 10 套生产装置在内的 45 个单项工程的设计、施工招标、施工、投料试车和试生产保运全过程的建设监理。

采用工程监理制后，茂名 30 万吨乙烯工程建设取得了明显成效。

（1）消除了臃肿机构，节省了人力和资金　我国前 5 套 30 万吨乙烯工程建设指挥部大都在 1200 ~ 1500 人。而茂名乙烯工程实行建设监理，指挥部的主要精力用于筹措资金、协调外部关系、组织生产准备以及对项目建设的重大决策等方面，把大量的工程建设组织和管理工作交给监理承担，从而彻底消除了机构臃肿、人员众多的"大而全"的指挥部现象，指挥部对口监理的管理人员不足 200 人，约为过去的 1/10。仅此一项就节省管理费 1 亿多元，再加上解决职工住房、家属就业和子女上学、入托等一系列问题，节省的资金就更加可观。

（2）施工工期达到世界先进水平　现阶段，国外建设 30 万吨乙烯工程的合理工期为 36 ~ 40 个月。而茂名 30 万吨乙烯工程仅用了 31 个月就基本建成，第 34 个月就投料试车，并生产出合格的乙烯。这是我国建设 30 万吨乙烯工程的最快速度，也是国际上的先进水平。

（3）装置工程优良率达 85% 以上　在茂名 30 万吨乙烯工程建设过程中，曾经多次组织多层次、多方面的质量行家和专家进行全方位质量检查。特别是中国石化总公司、广东省曾联合组织进行了 4 次全面的质量大检查。从检查结果看，茂名 30 万吨乙烯工程质量始终处于良好的受控状态，10 套生产装置的工程质量都很好，质量初评单位工程优良率达到 85% 以上，实现了总公司下达的质量控制目标。

（4）工程投资严格控制在概算以内　茂名 30 万吨乙烯工程建设从国家批准立项到基本建成，历时 6 年。期间，除了外汇汇率、海关关税变动和国内物价政策性变动而调整了原概算外，施工期间的工程造价得到了有效控制，工程总投资严格控制在概算以内。这在大型工程建设中也是少有的。

（5）为工业企业的建设模式改革奠定了基础 茂名30万吨乙烯在投资体制、工厂设计模式等方面的改革，为建设现代化企业迈出了第一步。在工程建设管理模式的改革，即实行建设监理制方面又迈出了坚实的第二步。一方面，工程建设期间大量的具体管理工作委托给监理，使指挥部集中精力做好生产准备以及经营准备工作；另一方面，卸掉了安排大量基本建设管理人员的包袱，解脱了自筹、自建、自管、自行维修这种小生产方式的禁锢。从而为茂名乙烯实现机构精简、管理专业化、服务社会化、经营市场化的新厂新体制、新机制奠定了基础。

9.3 质量控制实例——上海金茂大厦工程

金茂大厦是上海浦东新区的标志性建筑之一，工程总投资5亿美元，建筑总面积29万m^2，高度420.5m，为中国第一、世界第三高楼。本工程建筑高度高、单体面积大、结构新颖、室内装饰装修要求高，智能化管理程度为当今世界最先进的。

工程经过国际招标，由美国SOM设计事务所设计，以上海建工集团总公司为主，联合日本大林组株式会社、法国西宝集团、我国香港其士国际发展有限公司组成联合承包体（SJMC），担任了金茂大厦的总承包方。土建结构、钢结构制作、玻璃幕墙、强电、弱电、消防报警、暖通、电梯和各种装饰工程等分包商通过国际招标选择，由国内外著名的企业承担了各专业的分包。上海市工程建设咨询监理公司承担了工程质量控制。

9.3.1 完善监理组织结构

在监理合同签订后，监理组即进驻工地开展工作，并明确在公司领导小组领导下，总监理工程师代表公司全面履行项目监理合同。

金茂大厦监理组根据项目的性质、工作量的大小、工程的复杂程度等因素组建了按职能分解的组织形式，如图9-1所示。这种形式有利于专业分工和分层管理，也有利于总监理工程师的统一领导。

监理的职能组设置主要考虑到金茂大厦工程的超高层建筑特征，为了对建设中的工程做好垂直度的经常性检查和控制，必须设立测量

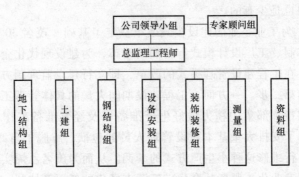

图 9-1 金茂大厦监理组组织结构框图

监理组；由于其基础结构形式是长桩（80m）和深基坑（36m深的地下连续墙和钢筋混凝土临时支撑系统，开挖深度为19m），专业性较强，因而设立了地下结构组；因为其上部结构为内筒（钢筋混凝土结构）外框（钢结构），工作量较大，所以分别设置土建结构组和钢结构组；该大厦属5A型的智能化大厦，所以设设备安装组（下设管道、暖通、电气和设备安装4个专业小组）；由于该大厦装饰要求高、工作量大，因此设装饰装修组；连同资料组，共设7个专业组。现场监理人员根据工程的进展情况逐步到位。从一开始地下结构组的10多人，到施工高峰时达7个组40多人。

本项目施工阶段的监理是指工程已经完成了施工图设计和施工招投标工作、签订建设工程施工合同以后，从承建单位进场准备、审查施工组织设计开始，一直到工程竣工验收、竣工资料存档全过程的质量控制。

9.3.2 实现监理工作规范化

监理工作程序包括编写监理规划书、专业（或分项、分部工程）监理实施细则、制定监理工作方法、建立监理报告制度等。其程序如图9-2所示。

按照公司规定的监理工作程序，监理组进驻现场后，总监理工程师根据工程监理合同、监理大纲、有关的设计文件和国家的有关规定，主持编制监理规划书。

随着工程的进展和深入，总监理工程师又在监理规划书的基础上

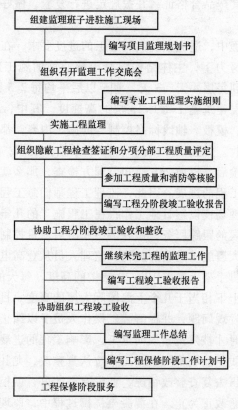

图 9-2　监理工作程序图

组织编写了斜土锚、钻孔灌注桩、钢管桩、地下连续墙、基础底板、混凝土与钢筋混凝土结构、钢结构、机电设备安装、幕墙工程、测量和装饰工程等有关分项、分部工程施工的监理实施细则，使有关方面对监理在各分项、分部工程和单位工程中的具体要求和签证手续有更明确的了解。

9.3.3　注意监理工作的深度和广度

在落实了监理组织及人员到位后，总监理工程师更注重工作深度和广度的到位。在工程正式施工前，监理单位按要求，督促和审查各项施工准备工作、施工组织设计（或施工方案），协助承包商完善质保体系和有关施工质量管理制度，把好开工关；对进场的原材料、半成品等，检查其产品合格证，并按规定进行复验，做好监理的事前质量控制工作。

在施工过程中，适应金茂大厦施工的进度要求，在建设各方的密切配合和不断努力下，主体结构混凝土核心筒的施工速度由 7 天一层，逐渐加快到每层 4 天、3 天，直至以后平均每 2.5 天、2 天一层，创出了中国高层建筑施工每月 13 层的高速度。其中，对每层中的钢筋、预埋铁件、模板、轴线标高控制等的施工内容，都要经过监理人员的检查和验收。如按国际惯例（FIDIC 条款）要求，这些项目都应在承建单位自检后，提前 24h 通知监理方检查，那么就要耽搁较长时间，难以适应工程的进展。因此，监理工程师们急工程所急，牺牲节假日休息，在现场夜以继日地工作；在工程施工的几年时间里，一直坚持 24h 全天候的跟踪服务，做好事中和事后质量控制。

随着金茂大厦施工进度的加快，监理人员从登高电梯下到施工作业面，总要在脚手架上攀登 10～20 层楼的高度，每天的检查、验收，几乎都要徒步上下相当于几个上海国际大厦的高度。目的是为了在施工过程中及时发现问题，并提醒施工操作人员予以纠正，避免在最终隐蔽工程验收时才被发现错误而返工，影响工程的进展。在验收过程中，对发现的质量问题都要求施工单位认真整改，尤其在混凝土浇捣前，监理人员再去复查整改情况，如没有整改好，就拒绝其浇捣，直至所有质量问题改正为止。在混凝土浇捣过程中，监理人员自始至终跟班检查，控制其浇捣质量。

钢结构工程开始时，监理单位就派员驻厂对钢构件的加工质量实施监理。在钢结构加工前，监理单位即对照国外要求定制的钢柱截面尺寸进行检查，发现比设计要求小，后经设计方对结构重新计算，一部分通过采取补强，在不影响质量的前提下用于工程上；另一部分则予以退回。在检验衍架制品中，发现弦杆、腹杆的形心未按要求交于一点，经测量相差 30～100mm。因此必须采取整改措施，使其 3 轴线交于 1 点。但厂方没有整改技术方案，在未通知和未征得有关方的同意下，利用节假日采用碳刨和气割的办法拆解，使母材受到严重损害；又在没有隐蔽验收的情况下，重新焊接覆盖。对此，监理方明确表示不符合验收要求，最后在业主的支持下，决定全部报废，重新制作，从而消除了隐患。监理在质量方面的严要求，始终得到了业主的全力支持。

机电设备安装的承包商，都是德国、法国、日本、新加坡等国家和中国香港等地区的国际知名企业。安装监理人员根据我国的有关规定和设计技术手册，做到不让不合格的产品进场；安装后严格检查，使工程不存在任何的质量隐患。同时积极和国外有关公司交流，吸收先进技术和管理经验，以提高自己的技术水平和监理手段。

监理人员在施工现场检查中，若发现承建单位不按图施工或施工不符合规范、规定、标准或设计文件时，一般先以口头形式向施工现场负责人提出，并要求其纠正，同时在监理日志中做好记录；若承建单位整改不力或不听从劝告，监理工程师可签发监理备忘录或监理通知单，书面通知整改；若承建单位仍然整改不力或问题性质严重时，则由总监理工程师签发停工通知单，同时抄报业主。由于停工涉及延长工期和停工费用等重大问题，因此总监理工程师认为有必要签发停工通知单时，事先报业主，由业主决策后，再通知有关方面停工。

9.3.4 运用一流手段使监理水平踏上新台阶

监理工作除了组织落实和人员到位外，还要求运用先进技术来提高监理手段。

对于监理检测手段，在国内外还没有统一的规定，但作为一个从事工程建设技术服务的监理公司，没有一定的检测手段是不能适应市场经济需要的。现代科学技术门类繁多，发展迅速，监理单位的检测手段既无可能也无必要涵盖全部工程。对此，监理方的做法是区别情况，采取自备、合作、委托、审查和督促等方式解决。自备就是监理方应该配备工程中常用的仪器设备（如测量、计量、监测等）和办公自动化设备；合作就是对非常用的特种检测设备（如探伤等），采取与具有相应资格的有关单位进行合作；委托就是对一些偶尔进行的特种材料测试，委托具有相应资格的单位或企业进行；审查和督促就是对一些承发包合同和国家有关规定中要求进行的检验、测试项目，包括混凝土与砂浆的试块和原材料检验项目、玻璃幕墙的三性试验项目、有关材料的物理力学性能检验测试项目等，则派出具有见证取样资格的人员，进行审查、督促，配合承包商搞好检验工作。

金茂大厦工程由美国设计，总承包方和分包商都是国内外知名企业。因此监理方式必须与国际接轨，总监理工程师和主要成员必须学习和熟悉 FIDIC 条款的相关内容，才能参照国际惯例开展工作，解决工程实施中的不同意见和争议；同时必须根据我国国情，积极探索符合工程实际情况、具有中国特色的监理模式。如玻璃幕墙是一项最大的分包工程，承包商是德国一家颇有名气、有较长历史的公司，承包合同价为 7000 万美元。在施工前，总监理工程师和专业监理工程师对该分项工程作了慎重研究，按合同和 FIDIC 条款，要求承包商提供其资质、施工方案、三性试验报告、材料质保书和施工质保体系等必要文件，但承包方却未按规定和监理方要求就进行了施工，施工工艺和成品存在许多问题。于是监理方会同市质监部门要求承包商停工整顿。在第一阶段的幕墙制作和安装中，经抽查作喷淋水试验，发现有渗漏现象。为此，监理方提出进行 100% 的喷淋水试验，结果渗漏的幕墙板块数量占 10%。监理方要求对于全部渗漏的板块进行返工及防渗处理，直至符合要求为止。

钢结构是金茂大厦的主要受力部分，结构复杂、焊接难度大、技术要求高，成为制作和安装的一大难题。为了确保钢结构的制作和安装质量，除了派出副总监和一批具有丰富经验的监理人员外，在筹建处的协助下，还配备了从美国购置的、专用于高强螺栓的扭矩测试扳手和焊缝探伤、质量检测等先进仪器设备，做到以实测数据为依据、严格控制钢结构制作和安装质量。

建成后的金茂大厦高度列于全国之首，这无疑对超高层建筑的测量技术提出了严峻挑战。针对这一新的课题，总监和测量监理人员认真制定了周密、严格的测量监理技术方案，做好"事前、事中、事后"三大环节的质量控制，成功地开发和运用了先进的 TC1700 全站仪，逐层对混凝土核心筒、钢结构等进行复测检验，自始至终地将标高、轴线、垂直度控制在严格的范围之内。

监理方还结合金茂大厦项目的实际，确立了计算机应用原则，完成了桩基、地下围护、钢结构、钢筋混凝土结构等多项工程施工质量的信息管理，同时根据工程规模大、要求高、进口设备多、检测数据和验收资料多、函件来往频繁等特点，建立起工程监理资料的检索管理系统，大大提高了资料整理和归档工作的效率，并为公司与现场项目监理组联网而实现数据共享的目标努力。

金茂大厦施工完成后，以 420.5m 的高度成为当今全上海最高的建筑物。由于工程质量一直处于受控状态，均达到优良等级，施工偏差大大低于规范允许值，其中核心筒中心位移偏差最大一层为 2mm，最小一层为 0.9mm，其相对精度接近 1/26500；垂直度偏差小于 12.6mm，大大低于规范允许偏差；混凝土表面质量符合清水墙标准；第二道外伸桁架的高强螺栓孔 100% 的重合，顺利合拢；钢结构现场焊接的 700 多条焊缝一次返修率仅为 0.1%，均达到了国际先进水平。美国设计方对结构质量进行检查后，认为工程质量已达到世界一流，并写信感谢全体参建成员对其结构设计的欣赏和理解以及在完成这一世界级结构中所作的贡献。1998 年，由美国一个直接参与大楼和桥梁结构工程的重要技术小组、伊利诺斯州结构工程协会在世界各地完成的 60 多项参评和竞赛的大楼和桥梁结构中，金茂大厦荣获"1998 年最佳结构大奖"。同时也得到了业主、境内外承包商的高度评价。

9.4 黄河小浪底工程监理工作程序和制度

9.4.1 工程开工申请程序

工程合同签订以后，接到总监理工程师开工令，承包商即可按合同要求，进入工程地点，并按管理局指定的场地和范围进行施工准备工作。

施工准备工作基本完成后，承包商按要求填写"单项工程开工申请单"报驻地监理工程师，驻地监理工程师在收到"单项工程开工申请单"后 7 天内，会同有关处室检查和核实施工准备工作情况，认为满足合同要求时，签发"单项工程开工申请单"，承包商接到签发的"单项工程开工申请单"后即可开工。

检查施工准备工作，主要包括以下内容。

1）检查下列各项能否满足保证施工质量的要求：附属工程、大型临时设施；防冻与降温措施；主要施工设备与机具；劳动组织与技术水平。

2）检查所用材料是否能满足设计要求：材料应有出厂合格证；现场取样检验报告；材料品种、性能。

3）检查材料储备情况。

4）检查试验人员和设备能否满足施工质量测试、控制和鉴定的需要。

5）检查测量人员和设备能否满足施工需要，检查施工测量定位放线用的控制网点是否达到设计精度要求。

9.4.2 工程质量管理程序和工程验收

工程质量检查和验收是合同管理的重要任务之一。工程质量检查和验收以合同文件、技术规范、设计文件为依据。工程质量检查是从原材料到工艺对施工活动的全过程进行有效的监督和控制。验收工作可分为隐蔽工程验收、阶段或单项工程验收、竣工验收与最终验收。

1. 工程质量管理程序

1）要求并敦促承包商建立健全质量控制系统，推行全面质量管理，这是质量保证的基础。

2）驻地监理工程师负责组织审查承包商提交的施工方法、施工质量控制措施、采用的原材料和工艺试验成果等。

施工方法的审查是工程开工前质量控制的主要内容。承包商所采用的施工方法应能满足合同中关于工程进度要求和保证工程质量符合规定的标准。承包商在呈报施工方法的同时，必须按技术规范和图样要求报原材料性能和质量证明、原材料检验成果、工艺试验（包括爆破试验、各种灌浆试验、各种材料的碾压试验、混凝土配合比试验等）成果等。未经驻地监理工程师批准不得开工。对承包商试验室的设备、各种试验程序与成果也应全面检查。

3）工程质量监督检查。现场监理工程师、高级监理员、监理员在施工全过程中进行不间断的监督和检查。对于违反技术规范影响工程质量的施工活动，监理人员应及时给予劝阻或制止。制止无效时，发出现场通知、违规通知，甚至由驻地监理工程师发出停工指令。对违规而发生的质量事故进行调查、分析，记录事故情况，并责令其返工，监督事故处理。对工程质量事故应进行现场拍照，所拍照片应注明日期、部位及有必要的文字说明，由监理处存档备查。

施工过程中，承包商应依据合同文件、技术规范和设计文件对每道工序认真进行自检。自检合格后填写"工程质量自检单"，报送现场监理工程师，方可进行下一道工序施工。如现场监理工程师（试验室）或监理员认为必要时，可利用承包商的试验室进行现场抽检。检查合格后，现场监理工程师签发"工程质量合格单"，进行下一道工序施工。反之，则责令承包商返工，经处理后再经现场监理工程师检查，合格后签发"工序准予复工通知单"，才能进行下一道工序施工。如现场监理工程师认为必要时，也可抽查承包商已覆盖的工程质量。承包商不得阻碍，必须提供抽查条件。如抽查不合格，应按工程质量事故处理，返工合格后，方可继续施工。对于违反合同规定，未经现场监理工程师或监理员检查，强行覆盖的，将作为严重违规处理，不予认可。

混凝土浇筑前的施工检查内容包括：立模、钢筋、焊接、预埋件安装、浇筑仓面处理等，承包商自检合格后，填写检查申请单交监理员，监理员负责进行检查和进行必要的纠正，签发同意浇筑的合格证。

4）现场试验抽查。现场监理工程师或监理员组织试验室对承包商所采用原材料、砂浆配合比、混凝土配合比等以及混凝土坍落度、混凝土抗压强度、坝体填料的各种力学指标进行复核和现场抽查。抽查数量控制在试验总数的10%左右。

2. 工程验收

工程验收工作可分为中间验收、竣工验收和最终验收三个阶段。中间验收又包括隐蔽工程验收、阶段验收和单项工程验收。

（1）隐蔽工程验收 隐蔽工程验收是指基础开挖或地下建筑物开挖完毕后尚未进行覆盖以前进行的验收。验收工作要在承包商自检基础上，填写"承包商验收申请表"和"验收证书"，并附有关图样和技术资料。现场监理工程师收到验收申请后即先行组织测量人员进行复测，地质人员进行地质素描和编录，然后由主管该项目的现场监理工程师主持，组织设计、地质、测量、试验和运行管理等人员参加验收。经检查鉴定如无异议即在验收证书上签字；如有遗留问题，必须处理合格后方可覆盖。

（2）阶段验收　阶段验收是指工程进行到一定的关键阶段（如截流、蓄水、发电等）所进行的验收。当承包商按合同文件规定的各阶段项目已确实完成后，在自检的基础上，报送"承包商验收申请表"和"验收证书"。驻地监理工程师组织有关人员先行对已完工程进行全面检查，并核对承包商提供的有关验收资料。经检查与修改后，由总监理工程师组织业主代表、驻地和现场监理工程师，设计、地质、测量、试验有关处室和运行管理人员参加，必要时可邀请上级主管部门派员参加，也可聘请有关方面专家参加验收，并对工程质量和工程运用可靠性（工程度汛标准，建筑物的坚固性、稳定性、防渗性）作出明确的结论。对不影响工程投入临时运行的遗留问题，需要修整、改善或返工的部分提出处理意见，并限期处理完成。通过驻地监理工程师再验收后，经局长批准，由总监理工程师和局长依次签发阶段"验收证书"。

（3）单项工程验收　单项工程验收是指在水利枢纽工程中某单项工程（如导流建筑物、泄洪建筑物、电站系统、灌溉系统建筑物等）已完工并具备了投入运用条件时进行的验收。验收的程序、方法、参加的人员以及承包商应准备的文件和资料等均与阶段验收相同。

（4）竣工验收　竣工验收是指合同文件规定的全部工程完工，具备了投产、运用条件，可以正式办理工程移交手续的验收。当承包商按合同文件规定的建设项目已经全部完工，中间验收所提出的遗留问题和临时运行期内产生的问题已经处理完毕，可提出竣工验收申请，这可看做是承包商请求总监理工程师颁发工程竣工证书。驻地监理工程师接到承包商的书面竣工验收申请后的21天内，组织有关人员先行对工程进行全面检查，并核对承包商提供的有关验收资料。经检查与修改后由总监理工程师组织业主代表、驻地监理工程师、现场监理工程师，设计、地质、试验、测量及有关处室和运行管理人员参加进行竣工验收，同时邀请上级主管部门派员参加，也应聘请有关方面专家参加验收工作。对工程质量与工程运用可靠性（对水工建筑物与永久设备的安全标准、坚固性、稳定性、防渗性）作出明确的结论。对不影响工程投入运用的遗留问题需要修整、改善或返工的部分提出处理意见，并限期处理完全。对不影响工程竣工验收，可以在工程缺陷责任期内完成的任何剩余工作，在得到承包商继续完成的书面保证后，由驻地监理工程师草拟工程竣工证书报总监理工程师，经局长批准后，由总监理工程师和局长依次签发工程竣工证书。根据合同文件规定，在工程竣工证书发出后，应将该合同项目的50%滞留金退还给承包商（在月进度付款中一并办理），这也将意味着该合同进入工程缺陷责任期（即工程维修期）。

（5）最终验收 最终验收是指遗留工程和工程缺陷处理完成后，合同工程缺陷责任期（即工程维护期）期满前的验收。在工程缺陷责任期间，驻地监理工程师或现场监理工程师组织设计和运行管理等有关人员，对遗留工程和工程缺陷处理逐项进行检查和验收，直至监理工程师对工程满意为止。对新发现的工程问题也应由承包商认真处理。每项验收之后都应给承包商签发验收证书。当承包商把遗留工程和工程缺陷处理完成后，工程缺陷责任期期满，承包商提出最终验收申请。驻地监理工程师组织设计和运行管理等有关人员对工程进行全面的检查，核实承包商提交的工程技术资料和验收证明文件，其结果令驻地监理工程师满意时，报总监理工程师，经局长批准后，由总监理工程师和局长签发"工程缺陷责任凭证"。

最终验收结束后意味着承包商在各方面实现了合同义务。因此，承包商有权得到全部合同价的余额付款。根据合同文件规定还应退还滞留金的50%余款，办理财务决算，退还履约保证金，至此合同终止。

9.4.3 监理工程师对承包商指示的暂行办法

工程施工过程中，监理工程师对承包商可发布下列现场指令。

（1）信函 这是监理工程师和承包商交往中的一种郑重的形式。信件内容必须慎重和周密，语言明确，细致校核，并要编号注明日期。信件由驻地监理工程师拟稿，总监理工程师（或副总监理工程师）签发。

（2）现场指令 驻地监理工程师根据工程需要，通知承包商有关事项的一种指示形式。例如，要求遵守合同的某项规定的指示，向承包商提供资料或图样的指示等。该指令需编号注明日期，由驻地监理工程师签发。在这种指令中，一般应包括费用处理的意见，即要指明不增加费用，或参照类似单价，或按共同商定的新单价，或按计日工计价等。

（3）现场通知书　现场监理工程师或监理员向承包商发出口头通知，然后再用书面形式确认，即现场通知书。如果现场通知书引起工程费用增加或工期变更，则应补发现场指示予以确认。

（4）现场批准书　这是现场审核和批准承包商材料、各工序质量的一种表格，包括爆破、混凝土浇筑、锚杆的批准等。现场批准书由现场监理工程师签发。

（5）违规通知　当监理员或现场监理工程师发现承包商所使用工艺及材料不符合技术规范或图样要求时，需采用违规通知，指示其采取措施予以纠正。违规通知由监理员或现场监理工程师签发。

无论上述哪一种形式都要建立在相互信任的基础上，一般都是预先进行口头协商或通知，重大问题均需经双方充分协商并经管理局同意后再书面确认。

9.4.4　工程设计变更程序

1. 设计变更的原则

1）设计变更在合同执行过程中是合同管理的重要内容之一。虽然招标图样是供承包商投标使用的，并不作为实际支付费用的依据，但招标图样毕竟是承包商报价的依据。所以设计的任何变更，往往涉及支付费用与工期的变化，容易引起争端与索赔。因此，必须全面论证设计变更的技术与经济合理性，避免设计与支付费用方面的脱节。从合同管理角度出发，设计施工详图、设计变更等需经总监理工程师审查，报管理局局长批准后，由总监理工程师签发，承包商实施。

2）有关工程规模、设计标准、枢纽布置、施工导流、单项工程与枢纽工程的建设程序与工期、蓄水与发电期限等的设计优化或设计变更，均应在招标之前完成，否则会造成工程投资与总工期无法控制的局面。如果在合同实施期间必须进行涉及工程安全和工程改善的设计变更时，需经原审批部门主持审查批准，管理局局长与总监理工程师参加审查。设计单位按批准的原则进行设计变更，设计变更的文件与图样经总监理工程师审核后，报管理局局长批准，再经总监理工程师签发，承包商实施。

2. 设计变更的提出和批准

1）设计单位认为有必要为完善设计对原合同文件的工程量表中的项目、技术规范和图样进行实质性修改时，应填写"设计变更建议书"，经管理局同意后，由设计单位提出正式设计变更文件，经总监理工程师审查后，报管理局批准实施。

2）工程监理过程中，监理工程师认为有必要进行设计变更时，应填写"设计变更建议书"，经管理局同意后，由设计单位提出正式设计变更文件，经总监理工程师审查后，报管理局批准实施。

3）承包商由于施工条件改变或为方便施工请求设计作局部变更时，应以正式信函报监理工程师，监理工程师确认有必要时，报管理局批准。由设计单位提出正式设计变更文件，经总监理工程师审查，报管理局批准后实施。

4）由于施工条件的改变或图样错误、漏项等引起的设计修改，由设计单位提出设计修改正式文件，经总监理工程师审查签发后实施。

5）管理局、总监理工程师与设计单位对设计变更与修改应进行充分协商，经协商仍无法统一意见时，报上级主管部门处理。

3. 设计变更引起的价格变化与执行

1）监理工程师将设计变更文件和通知交给承包商，要求承包商在规定时间内报价。

2）监理工程师会同计划合同处按下述原则审核承包商的报价。

① 若监理工程师和计划合同处认为合同中所列的费率、单价是适用的，则应按此费率、单价计算。

② 如果合同中没有可适用于设计变更项目的费率和单价，则监理工程师、计划合同处和承包商应通过谈判，商定合适的费率和单价。

③ 如果谈判意见不一致，监理工程师和计划合同处应确定认为合理和适当的费率和单价并按此结算。

3）设计变更的费率和单价确定后，监理工程师下达信函和现场指示由承包商实施。

9.4.5 工程索赔控制程序

索赔就是在工程实施过程中，承包商对某项工作主动提出增加额外费用或延长完工时间的要求。承包商在施工过程中，由于设计变更、施工条件改变、人力不可抗拒的灾害、业主的原因造成工程中断或者政府政策发生变化等使工程受到影响而增加额外费用或工程进度受到影响，允许承包商得到追加的额外费用或延长完工时间。

对索赔的处理按以下程序进行。

1）承包商按合同规定每月向监理工程师提交一份索赔清单，对没有列入清单的索赔一般不予考虑。

2）监理工程师在收到索赔清单后，应及时建立索赔档案，进行编号、记录。监理工程师对索赔的项目应及时搜集资料，进行调查。

3）对承包商提出的索赔项目（包括与此项有关的项目）进行监督，特别要对这些项目的施工方法、劳务和设备的使用情况进行详细的了解并做好记录，以便核查。

4）承包商认为合适的时候向监理工程师正式提交索赔件，索赔件至少应包括以下几方面内容。

① 索赔的基本事实与合同依据。

② 索赔费用（或时间）的计算方式及其依据，计算结果。

③ 附件，包括监理工程师指令，来往函件，记录、进度计划（应指明进度的延误和受到的干扰或影响）及照片等。

5）监理工程师对承包商的索赔进行审核。对照承包商所提出的基本事实与监理工程师索赔档案中的记录，澄清基本事实。

检查承包商引用的合同依据对索赔事实的适用性。审核计算方式是否合理，计算结果是否正确。

6）如果需要，可要求承包商进一步提交更详细的资料。

7）监理工程师对索赔提出初步的审核意见。

8）与承包商谈判，澄清事实和处理索赔。如果监理工程师与承包商意见一致，则形成最终的处理意见；如果双方有分歧，则监理工程师可单方面提出最终的处理意见。

9）对于重大索赔（即审核后合理金额在各标段土建施工合同具体规定的金额数以上的）将最终处理意见报管理局审批后，向承包商下达变更指令。

对于一般的索赔（即经审核后，索赔金额在各标段土建施工合同具体规定的金额数以下的）则由总监理工程师直接签发变更指令。

10）若承包商对监理工程师的决定不服，则可提出仲裁，监理工程师应准备材料应诉。

9.4.6 月进度付款程序

1）当月完成工程收方、计量与散工列项。承包商每月 26 日开始进行合同文件工程表中所列各项目的实测收方。监理工程师（测量处）可与承包商共同收方，也可监督承包商收方，并分别计算核对。对于无法测量收方的项目，可按监理员班报记录的计量与承包商的报量核对。经监理工程师批准签证的计日工与附加工程等散工项目，可以通过监理员签认单进行统计与测量计量。

2）承包商于次月一日前报一式六份月进度支付申请，包括完成工程量收方和计算、单价、预付款的支付和扣还（新购入库物资清单）、滞留金扣除与归还、物价浮动计算与依据、计日工计算、附加工程费计算、补偿与索赔费用的计算等，并附下列有关批准和证明文件以及监理工程师签认的"工程质量合格单"或"中间交工证书"。

现场监理工程师、测量处与试验室核实全部项目（包括合同内项目、附加工程项目、索赔项目等）完成工程量与计日工程量，并对各项目提出质量评价。验证项目的批准文件。

设备材料处和试验室核对新购入库物资清单与鉴定质量合格证明以及抽样测试结果，并核实承包单位提出的材料预付款额。

计划合同处核实预付款和滞留金的支付和扣除、物价浮动调整和计算、计日工和附加工程费用、索赔费率的计算等。

驻地监理工程师根据各有关单位核实意见指令承包商修改更正。

3）承包商按驻地监理工程师的指令修改更正支付申请后，报正式月进度支付申请。

4）驻地监理工程师核实正式月进度支付申请后经计划合同处和财务处进一步核实会签。驻地监理工程师草拟月进度付款凭证与各项目的质量评价。

5）驻地监理工程师于次月15日前把草拟的月进度付款凭证上报总监理工程师和管理局局长分别签发，由财务办理支付。

6）内资凭证送中国建设银行转入承包商账户上，外资凭证寄给世界银行办理支付。

7）签发后的凭证，施工单位、银行、总监办、驻地监理工程师、计划合同处、财务处各执一份。

附　录

附录 A　FIDIC 道德准则

FIDIC 认识到监理工程师的工作对于取得社会及其环境的持续发展是十分关键的。

为了保证监理工程师的工作充分有效，不仅要求工程师不断提高他们的知识和技能，而且要求社会尊重他们的道德公正性，信赖他们中的人员作出的评审，同时给予公正的报酬。FIDIC 的全体会员协会同意并相信，如果要想使社会对其专业顾问具备必要的信赖，下述准则是其成员行为的基本准则。

1. 对社会的责任

（1）接受对社会的职业责任。

（2）寻求与确认的发展原则相适应的解决办法。

（3）在任何时候维护职业的尊严、名誉和荣誉。

2. 能力

（1）保持其知识和技能与技术、法规、管理的发展相一致的水平，对于委托人要求的服务采用相应的技能，并尽心尽力。

（2）仅在有能力从事服务时方才进行。

3. 正直性

在任何时候均为委托人的合法权益行使其职责，并且正直和忠诚地进行职业服务。

4. 公正性

（1）在提供职业咨询、评审或决策时不偏不倚。

（2）通知委托人在行使其委托权时可能引起的任何潜在的利益冲突。

（3）不接受可能导致判断不公的报酬。

5. 对他人的公正

（1）加强"按照能力进行选择"的观念。

（2）不得故意或无意地作出损害他人名誉或事物的事情。

（3）不得直接或间接取代某一特定工作中已经任命的其他咨询工程师的位置。

（4）不得在其他咨询工程师接到委托人终止其先前任命的建议前取代该咨询工程的工作，并且注意及时通知该咨询工程师。

（5）在被要求对其他咨询工程师的工作进行审查的情况下，要以适当的职业行为和礼节进行。

附录 B 施工阶段监理工作表格

附表 B-1 工程开工/复工报审表

工程名称：　　　　　　　　　　　　　　　　　　　编号：

致：　　　　　　　　　　　　　　　　（监理单位）

　　我方承担的＿＿＿＿＿＿＿＿＿＿＿＿工程,已完成了以下各项工作,具备了开工/复工条件,特此申请施工,请核查并签发开工/复工指令。

　　附:1. 开工报告

　　　　2.（证明文件）

承包单位(章)＿＿＿＿＿＿

项目经理＿＿＿＿＿＿

日　　期＿＿＿＿＿＿

审查意见：

项目监理机构＿＿＿＿＿＿

总监理工程师＿＿＿＿＿＿

日　　期＿＿＿＿＿＿

附表 B-2 施工组织设计（方案）报审表

工程名称：　　　　　　　　　　　　　编　号：

致：　　　　　　　　　　（监理单位） 　　我方已根据施工合同的有关规定完成了＿＿＿＿＿＿＿＿＿＿＿＿工程施工组织设计（方案）的编制，并经我单位上级技术负责人审查批准，请予审查。 附：施工组织设计(方案) 　　　　　　　　　　　　　　　　承包单位(章)＿＿＿＿＿＿＿＿＿ 　　　　　　　　　　　　　　　　项目经理＿＿＿＿＿＿＿＿＿＿＿ 　　　　　　　　　　　　　　　　日　　期＿＿＿＿＿＿＿＿＿＿＿	
专业监理工程师审查意见： 　　　　　　　　　　　　　　　　专业监理工程师＿＿＿＿＿＿＿＿ 　　　　　　　　　　　　　　　　日　　期＿＿＿＿＿＿＿＿＿＿＿	
总监理工程师审核意见： 　　　　　　　　　　　　　　　　项目监理机构＿＿＿＿＿＿＿＿＿ 　　　　　　　　　　　　　　　　总监理工程师＿＿＿＿＿＿＿＿＿ 　　　　　　　　　　　　　　　　日　　期＿＿＿＿＿＿＿＿＿＿＿	

附表 B-3 分包单位资格报审表

工程名称： 　　　　　　　　　编号：

致：　　　　　　　　　　（监理单位）

经考察，我方认为拟选择的＿＿＿＿＿＿＿＿＿＿（分包单位）具有承担下列工程的施工资质和施工能力，可以保证本工程项目按合同的规定进行施工。分包后，我方仍承担总包单位的全部责任。请予审查和批准。

附：1. 分包单位资质材料
　　2. 分包单位业绩材料

分包工程名称(部位)	工程数量	拟分包工程合同额	分包工程占全部工程
合计			

承包单位(章)＿＿＿＿＿＿＿

项目经理＿＿＿＿＿＿＿

日　期＿＿＿＿＿＿＿

专业监理工程师审查意见：

专业监理工程师＿＿＿＿＿＿＿

日　期＿＿＿＿＿＿＿

总监理工程师审核意见：

项目监理机构＿＿＿＿＿＿＿

总监理工程师＿＿＿＿＿＿＿

日　期＿＿＿＿＿＿＿

附表 B-4 _____**报验申请表**

工程名称： 编号：

致： （监理单位）

我单位已完成了_____工作,现报上该工程报验申请表,请给予审查和验收。

附件：

承包单位(章)_____

项目经理_____

日 期_____

审查意见：

项目监理机构_____

总/专业监理工程师_____

日 期_____

附表 B-5 工程款支付申请表

工程名称：　　　　　　　　　　　　　　　　编号：

致：　　　　　　　　　（监理单位）

　　我方已完成了＿＿＿＿＿＿＿＿＿＿＿工作，按施工合同的规定，建设单位应在　年
月　日前支付该项工程款共＿＿＿＿元，现报上＿＿＿＿工程付款申请表，请予审查并
开具工程款支付证明。

附件：

承包单位(章)＿＿＿＿＿＿

项目经理＿＿＿＿＿＿

日　期＿＿＿＿＿＿

附表 B-6 监理工程师通知回复单

工程名称：　　　　　　　　　　　　　　　　编号：

致：　　　　　　　　　（监理单位）

　　我方接到编号为_____的监理工程师通知后，已按要求完成了_____工作，现报上，请予复查。

详细内容：

承包单位(章)_____

项目经理_____

日　　期_____

复查意见：

项目监理机构_____

总/专业监理工程师_____

日　　期_____

附表 B-7 工程临时延期申请表

工程名称： 编号：

致： （监理单位）

  根据合同条款_____条的规定，由于_____原因，申请工程延期，请予批准。

附件：工程延期的依据及工期计算

合同竣工日期：

申请延长竣工日期：

附：证明材料

承包单位_____

项目经理_____

日 期_____

附表 B-8　费用索赔申请表

工程名称：　　　　　　　　　　　　　　　　　　编号：

致：　　　　　　　　　　　　（监理单位）

　　根据合同条款＿＿＿＿＿＿＿条的规定，由于＿＿＿＿＿＿＿的原因，我方要求索赔金额（人民币）（大写）＿＿＿＿＿＿＿元，请予批准。

　　索赔的详细理由及经过：

　　索赔金额的计算：

　　附：证明材料

承包单位＿＿＿＿＿＿

项目经理＿＿＿＿＿＿

日　期＿＿＿＿＿＿

附表 B-9　工程材料/构配件/设备报审表

工程名称：　　　　　　　　　　　　　　编号：

致：　　　　　　　　　　　　　　　　　　　（监理单位）

　　我单位于____年____月____日进场的工程材料/构配件/设备数量如下（见附件）。现将质量证明文件及自检结果报上，拟用于下述部位：_____，请予以审核。

附件：1. 数量清单
　　　2. 质量证明文件
　　　3. 自检结果

承包单位（章）_____

项目经理_____

日　期_____

审查意见：

　　经检查上述工程材料/构配件/设备，符合/不符合设计文件和规范的要求，准予/不准予进场，同意/不同意使用于拟定部位。

项目监理机构_____

总/专业监理工程师_____

日　　期_____

附表 B-10 工程竣工报验单

工程名称：   编号：

致：   （监理单位） 　我单位已按合同要求完成了＿＿＿＿＿＿＿＿＿＿工程，经自检合格，请予检查和验收。 附件：   　　　　　　　　　　　　　　　承包单位（章）＿＿＿＿＿＿ 　　　　　　　　　　　　　　　项目经理＿＿＿＿＿＿ 　　　　　　　　　　　　　　　日　期＿＿＿＿＿＿
审查意见： 　经初步验收，该工程： 　1. 符合/不符合我国现行法律、法规要求。 　2. 符合/不符合我国现行工程建设标准。 　3. 符合/不符合设计文件要求。 　4. 符合/不符合施工合同要求。 　综上所述，该工程初步验收合格/不合格，可以/不可以组织正式验收。   　　　　　　　　　　　　　　　项目监理机构＿＿＿＿＿＿ 　　　　　　　　　　　　　　　总监理工程师＿＿＿＿＿＿ 　　　　　　　　　　　　　　　日　期＿＿＿＿＿＿

附表 B-11　监理工程师通知单

工程名称：　　　　　　　　　　　编号：

致：

　　事由：

　　内容：

项目监理机构＿＿＿＿＿＿

总/专业监理工程师＿＿＿＿＿＿

日　期＿＿＿＿＿＿

附表 B-12　工程暂停令

工程名称：　　　　　　　　　　　　　　编号：

致：　　　　　　　　　　（承包单位）

　　由于

　　现通知你方必须于____年____月____日____时起,对本工程的____部位(工序)实施暂停施工,并按下述要求做好各项工作：

　　　　　　　　　　　　　　　　　　项目监理机构_____
　　　　　　　　　　　　　　　　　　总监理工程师_____
　　　　　　　　　　　　　　　　　　日　期_____

附表 B-13 工程款支付证书

工程名称：　　　　　　　　　　　　　　　　编号：

致：　　　　　　　　　　（建设单位）

　　根据_____合同的规定,经审核承包单位的付款申请和报表,并扣除有关款项,同意本期支付_____工程款为(大写)_____(小写：_____)。请按合同规定及时付款。

其中：

1. 承包单位申报款为：

2. 经审核承包单位应得款为：

3. 本期应扣款为：

4. 本期应付款为：

附件：

1. 承包单位的工程付款申请表及附件

2. 项目监理机构审查记录

　　　　　　　　　　　　　　　　项目监理机构_____

　　　　　　　　　　　　　　　　总监理工程师_____

　　　　　　　　　　　　　　　　　日　期_____

附表 B-14　工程临时延期审批表

工程名称：　　　　　　　　　　　　　　　编号：

致：　　　　　　　　　（承包单位）：

　　根据合同条款＿＿＿＿＿＿条的规定,我方对你方提出的＿＿＿＿＿＿＿＿＿＿工程延期申请(第＿＿＿＿号)要求延长工期＿＿＿日历天的要求,经过审核评估：

　　□　暂时同意工期延长＿＿＿＿＿＿＿＿日历天。使竣工日期(包括已指令延长的工期)从原来的＿＿＿＿＿　年＿＿＿＿＿＿月＿＿＿＿＿＿日延迟到＿＿＿＿＿＿年＿＿＿＿＿＿月＿＿＿＿＿＿日。请你方执行。

　　□ 不同意延长工期,请按约定竣工日期组织施工。

说明：

项目监理机构＿＿＿＿＿＿＿＿

总监理工程师＿＿＿＿＿＿＿＿

日　期＿＿＿＿＿＿＿＿

附表 B-15　工程最终延期审批表

工程名称：　　　　　　　　　　　　　　　　　编号：

致：　　　　　　　　　（承包单位）：

　　根据合同条款_____条的规定，我方对你方提出的_____工程延期申请(第_____号)要求延长工期_____日历天的要求，经过审核评估：

　　□　最终同意工期延长_____日历天。使竣工日期(包括已指令延长的工期)从原来的_____年_____月_____日延迟到_____年_____月_____日。请你方执行。

　　□　不同意延长工期，请按约定竣工日期组织施工。

说明：

　　　　　　　　　　　　　　　　　项目监理机构_____
　　　　　　　　　　　　　　　　　总监理工程师_____
　　　　　　　　　　　　　　　　　　　日　期_____

附表 B-16　费用索赔审批表

工程名称：　　　　　　　　　　　　　　　　　　编号：

致：　　　　　　　　　　　　（承包单位）：
　　根据合同条款＿＿＿＿＿＿条的规定，你方提出的＿＿＿＿＿＿＿＿＿＿费用索赔
申请（第＿＿＿＿号），索赔（大写）＿＿＿＿＿元。经我方审核评估：
　□　不同意此项索赔
　□　同意此项索赔，金额为（大写）＿＿＿＿＿＿＿＿元。

同意/不同意索赔的理由：

索赔金额的计算：

　　　　　　　　　　　　　　　　　　　项目监理机构＿＿＿＿＿＿
　　　　　　　　　　　　　　　　　　　总监理工程师＿＿＿＿＿＿
　　　　　　　　　　　　　　　　　　　　日　　期＿＿＿＿＿＿

附表 B-17 监理工作联系单

工程名称： 编号：

致：

　事由：

　内容：

単　位＿＿＿＿＿＿

负责人＿＿＿＿＿＿

日　期＿＿＿＿＿＿

附表 B-18　工程变更单

工程名称：　　　　　　　　　　　　　　　　　　编号：

致：　　　　　　　　　（监理单位）

　　由于 _____ 原因，兹提出
_____工程变更/工程洽商（内容见附
件），请予审批。

附件：

　　　　　　　　　　　　　　　　　　　　　提出单位_____
　　　　　　　　　　　　　　　　　　　　　代表人_____
　　　　　　　　　　　　　　　　　　　　　日　期_____

一致意见：

建设单位代表　　　　　　设计单位代表　　　　　项目监理机构
签字：　　　　　　　　　签字：　　　　　　　　签字：

日期_____　　　　　日期_____　　　　　日期_____

参考文献

［1］　George J Ritz. Total Construction Project Management. ［M］. New York：Mc Graw-Hill, 1994.

［2］　中国建设监理协会. 建设工程监理相关法规文件汇编 ［M］. 北京：知识产权出版社，2010.

［3］　中国（双法）项目管理研究委员会. 中国项目管理知识体系 ［M］. 北京：电子工业出版社，2006.

［4］　李清立，郝生跃. 工程建设监理 ［M］. 北京：北京交通大学出版社，2007.

［5］　黄如宝，等. 建设工程监理概论 ［M］. 北京：知识产权出版社，2006.

［6］　王雪青，等. 建设工程投资控制 ［M］. 北京：知识产权出版社，2010.

［7］　詹炳根. 建设工程监理 ［M］. 北京：中国建筑工业出版社，2000.

［8］　李清立. 建设工程监理案例分析 ［M］. 北京：清华大学出版社，北京交通大学出版社，2010.

［9］　刘玉明，李清立. 建设工程管理与实务 ［M］. 北京：机械工业出版社，2008.

［10］　黄如宝. 建筑经济学 ［M］. 上海：同济大学出版社，2009.

［11］　李清立，田杰芳. 项目总监理工程师管理实务 ［M］. 北京：清华大学出版社，北京交通大学出版社，2003.